独立学院应用型创新人才培养系列规划教材

数字化设计及制造技术实训指导

主审　谢黎明

主编　靳　岚　沈　浩

科学出版社

北　京

内 容 简 介

本书为工程技术实训教材。全书内容广泛,既涵盖了数控加工工艺基础和数控加工程序编制等方面的理论知识,又新增了计算机技术辅助工艺设计(CAXA工艺图表)的重要内容,而且对数控车床、铣床的结构特点及操作加工方法也作了介绍。

本书在取材和叙述上力求层次分明合理,便于教学和实训。

本书是为高等学校机械类现代工程技术训练编写的教材,也可作为近机械类或非机械类实践教学的教材。

图书在版编目(CIP)数据

数字化设计及制造技术实训指导/靳岚,沈浩主编. —北京:科学出版社,2011

独立学院应用型创新人才培养系列规划教材

ISBN 978-7-03-030169-7

I.数… Ⅱ.①靳…②沈… Ⅲ.①数字技术-应用-机械设计-高等学校-教学参考资料②数字技术-应用-机械制造工艺-高等学校-教学参考资料 Ⅳ.①TH122②TH164

中国版本图书馆 CIP 数据核字(2011)第 016476 号

责任编辑:胡云志 冯 蕾 / 责任校对:郭瑞芝
责任印制:张克忠 / 封面设计:耕者设计工作室

科 学 出 版 社 出版
北京东黄城根北街 16 号
邮政编码: 100717
http://www.sciencep.com

铭浩彩色印装有限公司 印刷
科学出版社发行 各地新华书店经销

*

2011 年 2 月第 一 版   开本:B5(720×1000)
2011 年 2 月第一次印刷   印张:23 1/2
印数:1—3 000   字数:550 000

定价:49.00 元
(如有印装质量问题,我社负责调换)

前　言

　　新世纪之初,中国工程院的调查报告指出:今天中国的制造业直接创造国民生产总值的 1/3,占整个工业生产的 4/5,为国家财政提供 1/3 以上的收入,贡献出口总额的 90%。处于工业中心地位的制造业,特别是装备制造业是国民经济持续发展的基础,是工业化现代化建设的发动机和动力源,是技术进步的主要舞台,是国家安全的重要保障,是国际竞争中取胜的法宝。只有用先进的制造技术不断地改造和提升各产业部门的装备和生产运行水平,发展现代文明的物质基础,才能实现对环境友好的可持续发展。

　　20 世纪以来,数控加工技术已经成为金属切削加工技术的重要发展方向之一。航天航空、汽车船舶、模具制造及高精仪器等对数控切削加工的高需求,推动着数控技术的迅猛发展及广泛应用。

　　数字化设计制造的根本是数控技术,数控技术是现代制造业实现自动化、柔性化、集成化生产的基础,离开了数控技术,先进制造技术就成了无本之木。数控技术的广泛应用给机械制造业的生产方式、管理模式带来深刻的变化,其关联效益和辐射能力更是难以估计。数控技术及数控装备已成为关系国家战略地位和体现国家综合国力水平的重要基础性产业,其水平高低是衡量一个国家制造业现代化程度的核心标志,实现制造装备及生产过程数字化,已经成为当今制造业的发展方向。

　　我国数控技术及产业虽然在改革开放以来取得了显著的成就,但是与发达国家相比仍然有较大的差距,其原因是多方面的,但最重要的是数控人才的匮乏。目前,随着数控技术在我国的普及和发展,国内数控机床用量的剧增,迫切需要培养大量高素质、能力强的数控人才。为此,在编写过程中,从高等教育的实际出发,以培养应用型人才为目的,在理论上以"必须、够用"为度,加强实践的针对性和技术的实用性,以数控机床的结构、数控加工工艺及数控编程为主要内容,培养学生的动手能力和创新意识。

　　本书作为高等工科院校的实训教材,力求反映数控技术、数控加工工艺、数控编程和数控机床的基本知识,并兼顾到理论联系实际,层次合理,叙述简练,便于实训教学。

　　本书编写时参阅了很多院校和企业的教材、资料和文献,部分来源于网络,并得到很多专家和同事的支持和帮助,在此谨致谢意! 在本书的出版过程中,得到了兰州理工大学技术工程学院等单位的大力支持,在此表示诚挚的感谢!

　　谢黎明教授为本书的编写给予关心和帮助,在主审过程中提出许多宝贵的修改意见,在此表示衷心感谢!

　　由于编写时间仓促和水平、经验所限,书中难免存在缺点和不当之处,敬请广大读者批评指正。

编　者

2010 年 9 月

目　　录

第 1 章　数字化设计及制造技术概论

数字化设计及制造技术是指利用计算机软硬件及网络环境，实现产品开发全过程的一种技术，即在网络和计算机辅助下通过产品数据模型，全面模拟产品的设计、分析、装配、制造等过程。数字化设计与制造不仅贯穿企业生产的全过程，而且涉及企业的设备布置、物流物料、生产计划、成本分析等多个方面。数字化设计与制造技术的应用可以大大提高企业的产品开发能力、缩短产品研制周期、降低开发成本、实现最佳设计目标和企业间的协作，使企业能在最短时间内组织全球范围的设计制造资源开发出新产品，大大提高企业的竞争能力。

1.1　数字化设计技术

数字化设计，可以分成"数字化"和"设计"两部分。

数字化就是把各种各样的信息都用二进制的数字来表示，数字化技术起源于二进制数学，在半导体技术和数字电路学的推动下使得很多复杂的计算可以由机器或电路完成。发展到今天，微电子技术更是将我们带到了数字化领域的前沿。

设计就是设想、运筹、计划和预算，它是人类为了实现某种特定的目的而进行的创造性活动。设计具有多重特征，同时广义的设计涵盖的范围很大。设计有明显的艺术特征，又有科技的特征和经济的属性。从这些角度看，设计几乎包括了人类能从事的一切创造性工作。设计的另一个定义是指控制并且合理的安排视觉元素：线条、形体、色彩、色调、质感、光线、空间等，涵盖艺术的表达和结构造型。设计是特殊的艺术，其创造的过程是遵循实用化求美法则的。设计的科技特性表明了设计总是受到生产技术发展的影响。

数字化设计就是数字技术和设计的紧密结合，是以先进设计理论和方法为基础、以数字技术为工具，实现产品设计全过程中所有对象和活动的数字化表达、处理、存储、传递及控制。其特征表现为设计的信息化、智能化、可视化、集成化和网络化；其主要研究内容包括产品功能数字化分析设计、产品方案数字化设计、产品性能数字化设计、产品结构数字化设计和产品工艺数字化设计；其方法是产品信息系统集成化设计。

产品的竞争力主要体现在研发周期、成本、质量和服务等几个方面。为提高这些方面的竞争力，世界各国知名制造厂商都在大力采用数字化设计制造技术改进企业。如美国通用汽车公司应用数字化设计制造技术后，将新轿车的研发周期由原来的 48 个月缩短到 24 个月，碰撞试验的次数由原来的几百次降低到几十次，应用电子商务技术后又将销售成本降低了 10%。

美国波音公司以 Boeing-777 为标志，建立了世界上第一台全数字化飞机样机（图 1-1），这是制造业数字化设计制造技术发展的一个里程碑。采用产品数字化定义

（DPD）、数字化预装配（DPA）和并行工程（CE）后，达到了设计更改量和返工量比传统方法减少 50％、研制周期缩短 50％的显著效果，最重要的是可以保证飞机从设计、制造到试飞一次成功。以制造联合攻击战斗机 JSF 为代表的全球性虚拟制造企业，开创了数字化网络生产方式。美国与英国、土耳其、意大利等八国建立了以项目为龙头的全球虚拟动态联盟，充分利用这些国家已有的技术、人力、资金和设备等资源，实现异地设计制造，在加速产品研制和生产方面，取得了巨大的成功，总体上达到了缩短设计周期 50％、缩短制造周期 66％、降低制造成本 50％的效果。

图 1-1　飞机制造业采用的数字化样机

目前为止，数字化设计技术的发展历程可以大体上划分为以下五个阶段：

（1）CAx 工具的广泛应用。自 20 世纪 50 年代开始，各种 CAD/CAM 工具开始出现并逐步应用到制造业中。这些工具的应用表明制造业已经开始利用现代信息技术来改进传统的产品设计过程，标志着数字化设计的开始。

（2）并行工程思想的提出与推行。20 世纪 80 年代后期提出的并行工程是一种新的指导产品开发的哲理，是在现代信息技术的支持下对传统的产品开发方式的一种根本性改进。PDM（产品数据管理）技术及 DFx（如 DFM、DFA 等）技术是并行工程思想在产品设计阶段应用的具体体现。

（3）虚拟样机技术。随着技术的不断进步，仿真在产品设计过程中的应用变得越来越广泛而深刻，由原先的局部应用（单一领域、单点）逐步扩展到系统应用（多领域、全生命周期）。虚拟样机技术正是这一发展趋势的典型代表。

虚拟样机技术是一种基于虚拟样机的数字化设计方法，是各领域 CAx/DFx 技术的发展和延伸。虚拟样机技术进一步融合先进建模/仿真技术、现代信息技术、先进设计制造技术和现代管理技术，将这些技术应用于复杂产品全生命周期和全系统，并对它们进行综合管理。虚拟样机技术与传统产品设计技术相比，强调系统的观点，涉及产品全生命周期，支持对产品的全方位测试、分析与评估和强调不同领域的虚拟化的协同设计。

（4）协同仿真技术。协同仿真技术将面向不同学科的仿真工具结合起来构成统一的仿真系统，其可以充分发挥仿真工具各自的优势，同时还可以加强不同领域开发人员之间的协调与合作。目前 HLA 规范已经成为协同仿真技术的重要国际标准，基于 HLA 的协同仿真技术也将会成为虚拟样机技术的研究热点之一。

（5）多学科设计优化技术（MDO）。复杂产品的设计优化问题可能包括多个优化目标和分属不同学科的约束条件。现代的 MDO 技术为解决学科间的冲突，寻求系统的全局最优解提供了可行的技术途径。目前 MDO 技术在国外已经有了许多成功的案例，并出现了相关的商用软件，典型的如 Engineous 公司的 iSIGHT。国内关于 MDO 技术的研究和应用也已经展开。

宏观上看，数字化设计技术的发展历程正相当于现代信息技术在产品设计领域中的应用由点发展为线，再由线发展为面的过程。仿真的广泛应用正在成为当前数字化设计技术发展的主要趋势。随着虚拟样机概念的提出，使得仿真技术的应用更加趋于协同化和系统化。开展关于虚拟样机及其关键技术的研究，必将提高企业的自主设计开发能力，推动企业的信息化进程。

1.2　数字化制造技术

数字化制造技术是在数字化技术和制造技术融合的背景下，在虚拟现实、计算机网络、快速原型、数据库和多媒体等支撑技术的支持下，根据用户的需求，迅速收集资源信息，对产品信息、工艺信息和资源信息进行分析、规划和重组，实现对产品设计和功能的仿真以及原型制造，进而快速生产出达到用户性能要求的产品的整个制造过程。

通俗地说，数字化就是将许多复杂多变的信息转变为可以度量的数字和数据，再以这些数字和数据为基础建立起适当的数字化模型，把它们转变为一系列二进制代码，引入计算机内部，进行统一处理，这就是数字化的基本过程。计算机技术的发展，使人类第一次可以利用"0"和"1"编码技术来实现对一切声音、文字、图像和数据的编码、解码，从而各类信息的采集、处理、贮存和传输实现了标准化和高速处理。数字化制造就是指制造领域的数字化，它是制造技术、计算机技术、网络技术与管理科学的交叉、融和、发展与应用的结果；也是制造企业、制造系统与生产过程、生产系统不断实现数字化的必然趋势。数字化制造内涵包括三个层面：以设计为中心的数字化制造技术、以控制为中心的数字化制造技术和以管理为中心的数字化制造技术。

数字化制造技术的起源主要从以下八个方面展现出来：

1. NC 机床（数控机床）的出现

1952 年，美国麻省理工学院 MIT 首先实现了三坐标铣床的数控化，数控装置采用真空管电路。1955 年，第一次进行了数控机床的批量制造，当时主要是针对直升飞机的旋翼等自由曲面的加工。

2. CAM 处理系统 APT（自动编程工具）出现

1955 年美国麻省理工学院伺服机构实验室公布了 APT（Automatically Programmed Tools）系统。其中的数控编程主要是发展自动编程技术，这种编程技术是由编程人员将加工部位和加工参数以一种限定格式的语言（自动编程语言）写成所谓源程序，然后由专门的软件转换成数控程序。

3. 加工中心的出现

1958 年美国 K&T 公司研制出带 ATC（自动刀具交换装置）的加工中心。同年，美国 UT 公司首次把铣、钻等多种工序集中于一台数控铣床中，通过自动换刀方式实现连续加工，成为世界上第一台加工中心。

4. CAD（计算机辅助设计）软件的出现

1963 年在美国出现了 CAD 的商品化的计算机绘图设备，进行二维绘图。70 年代，出现了三维的 CAD 表现造型系统，70 年代中期，出现了实体造型系统。

5. FMS（柔性制造系统）的出现

1967 年，美国出现了多台数控机床连接而成的可调加工系统，这就是最初的柔性制造系统（Flexible Manufacturing System，FMS）。

6. CAD/CAM（计算机辅助设计/计算机辅助制造）的融合

进入 70 年代，CAD 与 CAM 开始走向共同发展的道路。由于 CAD 与 CAM 所采用的数据结构不同，在 CAD/CAM 技术发展初期，主要工作是开发数据接口，沟通 CAD 和 CAM 之间的信息流。不同的 CAD、CAM 系统都有自己的数据格式规定，都要开发相应的接口，不利于 CAD/CAM 系统的发展。在这种背景下，美国波音公司和 GE 公司于 1980 年制订了数据交换规范 IGES（Initia Graphics Exchange Specifications），从而实现 CAD/CAM 的融合。

7. CIMS（计算机集成制造系统）的出现和应用

80 年代中期，出现计算机集成制造系统（Computer Integrated Manufacturing System，CIMS），波音公司成功将其应用于飞机设计、制造和管理，将原需八年的定型生产缩短至三年。

8. CAD/CAM 软件的空前繁荣

80 年代末期至今，CAD/CAM 一体化三维软件大量出现，如：CADAM，CATIA，UG，I-DEAS，Pro/E，ACIS，MASTERCAM 等，并应用到机械、航空航天、汽车和造船等领域。

1.3　数字化设计及制造技术的主要内容

数字化设计及制造技术已经越来越多地应用在加工领域，CAD/CAM 软件技术也在飞速发展，也出现了很多的其他软件产品，这些软件产品根据自身的开发档次及其适用度，被广泛应用在不同加工场合，大大节省了设计及制造的时间周期，并在一定程度上提高了精度和速度。

数字化设计及制造技术集成了现代设计制造过程中的多项先进技术，包括三维建模、装配分析、优化设计、系统集成、产品信息管理、虚拟设计与制造和多媒体和网络通信等，是一项多学科的综合技术。涉及的主要内容有：

1. CAD/CAE/CAPP/CAM/PDM

CAD/CAE/CAPP/CAM 分别是计算机辅助设计、计算机辅助工程、计算机辅助工艺过程设计和计算机辅助制造的英文缩写，它们是制造业信息化中数字化设计及制造技术的核心，是实现计算机辅助产品开发的主要工具。

PDM 技术集成并管理与产品有关的信息、过程及人与组织，实现分布环境中的数据共享，为异构计算机环境提供了集成应用平台，从而支持 CAD/CAE/CAPP/CAM 系统过程的实现。

1）CAD——计算机辅助设计

CAD 在早期是英文 Computer Aided Drawing（计算机辅助绘图）的缩写，随着计算机软硬件技术的发展，人们逐步地认识到单纯使用计算机绘图还不能称之为计算机辅助设计。真正的设计是整个产品的设计，它包括产品的构思、功能设计、结构分析和加工制造等，二维工程图设计只是产品设计中的一小部分。于是 CAD 的缩写由 Computer Aided Drawing 改为 Computer Aided Design，CAD 也不再仅仅是辅助绘图，而是协助创建、修改、分析和优化的设计技术。

2）CAE——计算机辅助工程分析

计算机辅助工程分析（Computer Aided Engineering，CAE）通常指有限元分析和机构的运动学及动力学分析。有限元分析可完成力学分析（线性、非线性、静态、动态），场分析（热场、电场、磁场等），频率响应和结构优化等。机构分析能完成机构内零部件的位移、速度、加速度和力的计算，机构的运动模拟及机构参数的优化。

3）CAPP——计算机辅助工艺规划

世界上最早研究 CAPP 的国家是挪威，始于 1966 年，并于 1969 年正式推出世界上第一个 CAPP 系统 AutoPros，又于 1973 年正式推出商品化 AutoPros 系统。

美国是 60 年代末开始研究 CAPP 的，并于 1976 年由 CAM-I 公司推出颇具影响力的 CAPP-I's Automated Process Planning 系统。

4）CAM——计算机辅助制造

计算机辅助制造（Computer Aided Manufacture，CAM）能根据 CAD 模型自动生成零件加工的数控代码，对加工过程进行动态模拟、同时完成在现实加工时的干涉和碰撞检查。

CAM 系统和数字化装备结合可以实现无纸化生产，为 CIMS（计算机集成制造系统）的实现奠定基础，CAM 中最核心的技术是数控技术。

通常零件结构采用空间直角坐标系中的点、线、面的数字量表示，CAM 就是用数控机床按数字量控制刀具运动，完成零件加工。

5）CAD/CAM 集成系统

随着 CAD/CAM 技术和计算机技术的发展，人们不再满足于这两者的独立发展，从而出现了 CAM 和 CAD 的组合，即将两者集成（一体化），这样以适应设计与制造自动化的要求，特别是近年来出现的计算机集成制造系统（CIMS）的要求。这种一体化结合可使在 CAD 中设计生成的零件信息自动转换成 CAM 所需要的输入信息，防止了信息数据的丢失。产品设计、工艺规程设计和产品加工制造集成于一个系统中，提高了生产效率。

CAD/CAM 集成系统是指把 CAD、CAE、CAPP、CAM 和 PPC（生产计划与控制）等各种功能不同的软件有机地结合起来，用统一的执行控制程序来组织各种信息的提取、交换、共享和处理，保证系统内部信息流的畅通和协调各个系统有效地运行。国内外大量的经验表明，CAD 系统的效益往往不是从其本身，而是通过 CAM 和 PPC 系统体现出来；反过来，CAM 系统假如没有 CAD 系统的支持，花巨资引进的设备往往很难得到有效地利用；PPC 系统假如没有 CAD 和 CAM 的支持，既得不到完整、及时和准确的数据作为计划的依据，订出的计划也较难贯彻执行，所谓的生产计划和控制将得不到实际效益。因此，人们着手将 CAD、CAE、CAPP、CAM 和 PPC 等系统有机地、统一地集成在一起，从而消除"自动化孤岛"，取得最佳的效益。

6）PDM——产品数据库管理

随着 CAD 技术的推广，原有技术管理系统难以满足要求。在采用计算机辅助设计以前，产品的设计、工艺和经营管理过程中涉及到的各类图纸、技术文档、工艺卡片、生产单、更改单、采购单、成本核算单和材料清单等均由人工编写、审批、归类、分发和存档，所有的资料均通过技术资料室进行统一管理。自从采用计算机技术之后，上述与产品有关的信息都变成了电子信息。简单地采用计算机技术模拟原来人工管理资料的方法往往不能从根本上解决先进的设计制造手段与落后的资料管理之间的矛盾。要解决这个矛盾，必须采用 PDM 技术。

PDM（产品数据管理）是从管理 CAD/CAM 系统的高度上诞生的先进的计算机管理系统软件。它管理的是产品整个生命周期内的全部数据。工程技术人员根据市场需求设计的产品图纸和编写的工艺文档仅仅是产品数据中的一部分。

PDM 系统除了要管理上述数据外，还要对相关的市场需求、分析、设计与制造过程中的全部更改历程、用户使用说明及售后服务等数据进行统一有效的管理。

2. ERP——企业资源计划

企业资源计划（ERP）系统是指建立在信息技术基础上，对企业的所有资源（物流、资金流、信息流、人力资源）进行整合集成管理，采用信息化手段实现企业供销链管理，从而达到对供应链上的每一环节实现科学管理。

ERP 系统集信息技术与先进的管理思想于一身，反映时代对企业合理调配资源、最大化地创造社会财富的要求，成为企业在信息时代生存、发展的基石。在企业中，一般的管理主要包括三方面的内容：生产控制（计划、制造）、物流管理（分销、采购、库存管理）和财务管理（会计核算、财务管理）。

3. RE——逆向工程技术

对实物作快速测量，并反求为可被 3D 软件接受的数据模型，快速创建数字化模型（CAD）。进而对样品做修改和详细设计，达到快速开发新产品的目的。

4. RP——快速成型

快速成型（Rapid Prototyping）技术是 90 年代发展起来的，被认为是近年来制造技术领域的一次重大突破，其对制造业的影响可与数控技术的出现相媲美。RP 系统综合了机械工程、CAD、数控技术、激光技术及材料科学技术，可以自动、直接、快速、精确地将设计思想物化为具有一定功能的原型或直接制造零件，从而可以对产品设计进行快速评价、修改及功能试验，有效地缩短了产品的研发周期。

5. 异地、协同设计

在因特网/企业内部网的环境中，进行产品定义与建模、产品分析与设计、产品数据管理及产品数据交换等，异地、协同设计系统在网络设计环境下为多人、异地实施产品协同开发提供支持工具。

6. 基于知识的设计

将产品设计过程中需要用到的各类知识、资源和工具融到基于知识的设计或 CAD 系统之中，支持产品的设计过程是实现产品创新开发的重要工具。设计知识包括产品设计原理、设计经验、既有设计示例和设计手册/设计标准/设计规范等；设计资源包括材料、标准件、既有零部件和工艺装备等资源。

7. 虚拟设计、虚拟制造

综合利用建模、分析、仿真以及虚拟现实等技术和工具，在网络支持下，采用群组协同工作，通过模型来模拟和预估产品功能、性能、可装配性、可加工性等各方面可能存在的问题，实现产品设计、制造的本质过程，包括产品的设计、工艺规划、加工制造、性能分析、质量检验并进行过程管理与控制等。

8. 概念设计、工业设计

概念设计是设计过程的早期阶段，其目标是获得产品的基本形式或形状。广义的概念设计应包括从产品的需求分析到详细设计之前的设计过程，如功能设计、原理设计、形状设计、布局设计和初步的结构设计。从工业设计角度看，概念设计是指在产品的功能和原理基本确定的情况下，产品外观造型的设计过程，主要包括布局设计、形状设计和人机工程设计。计算机辅助概念设计和工业设计以知识为核心，实现形态、色彩、宜人性等方面的设计，将计算机与设计人员的创造性思维、审美能力和综合分析能力相结合，是实现产品创新的重要手段。

9. 绿色设计

绿色设计是面向环保的设计（Design for Environment，DFE），包括支持资源和能源的优化利用、污染的防止和处理、资源的回收再利用和废弃物处理等诸多环节的设计，是支持绿色产品开发、实现产品绿色制造，促进企业和社会可持续发展的重要工具。

10. 并行设计

并行设计是以并行工程模式替代传统的串行式产品开发模式，使得在产品开发的早期阶段就能很好地考虑后续活动的需求，以提高产品开发的一次成功率。

数字化设计及制造技术中各组成部分作为独立的系统，已在生产中得到了广泛的应用，不仅大大提高了产品设计的效率，更新了传统的设计思想，降低了产品的成本，增强了企业及其产品在市场上的竞争力，还在企业新的设计和生产技术管理体制建设中起到了很大作用。数字化设计及制造技术已成为企业保持竞争优势、实现产品创新开发、进行企业间协作的重要手段。

1.4　数字化制造技术的未来发展方向

随着计算机技术的不断提高，Internet 网络技术的普及应用，以及用户的不同需求，CAD、CAE、CAPP、CAM、PDM 等技术本身也在不断发展，集成技术也在向前推进，其发展趋势主要有以下几个方向：

（1）利用基于网络的 CAD/CAE/CAPP/CAM/PDM 集成技术，实现产品全数字化设计与制造。在 CAD/CAM 应用过程中，利用产品数据管理 PDM 技术实现并行工程，可以极大地提高产品开发的效率和质量。企业通过 PDM 可以进行产品功能配置，利用系列件、标准件、借用件、外购件以减少重复设计。在 PDM 环境下进行产品设计和制造，通过 CAD/CAE/CAPP/CAM 等模块的集成，实现产品无图纸设计和全数字化制造。

（2）CAD/CAE/CAPP/CAM/PDM 技术与企业资源计划 ERP、供应链管理 SCM、客户关系管理 CRM 相结合，形成制造企业信息化的总体构架。CAD/CAE/CAPP/CAM/PDM 技术主要用于实现产品的设计、工艺和制造过程及其管理的数字化；企业资源计划 ERP 是以实现企业产、供、销、人、财、物的管理为目标；供应链管理 SCM 用于实现企业内部与上游企业之间的物流管理；客户关系管理 CRM 可以帮助企业建立、挖掘和改善与客户之间的关系。上述技术的集成，可以整合企业的管理，建立从企业的供应决策到企业内部技术、工艺、制造和管理部门，再到用户之间的信息集成，实现企业与外界的信息流、物流和资金流的顺畅传递，从而有效地提高企业的市场反应速度和产品开发速度，确保企业在竞争中取得优势。

（3）虚拟设计、虚拟制造、虚拟企业、动态企业联盟、敏捷制造、网络制造以及制造全球化，将成为数字化设计及制造技术发展的重要方向。

虚拟设计、虚拟制造技术以计算机支持的仿真技术为前提，形成虚拟的环境、虚拟设计与制造过程、虚拟的产品和虚拟的企业，从而大大缩短产品开发周期，提高产品设计开发的一次成功率。特别是网络技术的高速发展，企业通过国际互联网、局域网和内部网，组建动态联盟企业，进行异地设计、异地制造，然后在最接近用户的生产基地制造成产品。

（4）以提高对市场快速反应能力为目标的制造技术将得到超速发展和应用。瞬息万变的市场促使交货期成为竞争力诸多因素中的首要因素。为此，许多与此有关的新观念、新技术在 21 世纪将得到迅速的发展和应用。其中有代表性的是：并行工程技术、模块化设计技术、快速原型成形技术、快速资源重组技术、大规模远程定制技术和客户化生产方式等。

（5）制造工艺、设备的可重构性将成为企业装备的显著特点。先进的制造工艺、智能化软件和柔性的自动化设备、柔性的发展战略构成未来企业竞争的软、硬件资源；个性化需求和不确定的市场环境，要求克服设备资源沉淀造成的成本升高风险，制造资源的柔性和可重构性将成为 21 世纪企业装备的显著特点。将数字化技术用于制造过程，可大大提高制造过程的柔性和加工过程的集成性，从而提高产品生产过程的质量和效率，增强工业产品的市场竞争力。

现代产品开发设计要求有效地组织多学科的产品开发队伍，充分利用各种计算机辅助技术和工具并充分考虑产品设计开发的全过程，从而缩短产品开发周期，降低成本，提高产品质量，生产出满足用户需求的产品。

1.5　现代数字化设计及制造技术软件

现代机械产品的设计及制造已经离不开数字化设计制造软件的应用了。现代数字化设计及制造软件是以某种操作系统（如 Windows、UNIX）为平台的行业应用软件，其中用于机械产品设计与分析的软件介绍如下：

1. 中端的 CAD/CAE 集成软件

1）SolidWorks

SolidWorks 是全球领先的三维产品设计解决方案，提供机械设计、工程分析、运动仿真、数据管理和通信工具。SolidWorks 有近 100 万的专业工程，是目前最流行的基于 Windows 的应用类型。其优异的性能、易用性和创新性，极大地提高了机械设计工程师的设计效率，在与同类软件的激烈竞争中已经确立了它的市场地位，成为三维机械设计软件的标准，在全球拥有近十万用户。

SolidWorks 软件的最新版本在设计创新、使用方便性和提高整体性能等方面都得到了显著地加强，包括增强了大装配处理能力、复杂曲面造型能力以及专门为中国市场的需要而进一步增强的中国国标（GB）内容等。

SolidWorks 应用程序是一套机械设计与分析自动化软件，它采用了大家所熟悉的

Microsoft Windows 图形用户界面。SolidWorks 每一个新版的新增功能都有 200 多项，2007 版最重要的新增功能是推出了智能特征技术 SWIFT，包含了 FeatureXpert（特征专家）、MateXpert（配合专家）、SketchXpert（草图专家）和 DimXpert（尺寸专家）四个专家级智能系统；2008 版又在用户界面、工业设计、草图绘制、特征与零件创建、运动算例、COSMOSWorks、尺寸与公差以及装配体和工程图等方面都有所增强。

SolidWorks 主要功能：

（1）SWIFT：让你专注于设计而非 CAD，如图 1-2 所示。

（2）设计重用：轻松安全地使用 2D 和 3D 数据，如图 1-3 所示。

图 1-2　专注于设计

图 1-3　设计重用

（3）验证：唯一一款人人都能使用的集成分析工具，如图 1-4 所示。

（4）2D 工程图：普通 2D 工程图创建，如图 1-5 所示。

图 1-4　集成分析工具

图 1-5　普通 2D 工程图创建

（5）大型装配体：提高管理大型装配体的速度和灵活性，如图 1-6 所示。

（6）设计数据：通过数据管理提高效率，如图 1-7 所示。

图 1-6　大型装配体

图 1-7　设计数据

（7）SolidWorks 创新日活动：带领 Solid-Works 用户、非用户探索，如图 1-8 所示。

SolidWorks 的集成分析工具即设计验证工具。使用 SolidWorks 设计验证工具模拟真实条件并测试多种"假设情形"，以优化产品设计。它包括如下产品：

图 1-8　SolidWorks 创新日活动

（1）COSMOSWorks：是完全嵌入 Solid-Works 软件内部的功能强大、简单易用的设计验证和优化软件。

（2）COSMOSMotion：是完全嵌入 Solid-Works 软件内部的完整的运动模拟和运动学软件包。

（3）TolAnalyst：允许直接在 SolidWorks 内执行公差叠加分析。设计者可以快速检查各种公差情形，以确保其设计合适而且可正确工作。

（4）COSMOSFloWorks：使用通常在高端计算流体动力学程序中才提供的强大功能来重新定义流体分析。

（5）COSMOSEMS™：是一款 3D 现场仿真器，它允许电子产品设计人员仿真零部件暴露在低频电磁电流和电磁场中时的效果。

（6）COSMOSDesignSTAR：设计人员可以通过 COSMOSDesignSTAR 对使用 Autodesk Inventor、Solid Edge 和 SolidWorks 创建的 CAD 模型进行分析，而不必在每次修改设计时都重新导入数据。

2）Solid Edge

Solid Edge 是功能强大的与 SolidWorks 齐名的中端三维 CAD 软件，允许制造公司转换它们的创新流程并取得竞争优势。Solid Edge 具有独特的四步骤流程，即出色的核心建模、嵌入的设计管理、内置的有限元分析以及流程化的工作步骤，实施向三维设计世界的转换，因此可以获得完全集成的而且可管理的设计领域利益，使越来越复杂的产品设计变得更加轻松。

UGS Velocity 系列™是一个综合性、模块化、集成化的解决方案组合，用于解决中端市场对产品生命周期管理（PLM）的需求。UGS Solid Edge 软件是功能强大的二维/三维混合设计系统，是 UGS Velocity 系列™的一个核心组成部分。它采用"流"技术开发，具有优异的软件性能和友好的用户界面。通过借助推理逻辑和决策管理概念捕捉工程师的立体建模设计意图，Solid Edge 的"流"技术大大提高了 CAD 用户的基本生产率。"流"技术使 Solid Edge 比市场上的任何其他中端 CAD 系统更易于学习、使用且生产率更高。

为了使用户需要的命令更易于访问，Solid Edge 提供了单独的环境来供用户创建零件、构造装配和制作图纸。每个环境都是自包含的。例如，用户创建图纸所需的所有命令都在"工程图"环境中。这些环境紧密地集成在一起，使得在这些环境之间切换以完成设计工作是一项轻而易举的事情。

Solid Edge V20 提供了 170 多个增强功能，包括：

图 1-9　Solid Edge V19 的
"工程参考"命令

（1）提供区域、部件复制和图纸评审模式等功能，提升工厂设备和大型装配设计能力。

（2）新的面向服务的架构（SOA）、结构编辑器和装配自约束改进了设计协同，从而为整个价值链的 PLM 提供支持。

（3）通过目标搜索（Goal Seeking）和表格化绘图来提高生产力。

Solid Edge 虽然没有 SolidWorks 那样强大的分析功能，但是其"工程参考"（图 1-9）却给机械设计师带来了很大的方便，而且零件建模后可以直接转到 NX Machining 下进行数控加工。例如，用 Solid Edge V19 创建的零件可以直接转到 NX Machining 下进行数控加工（图 1-10）。另外，还将钣金零件和焊接分别设为两个模块（图 1-11）。

图 1-10　转到 NX Machining 下进行数控加工

图 1-11　钣金零件和焊接模块

3）Autodesk Inventor

Autodesk Inventor 是美国 Autodesk 公司于 1999 年底推出的中端三维参数化实体模拟软件。它从推出至今已有 12 个版本之多。Autodesk 公司作为 AutoCAD 软件的开发者，非常了解用户的设计流程，因而开发了 Inventor，旨在帮助用户以最简单的方式增添三维设计能力。Inventor 支持设计者将现有的二维设计集成至三维设计环境中，并使他们可以轻松地重新使用这些设计数据，而且与其他 Autodesk 制造业应用软件及其用户共享 AutoCAD DWG™ 文件和三维设计数据。Inventor 拥有不同的产品配置，能够满足用户对特定层次功能的需求，因而是制造领域 AutoCAD 用户的最佳选择。与其同档次的三维设计软件相比，主要有如下特点：

① 建立在 ACIS 三维实体核心之上，而前述两个软件都使用 Palasolid 为三维实体建模核心。

② 采用项目管理，以项目来组织文件，并维护文件之间的连接。

③ 在用户界面简单、三维运算速度和显示着色功能方面有突破的进展。

④ 可轻松地将 AutoCAD 生成的 DWG 文件导入到 Inventor 环境中。同时，可选择

是生成三维零件模型还是生成二维工程图。

⑤ 三维布线和三维布管的设计功能非常强大。

⑥ Autodesk 的理念支持用户按照功能进行设计。

自 Inventor R9 版开始增加了应力分析模块。用该模块可以对机械零件的应力和频率响应进行分析。

4）CAXA 软件

CAXA 四个字母是由：C——Computer（计算机），A——Aided（辅助的），X——（任意的），A——Alliance、Ahead（联盟、领先）四个字母组成的，其涵义是"领先一步的计算机辅助技术和服务"（Computer Aided X Alliance-Always a step Ahead）。

CAXA 是北京北航海尔软件有限公司的品牌产品。CAXA 是为制造业提供"产品创新和协同管理"解决方案的供应商。旨在帮助制造企业对市场做出快速的响应，提升制造企业的市场竞争力，为制造企业相关部门提供从产品订单到制造交货直至产品维护的信息化解决方案，其中包括设计、工艺、制造和管理等解决方案。

CAXA 拥有自己的核心技术，依托大学的科研力量，融入国外公司的最新成果，将先进的技术和产品同中国制造业的具体需要相结合，开发具有自主知识产权的软件产品。所开发的软件包括 CAD/CAM/CAPP/BOM 等设计制造软件和 PLM/PDM/MES 等管理软件。

CAXA 贴近用户，始终坚持"以用户的需求为目标，以用户的满意为标准，为用户创造价值"的原则，服务于中国制造业，截至 2001 年底，CAXA 在全国设立了 7 个办事处及 35 个销售和服务网点，有近 300 家代理商，正版软件产品超过了 80 000 套，其产品被国内 600 所院校选为工程教育和培训软件，是我国市场占有率最高的设计制造软件开发与服务商。

CAXA 从 1992 年开始，以市场的需求为导向，把质量管理视为生命线，经历了产品化、产业化和国际化几个阶段的不断攀升，现已成为结合国内外研发和服务力量的一个产学研实体。CAXA 的质量管理，保证了技术的创新，保证了产品的质量，保证了用户的利益，也保证了 CAXA 的持续发展。

CAXA 主要产品分类：

（1）设计。

① CAXA 电子图板（二维绘图的 CAD 软件）。CAXA 电子图板机械版 2009 在继承 CAXA 电子图板 2007 诸多优势的基础上全新开发的，软件性能更加优异，在界面交互、操控效率、用户体验和数据兼容等方面均有大幅提高，能够更专业、智能和高效地满足用户的需求。基于全新平台开发的电子图板不仅解决了多窗口、多语言、动态输入、尺寸关联等底层平台应用问题，更在众多功能细节上精益求精：文字编辑更加便捷，支持多行文字和弧形文字编辑；支持最新标准的智能标注工具、双击编辑实体、夹点编辑关联、开放图纸幅面管理工具以及国标图库、构件库和排版打印工具等实用功能；工程标注、转图工具、序号与明细表关联等诸多机械行业专业辅助工具可以大幅提高设计效率，轻松实现"所思即所得"。

② CAXA 实体设计（三维创新设计的 CAD 软件）。CAXA 实体设计是一套全面的

CAD 软件系统，不仅支持全参数化设计的工程建模方式，还具备独特的方便新产品设计的创新模式，并无缝集成了专业的工程图模块。这些功能可以帮助您从单一建模环境中自由设计各种不同的零件和装配，以更低的成本研发出更多的新产品，以更快的速度将新产品推向市场。

CAXA 实体设计是唯一集创新设计、工程设计、协同设计和二维 CAD 设计于一体的新一代 3D CAD 系统解决方案。易学易用、快速设计和兼容协同是其最大的特点。它包含三维建模、协同工作和分析仿真等各种功能，其无可匹敌的易操作性和设计速度帮助工程师将更多的精力用于产品设计，而不是软件使用。

（2）工艺。

CAXA 工艺图表（工艺设计、工艺图表编制和工装设计的 CAPP 软件）。CAXA 工艺图表打造了全新的工艺编制软件平台，具有多文档、多环境的特点，使用户在编制工艺文档或绘制工装图纸时更加流畅、自如，而且依据中国机械设计的国家标准和使用习惯，提供专业化的强大功能，并且提供标准、规范的工艺模板和工艺资源知识。将繁重的工艺工作变得简单轻松。

CAXA 工艺图表同时搭配"工艺汇总表模块"应用，用户可对 CAD 图纸文件、工艺文件进行信息提取汇总，从而快速的统计、汇总并输出各式 BOM 清单。

（3）数控加工。

① CAXA 制造工程师（2～5 轴的加工中心/数控铣床编程 CAM 软件）。

CAXA 制造工程师是具有卓越工艺性的数控编程软件，是数控加工编程精品，具有精（精品风范、顶尖利器）、稳（稳定可靠、百炼成金）、易（工艺卓越、易学易用）、快（事半功倍、高效快捷）等特性。它为数控加工行业提供了从造型、设计到加工代码生成、加工仿真、代码校验等一体化的解决方案，是数控机床真正的"大脑"。

CAXA 制造工程师不仅具有强大的造型功能，可快速建立复杂的三维模型，还具有灵活多样的加工方式，快速生成加工轨迹。通用后置处理适用于各种数控系统。支持三坐标测量机，具有数控代码反读和真实感仿真功能。CAXA 制造工程师是一个功能强大，易学易用的全中文三维复杂型面加工 CAD/CAM 软件。已广泛应用于塑模、锻模、汽车覆盖件拉伸模、压铸模等复杂模具的生产以及汽车、电子、兵器、航空航天等行业的精密零件加工。它可以在保证最好加工质量的前提下，最充分地发挥数控机床效率，缩短产品设计、制造周期。

② CAXA 数控铣（数控车床编程软件）。

CAXA 数控车是面向数控铣床的自动编程系统。可对包含任意多个牵涉到的复杂形状的二维区域进行铣削加工编程，加工时可以选择单向、往复、环切等走刀方式。并可生成加工腔槽带有拔模斜度的二轴半的刀具轨迹。CAXA 数控铣系统充分利用数控机床的"固定循环"功能，实现钻孔、深孔钻、攻螺纹、镗孔等十几种孔加工方式。

③ CAXA 线切割（线切割机床数控编程软件）。

CAXA 线切割是一个面向线切割机床数控编程的软件系统，CAXA 线切割为您提供线切割机床的自动编程工具提高生产效率。CAXA 线切割可以交互方式绘制需切割的图形，生成带有复杂形状轮廓的两轴线切割加工轨迹。CAXA 线切割支持快走丝线切割机床，可输出 3B 后置格式。输出 3D 或 G 代码，支持快、慢走丝线切割机床、水切割、火焰切割、激光切割等数控机床的编程加工。

④ CAXA 网络 DNC（数控机床集中管理、通信连接和数据传送软件）。

CAXA 网络 DNC 采用服务器/客户端软件结构；底层数据使用 MS SQL Server 数据库；文档版本管理；具有用户、角色、权限等安全管理机制；用户任务栏，任务按流程处理/提交/完成等功能；用户任务负荷统计、项目进度统计；CAD/CAM/CAPP 系统集成平台；文档检索、产品数据统计汇总表等功能；产品目录管理；机床代码、参数、刀具管理；各类文档模板、流程、类型定义；机床通信管理等。

CAXA 网络 DNC 并行通信及混合接入方式，单台服务器可管理的数控设备超过 256 台。RS232 转以太网络接入——通过智能终端将 RS232 转换为以太网络，理论上对接入机床数量不限，在线加工速度受机床串口影响。以太网卡直接接入——接入机床数量不限，受控制系统限制。无线局域网络接入——接入机床数量不限，计算机对无线网关的速度为 56K～11M 之间。多串口卡接入等——接入机床数量不超过 64 台，速度为标准串口速度。

CAXA 网络 DNC 可塑性的系统集成平台：

可集成软件系统有 CAXA 系列软件——电子图板、实体设计、制造工程师、数控车、线切割等；其他 CAD/CAM/CAPP/CAE 软件——AutoCAD、UG、Pro/E、MasterCAM、CATIA、VERICUT 等；微软 Office 系列软件——Word、Excel、Access、Powerpoint；微软 Windows 系统支持的应用软件都可集成，支持 DWG 浏览且微软 Explorer 下可浏览的文件都可在 CAXA 网络 DNC 中浏览；另：统计汇总表、模板、状态、流程、文档类型、文档属性表头等内容都允许用户定制。

2. 高端的 CAD/CAE/CAM 集成软件

1）Pro/ENGINEER

凭借着完整的 CAD/CAM/CAE 功能，Pro/ENGINEER 是全球最多企业（达 310 000 家专业用户）采用的 3D 产品设计解决方案，特别在中小企业市场中独占鳌头。

Pro/ENGINEER 是 3D 产品设计中的标准，而作为业界领先的生产力工具，它促进用户采用最佳的设计做法，同时确保遵守业界和公司的标准。集成的 Pro/ENGINEER CAD/CAM/CAE 解决方案可让用户的设计速度提高，同时最大限度地增强创新力度并提高质量，最终创造出不同凡响的产品。

2）UGS NX

西门子自动化与驱动集团（A&D）旗下机构 Siemens PLM Software 是全球领先的产品生命周期管理（PLM）软件与服务提供商，在全世界有 47 000 个客户，装机量 440 万套，总部位于美国得克萨斯州的普莱诺市。Siemens PLM Software 的开放式企业解决方案可以助力企业及其合作伙伴通过全球化创新网络进行协作，以提供世界级的产品和服务。要想了解关于 Siemens PLM Software 产品和服务的更多信息，可访问网站 http://www.siemens.com/ugs。

3) CATIA V5

CATIA V5 R17 是法国达索系统公司的 3C 集成产品，具有 PLM 解决方案及计算机辅助设计及计算机辅助工程等功能。

1.6　本书为什么选用 CAXA 软件作为
数字化设计制造实训平台

主要原因有以下四个方面：

（1）CAXA 软件是我国制造业信息化 CAD、CAPP、CAM、DNC、PDM、MPM 等全面的 PLM 软件产品和解决方案，覆盖了制造业信息化设计、工艺、制造和管理四大领域，是具有自主知识产权软件的优秀代表和知名品牌。

（2）来自中国机械工业信息中心的调查显示，在国产 CAD 软件品牌认知度中，CAXA 品牌认知度达到 50%，为国产 CAD 的第一品牌。

（3）是针对我国机械制造加工企业的实际情况，开发出的符合国情的、易学易用的一款国产软件。

（4）具备良好的售后服务，为用户提供全面的培训与软件维护。

第 2 章　数控加工程序编制基础

数控加工程序编制是目前 CAD/CAM 系统中最能明显发挥效益的环节之一，其在实现设计加工自动化、提高加工精度和加工质量和缩短产品研制周期等方面发挥着重要作用。在诸如航空工业、汽车工业等领域有着大量的应用。由于生产实际的强烈需求，国内外都对数控编程技术进行了广泛的研究，并取得了丰硕成果。

2.1　数控编程的基本概念

数控编程是从零件图纸到获得数控加工程序的全过程。它的主要任务是计算加工走刀中的刀位点（Cutter Location Point，CL 点）。刀位点一般取为刀具轴线与刀具表面的交点，多轴加工中还要给出刀轴矢量。

编制数控加工程序是使用数控机床的一项重要技术工作，理想的数控程序不仅应该保证加工出符合零件图样要求的合格零件，还应该使数控机床的功能得到合理的应用与充分的发挥，使数控机床能安全、可靠、高效的工作。

2.1.1　数控加工工作过程

利用数控机床完成零件数控加工的过程主要包括下列步骤，如图 2-1 所示：

图 2-1　数控加工过程

在数控机床上加工零件时，要预先根据零件加工图样的要求确定零件加工的工艺过程、工艺参数和走刀运动数据，然后编制加工程序，传输给数控系统，在事先存入数控装置内部的控制软件支持下，经处理与计算，发出相应的进给运动指令信号，通过伺服系统使机床按预定的轨迹运动，进行零件的加工。

因此，在数控机床上加工零件时，首先要编写零件加工程序清单，称之为数控加工程序，该程序用数字代码来描述被加工零件的工艺过程、零件尺寸和工艺参数（如主轴转速、进给速度等），将该程序输入数控机床的 NC 系统，控制机床的运动与辅助动作，完成零件的加工。

2.1.2　数控程序编制的定义

在程序编制之前，编程人员应充分了解所应用数控机床的规格、性能、数控系统所具备的功能及编程指令格式等要求；在程序编制时，需要先对零件图样规定的技术要求、几何形状、尺寸及工艺要求进行分析，确定加工方法及加工路线，并进行数值计算，从而获得刀位点的位置数据；之后，按数控机床规定采用的程序代码和程序格式，将工件的尺寸、刀位点的走刀路线和位移量、切削要素（主轴转速、切削进给量、背吃刀量等）以及辅助功能（换刀、主轴的正反转、切削液的开或关等）编制成数控加工程序。

根据被加工零件的图纸和技术要求、工艺要求等切削加工的必要信息，按数控系统所规定的指令和格式编制成加工程序文件，这个过程称为零件数控加工程序编制，简称数控编程。

2.1.3 数控程序的编制方法

数控加工程序的编制方法主要有两种，即手工编程和自动编程。

1. 手工编程

手工编程主要由人工来完成数控编程中各个阶段的工作，当被加工零件形状不十分复杂和程序较短时，都可以采用手工编程，手工编程的过程如图 2-2 所示。

图 2-2　手工编程过程

手工编程的具体内容是指编制零件数控加工程序的各个步骤，即从零件图纸分析、工艺决策、确定加工路线和工艺参数、计算刀位轨迹坐标数据、编写零件的数控加工程序单直至程序的校验，均由人工来完成。

手工编程具有如下的特点：

（1）对于点位加工或几何形状不太复杂的轮廓加工，几何计算较简单，程序段不多，手工编程即可实现。

对于几何形状不太复杂的零件，所需要的加工程序不长，计算也比较简单，出错机会较少，这时用手工编程既经济又及时，因而手工编程仍被广泛地应用于形状简单的点位加工及平面轮廓加工中。

（2）对于轮廓形状不是由简单的直线、圆弧组成的复杂零件，特别是空间复杂曲面零件，数值计算相当繁琐，工作量大，容易出错，且很难校对，采用手工编程是难以完成的。

对于复杂零件，特别是具有非圆曲线的表面；或者零件的几何元素并不复杂，但程序量很大的零件（如一个零件上有许多个孔或平面轮廓由许多段圆弧组成）；或当铣削轮廓时，数控系统不具备刀具半径补偿功能，而只能以刀具中心的运动轨迹进行编程等特殊情况，由于计算相当繁琐且程序量大，手工编程就难以胜任，即使能够编出程序来，往往耗费很长时间，而且也容易出现错误。据国外资料统计，当采用手工编程时，一段程序的编写时间与其在机床上运行加工的实际时间之比，平均约为 30∶1，而数控机床不能开动的原因中有 20%～30% 是由于加工程序编制困难，编程时间较长。

2. 自动编程（计算机辅助编程）

自动编程是利用计算机专用软件编制数控加工程序的过程。在航空、船舶、兵器、汽车、模具等制造业中，经常会有一些具有复杂形面的零件需要加工或者有的零件形状虽不复杂，但加工程序很长。这些零件的数值计算、程序编写和程序校验相当复杂繁琐，工作量很大，采用手工编程是难以完成的。通过计算机把人们易懂的零件程序改写成数控机床能读取和执行的数控加工指令程序的过程就是自动编程。计算机辅助编程系统主要由硬件和软件组成，硬件部分由计算机、打印机、绘图机、穿孔机或磁带及磁泡盒等外部设备组成，软件主要包括数控语言及程序系统。

在进行自动编程时，程序员所要做的工作是根据图样和工艺要求，使用规定的编程语言，编写零件加工源程序，并将其输入编程机，编程机自动对输入的信息进行处理，即可以自动计算刀具中心运动轨迹、自动编辑零件加工程序并自动制作穿孔带等。由于编程机多带有显示器，可自动绘出零件图形和刀具运动轨迹，程序员可检查程序是否正确，必要时可及时修改。采用自动编程方式可极大地减少编程者的工作量，大大提高编程效率，而且可以解决用手工编程无法解决的复杂零件的编程难题。

编程人员首先将被加工零件的几何图形及有关工艺过程用计算机能够识别的形式输入计算机，利用计算机内的数控系统程序对输入信息进行翻译，形成机内零件拓扑数据；然后进行工艺处理（如刀具选择、走刀分配、工艺参数选择等）与刀具运动轨迹的计算，生成一系列的刀具位置数据（包括每次走刀运动的坐标数据和工艺参数），这一过程称为主信息处理（或前置处理）；然后按照 NC 代码规范和指定数控机床驱动控制系统的要求，将主信息处理后得到的刀位文件转换为 NC 代码，这一过程称之为后置处理。经过后置处理便能输出适应某一具体数控机床要求的零件数控加工程序（即 NC 加工程序），该加工程序可以通过控制介质（如磁带、磁盘等）或通信接口送入机床的控制系统。

自动编程的过程如图 2-3 所示。

整个处理过程是在数控系统程序（又称系统软件或编译程序）的控制下进行的，数控系统程序包括前置处理程序和后置处理程序两大模块，每个模块又由多个子模块及子处理程序组成。计算

图 2-3　自动编程过程

机有了这套处理程序，才能识别、转换和处理全过程，它是系统的核心部分。

自动编程是采用计算机辅助数控编程技术实现的，需要一套专门的数控编程软件，现代数控编程软件主要分为：

(1) 以批处理命令方式为主的各种类型的语言编程系统（典型代表 APT）。

早期的自动编程都是编程人员根据零件图形及加工工艺要求，采用数控语言，先编写成源程序单，再输入计算机，由专门的编译程序，进行译码、计算和后置处理后，自动生成数控机床所需的加工程序清单，然后通过制成纸带或直接用通信接口，将加工程序送入到机床 CNC 装置中的。其中的数控语言是一套规定好的基本符号和由基本符号描述零件加工程序的规则，它比较接近工厂车间里使用的工艺用语和工艺规程，主要由几何图形定义语句、刀具运动语句和控制语句三种语句组成。编译程序是根据数控语言的要求，结合生产对象和具体的计算机，由专家应用汇编语言或其他高级语言编好的一套庞大的程序系统。这种自动编程系统的典型就是 APT 语言。

APT 语言最早于 1955 年由美国研制成功，经多次修改完善，于 20 世纪 70 年代发展成 APTⅣ，一直沿用至今。其他如法国的 IFAPT，德国的 EXAPT，日本的 FAPT、HAPT 以及我国的 ZCK、SKC 等都是 APT 的变形。这些数控语言有的能处理 3～5 坐标，有的只能处理 2 坐标，有车削用的、铣削和点位加工用的等。这种方式的自动编程系统，由于当时计算机的图形处理能力较差，所以一般都无图形显示，不直观，易出错。虽然后来增加了一些图形校验功能，但还是要反复地在源程序方式和图形校验方式之间来回切换，并且还需要掌握数控语言，初学者用起来不太方便。

(2) 交互式 CAD/CAM 集成化编程系统。

目前计算机自动编程采用图形交互式自动编程，即计算机辅助编程。这种自动编程系统是 CAD（计算机辅助设计）与 CAM（计算机辅助制造）高度结合的自动编程系统，通常称为 CAD/CAM 系统。

针对 APT 语言的缺点，1978 年，法国达索飞机公司开始开发集三维设计、分析和 NC 加工于一体的系统，称为 CATIA。随后很快出现了像 EUCLID，UGII，INTERGRAPH，Pro/Engineering，MasterCAM 及 NPU/GNCP 等系统，这些系统都有效地解决了几何造型、零件几何形状的显示、交互设计、修改及刀具轨迹生成、走刀过程的仿真显示、验证等问题，推动了 CAD 和 CAM 向一体化方向的发展。到了 80 年代，在 CAD/CAM 一体化概念的基础上，逐步形成了计算机集成制造系统（CIMS）及并行工程（CE）的概念。目前，为了适应 CIMS 及 CE 发展的需要，数控编程系统正向集成化和智能化方向发展。

CAD/CAM 编程系统是当前最先进的数控加工编程方法，它利用计算机以人机交互图形方式完成零件几何形状计算机化、轨迹生成与加工仿真到数控程序生成全过程，操作过程形象生动、效率高、出错几率低，而且还可以通过软件的数据接口共享已有的 CAD 设计结果，实现 CAD/CAM 集成一体化，实现无图纸设计制造。

2.1.4　数控机床坐标系确定

数控机床上的坐标系是采用右手直角笛卡尔坐标系，如图 2-4 所示。

图 2-4　机床坐标轴

X、Y、Z 直线进给坐标系按右手定则规定，而围绕 X、Y、Z 轴旋转的圆周进给坐标轴 A、B、C 则按右手螺旋定则判定。

数控机床各坐标轴及其正方向的确定原则是：

（1）先确定 Z 轴。

以平行于机床主轴的刀具运动坐标为 Z 轴。若有多根主轴，则可选垂直于工件装夹面的主轴为主要主轴，Z 坐标则平行于该主轴轴线；若没有主轴，则规定垂直于工件装夹面的坐标轴为 Z 轴。Z 轴正方向是使刀具远离工件的方向。如立式铣床，主轴箱的上、下或主轴本身的上、下即可定为 Z 轴，且是向上为正；若主轴不能上下动作，则工作台的上、下便为 Z 轴，此时工作台向下运动的方向定为正向。

（2）再确定 X 轴。

X 轴为水平方向且垂直于 Z 轴并平行于工件的装夹面。在工件旋转的机床（如车床、外圆磨床）上，X 轴的运动方向是径向的，与横向导轨平行。刀具离开工件旋转中心的方向是正方向。对于刀具旋转的机床，若 Z 轴为水平（如卧式铣床、镗床），则沿刀具主轴后端向工件方向看，右手平伸出方向为 X 轴正向，若 Z 轴为垂直（如立式铣、镗床，钻床），则从刀具主轴向床身立柱方向看，右手平伸出方向为 X 轴正向。

（3）最后确定 Y 轴。

在确定了 X、Z 轴的正方向后，即可按右手定则定出 Y 轴正方向。如图 2-5 是数控机床坐标系示例。

在上述坐标轴正方向确定之前，都有一个前提条件：假定工件不动，刀具相对于工件作进给运动而确定的方向，即刀具运动坐标系。

但在实际机床加工时，有很多都是刀具相对不动，而工件相对于刀具移动实现进给运动的情况。此时，应在各轴字母后加上“'”表示工件运动坐标系。按相对运动关系，工件运动的正方向恰好与刀具运动的正方向相反，即有：

$$+X = -X' \quad +Y = -Y' \quad +Z = -Z'$$
$$+A = -A' \quad +B = -B' \quad +C = -C'$$

事实上，不管是刀具运动还是工件运动，在进行编程计算时，一律都是假定工件不动，按刀具相对运动的坐标来编程。机床操作面板上的轴移动按钮所对应的正负运动方向，也应该与编程用的刀具运动坐标方向相一致。比如，对立式数控铣床而言，按＋X

卧式车床　　　　　　　　　　　　立式铣床

卧式镗铣床　　　　　　　　　　　六轴加工中心

图 2-5　数控机床坐标系的确定

轴移动钮或执行程序中＋X 移动指令，应该是达到假想工件不动，而刀具相对工件往右（＋X）移动的效果。但由于在 X、Y 平面方向，刀具实际上是不移动的，所以相对于站立不动的人来说，真正产生的动作却是工作台带动工件在往左移动（即－X′ 运动方向）。若按＋Z 轴移动钮，对工作台不能升降的机床来说，应该就是刀具主轴向上回升；而对工作台能升降而刀具主轴不能上下调节的机床来说，则应该是工作台带动工件向下移动，即刀具相对于工件向上提升。

此外，如果在基本的直角坐标轴 X、Y、Z 之外，还有其他轴线平行于 X、Y、Z，则附加的直角坐标系指定为 U、V、W 和 P、Q、R。

2.1.5　数控加工常用术语

1. 机床原点、参考点和工件原点

机床原点就是机床坐标系的原点。它是机床上的一个固定的点，由制造厂家确定。机床坐标系是通过回参考点操作来确立的，参考点是确立机床坐标系的参照点。

数控车床的机床原点多定在主轴前端面的中心，数控铣床的机床原点多定在进给行程范围的正极限点处，但也有的设置在机床工作台中心，使用前可查阅机床用户手册。

参考点（或机床原点）是用于对机床工作台（或滑板）与刀具相对运动的测量系统进行定标与控制的点，一般都是设定在各轴正向行程极限点的位置上。该位置是在每个轴上用挡块和限位开关精确地预先调整好的，它相对于机床原点的坐标是一个已知数、一个固定值。每次开机启动后，或当机床因意外断电、紧急制动等原因停机而重新启动时，都应该先让各轴返回参考点，进行一次位置校准，以消除上次运动所带来的位置误差。

在对零件图形进行编程计算时，必须要建立用于编程的坐标系，其坐标原点即为程序原点。而要把程序应用到机床上，程序原点应该放在工件毛坯的什么位置，其在机床坐标系中的坐标是多少，都必须让机床的数控系统知道，这一操作就是对刀。编程坐标系在机床上就表现为工件坐标系，坐标原点就称之为工件原点。工件原点一般按如下原则选取：

（1）工件原点应选在工件图样的尺寸基准上。这样可以直接用图纸标注的尺寸作为编程点的坐标值，减少数据换算的工作量。

（2）能使工件方便地装夹、测量和检验。

（3）尽量选在尺寸精度、光洁度比较高的工件表面上，这样可以提高工件的加工精度和同一批零件的一致性。

（4）对于有对称几何形状的零件，工件原点最好选在对称中心点上。

车床的工件原点一般设在主轴中心线上，多定在工件的左端面或右端面。铣床的工件原点一般设在工件外轮廓的某一个角上或工件对称中心处，进刀深度方向上的零点，大多取在工件表面，如图 2-6 所示。对于形状较复杂的工件，有时为编程方便可根据需要通过相应的程序指令随时改变新的工件坐标原点；对于在一个工作台上装夹加工多个工件的情况，在机床功能允许的条件下，可分别设定编程原点独立地编程，再通过工件原点预置的方法在机床上分别设定各自的工件坐标系。

图 2-6　数控机床参考点

对于编程和操作加工采取分开管理机制的生产单位，编程人员只需要将其编程坐标系和程序原点填写在相应的工艺卡片上即可。而操作加工人员则应根据工件装夹情况适当调整程序中建立工件坐标系的程序指令或采用原点预置的方法调整修改原点预置值，以保证程序原点与工件原点的一致性。

2. 坐标联动加工

数控机床加工时的横向、纵向等进给量都是以坐标数据来进行控制的。像数控车床、数控线切割机床等是属于两坐标控制的，数控铣床则是三坐标控制的，还有四坐标轴、五坐标轴甚至更多的坐标轴控制的加工中心等。坐标联动加工是指数控机床的几个坐标轴能够同时进行移动，从而获得平面直线、平面圆弧、空间直线和空间螺旋线等复杂加工轨迹的能力。当然也有一些早期的数控机床尽管具有三个坐标轴，但能够同时进行联动控制的可能只是其中两个坐标轴，那就属于两坐标联动的三坐标机床。像这类机床就不能获得空间直线、空间螺旋线等复杂加工轨迹。要想加工复杂的曲面，只能采用在某平面内进行联动控制，第三轴作单独周期性进给的"两维半"加工方式。

(a) 两坐标联动加工　　　　(b) 三坐标联动加工

图 2-7　坐标联动

3. 脉冲当量、进给速度与速度修调

数控机床各轴采用步进电机、伺服电机或直线电机驱动，是用数字脉冲信号进行控制的。每发送一个脉冲，电机就转过一个特定的角度，通过传动系统或直接带动丝杠，从而驱动与螺母副连接的工作台移动一个微小的距离。单位脉冲作用下工作台移动的距离就称之为脉冲当量。手动操作时数控坐标轴的移动通常是采用按键触发或采用手摇脉冲发生器（手轮方式）产生脉冲的，采用倍频技术可以使触发一次的移动量分别为 0.001mm、0.01mm、0.1mm、1mm 等多种控制方式，相当于触发一次分别产生 1、10、100、1000 个脉冲。

进给速度是指单位时间内坐标轴移动的距离，也即切削加工时刀具相对于工件的移动速度。如某步进电机驱动的数控轴，其脉冲当量为 0.002mm，若数控装置在 0.5 分钟内发送出 20 000 个进给指令脉冲，那么其进给速度应为：20 000×0.002/0.5＝80mm/min。加工时的进给速度由程序代码中的 F 指令控制，但实际进给速度还是可以根据需要作适当调整的，这就是进给速度修调。修调是按倍率来进行计算的，如程序中指令为 F80，修调倍率调在 80％挡上，则实际进给速度为 80×80％＝64mm/min。同样的，有些数控机床的主轴转速也可以根据需要进行调整，那就是主轴转速修调。

4. 插补与刀补

数控加工直线或圆弧轨迹时，程序中只提供线段的两端点坐标等基本数据，为了控制刀具相对于工件走在这些轨迹上，就必须在组成轨迹的直线段或曲线段的起点和终点之间，按一定的算法进行数据点的密化工作，以填补确定一些中间点，各轴就以趋近这些点为目标实施配合移动，这就称之为插补。这种计算插补点的运算称为插补运算。早期 NC 硬线数控机床的数控装置中是采用专门的逻辑电路器件进行插补运算的，称之为插补器。在现代 CNC 软线数控机床的数控装置中，则是通过软件来实现插补运算的。现代数控机床大多都具有直线插补和平面圆弧插补的功能，有的机床还具有一些非圆曲线的插补功能。

刀补是指数控加工中的刀具半径补偿和刀具长度补偿功能。具有刀具半径补偿功能的机床数控装置，能使刀具中心自动地相对于零件实际轮廓向外或向内偏离一个指定的刀具半径值，并使刀具中心在这偏离后的补偿轨迹上运动，刀具刃口正好切出所需的轮廓形状。编程时直接按照零件图纸的实际轮廓大小编写，再添加上刀补指令代码，然后在机床刀具补偿寄存器对应的地址中输入刀具半径值即可。加工时由数控机床的数控装置临时从刀补地址寄存器中提出刀具半径值，再进行刀补运算，然后控制刀具中心走在补偿后的轨迹上。刀具长度补偿主要是用于补偿由于刀具长度发生变化的情况。

2.2　数控加工程序的程序段结构和常用编程指令

2.2.1　数控加工程序的程序段格式

一个零件的加工程序是由许多按规定格式书写的程序段组成，如图 2-8 所示，而每个程序段由指令字（A～Z）和一些数字（＋，－，0～9），它对应着零件的一段加工过程，简称字，国际上广泛采用两种字符标准编码，即 ISO（International Standardization Organization）国际标准化组织标准和 EIA（Electronic Industries Association）美国电子工业协会标准，他们分别为 ISO 代码和 EIA 代码。

常见的程序段格式有固定顺序格式、分隔符顺序格式及字地址格式三种。而目前常用的是字地址格式，典型的字地址格式如表 2-1 所示。

图 2-8　程序组成

表 2-1　程序段的常见格式

N××××	G	X	Y	Z	A	B	C	F	S	M

下面给出了一个完整的字地址格式的数控加工程序：

1. 程序段格式

每个程序段的开头是程序段的序号，以字母 N 和四位数字表示；接着一般是准备功能指令，由字母 G 和两位数字组成，这是基本的数控指令；而后是机床运动的目标坐标值，如用 X、Y、Z 等指定运动坐标值；在工艺性指令中，F 代码为进给速度指令，S 代码为主轴转速指令，T 为刀具号指令，M 代码为辅助机能指令。

字地址码可编程序段格式的特点是：程序段中各自的先后排列顺序并不严格，不需要的字以及与上一程序段相同的继续使用的字可以省略；每一个程序段中可以有多个 G 指令或 G 代码；数据的字可多可少，程序简短，直观，不易出错，因而得到广泛使用。

2. 程序段序号简称顺序号

通常用数字表示，在数字前还冠有标识符号 N，现代许多数控系统中都不要求程序段号，程序段号可以省略。

3. 准备功能字

准备功能简称 G 功能，由表示准备功能地址符 G 和数字组成，如直线插补指令 G01，G 指令代码的符号已标准化。

G 代码表示准备功能，目的是将控制系统预先设置为某种预期的状态，或者某种加工模式和状态，即命令机床做某种动作，例如 G00 将机床预先设置为快速运动状态。

G 功能字后续数字大多为两位数（00～99），现代的数控系统中此处的前置 0 允许省略，因而见到的数字是一位时，实际是两位的简写，例如 G0，实际是 G00。

4. 坐标字

坐标字由坐标地址符及数字组成，主要用来指令机床上刀具运动到达的坐标位置。坐标字用得较多的有三组：第一组 X、Y、Z、U、V、W、P、Q、R，主要是用于指令刀具到达点的直线坐标尺寸；第二组 A、B、C、D、E，主要用于指令刀具到达点的角度坐标；第三组 I、J、K，主要用于指令刀具零件圆弧轮廓圆心点的坐标尺寸。坐标字中地址符的使用虽然有一定的规律，但各系统往往还有一些差别。

程序段说明坐标值是绝对模式还是增量模式，是英制单位还是公制单位，到达目标位置的运动方式是快速运动或直线运动，多数数控系统由准备功能字选择。

5. 进给功能字 F

进给功能也称 F 功能，用来指定坐标轴移动进给的速度。程序中通过 F 地址来访问进给功能字，用于控制刀具移动时的速率，如图 2-9 所示。F 后面

图 2-9 进给速度 F

所接数值代表每分钟刀具进给量，单位为 mm/min。F 进给功能的值是模态的，只能由另一个 F 地址字取消。每分钟进给的优点就是它不依赖于主轴转速，这使得它可以使用多把不同直径的刀具，从而在铣削中很有用。

F 功能指令值如超过制造厂商所设定的范围时，则以厂商所设定的最高或最低进给率为实际进给率。在操作中为了实际加工条件的需要，也可由执行操作面板上的"切削进给率"旋钮来调整实际进给率。

F 功能的数值可由式（2-1）计算而得

$$F = F_t \times T \times S \tag{2-1}$$

式中：F_t——铣刀每刃的进给量 mm/tooth；

　　　T——铣刀的刀刃数；

　　　S——刀具的转数 r/min。

例题：使用 $\phi75mm$，6 刃的面铣刀，铣削碳钢表面，$v=100m/min$，$F_t=0.08mm/$刃，求 S 及 F。

解：$S=1000v/\pi D=1000\times100/3.14\times75=425r/min$

　　$F=F_t\times T\times S=0.08\times6\times425=204mm/min$

刀具材质及被切削材料不同，则切削速度，每刃的进给量也不相同。

6. 主轴转速功能 S

主轴转速功能由主轴地址符 S 及数字组成，数字表示主轴转速，单位为 r/min。它的功能主要是指令主轴的转速，又称为 S 功能或 S 指令。

主轴转速功能又称为 S 功能，用来指定主轴的转速（r/min）。主轴功能以地址 S 后面接 1～4 位数字组成。如其指令的数值大于或小于制造厂商所设定的最高或最低转速时，将以厂商所设定的最高或最低转速为实际转速。在操作中为了实际加工条件的需要，也可由执行操作面板的"主轴转速调整率"旋钮来调整主轴实际转速。

S 指令只是设定主轴转速大小，并不会使主轴回转，需有 M03（主轴正转）或 M04（主轴反转）指令时，主轴才开始旋转。

例如：S1000 M03；主轴正转，其转速为 1000r/min。

主轴转速可由式（2-2）计算而得

$$n = 1000v/\pi D \tag{2-2}$$

式中：n——主轴转速 r/min；

　　　v——切削速度 m/min；

　　　D——刀具直径 mm；

　　　π——圆周率 3.14。

例题：已知用 $\phi10mm$ 高速钢端铣刀，$v=22m/min$，求 n。

解：$n=1000\times22/3.14\times10=700r/min$。

7. 刀具功能 T

刀具功能由地址符 T 和数字组成，用以指定刀具的号码，所以也称为 T 功能或 T

指令。T 指令的功能含义主要是用来指令加工时使用的刀具号。对于车床，其后的数字还兼有指定刀具长度和半径补偿之用。

8. 辅助功能 M

辅助功能简称 M 功能，由辅助操作地址符 M 和数字（1～2 位）组成，又称为 M 功能或 M 指令。它通常用来指令数控机床辅助装置的接通和断开，表示机床各种辅助动作及其状态。

9. 程序段结束符号

程序段结束符号放在程序段的最后一个有用的字符之后，表示程序段的结束，因为控制不同，结束符号应根据数控系统的编程手册规定而定。

在此需要特别说明的是，数控机床的指令在国际上有很多格式标准。随着数控机床的发展，其系统功能更加强大，使用更方便，在不同数控系统之间，程序格式上会存在一定的差异，因此在具体掌握某一数控机床时要仔细了解其数控系统的编程格式。

2.2.2　常用编程指令

1. 坐标系编程

坐标系编程包括坐标系建立、坐标平面定义、极坐标、坐标系变换等。这里只介绍坐标系建立和坐标平面定义。

1）坐标系建立

（1）建立工件坐标系——G92（模态）。

格式：G92 X _ Y _ Z _

图 2-10　工件坐标系建立指令 G92

说明：X、Y、Z——设定的工件坐标系原点到刀具起点的有向距离。它直接给出当前的位置坐标，而间接得到坐标原点的位置，从而建立一个坐标系。

G92 指令通过设定刀具起点与坐标系原点的相对位置建立工件坐标系，工件坐标系一旦建立，绝对值编程时的指令值就是在此坐标系中的坐标值。

例（图 2-10）：G92 X100.0 Y200.0

（2）工件坐标系选择——G54～G59（模态）。

编程格式：G54 G90 G00（G01）X _ Y _ Z _ （F _）；

用 MDI 面板可以建立六个工件坐标系，程序选用哪个坐标系可以用 G54～G59 来选择。但这个功能要在回参考点操作后才成立。

工件坐标系一旦选定，后续程序段中绝对值编程时的指令值均为相对此工件坐标系原点的值。

G54～G59 为模态功能，可相互注销，G54 为缺省值。

该指令执行后，所有坐标值指定的坐标尺寸都是选定的工件加工坐标系中的位置。

1～6 号工件加工坐标系是通过 CRT/MDI 方式设置的。

例：图 2-11 设置加工坐标系中，用 CRT/MDI 在参数设置方式下设置了两个加工坐标系：

G54：X-50　　　Y-50　　　Z-10

G55：X-100　　　Y-100　　　Z-20

图 2-11　设置加工坐标系

这时，建立了原点在 O' 的 G54 加工坐标系和原点在 O'' 的 G55 加工坐标系。若执行下述程序段：

N10　G53　G90　X0　　Y0　　　Z0

N20　G54　G90　G01　X50　Y0　Z0　F100

N30　G55　G90　G01　X100　Y0　Z0　F100

则刀尖点的运动轨迹如图 2-11 中的 OAB 所示。

注意事项：

① G54 与 G55～G59 的区别。G54～G59 设置加工坐标系的方法是一样的，但在实际情况下，机床厂家为了用户的不同需求，在使用中有以下区别：利用 G54 设置机床原点的情况下，进行回参考点操作时机床坐标值显示为 G54 的设定值，且符号均为正；利用 G55～G59 设置加工坐标系的情况下，进行回参考点操作时机床坐标值显示零值。

② G92 与 G54～G59 的区别。G92 指令与 G54～G59 指令都是用于设定工件加工坐标系的，但在使用中是有区别的。G92 指令是通过程序来设定、选用加工坐标系的，它所设定的加工坐标系原点与当前刀具所在的位置有关，这一加工原点在机床坐标系中的位置是随当前刀具位置的不同而改变的。

③ G54～G59 的修改。G54～G59 指令是通过 MDI 在设置参数方式下设定工件加工坐标系的，一旦设定，加工原点在机床坐标系中的位置是不变的，它与刀具的当前位置无关，除非再通过 MDI 方式修改。

常见错误：

当执行程序段 "G92 X10 Y10" 时，常会认为是刀具在运行程序后到达 X10 Y10 点上。其实，G92 指令程序段只是设定加工坐标系，并不产生任何动作，这时刀具已在加工坐标系中的 X10 Y10 点上。

G54~G59 指令程序段可以和 G00、G01 指令组合，如 G54 G90 G01 X10 Y10 时，运动部件在选定的加工坐标系中进行移动。程序段运行后，无论刀具当前点在哪里，它都会移动到加工坐标系中的 X10 Y10 点上。

2）坐标平面选择——G17、G18、G19（模态）

格式：G17（G18、G19）其他 G 指令坐标位置；

其中，G17、G18、G19 分别指定 XY、XZ、YZ 平面，如图 2-12 所示。

例：G90 G17 G01 X100.0 Z50.0 F3.0；

如果不使用平面选择指令，系统默认为 G17 平面。

2. 坐标值和尺寸

1）绝对坐标和增量坐标编程——G90、G91（模态）

格式：G90（G91）X ＿ Y ＿ Z ＿ ；

G90：绝对坐标，G91：增量坐标。

这两个 G 代码规定后续程序中的坐标值是按绝对坐标走刀还是按增量坐标走刀。从下面例子可以看出二者的差别，如图 2-13 所示。

图 2-12　坐标平面

图 2-13　G90、G91 命令程序例图

图 2-13 按绝对坐标编程时，程序为：

G90 G00 X180.0 Y100.0；

按照增量坐标编程，则写为：

G91 G00 X130.0 Y70.0；

增量编程中，坐标值为终点坐标减起点坐标。出现负值时，表示沿坐标轴负方向走刀。

2）英制/米制转换——G20、G21（模态）

数控系统可以使用英制和米制两种单位体制。它们可以在参数中进行预置，也可以通过编程来规定。

格式：G20（G21）；

其中，G20 为英制输入，G21 为米制输入。

它要求在坐标系建立前的一个独立的程序块中进行编程。

例如：

N0010 G21；

N0020 G92 X100. 0 Z200. 0；

······

N0100 M30；

3. 插补功能

1）快速定位——G00（模态）

格式：G00 X _ Y _ Z _

说明：快速走刀到坐标为 X _ Y _ Z _ 的点。

例：N0010 G00 X50. 0 Z25. 0

这段程序使刀具从当前位置快速走刀到坐标为 $X=50.0$、$Y=25.0$ 的点。快速走刀的速度是在参数系统中设定的。

如果使用相对坐标编程，还可以写成：

N0010 G00 X-20. 0 Z-55. 0

2）G01——直线插补（模态）

格式：G01 X _ Y _ Z _ F _

说明：以规定速度走刀到坐标为 X _ Y _ Z _ 的点。

使用这条命令时，应在同一程序段中规定进刀速度，否则它将以前面最近处给定的速度走刀。

例（图 2-14）：N0005 G01 X100. 0 Z50. 0 F40

在知道当前位置坐标时，同样可以用相对坐标进行编程。

图 2-14　快速定位指令 G01 应用举例

3）圆弧插补——G02、G03（模态）

格式：G02（G03）X _ Y _ Z _ I _ J _ K _ F _ ；

或 G02（G03）X _ Y _ Z _ R _ F _ ；

上面各项中：

G02：顺时针插补。

G03：逆时针插补。

X，Y，Z：给出圆弧终点的坐标。

I，J，K：为起点到圆心向量在 X、Y、Z 三个坐标轴的投影值，有正负。

R：圆弧半径。

F：插补走刀速度。

使用半径编辑圆弧时，要注意如下两点：

（1）它无法编辑整圆。

（2）R 值在被编辑圆弧夹角小于等于 180°时取正，大于 180°时取负。这是由于在给出半径值和终点时，能画出两个圆弧。有了符号的规定，则圆弧就是唯一的了，图 2-15 说明了半径符号的取法。

圆弧编程举例（图 2-16）：

图 2-15　圆弧插补半径 R 的符号说明

图 2-16　圆弧插补编程实例图

使用增量值编程，用 I、J、K：

G17 G92 X170.0 Y60.0；

G91 G03 X-50.0 Y50.0 I-50.0 F100.0；

　　G02 X-30.0 Y-30.0 I-30.0；

使用增量值编程，用 R：

G17 G92 X170.0 Y60.0；

G91 G03 X-50.0 Y50.0 R50.0 F100.0；

　　G02 X-30.0 Y-30.0 R30.0。

使用绝对值编程，用 I、J、K：

G17 G92 X170.0 Y60.0；

G90 G03 X120.0 Y110 I-50.0 F100.0；

　　G02 X90.0 Y80.0 I-30.0；

使用绝对值编程，用 R：

G17 G92 X170.0 Y60.0；

G90 G03 X120.0 Y110.0 R50.0 F100.0；

　　G02 X90 Y80 R30；

4. 刀具补偿功能

1）刀具半径补偿功能 G40、G41、G42

数控机床在实际加工过程中是通过控制刀具中心轨迹来实现切削加工任务的。在编程过程中，为了避免复杂的数值计算，一般按零件的实际轮廓来编写数控程序，但刀具具有一定的半径尺寸，如果不考虑刀具半径尺寸，那么加工出来的实际轮廓就会与图纸所要求的轮廓相差一个刀具半径值。因此，采用刀具半径补偿功能来解决这一问题。

根据零件轮廓编制的程序和预先设定的偏置参数，数控系统能自动完成刀具半径补偿功能。G40、G41、G42 为刀具半径补偿指令。

$$格式：\begin{Bmatrix} G17 \\ G18 \\ G19 \end{Bmatrix} \begin{Bmatrix} G40 \\ G41 \\ G42 \end{Bmatrix} \begin{Bmatrix} G00 \\ G01 \end{Bmatrix} X\_ Y\_ Z\_ D\_$$

说明：

G40：取消刀具半径补偿；

G41：左刀补（在刀具前进方向左侧补偿），如图 2-17（a）所示；

G42：右刀补（在刀具前进方向右侧补偿），如图 2-17（b）所示；

X，Y，Z：G00/G01 的参数，即刀补建立或取消的终点；

D：G41/G42 的参数，即刀补号码，它代表了刀补表中对应的半径补偿值。

G40、G41、G42 都是模态代码，可相互注销。

刀具半径补偿的工作过程：刀具半径补偿执行的过程一般可分为三步，如图 2-18 所示：

(a) 左刀补 G41　　　　　　(b) 右刀补 G42

图 2-17　刀具半径补偿方向

（1）刀补建立。刀具从起刀点接近工件，并在原来编程轨迹基础上，向左（G41）或向右（G42）偏置一个刀具半径（图 2-18 中的粗虚线），在该过程中不能进行零件加工。在该段中，动作指令只能用 G00 或 G01，不能用 G02 或 G03。

图 2-18　刀具半径补偿的工作过程

（2）刀补进行。刀具中心轨迹（图 2-18 中的虚线）与编程轨迹（图 2-18 中的实线）始终偏离一个刀具半径的距离。

（3）刀补撤销。刀具撤离工件，使刀具中心轨迹的终点与编程轨迹的终点（如起刀点）重合（图 2-18 中的粗虚线）。它是刀补建立的逆过程。同样，在该过程中不能进行零件加工。在该段中，动作指令也只能用 G00 或 G01，不能用 G02 或 G03。

2）刀具长度补偿——G43、G44、G49（模态）

格式：补偿 A：G43 Z_ H_；Z 向正长度补偿。

　　　　　　G44 Z_ H_；Z 向负长度补偿。

　　　补偿 B：G17 G43 Z_ H_；Z 向正长度补偿。

　　　　　　G17 G44 Z_ H_；Z 向负长度补偿。

　　　　　　G18 G43 Y_ H_；Y 向正长度补偿。

　　　　　　G18 G44 Y_ H_；Y 向负长度补偿。

　　　　　　G19 G43 X_ H_；X 向正长度补偿。

　　　　　　G19 G44 X_ H_；X 向负长度补偿。

　　　补偿 C：G43 α_ H_；α 向正长度补偿。

　　　　　　G44 α_ H_；α 向负长度补偿。

　　　取消补偿：G49；或者取消长度补偿：H0。

每个 H 代码可以调用一组补偿值。对 G43 命令，实际走刀终点坐标为编程坐标＋H_，对 G44 命令则为编程坐标－H_。而 H0 也可以被用来取消长度补偿。实际上，H0 可以理解为调用补偿值 0。

补偿值的设置范围：米制±999.999mm，英制±99.9999in。

例如：刀具长度补偿沿 X、Y 轴进行补偿时

G19 G43 X235.0 H3；对 X 轴进行补偿进刀。

G18 G43 Y138.0 H4；对 Y 轴进行补偿进刀。

对不同的轴向进行补偿，要在不同的程序块中进行。

图 2-19 是一个钻孔的实例，三个孔加工程序如下：

H1＝－4.0　　　　　　　　　；对刀具补偿代码 H1 赋值。补偿代码允许在程序
　　　　　　　　　　　　　　中赋值

N1 G91 G00 X120.0 Y80.0　　；钻头移动到第一个孔位

N2 G43 Z-32.0 H1　　　　　　；补偿，移动钻头到工件附近

N3 G01 Z-21.0 F1000　　　　 ；钻第一个孔

N4 G04 P2000　　　　　　　　；第一个孔光刀

N5 G00 Z21.0　　　　　　　　；钻头退出

N6 X30.0 Y-50.0　　　　　　　；移动钻头到第二个孔位

N7 G01 Z-41.0　　　　　　　　；钻第二个孔

N8 G00 Z41.0　　　　　　　　；钻头退出

N9 X50.0 Y30.0　　　　　　　；移动钻头到第三个孔位

N10 G01 Z-25.0　　　　　　　；钻第三个孔

N11 G04 P2000　　　　　　　　；第三个孔光刀

N12 G00 Z57.0 H0　　　　　　；钻头退离工件到原始高度，清除补偿

N13 X-200.0 Y-60.0　　　　　 ；钻头快速退回起始位置

N14 M30　　　　　　　　　　　；程序结束

5. 子程序调用

编程时，为了简化程序的编制，当一个工件上有相同的加工内容时，常用调用子程序的方法进行编程。调用子程序的程序叫做主程序。子程序的编号与一般程序基本相同，只是程序结束字为 M99 表示子程序结束，并返回到调用子程序的主程序中。

调用子程序的编程格式　　M98 P ＿ ；

说明：P 表示子程序调用情况。P 后共有 8 位数字，前四位为调用次数，省略时为调用一次；后四位为所调用的子程序号。

例：如图 2-19 所示，在一块平板上加工 6 个边长为 10mm 的等边三角形，每边的槽深为 -2mm，工件上表面为 Z 向零点。其程序的编制就可以采用调用子程序的方式来实现（编程时不考虑刀具补偿）。

图 2-19　零件图样

主程序：

O10

N10 G54 G90 G01 Z40 F2000　　；进入工件加工坐标系

```
N20 M03 S800              ；主轴启动
N30 G00 Z3                ；快进到工件表面上方
N40 G01 X0 Y8.66          ；到 1# 三角形上顶点
N50 M98 P20               ；调 20 号切削子程序切削三角形
N60 G90 G01 X30 Y8.66     ；到 2# 三角形上顶点
N70 M98 P20               ；调 20 号切削子程序切削三角形
N80 G90 G01 X60 Y8.66     ；到 3# 三角形上顶点
N90 M98 P20               ；调 20 号切削子程序切削三角形
N100 G90 G01 X0 Y-21.34   ；到 4# 三角形上顶点
N110 M98 P20              ；调 20 号切削子程序切削三角形
N120 G90 G01 X30 Y-21.34  ；到 5# 三角形上顶点
N130 M98 P20              ；调 20 号切削子程序切削三角形
N140 G90 G01 X60 Y-21.34  ；到 6# 三角形上顶点
N150 M98 P20              ；调 20 号切削子程序切削三角形
N160 G90 G01 Z40 F2000    ；抬刀
N170 M05                  ；主轴停
N180 M30                  ；程序结束
子程序：
O20
N10 G91 G01 Z-2 F100      ；在三角形上顶点切入（深）2mm
N20 G01 X-5 Y-8.66        ；切削三角形
N30 G01 X10 Y0            ；切削三角形
N40 G01 X5 Y8.66          ；切削三角形
N50 G01 Z5 F2000          ；抬刀
N60 M99                   ；子程序结束
```

设置 G54：X=−400，Y=−100，Z=−50。

2.3 数控程序编制的内容及步骤

在数控编程之前，编程人员应首先了解所用数控机床的规格、性能、数控系统所具备的功能及编程指令格式等要求，其次根据零件形状尺寸及其技术要求，分析零件的加工工艺，选定合适的机床、刀具与夹具，确定合理的零件加工工艺路线、工步顺序以及切削用量等工艺参数，这些工作与普通机床加工零件时的编制工艺规程基本是相同的。

2.3.1 加工工艺决策

1. 夹具的设计和选择

在夹具设计和选择时，应特别注意要迅速完成工件的定位和夹紧过程，以减少辅助时间。使用组合夹具，生产准备周期短，夹具零件可以反复使用，经济效果好。此外，所用夹具应便于安装，便于协调工件和机床坐标系之间的尺寸关系。

2. 选择合理的走刀路线——加工路线

合理地选择走刀路线对于数控加工是很重要的，主要考虑以下几个方面：

（1）尽量缩短走刀路线，减少空走刀行程，提高生产效率。

（2）合理选取起刀点、切入点和切入方式，保证切入过程平稳，没有冲击。

（3）保证加工零件的精度和表面粗糙度的要求。

（4）保证加工过程的安全性，避免刀具与非加工面的干涉。

（5）有利于简化数值计算，减少程序段数目和编制程序工作量。

3. 选择合理的刀具

根据工件材料的性能、机床的加工能力、加工工序的类型、切削用量以及其他与加工有关的因素来选择刀具，包括刀具的结构类型、材料牌号和几何参数。

数控机床上所采用的刀具要根据被加工零件的材料、几何形状、表面质量要求、热处理状态和切削性能及加工余量等，选择刚性好、耐用度高的刀具。

4. 确定合理的切削用量

切削用量包括主轴转速（切削速度）、背吃刀量和进给量。对于不同的加工方法，需要选择不同的切削用量，并应编入程序单内。合理选择切削用量的原则是：粗加工时，一般以提高生产率为主，但也应考虑经济性和加工成本，通常选择较大的背吃刀量和进给量，采用较低的切削速度；半精加工和精加工时，应在保证加工质量的前提下，兼顾切削效率、经济性和加工成本，通常选择较小的背吃刀量和进给量，并选用切削性能高的刀具材料和合理的几何参数，从而尽可能提高切削速度。具体数值应根据机床说明书、切削用量手册并结合经验而定。

（1）背吃刀量 a_p（mm），亦称切削深度。主要根据机床、夹具、刀具和工件的刚度来决定。在刚度允许的情况下，应以最少的进给次数切除加工余量，最好一次切除余量，以便提高生产效率。精加工时，则应着重考虑如何保证加工质量，并在此基础上尽量提高生产率。在数控机床上，精加工余量可小于普通机床，一般取（0.2~0.5）mm。

（2）主轴转速 n（r/min），主要根据允许的切削速度 v_c（m/min）选取。

（3）进给量（进给速度）f（mm/min 或 mm/r），其是数控机床切削用量中的重要参数，主要根据零件的加工精度和表面粗糙度要求以及刀具、工件材料性质选取。最大进给量则受机床刚度和进给系统的性能限制并与脉冲当量有关。当加工精度、表面粗糙度要求高时，进给速度（进给量）应选小些，一般在 20~50mm/min 范围内选取。粗加工时，为缩短切削时间，一般进给量就取得大些。工件材料较软时，可选用较大的进给量；反之，应选较小的进给量。

2.3.2 刀位轨迹计算

在编写 NC 程序时，根据零件形状尺寸、加工工艺路线的要求和定义的走刀路径，在适当的工件坐标系上计算零件与刀具相对运动的轨迹的坐标值，以获得刀位数据，例如几何元素的起点、终点、圆弧的圆心、几何元素的交点或切点等坐标值，有时还需要根据这些数据计算刀具中心轨迹的坐标值，并按数控系统最小设定单位（如 0.001mm）将上述坐标值转换成相应的数字量，作为编程的参数。

在计算刀具加工轨迹前，正确选择编程原点和工件坐标系是极其重要的。工件坐标系是指在数控编程时，在工件上确定的基准坐标系，其原点也是数控加工的对刀点。

工件坐标系的选择原则为：

（1）所选的工件坐标系应使程序编制简单；

（2）工件坐标系原点应选在容易找正、并在加工过程中便于检查的位置；

（3）引起的加工误差小。

2.3.3 编制或生成加工程序清单

根据制定的加工路线、刀具运动轨迹、切削用量、刀具号码、刀具补偿要求及辅助动作，按照机床数控系统使用的指令代码及程序格式要求，编写或生成零件加工程序清单，并需要进行初步的人工检查，并进行反复修改。

2.3.4 程序输入

在早期的数控机床上都配备光电读带机，作为加工程序输入设备，因此，对于大型的加工程序，可以制作加工程序纸带，作为控制信息介质。近年来，许多数控机床都采用磁盘、计算机通信技术等各种与计算机通用的程序输入方式实现加工程序的输入，因此，只需要在普通计算机上输入编辑好的加工程序，就可以直接传送到数控机床的数控系统中。当程序较简单时，也可以通过键盘人工直接输入到数控系统中。

2.3.5 数控加工程序正确性校验

通常所编制的加工程序必须经过进一步的校验和试切削才能用于正式加工。当发现错误时，应分析错误的性质及其产生的原因，或修改程序单，或调整刀具补偿尺寸，直到符合图纸规定的要求为止。

2.4 编 程 实 例

如图 2-20 所示工件，毛坯为 ϕ45mm×120mm 棒材，材料为 45 钢，数控车削端面、外圆。

1. 根据零件图样要求、毛坯情况，确定工艺方案及加工路线

（1）对短轴类零件，轴心线为工艺基准，用三爪自定心卡盘夹持 ϕ45 外圆，使工件伸出卡盘 80mm，一次装夹完成粗精加工。

图 2-20 零件图样

（2）工步顺序。

① 粗车端面及 ϕ40mm 外圆，留 1mm 精车余量。

② 精车 ϕ40mm 外圆到尺寸。

2. 选择机床设备

根据零件图样要求，选用经济型数控车床即可达到要求。例如可选用 CK6132 型数控卧式车床。

3. 选择刀具

根据加工要求，选用两把刀具，T01 为 90°粗车刀，T03 为 90°精车刀，如图 2-21 所示。同时把两把刀在自动换刀刀架上安装好，且都对好刀，把它们的刀偏值输入相应的刀具参数中。

图 2-21　选择刀具

4. 确定切削用量

切削用量的具体数值应根据该机床性能、相关的手册并结合实际经验确定，详见加工程序。

5. 确定工件坐标系、对刀点和换刀点

确定以工件右端面与轴心线的交点 O 为工件原点，建立 XOZ 工件坐标系，如图 2-20 所示。

采用手动试切对刀方法（操作与前面介绍的数控车床对刀方法基本相同）把点 O 作为对刀点。换刀点设置在工件坐标系下 X55、Z20 处。

6. 编写程序（以华中数控车床为例）

按该机床规定的指令代码和程序段格式，把加工零件的全部工艺过程编写成程序清单。

```
N0010 G59 X0 Z100          ；设置工件原点偏置
N0020 G90
N0030 G92 X55 Z20          ；设置换刀点
N0040 M03 S600
N0050 T01                  ；取 1 号 90°偏刀，粗车
N0060 G00 X46 Z0
N0070 G01 X0 Z0
N0080 G00 X0 Z1
N0090 G00 X41 Z1
N0100 G01 X41 Z-64 F80     ；粗车 φ40mm 外圆，留 1mm 精车余量
N0110 G28
```

```
N0120 G29                        ；回换刀点
N0130 T03                        ；取 3 号 90°偏刀，精车
N0140 G00 X40 Z1
N0150 M03 S1000
N0160 G01 X40 Z-64 F40           ；精车 φ40mm 外圆到尺寸
N0170 G00 X55 Z20
N0180 M05
N0190 M02
```

2.5　数控加工过程仿真

数控加工过程仿真是应用虚拟技术进行数控加工过程操作的表现形式。数控加工程序直接影响到加工零件的质量，对数控加工过程的仿真动态分析不仅可以消除加工程序的错误，而且可以优化加工过程，提高零件的加工质量。

2.5.1　数控加工过程仿真概述

从上节所知，数控机床在加工零件时是靠数控指令程序控制完成的。为确保数控程序的正确性，防止加工过程中工件和刀具相互干涉和碰撞，在实际生产中，常采用试切的方法进行检验。这种方法费工费料，代价昂贵，使生产成本上升，增加了产品加工时间和生产周期。随着科学技术的发展，后来又采用轨迹显示法，即以划针或笔代替刀具，以着色板或纸代替工件来仿真刀具运动轨迹的二维图形（也可以显示二维半的加工轨迹），但这种方法也有相当大的局限性。对于工件的三维和多维加工，也有用易切削的材料代替工件（如石蜡、木料、改性树脂和塑料等）来检验加工的切削轨迹。但是，试切要占用数控机床和加工现场。为此，人们一直在研究能逐步代替试切的计算机仿真方法——数控加工过程仿真。

数控加工过程仿真是利用计算机来模拟实际的加工过程，提供了一种快速验证数控程序正误性的方法，是 CAD/CAM 的一项重要技术之一，在现代加工生产中，为提高生产效率，获得较高的加工精度，决定性的一步就是在加工之前能够给出加工参数的合理评判以及对产品质量的合理预测。

利用数控加工过程仿真可以有效验证数控加工程序的可靠性、正确性，预测切削过程中可能出现的问题，减少了工件的试切和试制风险，节约了成本，提高了生产效率。

2.5.2　数控加工过程仿真的现状及发展

从试切环境的模型特点来看，目前 NC 切削过程仿真分几何仿真和力学仿真两个方面。几何仿真不考虑切削参数、切削力及其他物理因素的影响，只仿真刀具—工件几何体的运动，以验证 NC 程序的正确性。它可以减少或消除因程序错误而导致的机床损伤、夹具破坏或刀具折断、零件报废等问题，同时可以减少从产品设计到制造的时间，降低生产成本。切削过程的力学仿真属于物理仿真范畴，它通过仿真切削过程的动态力

学特性来预测刀具破损、刀具振动、控制切削参数，从而达到优化切削过程的目的。

国内外绝大多数已开发研制出的数控仿真系统都是几何仿真系统，并在试切环境的模型化、仿真计算和图形显示等方面取得了重要的进展，目前正向提高模型的精确度、仿真计算实时化和改善图形显示的真实感等方向发展。几何仿真技术的发展是随着几何建模技术的发展而发展的，包括定性图形显示和定量干涉验证两方面。目前常用的方法有直接实体造型法、基于图像空间的方法和离散矢量求交法。

如果能够建立起一个基于产品质量预测与分析的数控仿真系统，一方面可以对工件及刀具做出精确的几何描述，对数控程序进行验证；另一方面可以对加工过程中任意时刻的几何信息进行提取（如切屑厚度、切屑几何形状、刀刃与工件啮合部分），根据数控加工过程的动力学模型，对影响加工质量的因素进行科学的预测，来获得优化的加工过程参数（如合适的刀具、进给率等）。建立这样的仿真系统，在实际加工之前不仅可以获得优化的切削加工参数，避免了传统的依照手册或经验选择参数的保守，充分发挥了机床的潜能，大大提高了生产效率，而且可以对加工产品的精度进行预测，给出满足加工要求的误差补偿方法，设计出合理的切削工艺方案。只有这样，数控仿真系统才会发挥更大的作用，才能成为完善的、真正意义上的仿真系统。为此，人们一直在研究能逐步代替试切的计算机仿真方法，并在试切环境的模型化、仿真计算和图形显示等方面取得了重要的进展，目前正向提高模型的精确度、仿真计算实时化和改善图形显示的真实感等方向发展。

第 3 章　数控加工工艺基础

数控加工工艺是伴随数控机床的产生、发展而逐步完善起来的一种应用技术，它是数控加工实践的经验总结。实践表明，数控机床的使用效果很大程度上取决于用户的技术素质和工艺水平的高低，数控加工技术的普及与提高已成为推动数控技术应用与发展的重要环节。

3.1　数控加工工艺主要内容与特点

数控加工工艺是指应用数控机床加工零件的方法和手段，指导生产活动。

3.1.1　数控加工的主要内容

数控加工与普通加工在方法和内容上是相似的，但控制方式不同。

对普通加工来说，以某工序为例，其工步安排、走刀路线、走刀量的确定和切削参数选择等内容，在很大程度上由操作工人自行考虑和确定的，机床加工也是用手工操作方式来进行控制的。

对数控加工来说，在加工前，需将加工操作的所有内容——工步的划分与顺序、走刀路线、切削用量等切削内容和参数，按规定的代码形式编制成数字控制程序，再将该程序输入数控机床，加工时由机床控制系统对程序代码进行解释运算和处理，再通过机床伺服系统控制传动机构按程序完成应有的主运动和进给运动，从而加工出所需零件。可见数控加工的关键是编程，而编制程序的前提是制定零件的加工工艺方案。

一般来说，数控加工流程主要包含如下内容：

① 选择适合在数控机床上加工的零件，确定数控机床加工内容；

② 对零件图纸进行数控加工工艺分析，确定加工内容及技术要求；

③ 数控加工工艺设计（如工步的划分、工件的定位与夹具的选择、刀具的选择、切削用量的确定等）；

④ 对零件图形进行数学处理（包括特殊工艺问题的处理，如对刀点、换刀点的选择、加工路线的确定、刀具补偿等）；

⑤ 编写加工程序并输入机床；

⑥ 屏幕上显示刀具路径，必要时进行程序的校验与修改；

⑦ 首件试切与现场问题处理；

⑧ 数控加工工艺技术文件的定性与归档。

3.1.2　数控加工工艺的特点

数控加工工艺问题的处理与普通加工工艺基本相同，在设计零件的数控加工工艺时，首先要遵循普通加工工艺的基本原则和方法，同时还必须考虑数控加工本身的特点和零件编程要求，其特点如下：

1. 数控加工工艺的内容十分明确而具体

数控加工工艺与普通加工工艺相比，在工艺文件的内容和格式上都有较大区别，如在加工部位、加工顺序、刀具配置与使用顺序、刀具轨迹、切削参数等方面，都要比普通机床加工工艺中的工序内容更详细。数控加工工艺必须详细到每一次走刀路线和每一个操作细节，即普通加工工艺通常留给操作者完成的工艺与操作内容（如工步的安排、刀具几何形状及安装位置等），都必须由编程人员在编程时予以预先确定。也就是说，在普通机床加工时本来由操作工人在加工中灵活掌握并通过适时调整来处理的许多工艺问题，在数控加工时就必须由编程人员事先具体设计和明确安排。

2. 数控加工工艺必须准确而严密

数控机床虽然自动化程度高，但自适应性差，它不能像普通加工时那样可以根据加工过程中出现的问题自由地进行人为调整。例如，在数控机床上加工内螺纹时，它并不知道孔中是否挤满了切屑，何时需要退一次刀待清除切屑后再进行加工。所以，在数控加工的工艺设计中必须注意加工过程中的每一个细节，尤其是对图形进行数学处理、计算和编程时一定要力求准确无误，否则可能会出现重大机械事故和质量事故。

3. 采用多坐标联动自动控制加工复杂表面

对于一般简单表面的加工方法，数控加工与普通加工无太大的差别，但是对于一些复杂表面、特殊表面或有特殊要求的表面，数控加工与普通加工有着根本不同的加工方法。例如，对于曲线和曲面的加工，普通加工是用画线、样板、靠模、钳工、成形加工等方法进行，不仅生产效率低，而且还难以保证加工质量。数控加工则采用多坐标联动自动控制加工方法，其加工质量与生产效率是普通加工方法无法比拟的。

4. 采用先进的工艺装备

为了满足数控加工中高质量、高效率和高柔性的要求，数控加工中广泛采用先进的数控刀具、组合夹具等工艺装备。

5. 采用工序集中

由于现代数控机床具有刚性大、精度高、刀库容量大、切削参数范围广及多坐标、多工位等特点，因此在工件的一次装夹中可以完成多个表面的多种加工，甚至可在工作台上装夹几个相同或相似的工件进行加工，从而缩短了加工工艺路线和生产周期，减少了加工设备、工装和工件的运输工作量。

3.2　数控加工工艺设计基础

数控工艺的设计是进行数控加工的前期准备工作，是程序编制的依据。数控切削加工工艺制订的合理与否，直接影响到零件的加工质量、生产率和加工成本。设计数控工艺时，必须考虑周全，否则可能事倍功半，并造成不必要的损失。

3.2.1 数控加工工艺的主要内容

（1）选择并确定零件的数控加工内容；

（2）零件图纸的数控工艺性分析，明确加工内容和技术要求；

（3）数控加工的加工工艺路线设计；

（4）数控加工的工序设计，选择刀具、夹具及切削用量；

（5）处理特殊的工艺问题，如对刀点、换刀点确定，加工路线确定，刀具补偿，分配加工误差等。

（6）数控加工技术文件的编写。

3.2.2 数控加工内容的选定

当选择并决定某个零件进行数控加工后，并不等于要把它所有的加工内容都由数控机床完成，而可能只是其中的一部分内容进行数控加工。这就需要对零件图样进行仔细的工艺分析，选择那些最适合、最需要进行数控加工的内容和工序。在考虑选择内容时，应结合本企业设备的实际，立足于解决难题、攻克关键问题和提高生产效率，充分发挥数控加工的优势。

选定数控加工内容的出发点：解决加工难题、提高生产效率和经济效益。

在选择时一般按如下顺序考虑：

① 通用机床无法加工的内容作为优先选择的内容；

② 通用机床难加工，质量也难以保证的内容应作为重点选择内容；

③ 通用机床加工效率低，工人手工操作劳动强度大的内容，可在数控机床存在富余能力的基础上进行选择。

一般来说，上述这些可加工内容采用数控加工后，在产品质量、生产率与综合经济效益等方面都会得到明显提高，相比之下，下列一些内容则不宜选择采用数控加工。

① 需要通过较长时间占机调整的加工内容，如：以毛坯的粗基准定位来加工第一个精基准的工序等。

② 加工部位分散，不能在一次安装中完成加工的其他零星加工表面，需要多次安装和设置原点。此时，采用数控加工很麻烦，效果不明显，可安排通用机床加工。

③ 按某些特定的制造依据（如样板、样件、模胎等）加工的型面轮廓。主要原因是获取数据困难，易与检验依据发生矛盾，增加了程序编制的难度。

④ 不能在一次安装中完成的其他零星部位，采用数控加工很麻烦，效果不明显，可安排通用机床补加工。

⑤ 加工余量大而又不均匀的粗加工。此外在选择和决定加工内容时，也要考虑生产批量、生产周期、工序间周转情况等。总之，要尽量做到合理，达到多、快、好、省的目的。防止把数控机床降格为通用机床使用。

3.2.3 数控加工零件的工艺分析

在选择并决定数控加工零件及其加工内容后，应对零件的数控加工工艺性进行全面、认真、仔细的分析。主要内容包括产品的零件图样分析、结构工艺性分析和零件安装方式的选择等内容。

1. 数控加工零件图的工艺性分析

首先应熟悉零件在产品的作用、位置、装配关系和工作条件，明晰各项技术要求对零件装配质量和使用性能的影响，找出主要的和关键的技术要求，然后对零件图样进行分析。

（1）审查与分析零件图纸中的尺寸标注是否适合数控加工的特点。在数控加工零件图上，尺寸标注方法应适应数控加工的特点，应以同一基准标注尺寸或直接给出坐标尺寸。这种标注方法既便于编程，又有利于设计基准、工艺基准、测量基准和编程原点的统一。由于零件设计人员一般在尺寸标注中较多地考虑装配等使用方面特性，而不得不采用如图 3-1 （a）所示的局部分散的标注方法，这样就给工序安排和数控加工带来诸多不便。由于数控加工精度和重复定位精度都很高，不会因产生较大的累积误差而破坏零件的使用特征，因此，可将局部的分散标注法改为同一基准标注法或直接给出坐标尺寸的标注法，如图 3-1 （b）所示。

图 3-1　零件尺寸标注方法分析

（2）审查与分析零件图纸中构成轮廓的几何要素是否完整、充分、正确以及能否加工。构成零件轮廓的几何元素（点、线、面）的条件、（如相切、相交、垂直和平行等）是数控编程的重要依据。手工编程时，要依据这些条件计算每一个节点的坐标；自动编程时，则要根据这些条件才能对构成零件的所有几何元素进行定义，无论哪一条件不明确，编程都无法进行。因此，在分析零件图样时，务必要分析几何元素给定条件是否充分，发现问题及时与设计人员协商解决。

（3）审查零件技术要求的合理性。零件的技术要求包括下列几个方面：加工表面的尺寸精度，主要加工表面的形状精度，主要加工表面之间的相互位置精度，加工表面的粗糙度以及表面质量方面的其他要求，热处理要求，其他要求（如动平衡、未注圆角或倒角、去毛刺、毛坯要求等）。只有在分析这些要求的基础上，才能正确合理地选择加工方法、装夹方式、刀具及切削用量等。

（4）零件材料分析。即分析所提供的毛坯材质本身的力学性能和热处理状态，毛坯的铸造品质和被加工部位的材料硬度，是否有白口、夹砂、疏松等。判断其加工的难易程度，为选择刀具材料和切削用量提供依据。所选的零件材料应经济合理，切削性能好，满足使用性能的要求。在满足零件功能的前提下，应选用廉价的、切削性能好的材料。而且，材料选择应立足国内，不要轻易选用贵重或紧缺的材料。

2. 零件的结构工艺性分析

零件的结构工艺性是指在满足使用性能的前提下，是否能以较高的生产率和最低的成本方便地加工出来的特性。良好的结构工艺性，可以使零件加工容易，节省工时和材料。较差的零件结构工艺性，会使加工困难，浪费工时和材料，有时甚至无法加工。因此，零件各加工部位的结构工艺性应符合数控加工的特点。

对零件的结构工艺性进行详细的分析，主要考虑如下几方面：

1）有利于达到所要求的加工质量

（1）合理确定零件的加工精度与表面质量。

（2）保证位置精度的可能性。

为保证零件的位置精度，最好使零件能在一次安装中加工出所有相关表面，这样就能依靠机床本身的精度来达到所要求的位置精度。如图 3-2（a）所示的结构，不能保证 $\phi80$mm 外圆与 $\phi60$mm 内孔的同轴度。如改成图 3-2（b）所示的结构，就能在一次安装中加工出外圆与内孔，保证二者的同轴度。

(a) 错误　　　　　　　(b) 正确

图 3-2　有利于保证位置精度的工艺结构

2）有利于减少加工劳动量

① 尽量减少不必要的加工面积。减少加工面积不仅可减少机械加工的劳动量，而且还可以减少刀具的损耗，提高装配质量。图 3-3（b）中的轴承座减少了底面的加工面积，降低了修配的工作量，保证配合面的接触。图 3-4（b）中减少了精加工的面积，避免了深孔加工。

(a) 错误　　　(b) 正确

图 3-3　减少轴承座底面加工面积

(a) 错误　　　(b) 正确

图 3-4　避免深孔加工的方法

② 尽量避免或简化内表面的加工。因为外表面的加工要比内表面加工方便经济，又便于测量。因此，在零件设计时应力求避免在零件内腔进行加工。如图 3-5 所示，将图 3-5（a）的结构改成图 3-5（b）所示的结构，这样不仅加工方便，而且还有利于装配。再如图 3-6 所示，将图 3-6（a）中件 2 的内沟槽口加工，改成图 3-6（b）中件 1 的外沟槽加工，这样加工与测量就都很方便。

(a) 错误　　　　　　(b) 正确

图 3-5　将内表面转化为外表面加工

　　(a) 错误　　　　　　(b) 正确

图 3-6　将内沟槽转化为外沟槽加工

3）有利于提高劳动生产率

① 零件的有关尺寸应力求一致，并能用标准刀具加工。图 3-7（b）中改为退刀槽尺寸一致，则减少了刀具的种类，节省了换刀时间。图 3-8（b）采用凸台高度等高，则减少了加工过程中刀具的调整。如图 3-9（b）的结构，能采用标准钻头钻孔，从而方便了加工。

　　(a) 错误　　　　　　　　　　　　(b) 正确

图 3-7　退刀槽尺寸一致

　　(a) 错误　　　　　　　　　　　　(b) 正确

图 3-8　凸台高度相等

　(a) 错误　　(b) 正确

图 3-9　采用标准钻头

② 减少零件的安装次数。零件的加工表面应尽量分布在同一方向或互相平行或互相垂直的表面上；次要表面应尽可能与主要表面分布在同一方向上，以便在加工主要表面时，同时将次要表面也加工出来；孔端的加工表面应为圆形凸台或沉孔，以便在加工孔时同时将凸台或沉孔全锪出来。例如：图 3-10（b）中的钻孔方向应一致；图 3-11（b）中键槽的方位应一致。

　(a) 错误　　　　　(b) 正确

图 3-10　钻孔方向一致

　(a) 错误　　　　(b) 正确

图 3-11　键槽方位一致

③ 零件的结构应便于加工。如图 3-12（b）、图 3-13（b）所示，设有越程槽、退刀槽，减少了刀具（砂轮）的磨损。图 3-14（b）所示的结构，便于引进刀具，从而保证了加工的可能性。

图 3-12　留有越程槽　　　　　　　　　　图 3-13　应留有退刀槽

④ 避免在斜面上钻孔和钻头单刃切削。如图 3-15（b）所示。

图 3-14　钻头应能接近加工表面　　　图 3-15　避免在斜面上钻孔和钻头单刃切削

⑤ 便于多刀或多件加工。如图 3-16（b）所示。

图 3-16　便于多刀或多件加工

3.2.4　数控加工工艺路线设计

工艺路线的拟定是制定工艺规程的重要内容之一，其主要内容包括：选择各加工表面的加工方法、划分加工阶段、划分工序以及安排工序的先后顺序等。设计者应根据从生产实践中总结出来的一些综合性工艺原则，结合本厂的实际生产条件，提出几种方案，通过对比分析，从中选择最佳方案。

1. 加工方法的选择

机械零件的结构形状是多种多样的，但它们都是由平面、外圆柱面、内圆柱面或曲面、成形面等基本表面组成的。每一种表面都有多种加工方法，具体选择时应根据零件的加工精度、表面粗糙度、材料、结构形状、尺寸及生产类型等因素，选用相应的加工方法和加工方案。

(1) 外圆表面加工方法的选择：加工方法主要是车削和磨削。当表面粗糙度要求较高时，还要经光整加工。外圆表面的加工方案如表 3-1 所示。

(2) 内孔表面加工方法的选择：在数控机床上内孔表面加工方法主要有钻孔、扩孔、铰孔、镗孔、拉孔、磨孔和光整加工。表 3-2 是常用的内孔表面加工方案，应根据被加工孔的加工要求、尺寸、具体生产条件、批量的大小及毛坯上有无预制孔等情况合理选用。

(3) 平面加工方法的选择：平面加工方法主要有铣削、刨削、车削、磨削和拉削等，精度要求高的平面还需要经研磨或刮削加工。常见平面加工方案如表 3-3 所示。

表 3-1　外圆表面加工方案

序号	加工方案	经济精度级	表面粗糙度 R_a 值/μm	适用范围
1	粗车	IT11 以下	50～12.5	适用于淬火钢以外的各种金属
2	粗车—半精车	IT10～IT8	6.3～3.2	
3	粗车—半精车—精车	IT8～IT7	1.6～0.8	
4	粗车—半精车—精车—滚压（或抛光）	IT8～IT7	0.2～0.025	
5	粗车—半精车—磨削	IT8～IT7	0.8～0.4	主要用于淬火钢，也可用于未淬火钢，但不宜加工有色金属
6	粗车—半精车—粗磨—精磨	IT7～IT6	0.4～0.1	
7	粗车—半精车—粗磨—精磨—超精加工（或轮式超精磨）	IT5	0.1～R_z0.1	
8	粗车—半精车—精车—金刚石车	IT7～IT6	0.4～0.025	主要用于要求较高的有色金属加工
9	粗车—半精车—粗磨—精磨—超精磨或镜面磨	IT5 以上	0.025～R_z0.05	极高精度的外圆加工
10	粗车—半精车—粗磨—精磨—研磨	IT5 以上	0.1～R_z0.05	

表 3-2　内孔表面加工方案

序号	加工方案	经济精度级	表面粗糙度 R_a 值/μm	适用范围
1	钻	IT12～IT11	12.5	加工未淬火钢及铸铁的实心毛坯，也可用于加工有色金属（但表面粗糙度稍大，孔径小于 15～20mm）
2	钻—铰	IT9	3.2～1.6	
3	钻—铰—精铰	IT8～IT7	1.6～0.8	
4	钻—扩	IT11～IT10	12.5～6.3	适于加工材料同上，但孔径大于 15～20mm
5	钻—扩—铰	IT9～IT8	3.6～1.6	
6	钻—扩—粗铰—精铰	IT7	1.6～0.8	
7	钻—扩—机铰—手铰	IT7～IT6	0.4～0.1	
8	钻—扩—拉	IT9～IT7	1.6～0.1	大批大量生产（精度由拉刀的精度而定）

续表

序号	加工方案	经济精度级	表面粗糙度 R_a 值/μm	适用范围
9	粗镗（或扩孔）	IT12～IT11	12.5～6.3	除淬火钢外各种材料，毛坯有铸出孔或锻出孔
10	粗镗（粗扩）—半精镗（精扩）	IT9～IT8	3.2～1.6	
11	粗镗（扩）—半精镗（精扩）—精镗（铰）	IT8～IT7	1.6～0.8	
12	粗镗（扩）—半精镗（精扩）—精镗—浮动镗刀精镗	IT7～IT6	0.8～0.4	
13	粗镗（扩）—半精镗—磨孔	IT8～IT7	0.8～0.2	主要用于淬火钢，也可用于未淬火钢，但不宜用于有色金属
14	粗镗（扩）—半精镗—粗磨—精磨	IT7～IT6	0.2～0.1	
15	粗镗—半精镗—精镗—金钢镗	IT7～IT6	0.4～0.05	主要用于精度要求高的有色金属加工
16	钻—（扩）—粗铰—精铰—珩磨；钻—（扩）—拉—珩磨；粗镗—半精镗—精镗—珩磨	IT7～IT6	0.2～0.025	精度要求很高的孔
17	以研磨代替上述方案中的珩磨	IT6 级以上		

表 3-3　平面加工方案

序号	加工方案	经济精度级	表面粗糙度 R_a 值/μm	适用范围
1	粗车—半精车	IT9	6.3～3.2	
2	粗车—半精车—精车	IT8～IT7	1.6～0.8	端面
3	粗车—半精车—磨削	IT9～IT8	0.8～0.2	
4	粗刨（或粗铣）—精刨（或精铣）	IT9～IT8	6.3～1.6	一般不淬硬平面（端铣表面粗糙度较小）
5	粗刨（或粗铣）—精刨（或精铣）—刮研	IT7～IT6	0.8～0.1	精度要求较高的不淬硬平面，批量较大时宜采用宽刃精刨方案
6	以宽刃刨削代替上述方案刮研	IT7	0.8～0.2	
7	粗刨（或粗铣）—精刨（或精铣）—磨削	IT7	0.8～0.2	精度要求高的淬硬平面或不淬硬平面
8	粗刨（或粗铣）—精刨（或精铣）—粗磨—精磨	IT7～IT6	0.4～0.02	
9	粗铣—拉	IT9～IT7	0.8～0.2	大量生产，较小的平面（精度视拉刀精度而定）
10	粗铣—精铣—磨削—研磨	IT6 级以上	0.1～R_z0.05	高精度平面

（4）平面轮廓和曲面轮廓加工方法的选择。

① 平面轮廓常用的加工方法有数控铣、线切割及磨削等。对图 3-17（a）所示的内平面轮廓，当曲率半径较小时，可采用数控线切割方法加工。若选择铣削的方法，因铣刀直径受最小曲率半径的限制，直径太小，刚性不足，会产生较大的加工误差。对图 3-17（b）所示的外平面轮廓，可采用数控铣削方法加工，常用粗铣—精铣方案，也可采用数控线切割的方法加工。对精度及表面粗糙度要求较高的轮廓表面，在数控铣削

(a) 内平面轮廓　　(b) 外平面轮廓

图 3-17　平面轮廓类零件

加工之后，再进行数控磨削加工。数控铣削加工适用于除淬火钢以外的各种金属，数控线切割加工可用于各种金属，数控磨削加工适用于除有色金属以外的各种金属。

② 立体曲面加工方法主要是数控铣削，多用球头铣刀，以"行切法"加工，如图 3-18 所示。根据曲面形状、刀具形状以及精度要求等通常采用两轴半联动或三轴半联动。对精度和表面粗糙度要求高的曲面，当用三轴联动的"行切法"加工不能满足要求时，可用模具铣刀，选择四坐标或五坐标联动加工。

图 3-18　曲面的行切法加工

表面加工的方法选择，除了考虑加工质量、零件的结构形状和尺寸、零件的材料和硬度以及生产类型外，还要考虑加工的经济性。

各种表面加工方法所能达到的精度和表面粗糙度都有一个相当大的范围。当精度达到一定程度后，要继续提高精度，成本会急剧上升。例如外圆车削，将精度从 IT7 级提高到 IT6 级，此时需要价格较高的金刚石车刀，很小的背吃刀量和进给量，增加了刀具费用，延长了加工时间，大大增加了加工成本。对于同一表面加工，采用的加工方法不同，加工成本也不一样。例如，公差为 IT7 级、表面粗糙度 $R_a 0.4 \mu m$ 的外圆表面，采用精车就不如采用磨削经济。

任何一种加工方法获得的精度只在一定范围内才是经济的，这种一定范围内的加工精度即为该加工方法的经济精度。它是指在正常加工条件下（采用符合质量标准的设备、工艺装备和标准等级的工人，不延长加工时间）所能达到的加工精度，相应的表面粗糙度称为经济粗糙度。在选择加工方法时，应根据工件的精度要求选择与经济精度相适应的加工方法。常用加工方法的经济度及表面粗糙度，可查阅有关工艺手册。

2. 加工阶段的划分

当零件的精度要求比较高时，若将加工面从毛坯面开始到最终的精加工或精密加工都集中在一个工序中连续完成，则难以保证零件的精度要求或浪费人力、物力资源。原因如下：

① 粗加工时，切削层厚，切削热量大，无法消除因热变形带来的加工误差，也无法消除因粗加工留在工件表层的残余应力产生的加工误差。

② 后续加工容易把已加工好的加工面划伤。

③ 不利于及时发现毛坯的缺陷。若在加工最后一个表面时才发现毛坯有缺陷，则前面的加工就白白浪费了。

④ 不利于合理地使用设备。把精密机床用于粗加工，使精密机床会过早地丧失精度。

⑤ 热处理工序无法安排。粗加工后，一般安排去应力热处理，以消除内应力。精加工前要安排淬火等最终热处理，其变形可通过精加工予以消除。如果不分加工阶段，则热处理工序就无法穿插在整个加工工序中，其加工过程和加工质量也就无法得到有效地进行和保证。

因此，通常可将高精零件的工艺过程划分为几个加工阶段。根据精度要求的不同，可以划分为如下四个阶段：

（1）粗加工阶段。

在粗加工阶段，主要是切除毛坯上大部分多余的金属，使毛坯在形状和尺寸上接近零件成品，并加工出精基准，因此这一阶段关键问题是提高生产率。

（2）半精加工阶段。

在半精加工阶段减小粗加工中留下的误差，使主要加工表面达到一定的精度，留有一定的精加工余量，为主要加工表面精加工做好准备。并可完成一些次要表面加工，如扩孔、攻螺纹、铣键槽等。

（3）精加工阶段。

在精加工阶段，应确保各主要表面的尺寸、形状和位置精度达到或基本达到图样规定的精度要求以及表面粗糙度要求。这一阶段关键问题是保证加工质量。

（4）精密、超精密加工、光整加工阶段。

对那些精度要求很高的零件（IT6级以上，表面粗糙度为 $R_a = 0.2 \mu m$ 以下），在工艺过程的最后应安排珩磨或研磨、镜面磨、超精加工、金刚石车、金刚石镗或其他特种加工方法加工，以达到零件最终的精度要求。

零件在上述各加工阶段中加工，可以保证有充足的时间消除热变形和消除加工产生的残余应力，使后续加工精度提高。另外，在粗加工阶段发现毛坯有缺陷时，就不必进行下一加工阶段的加工，避免浪费。此外还应该合理地使用设备，合理地安排人力资源，这对保证产品质量、提高工艺水平都是十分重要的。

加工阶段的划分也不应绝对化，应根据零件的质量要求、结构特点和生产纲领灵活掌握。在加工质量要求不高、工件刚性好、毛坯精度高、加工余量小、生产纲领不大时，可不必划分加工阶段。对刚性好的重型工件，由于装夹和运输很费时费力，也常在一次装夹下完成全部粗、精加工。对于不划分加工阶段的工件，为减少粗加工中产生的各种变形对加工质量的影响，在粗加工后，应松开夹紧机构，停留一段时间，让工件充分变形，然后再用较小的夹紧力重新夹紧，进行精加工。

3. 工序的划分

数控加工的工艺路线仅仅是零件加工工艺过程中的数控加工部分，一般均穿插在零件加工的整个过程中。因此，在设计数控加工工艺路线时，一定要考虑周全，使之与整个工艺路线协调吻合。

在数控工艺路线设计中主要应注意以下问题：

1）工序划分的原则

工序的划分可以采用两种不同原则，即工序集中原则和工序分散原则。

① 工序集中原则。工序集中原则是指每道工序包括尽可能多的加工内容，从而使工序的总数减少。采用工序集中原则的优点是：有利于采用高效的专用设备和数控机床，提高生产效率；减少工序数目，缩短工艺路线，简化生产计划和生产组织工作；减少机床数量、操作工人数和占地面积；减少工件装夹次数，不仅保证了各加工表面间的相互位置精度，而且减少了夹具数量和装夹工件的辅助时间。但专用设备和工艺装备投资大、调整维修比较麻烦、生产准备周期较长，不利于转产。

② 工序分散原则。工序分散就是将工件的加工分散在较多的工序内进行，每道工序的加工内容很少。采用工序分散原则的优点是：加工设备和工艺装备结构简单，调整和维修方便，操作简单，转产容易；有利于选择合理的切削用量，减少机动时间。但工艺路线较长，所需设备及工人人数多，占地面积大。

2）工序划分方法

工序划分主要考虑生产纲领、所用设备及零件本身的结构和技术要求等。大批量生产时，若使用多轴、多刀的高效加工中心，可按工序集中原则组织生产；若在由组合机床组成的自动线上加工，工序一般按分散原则划分。随着现代数控技术的发展，特别是加工中心的应用，工艺路线的安排更多地趋向于工序集中。单件小批生产时，通常采用工序集中原则。成批生产时，可按工序集中原则划分，也可按工序分散原则划分，应视具体情况而定。对于结构尺寸和质量都很大的重型零件，应采用工序集中原则，以减少装夹次数和运输量。对于刚性差、精度高的零件，应按工序分散原则划分工序。

在数控铣床上加工的零件，一般按工序集中原则划分工序，划分方法如下。

① 按所用刀具划分工序。即以同一把刀具完成的那一部分工艺过程为一道工序。目的：减少工件安装次数，提高加工精度；减少换刀次数，缩短辅助时间，提高加工效率。适用于工件的待加工表面较多，机床连续工作时间过长（如在一个工作班内不能完成），加工程序的编制和检查难度较大等情况。加工中心常用这种方法划分。

② 按安装次数划分工序。即以一次安装完成的那一部分工艺过程为一道工序。适合于加工内容不多的工件，加工完成后就能达到待检状态。

③ 以粗、精加工划分工序。即粗加工中完成的那一部分工艺过程为一道工序，精加工中完成的那一部分工艺过程为另一道工序。适用于加工后变形较大，需要粗、精加工分开的零件，如薄壁件或毛坯为铸件和锻件，也适用于需要穿插热处理的零件。

④ 以加工部位划分工序。即完成相同型面的那一部分工艺过程为一道工序。适用于加工表面多而复杂的零件，此时，可按其结构特点（如内形、外形、曲面和平面等）将加工划为分多道工序。

4. 加工顺序的安排

数控加工顺序的安排应符合一般加工工艺加工顺序的基本原则。

　　切削加工顺序的安排需注意以下原则。

　　① 先粗后精。先安排粗加工，中间安排半精加工，最后安排精加工和光整加工，逐步提高表面的加工精度和减少表面粗糙度。

　　② 先主后次。先安排零件的装配基面和工作表面等主要表面的加工，从而能及早发现毛坯中主要表面可能出现的缺陷。后安排如键槽、紧固用的光孔和螺纹孔等次要表面的加工。由于次要表面加工工作量小，又常与主要表面有位置精度要求，所以一般放在主要表面的半精加工之后、精加工之前进行。

　　③ 先面后孔。对于箱体、支架、连杆、底座等零件，其平面轮廓尺寸较大，先加工用作定位的平面和孔的端面，然后再加工孔。这样可使工件定位夹紧稳定可靠，利于保证孔与平面的位置精度，减少刀具的磨损，同时也给孔加工带来方便。

　　④ 基面先行。用作精基准的表面，要首先加工出来。同时定位基准的表面越精确，装夹误差就越小。例如加工轴类零件时，总是先加工中心孔，再以中心孔为精基准加工外圆表面和端面。又如箱体类零件总是先加工定位用的平面和两个定位孔，再以平面和定位孔为精基准加工孔系和其他平面。

　　所以，第一道工序一般是进行定位面的粗加工和半精加工（有时包括精加工），然后再以精基面定位加工其他表面。

　　另外，顺序的安排应根据零件的结构和毛坯状态，定位安装与夹紧的要求来考虑，重点是不能破坏工件的刚性。

　　① 上道工序的加工不能影响下道工序的定位与夹紧，中间穿插有通用机床加工工序的也要综合考虑；

　　② 先进行内形、内腔的加工，再进行外形的加工。当需要外形做精基准使用时，应先完成外形的加工；

　　③ 以相同定位、夹紧方式或同一刀具加工的工序，最好连续进行，以减少重复定位次数、换刀次数与挪动压板次数；

　　④ 在同一安装中进行的多道工序，应先安排对工件刚性破坏较小的工序。

5. 工步的划分

　　工步的划分主要从加工精度和效率两方面考虑。在一个工序内往往采用不同刀具和切削用量，对不同表面进行加工。为了便于分析和描述复杂的工序，在工序内又细分为工步。以加工中心为例说明工步划分的原则。

　　① 同一表面按粗加工、半精加工、精加工依次完成，整个加工表面按先粗后精分开进行。

　　② 对于既有铣面又有镗孔的零件，按先面后孔的加工顺序原则，可先铣面后镗孔，以提高孔的加工精度。因铣削时切削力较大，工件易发生变形，先铣面后镗孔，使其有一段时间恢复，可减少由变形而引起的对孔精度的影响。

　　③ 某些机床的工作台回转时间比换刀时间短，可采用按刀具划分工步，以减少换刀次数，提高加工效率。

　　总之，工序与工步的划分要根据零件的结构特点、技术要求等情况综合考虑。

6. 数控工序与普通工序的衔接

数控工序前后一般都穿插有其他普通工序，如衔接得不好就容易产生矛盾，最好的办法是相互建立状态要求，如：要不要留加工余量，留多少；定位面、孔的精度要求及形位公差；对校形工序的技术要求；毛坯的热处理状态等。

目的是达到相互能满足加工需要，且质量目标及技术要求明确，交接验收有依据。

关于手续问题，如果在同一车间，可由编程人员与主管该零件的工艺员共同协商确定，在制订工序工艺文件中互相会签，共同负责；如不是同一车间，则应使用交接状态表进行规定，共同会签，然后反映在工艺规程中。

3.2.5　数控加工工序的设计

主要任务是将本工序的加工内容、加工设备、切削用量、工装、刀具、定位夹紧方式及刀具运动轨迹等具体确定下来，为程序编制做好充分准备。

1. 机床的合理选用

对于机床而言，每一类机床都有不同的形式，其工艺范围、技术规格、加工精度、生产率及自动化程度都各不相同。为了正确地为每一道工序选择机床，除了充分了解机床的性能外，还需考虑以下几点：

① 机床的类型应与工序划分的原则相适应。数控机床或通用机床适用于工序集中的单件小批生产，对大批大量生产，则应选择高效自动化机床和多刀、多轴机床。若工序按分散原则划分，则应选择结构简单的专用机床。

② 机床的主要规格尺寸应与工件的外形尺寸和加工表面的有关尺寸相适应。即小工件用小规格的机床加工，大工件用大规格的机床加工。

③ 机床的精度与工序要求的加工精度相适应。粗加工工序，应选用精度低的机床；精度要求高的精加工工序，应选用精度高的机床。但机床精度不能过低，也不能过高。机床精度过低，不能保证加工精度；机床精度过高，会增加零件制造成本。

在数控机床上加工零件，一般有以下两种情况：

① 一种是有零件图样和毛坯，要选择适合加工该零件的数控机床；

② 另一种是已经有了数控机床要选择适合该机床加工的零件。

无论哪种情况，考虑的因素主要有毛坯的材料和类型、零件轮廓形状的复杂程度、尺寸大小、加工精度、零件数量和热处理要求等。

数控机床的选用要满足以下要求：

① 保证加工零件的技术要求，能够加工出合格的工件；

② 有利于提高生产率；

③ 可以有效地降低生产成本。

2. 定位基准与夹紧方案的确定

① 力求设计基准、工艺基准与编程原点统一，以减少基准不重合误差和数控编程

中的计算工作量。

② 设法减少装夹次数，尽可能做到在一次定位装夹中，能加工出工件上全部或大部分待加工表面，以减少装夹误差，提高加工表面之间的相互位置精度，充分发挥数控机床的效率。

③ 避免采用占机人工调整方案，以免占机时间太多，影响加工效率。

3. 夹具的选用

（1）基本要求：

① 夹具应能保证工件在机床上定向安装，以保证零件安装方位与机床坐标系及编程坐标系的方向一致，还要求协调零件定位面与机床之间保持一定的坐标尺寸联系。

② 夹具应尽可能敞开，夹紧元件与加工面间应有一定的安全距离，且夹紧元件位置应尽可能低，防止刀具在切削过程中进刀或退刀碰到夹紧元件。

③ 夹具的刚性与稳定性要好，在加工过程中尽量不要更换夹紧点。

④ 零件的装卸压紧要快速、方便、可靠，以缩短机床的停顿时间，减少辅助时间。

⑤ 为满足数控加工精度，要求夹具定位、夹紧精度高。

（2）选用原则：

① 批量很小时，尽量采用组合夹具，可调式夹具及其他通用夹具，以缩短生产准备时间和节省生产费用；

② 成批生产时，可考虑专用夹具，但应力求简单实用；

③ 批量较大时，可采用气动、液动夹具或多工位夹具，以提高生产效率。

4. 刀具的选择

与传统加工方法相比，数控加工对刀具的要求，尤其在刚性和耐用度方面更为严格。应根据机床的加工能力、工件材料的性能、加工工序、切削用量以及其他相关因素正确选用刀具及刀柄。刀具选择总的原则是：既要求精度高、强度大、刚性好、耐用度高，又要求尺寸稳定、安装调整方便。在满足加工要求的前提下，尽量选择较短的刀柄，以提高刀具的刚性。

目前所使用的金属切削刀具材料主要有五类：高速钢、硬质合金、陶瓷、立方氮化硼和聚晶金刚石。

① 根据数控加工对刀具的要求，选择刀具材料的一般原则是尽可能选用硬质合金刀具。只要加工情况允许选用硬质合金刀具，就不用高速钢刀具。

② 陶瓷刀具不仅用于加工各种铸铁和不同钢料，也适用于加工有色金属和非金属材料。使用陶瓷刀片，无论什么情况都要用负前角，为了不易崩刃，必要时可将刃口倒钝。陶瓷刀具在下列情况下使用效果欠佳：短零件的加工；冲击大的断续切削和重切削；铍、镁、铝和钛等的单质材料及其合金的加工（易产生亲和力，导致切削刃剥落或崩刃）。

③ 金刚石和立方氮化硼都属于超硬刀具材料，它们可用于加工任何硬度的工件材料，具有很高的切削性能，加工精度高，表面粗糙度值小。聚晶金刚石刀片一般仅用于

加工有色金属和非金属材料。立方氮化硼刀片一般适用于加工硬度大于 450HBS 的冷硬铸铁、合金结构钢、工具钢、高速钢、轴承钢以及硬度不小于 350HBS 的镍基合金、钴基合金和高钴粉末冶金零件。

④ 从刀具的结构应用方面，数控加工应尽可能采用镶块式机夹可转位刀片以减少刀具磨损后的更换和预调时间。

⑤ 选用涂层刀具以提高耐磨性和耐用度。

5. 量具的选择

数控加工主要用于单件小批生产，一般采用通用量具，如游标卡尺、百分表等。对于成批生产和大批大量生产中部分数控工序，应采用各种量规和一些高生产率的专用检具与量仪等。量具精度必须与加工精度相适应。

6. 确定走刀路线和工步顺序

走刀路线是刀具在整个加工工序中相对于工件的运动轨迹，它不但包括了工步的内容，而且也反映出工步的顺序。走刀路线是编写程序的依据之一。因此，在确定走刀路线时最好画一张工序简图，将已经拟定出的走刀路线画上去（包括进、退刀路线），这样可为编程带来不少方便。

工步顺序是指同一道工序中，各个表面加工的先后次序。它对零件的加工质量、加工效率和数控加工中的走刀路线有直接影响，应根据零件的结构特点和工序的加工要求等合理安排。工步的划分与安排一般可随走刀路线来进行，在确定走刀路线时，主要遵循以下原则。

（1）保证零件的加工精度和表面粗糙度。

例如在铣床上进行加工时，因刀具的运动轨迹和方向不同，可能是顺铣或逆铣，其不同的加工路线所得到的零件表面的质量就不同。究竟采用哪种铣削方式，应视零件的加工要求、工件材料的特点以及机床刀具等具体条件综合考虑，确定原则与普通机械加工相同。数控机床一般采用滚珠丝杠传动，其运动间隙很小，并且顺铣优点多于逆铣，所以应尽可能采用顺铣。在精铣内外轮廓时，为了改善表面粗糙度，应采用顺铣的走刀路线加工方案。

对于铝镁合金、钛合金和耐热合金等材料，建议也采用顺铣加工，这对于降低表面粗糙度值和提高刀具耐用度都有利。但如果零件毛坯为黑色金属锻件或铸件，表皮硬而且余量较大，这时采用逆铣较为有利。

加工位置精度要求较高的孔系时，应特别注意安排孔的加工顺序。若安排不当，就可能将坐标轴的反向间隙带入，直接影响位置精度。如图 3-19（a）所示零件上六个尺寸相同的孔，有两种走刀路线。按图 3-19（b）所示路线加工时，由于 5、6 孔与 1、2、3、4 孔定位方向相反，Y 向反向间隙会使定位误差增加，从而影响 5、6 孔与其他孔的位置精度。按图 3-19（c）所示路线加工时，加工完 4 孔后往上多移动一段距离至 P 点，然后折回来在 5、6 孔处进行定位加工，从而使各孔的加工进给方向一致，避免反向间隙的引入，提高了 5、6 孔与其他孔的位置精度。

图 3-19　镗削孔系走刀路线比较

刀具的进退刀路线要尽量避免在轮廓处停刀或垂直切入切出工件，以免留下刀痕。

（2）使走刀路线最短，减少刀具空行程时间，提高加工效率。

图 3-20 所示为正确选择钻孔加工路线的例子。按照一般习惯，总是先加工均布于同一圆周上的一圈孔后，再加工另一圈孔，如图 3-20（a）所示，这不是最好的走刀路线。对点位控制的数控机床而言，要求定位精度高，定位过程尽可能快。若按图 3-20（b）所示的进给路线加工，可使各孔间距的总和最小，空程最短，从而节省定位时间。

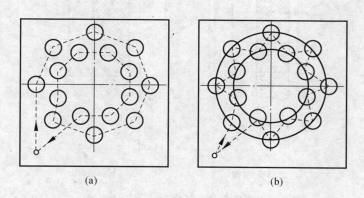

图 3-20　最短加工路线选择

（3）最终轮廓一次走刀完成。

图 3-21（a）所示为采用行切法加工内轮廓。加工时不留死角，在减少每次进给重叠量的情况下，走刀路线较短，但两次走刀的起点和终点间留有残余高度，影响表面粗糙度。图 3-21（b）是采用环切法加工，表面粗糙度较小，但刀位计算略为复杂，走刀路线也较行切法长。采用图 3-21（c）所示的走刀路线，先用行切法加工，最后再沿轮廓切削一周，使轮廓表面光整。在三种方案中，图 3-21（a）方案最差，图 3-21（c）方案最佳。

(a) 行切法　　　　　　(b) 环切法　　　　　(c) 先行切再环切法

图 3-21　封闭内轮廓加工走刀路线

7. 加工余量与工序尺寸及公差的确定

1）加工余量的概念

加工余量是指加工过程中所切去的金属层厚度。余量有总加工余量和工序余量之分。由毛坯转变为零件的过程中，在某加工表面上切除金属层的总厚度，称为该表面的总加工余量（亦称毛坯余量）。一般情况下，总加工余量并非一次切除，而是分在各工序中逐渐切除，故每道工序所切除的金属层厚度称为该工序加工余量（简称工序余量）。图 3-22 表示工序余量与工序尺寸及其公差的关系。

(a) 被包容面(轴)　　　　　　　　(b) 包容面(孔)

图 3-22　工序余量与工序尺寸及其公差的关系

2）影响加工余量的因素

加工余量太大，会造成材料及工时浪费，增加机床、刀具及动力消耗；加工余量太小则无法消除前一道工序留下的各种误差、表面缺陷和本工序的装夹误差。因此，应根据影响余量大小的因素合理地确定加工余量。影响加工余量的因素如下：

① 前工序形成的表面粗糙度和表面缺陷层深度（R_a 和 D_a）等。

② 前工序形成的形状误差和位置误差（Δx 和 Δw）。

上述各项误差和缺陷都是前工序形成的，为能将其全部切除，还要考虑本工序的装夹误差 ε_b 的影响。由于三爪自定心卡盘定心不准，使工件轴线偏离主轴旋转轴线 e，造成加工余量不均匀，为确保将前工序的各项误差和缺陷全部切除，直径上的余量应增加 $2e$。装夹误差 ε_b 的值，可在求出定位误差、夹紧误差和夹具的对定误差后求得。

综上所述，影响工序加工余量的因素可归纳为下列几点。

① 前工序的工序尺寸公差（T_a）。

② 前工序形成的表面粗糙度和表面缺陷层深度（R_a 和 D_a）。

③ 前工序形成的形状误差和位置误差（Δx 和 Δw）。

④ 本工序的装夹误差 ε_b。

3）确定加工余量的方法

确定加工余量的方法有以下三种：

① 查表修正法。该方法是以工厂实践和工艺试验而累积的有关加工余量的资料数据为基础，并结合实际情况进行适当修正来确定加工余量的方法。

② 经验估算法。凭借工艺人员的实践经验估计加工余量，所估余量一般偏大，仅用于单件小批生产。

③ 分析计算法。该方法是根据加工余量计算公式和一定的试验资料，对影响加工余量的各项因素进行综合分析和计算来确定加工余量的一种方法。用这种方法确定的加工余量比较经济合理，但必须有比较全面和可靠的试验资料。适用于大批量生产、贵重材料和军工生产。

在确定加工余量时，总加工余量和工序加工余量要分别确定。总加工余量的大小与选择的毛坯制造精度有关。粗加工工序的加工余量不应查表确定，而是用总加工余量减去各工序余量求得，同时要对求得的粗加工工序余量进行分析，如果过小，要增加总加工余量；过大，应适当减少总加工余量，以免造成浪费。

4）工序尺寸及其公差

工序尺寸是指在本道工序中应当保证的尺寸。零件上的设计尺寸一般要经过几道加工工序才能得到，每道工序尺寸及其偏差的确定，不仅取决于设计尺寸、加工余量及各工序所能达到的经济精度，而且还与定位基准、工序基准、测量基准、编程原点的确定及基准的转换有关。因此，确定工序尺寸及其公差时，应具体情况具体分析。

（1）基准重合时工序尺寸及其公差的计算。

当定位基准、工序基准、测量基准、编程原点与设计基准重合时，工序尺寸及其公差直接由各工序的加工余量和所能达到的精度确定。其计算方法是由最后一道工序开始向前推算，具体步骤如下：

① 确定毛坯总余量和工序余量。

② 确定工序公差。最终工序公差等于零件图上设计尺寸公差，其余工序尺寸公差按经济精度确定。

③ 计算工序基本尺寸。从零件图上的设计尺寸开始向前推算，直至毛坯尺寸。最终工序尺寸等于零件图的基本尺寸，其余工序尺寸等于后道工序基本尺寸加上或减去后道工序余量。

④ 标注工序尺寸公差。最后一道工序的公差按零件图设计尺寸公差标注，中间工序尺寸公差按"入体原则"标注，毛坯尺寸公差按双向标注。

（2）基准不重合时工序尺寸及其公差的确定。

当定位基准、工序基准、测量基准、编程原点与设计基准不重合时，工序尺寸及其公差的确定，需要借助工艺尺寸链的基本尺寸和计算方法才能确定。

8. 切削用量的确定

1）切削用量的选择原则

切削用量包括主轴转速（切削速度）、背吃刀量和进给量。切削用量的大小对切削力、切削功率、刀具磨损、加工质量和加工成本均有显著影响。数控加工中选择切削用量时，就是在保证加工质量和刀具耐用度的前提下，充分发挥机床性能和刀具切削性能，使切削效率最高，加工成本最低。

自动换刀数控机床往主轴或刀库上装刀所费时间较多，所以选择切削用量要保证刀具加工完成一个零件，或保证刀具耐用度不低于一个工作班，最少不低于半个工作班。对易损刀具可采用姐妹刀形式，以保证加工的连续性。

粗、精加工时切削用量的选择原则如下：

① 粗加工时切削用量的选择原则。首先选取尽可能大的背吃刀量；其次要根据机床动力和刚性的限制条件等，选取尽可能大的进给量；最后根据刀具耐用度确定最佳的切削速度。

② 精加工时切削用量的选择原则。首先根据粗加工后的余量确定背吃刀量；其次根据已加工表面的粗糙度要求，选取较小的进给量；最后在保证刀具耐用度的前提下，尽可能选取较高的切削速度。

2）切削用量的选择方法

（1）背吃刀量 a_p 的选择。背吃刀量的选择应根据加工余量确定。粗加工（$R_a50\sim12.5\mu m$）时，一次进给应尽可能切除全部余量。在中等功率机床上，背吃刀量可达 $8\sim10mm$。半精加工（$R_a6.3\sim3.2\mu m$）时，背吃刀量取为 $0.5\sim2mm$。精加工（$R_a1.6\sim0.8\mu m$）时，背吃刀量取为 $0.1\sim0.4mm$。

在工艺系统刚性不足或毛坯余量很大，或余量不均匀时，粗加工要分几次进给，并且应当把第一、二次进给的背吃刀量尽量取得大一些。

（2）进给量 f（进给速度 v_f）的选择。进给量（进给速度）是数控机床切削用量中的重要参数，根据零件的表面粗糙度、加工精度要求、刀具及工件材料等因素，参考切削用量手册选取。对于多齿刀具，其进给速度 v_f、刀具转速 n、刀具齿数 z 及每齿进给量 f_z 的关系为

$$v_f = fn = f_z zn$$

粗加工时，由于工件表面质量没有太高的要求，这时主要考虑机床进给机构的强度和刚性及刀杆的强度和刚性等限制因素，可根据加工材料、刀杆尺寸、工件直径及已确定的背吃刀量来选择进给量。

在半精加工和精加工时，则按表面粗糙度要求，根据工件材料、刀尖圆弧半径、切削速度来选择进给量。如精铣时可取 $20\sim25mm/min$，精车时可取 $0.10\sim0.20mm/r$。

最大进给量受机床刚度和进给系统的性能限制。在选择进给量时，还应注意零件加

工中的某些特殊因素。比如在轮廓加工中，选择进给量时，就应考虑轮廓拐角处的超程问题。特别是在拐角较大，进给速度较高时，应在接近拐角处适当降低进给速度，在拐角后逐渐升速，以保证加工精度。

加工过程中，由于切削力的作用，机床、工件、刀具系统产生变形，可能使刀具运动滞后，从而在拐角处可能产生"欠程"。因此，拐角处的欠程问题，在编程时应给予足够重视。此外，还应充分考虑切削的自然断屑问题，通过选择刀具几何形状和对切削用量的调整，使排屑处于最顺畅状态，严格避免长屑缠绕刀具而引起故障。

（3）切削速度 v_c 的选择。根据已经选定的背吃刀量、进给量及刀具耐用度选择切削速度。可用经验公式计算，也可根据生产实践经验在机床说明书允许的切削速度范围内查表选取或者参考有关切削用量手册选用。

切削速度 v_c 确定后，按式（2-2）计算出机床主机转速 n（r/min），对有级变速的机床，按机床说明书选择与所算转速 n 接近的转速，并填入程序单中。

在选择切削速度时，还应考虑以下几点：

① 应尽量避开积屑瘤产生的区域。

② 断续切削时，为减小冲击和热应力，要适当降低切削速度。

③ 在易发生振动的情况下，切削速度应避开自激振动的临界速度。

④ 加工大件、细长件和薄壁工件时，应选用较低的切削速度。

⑤ 加工带外皮的工件时，应适当降低切削速度。

当需要校验机床功率、计算夹紧力时，还需要确定切削力及切削功率的大小。常用确定切削力的方法有三种：由经验公式确定；由单位切削力确定；由诺模图确定。

除了遵循上述基本原则与方法外，还应考虑如下因素。

① 刀具差异。不同厂家生产的刀具质量差异较大，因此切削用量须根据实际所用刀具和现场经验加以修正。一般进口刀具允许的切削用量高于国产刀具。

② 机床特性。切削用量受机床电动机的功率和机床刚性的限制，必须在机床说明书规定的范围内选取。避免因功率不够而发生闷车、刚性不足而产生大的机床变形或振动，影响加工精度和降低表面粗糙度。

③ 数控机床生产率。数控机床的工时费用较高，刀具损耗费用所占比重较低，应尽量用高的切削用量，提高加工精度和表面粗糙度。

第 4 章　计算机辅助工艺设计

　　计算机辅助工艺设计（CAPP）是通过运用计算机进行机械加工工艺设计的软件，从目前来说其种类和形式较多，有通用型和专用型。而各企业之间生产类型的不同，计算机辅助工艺设计的步骤和结构亦有所不同，各生产企业所采用 CAPP 亦各有所不同。现以具有自主知识产权的国产 CAXA2007 工艺图表软件对计算机辅助工艺设计方法和步骤加以说明。

4.1　CAXA 工艺图表简介

　　CAXA 工艺图表是 CAXA 工艺解决方案系统的重要组成部分。它不仅包含了 CAXA 电子图板的全部功能，而且专门针对工艺技术人员的需要开发了适用的计算机辅助工艺设计功能，是一个方便快捷、易学易用的 CAD/CAPP 集成软件。

　　CAXA 工艺图表是高效快捷有效的工艺卡片编制软件，可以方便地引用设计的图形和数据，同时为生产制造准备各种需要的管理信息。CAXA 工艺图表以工艺规程为基础，针对工艺编制工作繁琐复杂的特点，以"知识重用和知识再用"为指导思想，提供了多种实用方便的快速填写和绘图手段，可以兼容多种 CAD 数据，真正做到"所见即所得"的操作方式，符合工艺人员的工作思维和操作习惯。它提供了大量的工艺卡片模板和工艺规程模板，可以帮助技术人员提高工作效率，缩短产品的设计和生产周期，把技术人员从繁重的手工劳动中解脱出来，并有助于促进产品设计和生产的标准化、系列化、通用化。

　　CAXA 工艺图表适合于制造业中所有需要工艺卡片的场合：如机械加工工艺、冷冲压工艺、热处理工艺、锻造工艺、压力铸造工艺、表面处理工艺、电器装配工艺以及质量跟踪卡、施工记录票等。利用它提供的大量标准模板，可以直接生成工艺卡片，用户也可以根据需要定制工艺卡片和工艺规程。由于 CAXA 工艺图表集成了电子图板的所有功能，因此也可以用来绘制二维图纸。

4.1.1　系统特点

　　CAXA 工艺图表与 CAD 系统的完美结合使得表格设计精确而快捷；功能强大的各类卡片模板定制手段，所见即所得的填写方式，智能关联填写和丰富的工艺知识库使得卡片的填写准确而轻松；特有的导航与辅助功能全面实现工艺图表的管理。

　　1）与 CAD 系统的完美结合

　　CAXA 工艺图表全面集成了电子图板，可完全按电子图板的操作方式使用，利用电子图板强大的绘图工具、标注工具、标准件库等功能，可以轻松制作各类工艺模板，灵活快捷地绘制工艺文件所需的各种图形、高效地完成工艺文件的编制。

2）快捷的各类卡片模板定制手段

利用 CAXA 工艺图表的模板定制工具，可对各种类型的单元格进行定义，按用户的需要定制各种类型的卡片。系统提供完整的单元格属性定义，可满足用户的各种排版与填写需求。

3）所见即所得的填写方式

CAXA 工艺图表的填写与 Word 一样实现了所见即所得，文字与图形直接按排版格式显示在单元格内。除单元格底色外，用户通过 CAXA 浏览器看到的填写效果与绘图输出得到的实际卡片是相同的。

4）智能关联填写

CAXA 工艺图表工艺过程卡片的填写不但符合工程技术人员的设计习惯，而且填写的内容可自动填写到相应的工序卡片；卡片上关联的单元格（如刀具编号和刀具名称）可自动关联；自动生成的工序号可自动识别用户的各个工序记录，并按给定格式编号；利用公共信息的填写功能，可一次完成所有卡片公共项目的填写。

5）丰富的工艺知识库

CAXA 工艺图表提供专业的工艺知识库，辅助用户填写工艺卡片；开放的数据库结构，允许用户自由扩充，定制自己的知识库。

6）统计与公式计算功能

CAXA 工艺图表可以对单张卡片中的单元格进行计算或汇总，自动完成填写，利用汇总统计功能，还可定制各种形式的统计卡片，把工艺规程中相同属性的内容提取出来，自动生成工艺信息的统计输出。一般用来统计过程卡中的工序信息、设备信息、工艺装备信息等。

7）工艺卡片与其他软件的交互使用

通过系统剪贴板，CAPP 工艺卡片内容可以在 Word、Excel、Notes 等软件中读入与输出。

8）标题栏重用

可以将 *.exb、*.dwg、*.dxf 格式的二维图纸标题栏中的图纸名称、图纸编号和材料名称等信息自动填写到工艺卡片中。

9）打印排版功能

使用打印排版工具，可以在大幅面的图纸上排版打印多张工艺卡片，也可实现与电子图板图形文件的混合排版打印。

10）系统集成

与工艺汇总表的结合：CAXA 工艺汇总表是 CAXA 工艺解决方案系统的重要组成部分，工艺图表将工艺人员制定的工艺信息输送给汇总表，汇总表进行数据的提取与入库，最终进行统计汇总。形成各种 BOM 信息。

易于与 PDM 系统集成：工艺图表基于文档式管理，更加方便灵活的与 PDM 系统集成。方便对 PDM 数据进行管理。

XML 文件接口：提供通用的 XML 数据接口，可以方便的与多个软件进行交互集成。

4.1.2 CAXA 工艺图表的运行

运行 CAXA 工艺图表有以下方法：

（1）在正常安装完成时，Windows 桌面会出现【CAXA 工艺图表】图标，双击图标可运行软件。

（2）单击【开始】→【程序】→【CAXA 工艺图表】→【CAXA 工艺图表】菜单项可以运行软件。

（3）直接点击工艺文件（﹡.cxp），即可运行 CAXA 工艺图表并打开此文件。

（4）直接运行安装目录（例如 c:\CAXA\CAXACAPP\bin）下的 capp.exe 文件。

（5）通过 XML 数据文件接口方式，可以从图文档、工艺汇总表中启动工艺图表程序。

4.1.3 系统界面（图形与工艺）

CAXA 工艺图表具有图形和工艺两种工作环境。图 4-1 为图形界面，是定制工艺模板状态，图 4-2 为工艺界面，是填写工艺文件状态。利用 Ctrl＋Tab 键或者单击【工艺】菜单下的【图形/工艺间切换】命令可随时在两种界面之间进行切换。

图 4-1　图形环境（定制工艺模板状态）

1. 图形环境

软件启动后自动进入图形环境，新建电子图板文件或打开电子图板文件都会自动进入图形环境。此界面集成了完整的电子图板环境，并添加了【工艺】菜单。在图形环境下，可实现以下几种主要功能：

① 绘制图形。操作界面与方式同电子图板完全相同，利用绘图、编辑、标准件库等多种工具，可绘制用户所需的各种二维图形。

② 打开、编辑现有的 CAD 格式文件（如 DWG/DXF、EXB 等）。

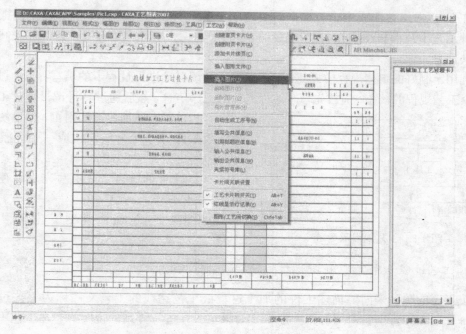

图 4-2　工艺环境（填写工艺文件状态）

③ 绘制工艺卡片表格。

④ 定制工艺规程模板与工艺卡片模板。

⑤ 管理系统工艺规程模板。

2. 工艺环境

新建、打开工艺规程文件或工艺卡片文件后，软件自动切换到此环境。此界面也集成了电子图板的绘图功能，但是【工艺】菜单以及【文件】菜单中的选项与图形环境有所不同。

在此环境中，可实现如下主要功能：

① 编制、填写工艺规程文件或工艺卡片文件。利用定制好的模板，可建立各种类型的工艺文件。各卡片实现了所见即所得的填写方式。利用卡片树、知识库及【工艺】菜单下的各种工具可方便地实现工艺规程卡片的管理与填写。

② 管理或更新当前工艺规程文件的模板。

③ 绘制工艺附图。利用集成的电子图板工具，可直接在卡片中绘制、编辑工艺附图。

④ 工艺文件检索、卡片绘图输出等。·

4.1.4　常用术语释义

1. 工艺规程

工艺规程是组织和指导生产的重要工艺文件，一般来说，工艺规程应该包含过程卡与工序卡，以及其他卡片（如首页、附页、统计卡、质量跟踪卡等）。

在 CAXA 工艺图表中，可根据需要定制工艺规程模板，通过工艺规程模板把所需的各种工艺卡片模板组织在一起，必须指定其中的一张卡片为过程卡，各卡片之间可指定公共信息。

利用定制好的工艺规程模板新建工艺规程，系统自动进入过程卡的填写界面，过程卡是整个工艺规程的核心。应首先填写过程卡片的工序信息，然后通过其行记录创建工序卡片，并为过程卡添加首页和附页，创建统计卡片、质量跟踪卡等，从而构成一个完整的工艺规程。

工艺规程的所有卡片填写完成后存储为工艺文件（ *.cxp）。

如图 4-3，是一个典型工艺规程的结构图。

图 4-3 工艺规程示意图

2. 工艺过程卡片

按工序的顺序来简要描述工件的加工过程或工艺路线的工艺文件称为工艺过程卡片，每一道工序可能会对应一张工序卡，对该道工序进行详细的说明等。在工艺不复杂的情况下，可以只编写工艺过程卡片。

在 CAXA 工艺图表中，工艺过程卡是工艺规程的核心卡片，有些操作是只对工艺过程卡有效的，例如：利用行记录生成工序卡片、利用统计卡片统计工艺信息等。建立一个工艺规程时，首先填写工艺过程卡片，然后从工艺过程卡生成各工序的工序卡，并添加首页、附页等其他卡片，从而构成完整的工艺规程。

3. 工序卡片

工序卡是详细描述一道工序的加工信息的工艺卡片，它和过程卡片上的一道工序记录相对应。工序卡片一般具有工艺附图，并详细说明该工序的每个工步的加工内容、工艺参数、操作要求、所用设备和工艺装备等。

如果新建一个工艺规程，那么工序卡片只能由过程卡片生成，并保持与过程卡片的关联。

4. 公共信息

在一个工艺规程之中，各卡片有一些相同的填写内容，如产品型号、产品名号、零件名称等，在 CAXA 工艺图表中，可以将这些填写内容定制为公共信息，当填写或修改某一张卡片的公共信息内容时，其余的卡片自动更新。

4.1.5 文件类型说明

① Exb 文件：CAXA 电子图板文件。在工艺图表的图形界面中绘制的图形或表格，保存为 *.exb 文件。

② Cxp 文件：工艺文件。填写完毕的工艺规程文件或者工艺卡片文件保存为

＊.cxp 文件。

　　③ Txp 文件：工艺卡片模板文件。存储在安装目录下的 Template 文件夹下。

　　④ Rgl 文件：工艺规程模板文件。存储在安装目录下的 Template 文件夹下。

4.1.6　常用键盘与鼠标操作

　　F1：请求系统帮助，两种状态都有效。

　　F2：当系统处于填写状态时，其作用是开关卡片树与知识库。

　　F3：显示全部，两种状态都有效。

　　PageUp：显示放大，两种状态都有效。

　　PageDown：显示缩小，两种状态都有效。

　　Ctrl：当系统处于定制状态，定义单元格属性时，按住 Ctrl 键，可实现连续选择。

　　Alt＋D：当系统处于定制状态，Alt＋D 的作用是定义单元格属性。

　　Alt＋R：当系统处于定制状态，Alt＋D 的作用是删除单元格属性。

　　Alt＋T：当系统处于填写状态，Alt＋T 的作用是工艺卡片树窗口开关。

　　Ctrl＋Tab：在填写卡片状态和定制模板状态之间进行切换。

　　Ctrl＋鼠标左键：当系统处于填写卡片状态时，选中该行记录。

　　Tab：在表区域填写时，Tab 键类似 Word 方式切换单元格，进行填写。

　　方向键：当系统处于填写状态，填写单元格时，按 Ctrl＋方向键，移动填写单元格；非填写状态处于动态平移。

　　Shift＋方向键：当系统处于填写状态，按 Shift＋方向键，在卡片树中的卡片间进行切换，并打开该卡片；当系统处于定制状态，Shift＋方向键实现动态平移。

　　鼠标滚轮：可以实现放大、缩小、平移显示。

　　鼠标右键：在不同的应用环境下，使用右键菜单可方便的使用某些命令。

　　注意：

　　(1) 当系统处于图形环境时，电子图板所有的常用键在 CAXA 工艺图表中都有效。

　　(2) 当系统处于工艺环境时，填写工艺文件时，只有 F1、Tab、Ctrl＋Tab、方向键和 Shift＋方向键五个快捷键有效。

4.2　工艺模板定制

4.2.1　工艺模板概述

　　在生成工艺文件时，需要填写大量的工艺卡片，将相同格式的工艺卡片格式定义为工艺模板，这样填写卡片时直接调用工艺卡片模板即可，而不需要多次重复绘制卡片。

　　系统提供两种类型的工艺模板：

　　① 工艺卡片模板（＊.txp）：可以是任何形式的单张卡片模板，如过程卡模板、工序卡模板、首页模板、工艺附图模板和统计卡模板等；

　　② 工艺规程模板（＊.rgl）：一组工艺卡片模板的集合，必须包含一张过程卡片模

板，还可添加其他需要的卡片模板，如工序卡模板、首页模板和附页模板等，各卡片之间可以设置公共信息。

CAXA 工艺图表提供了常用的各类工艺卡片模板和工艺规程模板，存储在安装目录下的 Template 文件夹下。单击【文件】下拉菜单下的【新文件】命令或 □ 图标，在弹出的对话框中可以看到已有的模板，如图 4-4 所示：

图 4-4　软件自带模板

由于生产工艺的千差万别，现有模板不可能满足所有的工艺文件要求，有时用户需要亲手绘制符合自己要求的工艺卡片模板。利用 CAXA 工艺图表的图形环境，用户可以方便快捷地绘制并定制出各种模板，下面详细介绍其操作过程。

4.2.2　绘制卡片模板

1. 卡片模板绘制注意事项

以下规则中涉及到的线型、图层、文字属性等，请参考《CAXA 电子图板用户手册》。绘制工艺模板步骤如下。

1）幅面设置

单击【幅面】菜单下的【图幅设置】命令，弹出如图 4-5 所示的对话框，作以下设置：

图 4-5　图幅设置

按实际需要设置图纸幅面与图纸比例。

图纸方向：横放或竖放，注意必须与实际卡片相一致。

2）卡片中单元格的要求

（1）卡片中需要定义的单元格必须是封闭的矩形。

（2）定义列单元格宽度、高度必须相等。

3）卡片的定位方式

当卡片有外框时，以外框的中心定位，外框中心与系统坐标原点重合。

当卡片无外框时，可画一个辅助外框，以外框的中心定位，外框中心与系统坐标原点重合，定位完后再删除辅助外框。

4）文字定制

文字的定位方式。向单元格内填写文字时使用"搜索边界"的方式，并选择相应的对齐方式，这样可以更准确的把文字定位到指定的单元格中。

注意：如果卡片是从 AutoCAD 转过来的，必须要把卡片上的所有线及文字设到 CAXA 默认的细实线层，然后再删除 AutoCAD 的所有图层。

2. 绘制卡片表格

（1）新建工艺卡片模板：单击【文件】菜单下的【新文件】命令或单击 □ 图标或按快捷键 Ctrl＋N，弹出【新建文件类型】对话框，如图 4-6 所示。选择【工艺模板】选项卡，双击列表框中的【工艺卡片模板】项。

（2）系统自动进入工艺图表的"图形界面"，利用集成的电子图板绘图工具（如直线、橡皮、偏移等），绘制表格。各工具的具体操作请参考《CAXA 电子图板用户手册》。图 4-7 是一个绘制完成的卡片表格。

图 4-6 新建文件类型

注意：

绘制多行表格可使用【等距线】绘图功能，操作步骤如下：

（1）绘制多行表格的首行和末行表格线。

（2）单击【绘图】→【直线】命令或工具栏中的按钮 ∕ 。

（3）在窗口底部的立即菜单中选择【等分线】方式，并设置要等分的份数。

（4）用鼠标左键拾取首行与末行表格线，即可生成等分线，如图 4-8 所示。

注意：

除了直接绘制表格，还可以直接使用电子图板绘制的表格或 DWG/DXF 类型的表格，具体方法为：

（1）单击【文件】菜单下的【打开文件】命令，或单击图标 ☞，弹出【打开文件】对话框。

图 4-7 绘制卡片表格

图 4-8 等分线绘图功能

（2）在文件类型下拉列表中选择 ∗.exb 或 ∗.dwg 或 ∗.dxf 文件类型，并选择要打开的表格文件。

（3）单击【确定】后打开表格文件，按需要修改、定制。

（4）单击【文件】菜单下的【另存为】命令，可将其存储为工艺模板文件（∗.txp）。

3. 标注文字

（1）单击【格式】菜单下的【文本风格】命令，弹出如图 4-9 所示的【文本风格】对话框，用户可创建或编辑需要的文本风格。

注意：关于字高与宽度系数的说明

① 系统缺省字高为 3.5，此处字高为西文字符的实际字高，中文字高为输入数值的 1.43 倍。

② 字宽系数为 0～1 之间的数字。对于 Windows 标准的方块字（如菜单中的字符），其字宽系数为 0.998，而国家制图标准的瘦体字字宽系数为 0.667。

图 4-9 "文本风格"对话框

（2）单击绘图工具栏中的图标 A，即可进行文字标注，首先需在窗口底部的立即菜单中设置【搜索边界】格式，然后单击单元格弹出【文字标注与编辑】对话框，输入所要标注的文字，确定之后，文字即被填入目标区域。

（3）重复以上操作完成整张模板的文字标注，如图 4-10 所示。

图 4-10 标注文字

4.2.3　定制工艺卡片模板

切换到"图形界面",点击【工艺】主菜单,有如图 4-11 所示的选项,使用定义、查询、删除命令即可以快捷的完成工艺卡片的定制。

图 4-11　工艺菜单

1. 术语释义

① 单个单元格:单个的封闭矩形为单个单元格。

② 列:纵向排列的、多个等高等宽的单元格构成列。

③ 续列:属性相同且具有延续关系的多列为续列。

④ 表区:表区是包含多列单元格的区域,其中各列的行高、行数必须相同。如图 4-12 所示为机械加工过程卡片的表区,注意在定义表区之前,必须首先定义表区的各列。

图 4-12　卡片中的单元格

2. 定义与查询单元格(列)

1) 单个单元格的定义

单击【工艺】菜单下的【定义单元格】命令,或者按快捷键 Alt+D。用鼠标左键在单元格的内部单击,系统将用红色虚线加亮显示单元格边框,右击,将弹出定义单元格属性的【单元格属性】对话框,如图 4-13 所示。下面详细介绍各属性的意义:

(1) 单元格名称。

单元格名称是这个单元格的身份标识,具有唯一性,同一张卡片中的单元格不允许重名。单元格名称同工艺图表的统计操作、公共信息关联、工艺汇总表的汇总等多种操作有关,所以建议用户为单元格输入具有实际意义的名称。

图 4-13　单元格属性对话框

如图 4-14 所示，可在【单元格名称】后的文本框中输入单元格的名称，也可以在下拉列表中选择。系统自动给单元格指定一个名称（如 CELL0 等），用户可输入自己需要的名称。系统自动保存曾经填写过的单元格名称，并显示在下拉列表中，当输入字符时，下拉列表自动显示与之相符合的名称，以方便用户查找填写。

（2）单元格底色。

在【单元格底色】下拉列表中选择合适的颜色，可以使卡片填写界面更加美观、清晰，但单

图 4-14　单元格名称下拉列表

元格底色不会通过打印输入。单击【默认色】按钮，会恢复系统默认选择的底色。

（3）对应知识库。

知识库是由用户通过 CAXA 工艺图表的【工艺知识管理】模块定制的工艺资料库，如刀具库、夹具库、加工内容库等（关于知识库的管理请参见第 4.7 节）。为单元格指定对应的知识库后，在填写此单元格时，对应知识库的内容会自动显示在知识库列表中，供用户选择填写。

【名称】后的文本框中显示当前选择的数据库节点名称，【内容】后的下拉列表显示的是在知识库中此节点的字段。

单击【名称】后的【选择】按钮，在弹出的【选择知识库】对话框中选择希望对应的工艺资料库，然后在【内容】后的下拉列表中选择希望对应的内容即可。例如：为对应知识库【名称】选择【夹具】库，而【内容】选择【编号】项，则在填写此单元格时，用户在知识库列表中选择需要的夹具后，夹具的编号自动填写到单元格中，如图 4-15 所示。

图 4-15　对应知识库

单击【清空】按钮，则取消与知识库的对应。

（4）域定义。

如果为单元格定义了域，则创建卡片后，此单元格的内容不需用户输入，而由系统根据域定义自动填写。"域名称"后的下拉列表如图 4-16 所示：

图 4-16　域名称

工艺卡片通常会有四个页码选项，如图 4-16 所示。在【域名称】下拉列表中的【页数】、【页码】代表卡片在所在卡片组（包括主页、续页、自卡片等）排序，即"共×页　第×页"，而【总页数】、【总页码】代表卡片在整个工艺规程中的排序，即"总×页　第×页"。

使用【公式计算】与【工时汇总】可对同一张卡片中单元格进行计算或汇总。

使用【汇总单元】与【汇总求和】可对过程卡表区中的内容进行汇总。

关于统计与汇总功能请参阅 4.3 节。

注意："域"与"库"是相斥的，也就是说一个单元格不可能同时来源于库与域，选择其中的一个时，另一个会自动失效。

（5）填写方式。

【填写方式】选项如图 4-17 所示：对齐选项决定了文字在单元格中的显示位置，【左右对齐】项可以选择【左对齐】、【中间对齐】、【右对齐】三种方式，而【上下对齐】目前只支持【中间对齐】方式。

对于单个单元格，【折行方式】只能为【压缩字符】，填写卡片时，当单元格的内容超出单元格宽度时，文字会被自动压缩。如果用户选择了【保持字高】，即保持字高前面的复选框中显示"√"，则文字被压缩后，字高仍然保持不变，视觉上字体变窄。如果不选中此项，文字被压缩后，会整体缩小。

图 4-17　填写方式

在【首字边距】中输入数值（默认为 1mm），填写的文字会与单元格左右边线离开一定距离。

（6）字体。

字体选项如图 4-18 所示：用户可以对字体、文字高度、字宽系数、字体颜色等选项作出选择。

图 4-18　字体

注意：

（1）字宽系数是 0～1 之间的数字。Windows 标准的方块字是等高等宽的，其字宽系数为 0.998，国标制图标准的瘦体字字宽系数为 0.667（此处与电子图板字宽系数标准不同）。用户可根据需要对其作出调整。

（2）在【中文字体】选项中前面带有@标志的字体是纵向填写的。

（3）如果定义的字高超过单元格高度，会弹出对话框提示用户重新输入。

（4）字宽系数可选择【制图标准】或【Windows 标准】，也可输入 0～1 之间的数值。

（5）字体颜色会在打印时输出。

2）列的定义

（1）单击【工艺】菜单下的【定义单元格】命令，或者按快捷键 Alt＋D。

（2）在首行单元格内部单击，系统用红色虚线框高亮显示此单元格。

（3）按住 Shift 键，单击此列的末行单元格，系统将首末行之间的一列单元格（包括首末行）全部用红色虚框高亮显示。如图 4-19 所示。

（4）放开 Shift 键，右击，弹出【单元格属性】对话框。

（5）属性设置内容和方法与设置单个单元格属性基本相同。只是【折行方式】下有【自动换行】和【压缩字符】两个选项可供选择。如果选择【自动换行】，则文字填满该列的某一行之后，会自动切换到下一行继续填写；如果选择【自动压缩】，则文字填满该列的某一行后，文字被压缩，不会切换到下一行。

3）续列的定义

续列是属性相同且具有延续关系的多列，续列的各个单元格应当等高等宽，定义方法如下：

图 4-19　列定义

（1）单击【工艺】菜单下的【定义单元格】命令，或者按快捷键 Alt＋D。

（2）用选取列的方法选取一列。

（3）按住 Shift 键，选择续列上的首行，弹出对话框，询问是否定义续列。

注意：系统弹出此提示对话框，是为避免用户对续列的误定义，请注意【列】与【续列】的区别。

（4）选择"否"则不定义续列，选择"是"，则高亮显示续列的首行。注意续列单元格应与首列单元格等高等宽，否则不能添加续列，且弹出信息框进行提示。

（5）按住 Shift 键，选择续列上的末行单元格，续列被高亮显示，类似的，可定义多个续列。

（6）松开 Shift 键，右击，弹出【单元格属性】对话框，其设置方法与列相同，请参见"1）单个单元格的定义"与"2）列的定义"。

4）单元格属性查询与修改

通过单个单元格、列、续列的定义，可以完成一张卡片上所有需要填写的单元格的定义。如果需要查询或修改单元格的定义，只需点击【工艺】菜单下的【查询单元格】命令，然后单击单元格即可。系统自动识别单元格的类型，弹出【单元格属性】对话框，用户可对其中的选项进行修改或重新选择。

3. 定义与查询表区

（1）单击【工艺】菜单下的【定义表区】命令，单击表区最左侧一列中的任意一格，这一列被高亮显示（图 4-20）。

图 4-20　表区定义 1

（2）按下 Shift 键，同时单击表区最右侧一列，则左右两列之间的所有列被选中，如图 4-21 所示。

图 4-21　表区定义 2

（3）右击，弹出如图 4-22 所示【表区属性】对话框。如果希望表区支持续页，则选中【表区支持续页】前的复选框，单击【确定】按钮，完成表区的定义。

注意：过程卡表区必须支持续页，否则公共信息等自动关联的属性不能自动关联。

（4）打开【工艺】下拉菜单，单击【查询表区】命令，【表区属性】对话框，可修

图 4-22　表区属性

改【表区支持续页】属性。

4. 续页定义规则

如果一个卡片的表区定义了【表区支持续页】属性，则可以添加续页，填写卡片时，如果填写内容超出了卡片表区的范围，系统会自动以当前卡片为模板，为卡片添加一张续页。

CAXA 工艺图表 2007 加强了续页机制，在添加续页时可添加不同模板类型的续页，需要强调的是过程卡添加续页时要求续页模板与主页模板有相同结构的表区，即

① 表区中列的数量、宽度相同。

② 行高相同。

③ 对应列的名称一致。

④ 定义次序一致（定义表时，从左到右选择列和从右到左选择列，列在表中的次序是不一致的）。

如图 4-23 与图 4-24 所示，【机械加工工序卡片模板】和【机械加工工序卡片续页模板】拥有相同的表区：

图 4-23　机械加工工序卡片模板

注意：对非过程卡的卡片添加续页可添加不同模板类型的续页。

关于添加卡片续页的操作，请参见 4.3.5 节

5. 删除单元格

打开【工艺】下拉菜单，单击【删除表格】命令或按下 Alt＋R 快捷键；单击要删除的单元格即可，存在以下几种情况：

① 如果要删除表区，单击表区后，系统高亮显示表区并弹出如图 4-25 所示的对话框，单击【确定】后，表区被删除。

图 4-24　机械加工工序卡片续页模板

图 4-25　删除表区

② 要删除表区外的单元格（列），单击即可将其删除，系统没有提示。

③ 要删除表区内的列，则必须首先删除列所在的表区，然后才能将其删除。

④ 单击 ↶ 按钮或【编辑】下拉菜单下的【取消操作】命令，可以恢复被删除的单元格。

⑤ 单击 ↷ 按钮或【编辑】下拉菜单下的【重复操作】命令，可重复在此之前的删除操作。

4.2.4　定制工艺规程模板

（1）新建工艺规程模板：单击【文件】菜单下的【新文件】命令、或单击 ▫ 图标、或按快捷键 Ctrl＋N，弹出【新建文件类型】对话框。

（2）选择【工艺模板】选项卡，双击列表框中的【工艺规程模板】项，或单击【工艺规程模板】项并单击确定，如图 4-26 所示。

（3）弹出【新建工艺规程：输入工艺规程名称】对话框。填入所要创建的工艺规程名称。并单击【下一步】按钮，如图 4-27 所示。

图 4-26　新建工艺规程模板

图 4-27　"新建工艺规程：输入工艺规程名称"
对话框

图 4-28　"新建工艺规程：指定卡片模板"
对话框

（4）弹出【新建工艺规程：指定卡片模板】对话框。在【工艺卡片模板】中选择需要的模板，单击【指定】按钮，在没有指定工艺过程卡片之前，系统会提示是否指定所选卡片为工艺过程卡片。如果所选的是过程卡片，单击【是】即可将此过程卡添加到右侧列表中，且过程卡名称前添加 ❤ 标志；单击【否】，则将此卡片作为普通卡片添加到右侧列表中。如图 4-28 所示。

（5）选择该工艺过程中需要的其他卡片，对话框右边的【工艺规程中卡片模板】列出您所选定的工艺过程卡片和其他工艺卡片，工艺卡片可以是一张或多张，由具体工艺决定。

（6）指定的工艺过程卡片会有红色的小旗作为标志，以示区分过程卡片和其他工艺卡片。在右侧列表框中，单击卡片模板名称前的 ❤ 列，可以重新指定过程卡，但一个工艺模板中只能指定一个过程卡片模板。

（7）选中右侧列表中的某一个卡片模板，单击【删除】按钮，可将其从列表中删除。如图 4-29 所示。

图 4-29　"新建工艺规程：指定卡片模板"对话框

（8）指定了规程模板中所包含的所有卡片后，单击【下一步】按钮，弹出【新建工艺规程：指定公共信息】对话框，这里要指定的是工艺规程中所有卡片的公共信息，在左侧列表框中选取所需的公共信息，单击【指定】按钮，将其显示在右侧列表中。在右侧列表中选择不需要的公共信息，单击【删除】按钮，可将其删除，如图 4-30 所示。

图 4-30　"新建工艺规程：指定公共信息"对话框

（9）单击【完成】按钮，即完成了一个新的工艺规程模板的创建。此时单击【文件】菜单下的【新文件】命令或者单击 ▯ 图标，弹出【新建文件类型】对话框，在【工艺规程】列表框中可以找到刚刚建立的工艺规程模板。

4.3　工艺卡片填写

4.3.1　新建与打开工艺文件

1. 新建工艺文件

单击 ▯ 图标，或单击【文件】菜单下的【新文件】命令，或按快捷键 Ctrl＋N，弹出【新建文件类型】对话框，如图 4-31 所示，用户可选择新建工艺规程文件或工艺卡片文件。

（1）新建工艺规程文件：在标签【工艺规程】列表框中显示了现有的工艺规程模板，选择所需的模板并单击【确定】，系统自动切换到"工艺环境"，并根据模板定义，生成一张工艺过程卡片。由工艺过程卡片开始，可以填写工序流程、添加并填写各类卡片，最终完成工艺规程的建立。

（2）新建工艺卡片文件：在标签【工艺卡片】列表框中显示了现有的工艺卡片模板，选择所需的模板并单击【确定】，系统自动切换到"工艺环境"，并生成工艺卡片，供用户填写。

图 4-31　"新建文件类型"对话框

2. 打开工艺文件

单击 ▱ 图标，或者单击【文件】菜单下的【打开文件】命令，或者按快捷键 Ctrl＋O，弹出【打开文件】对话框，如图 4-32 所示。在【文件类型】下拉列表中选择【工艺卡片文件（＊.cxp）】。在文件浏览窗口中选择要打开的文件，单击确定，或者直接双击要打开的文件。系统自动切换到"工艺环境"，打开工艺文件，进入卡片填写状态。

图 4-32 "打开文件"对话框

4.3.2 单元格填写

新建或打开文件后，系统切换到卡片的填写界面，如图 4-33 所示，是机械加工工艺规程卡片的填写界面，可选择手工输入、知识库关联填写、公共信息填写等多种方式对各单元格内容进行填写。以下作详细说明。

图 4-33 卡片填写界面

1. 手工输入填写

单击要填写的单元格，单元格底色随之改变，且光标在单元格内闪动，此时即可在单元格内键入要填写的字符，如图 4-34 所示。

按住鼠标左键，在单元格内的文字上拖动，可选中文字，然后右击，弹出如图 4-35 所示的快捷菜单，利用【剪切】、【复制】、【粘贴】命令或对应的快捷键，可以方便地将文字在各单元格间填写。外部字处理软件（如记事本、写字板、Word 等）中的文字字符，也可以通过【剪切】、【复制】、【粘贴】命令，方便地填写到单元格中来。

图 4-34　单元格文字输入

图 4-35　右键快捷菜单

在选中文字的状态下，在单元格与单元格之间可以实现文字的拖动。

若要改变单元格填写时的底色，只需单击【工具】菜单下的【选项】命令，弹出【系统配置】对话框，在【颜色设置】标签下的【单元格填写底色】选项中选择所需的颜色，如图 4-36 所示。

2. 特殊符号的填写与编辑

1）特殊符号的填写

在单元格内右击，利用右键菜单中的【插入】命令，可以直接插入符号、图符、公差、上下标、分式、粗糙度、形位公差、焊接符号和引用特殊字符集，下面对各种特殊符号的输入作详细说明（图 4-37）。

图 4-36　系统配置

图 4-37　插入特殊符号

注意：插入公差、粗糙度、形位公差、焊接符号和引用特殊字符集的方法与 CAXA 电子图板完全相同，其详细的操作方法请参考《CAXA 电子图板用户手册》的第 10 章“工程标注”。

（1）常用符号的输入：在填写状态下，右击，选择弹出菜单中的【插入】中的【常用符号】命令，弹出【请选择插入符号】对话框（图 4-38），单击要输入的符号即可完成填写。另外，常用符号的输入也可使用卡片树中的【常用符号】库，用户可对此库进行定制和扩充，因此更加灵活。建议用户对【常用符号】库进行填写。

图 4-38 插入常用符号

（2）图符的输入：填写状态下，右击，弹出快捷菜单，单击【插入】中的【图符】命令，弹出【输入图符】对话框，在文本框中填写文字，然后单击一种样式，就可将图符输入到单元格中，如图 4-39 所示。

图 4-39 输入图符

注意：输入文本时，只能输入两个半角字符或者一个全角字符，例如"ab"、"54"、"a"、"检"等。

（3）公差的输入：填写状态下，右击，弹出快捷菜单，单击【插入】中的【公差】命令，弹出【尺寸标注公差与配合查询】对话框，填写基本尺寸、上下偏差、前后缀，并选择需要的输入形式、输出形式，单击【确定】按钮即完成填写，如图 4-40 和图 4-41 所示。

图 4-40 尺寸标注公差与配合查询

图 4-41 配合输入形式

（4）上下标的输入：填写状态下，右击，弹出快捷菜单，单击【插入】中的【上下标】命令，弹出【请输入上下标】对话框，填写上标和下标的具体数值，单击【确定】按钮即可，如图 4-42 所示。

（5）分式的输入：填写状态下，右击，弹出快捷菜单，单击【插入】中的【分式】命令，弹出【请输入分式的分子、分母】对话框，填写分子、分母的数值，单击【确认】按钮即可，如图4-43所示。

图4-42　"请输入上下标"对话框　　　　　　　图4-43　输入分式

注意：分子中不支持"/"，"％"，"&."，"＊"符号。

（6）粗糙度的输入：填写状态下，右击，弹出快捷菜单，单击【插入】中的【粗糙度】命令，弹出【表面粗糙度】对话框。选择粗糙度符号，填写参数值，单击【确定】按钮即可，如图4-44所示。

（7）形位公差的输入：填写状态下，右击，弹出快捷菜单，单击【插入】中的【形位公差】命令，弹出【形位公差】对话框。选择公差类型，填写参数值，单击【确定】按钮即可，如图4-45所示。

图4-44　"表面粗糙度"对话框　　　　　　　图4-45　"形位公差"对话框

（8）焊接符号的输入：填写状态下，右击，弹出快捷菜单，单击【插入】中的【焊接符号】命令，弹出【焊接符号】对话框。选择焊接类型，填写相关参数，单击【确定】按钮即可，如图4-46所示。

（9）特殊字符集的输入：填写状态下，右击，弹出快捷菜单，单击【插入】中的【引用特殊字符集】命令，弹出【字符映射表】对话框。选择需要的字符，单击【选择】

按钮，使被选定的字符显示在【复制字符】标签后的文本框中。单击【复制】按钮，然后回到单元格中，使用右键菜单中的【粘贴】命令，就可将字符填写到单元格中，如图 4-47 所示。

图 4-46　"焊接符号"对话框　　　　　　　图 4-47　"字符映射表"对话框

注意：CAXA 工艺图表使用的是操作系统的字符映射表，目前只支持【高级查看】下的中文字符集，对于其他字符集中的某些字符，填入到卡片中后可能会显示为"?"。

2）特殊符号的编辑

（1）用鼠标左键选中特殊符号，右击，弹出快捷菜单，单击【编辑】命令，系统自动识别所选中特殊符号的类型，弹出相应的对话框，供用户修改。

（2）如果选中的文字中包含多个特殊字符，系统只识别第一个特殊字符。

（3）如果选中的字符中没有特殊字符，单击【编辑】命令后，弹出如图 4-48 所示信息框。

图 4-48　系统提示

（4）对于【常用符号】、【引用特殊字符集】生成的特殊符号，系统不能识别，单击【编辑】命令后，也会弹出如图 4-48 所示的对话框。

3．利用知识库进行填写

1）知识库界面

如果在定义模板时，为单元格指定了关联数据库（参见 4.2.3 节），那么单击此单元格后，系统自动关联到指定的数据库，并显示在【知识库树形结构】与【知识库内容】两个窗口中。【知识库树形结构】窗口显示其对应数据库的树形结构，而【知识库内容】窗口显示数据库根节点的记录内容。

例如：为【工序内容】单元格指定了【加工内容】库，则单击【工序内容】单元格后，【知识库树形结构】窗口显示加工内容库的结构，包括车、铣等工序，单击其中的任意一种工序，则在【知识库内容】列表中显示对应的具体内容。如图 4-49 所示。

图 4-49　知识库填写界面

2）使用知识库的填写方法

（1）单击单元格，显示【知识库树形结构】窗口。

（2）在【知识库树形结构】窗口中，单击鼠标左键，展开知识库，并单击需要填写内容的根节点。

（3）在【知识库内容】窗口中单击要填写的记录，其内容被自动填写到单元格中。

（4）在【知识库树形结构】窗口中，双击某个节点，可以将节点的内容自动填写到单元格中。

3）知识库查询

（1）当【知识库内容】中的记录数目较大时，使用"知识库查询"功能可以快速定位要填写的内容。在【知识库内容】窗口中，右击任意一个记录行，单击右键菜单中的【查询条件】命令，弹出【查询...】对话框，如图 4-50 所示。

（2）在【查询...】对话框中，条件下拉列表中列出了之前保存的查询条件；表中字段显示当前知识库内容的字段；对话框右侧为查询条件建立区。

（3）查询条件建立方法。

① 在【表中字段】列表框中选择要查询的字段，被选择字段显示在右侧【字段名】框中。

② 在【值】文本框中输入要查询的内容。

图 4-50　"查询..."对话框

③ 单击【插入】，将一个查询条件插入到【查询条件】区中。这样步骤①～③就建立了一个查询条件，例如：【加工内容 LIKE 铣平面】。

④ 可以插入多个查询条件，并使用【AND】、【OR】、【(】、【)】逻辑运算符对查询条件进行组合。单击【清空】按钮，可将【查询条件】区清空。

⑤ 在【条件名称】文本框中输入名称，单击【保存】，可将【查询条件】区中的查询条件保存起来，供以后使用。保存过的查询条件可在对话框左侧【条件】下拉列表中找到，单击 ⊠ 按钮，可将其删除。

⑥ 设置完成查询条件后，单击【确定】按钮，【知识库内容】窗口只显示符合查询条件的记录，可根据需要单击填写到单元格中。

注意：CAXA 工艺图表只支持【常用语】和【用户自定义知识库】的查询，关于知识库的管理请参见第 7 章。

4. 常用语填写和入库

"常用语"是指填写卡片过程中需要经常使用的一些语句，CAXA 工艺图表提供了"常用语"填写和入库的功能。

（1）常用语填写：单击单元格后，在如图 4-51 所示的【知识库树形结构】窗口的顶端，会显示【常用语】库的树形结构。展开结构树，并单击节点，在【知识库内容】窗口中会显示相应的内容，只需在列表中单击即可将常用语记录填写到单元格中。

（2）常用语入库：在单元格中，选择要入库的文字字符（不包含特殊符号），右击，弹出右键菜单，单击【常用语入库】命令，弹出【常用语入库】对话框，选择节点并单

图 4-51　常用语入库

击【确认】按钮，选择的文字即被添加到【常用语】库中相应的节点下。如图 4-51 所示。

5. 填写公共信息

1) 填写公共信息

公共信息是在工艺规程中各个卡片都需要填写的单元格，将这些单元格列为公共信息，在填写卡片时，可以一次完成所有卡片中该单元格的填写。

注意：需要填写的公共信息在定制工艺规程模板时进行了指定，见 4.2.4 节。

图 4-52　"公共信息"对话框

单击【工艺】菜单下的【填写公共信息】命令，弹出【公共信息】对话框，输入公共信息的内容单击【确定】按钮即可完成所有公共信息的填写。此外，选中公共信息并单击【编辑】按钮，或直接在公共信息内容上双击，均可以对其进行编辑。如图 4-52 所示。

2) 输入和输出公共信息

填写完卡片的公共信息以后，单击【工艺】菜单中的【输入公共信息】命令，系统会自动将公共信息保存到系统默认的 .txt 文件。

新建另一新文件时，单击【工艺】菜单中的【输出公共信息】命令，可以将保存的公共信息自动填写到新的卡片中去。

系统默认的 .txt 文件是唯一的，其作用类似于 CAXA 工艺图表的内部剪贴板，向此文件中写公共信息后，文件中的原内容将被新内容覆盖。从文件中引用的公共信息只能是最新一次写入的公共信息。

注意：各卡片的公共信息内容是双向关联的。修改任意一张卡片的公共信息内容后，整套工艺规程的公共信息也会随之一起改变。

6. 引用标题栏信息

CAXA 工艺图表可以将设计图纸标题栏中的图纸名称、图纸编号和材料名称等标题栏信息自动调用到工艺卡片中，完成填写，有以下两种情况：

1) 引用 CAXA 电子图板（.exb）图形文件的标题栏信息

（1）已知图形文件，标题栏中图纸名称、图纸编号和材料名称等信息如图 4-53 所示。

标记	处理	分 区	更改文件号	签 名	年、月、日			
设计	SDMIT-01	200203	标准化			**45 钢**		**脚踏板**
								MDE-92-14
审核						阶段标记	重量	比例
工艺	002		核准					1:1
						共　张　第　张		**HT15-33**

图 4-53　图形文件的标题栏

（2）单击【工艺】下拉菜单中的【引用标题栏信息】命令，弹出【引用标题栏信息】对话框，单击【浏览】按钮找到需要引用标题栏的CAXA 电子图板（∗.exb）图形文件，如图 4-54所示。

图 4-54　"引用标题栏信息"对话框

（3）单击【确定】按钮，图纸文件的标题栏中图纸名称、图纸编号和材料名称等信息就会自动地填写到这张过程卡片中，如图 4-55 所示。

产品型号		零件图号	HT15-33				
材料名称	45钢	零件名称	MDE-92-14	共	1 页	第	1 页

图 4-55　引用的标题栏信息

2）引用 ∗.dwg、∗.dxf 格式图形文件的标题栏信息

（1）对于这些类型的图形文件，CAXA 工艺图表并不能直接识别其标题栏的信息。需要定制模板文件，以描述 ∗.dug、∗.dxf 格式图形文件的标题栏位置，以及标题栏中单元格的位置、单元格的属性等，工艺图表根据模板文件的描述提取其标题栏信息。模板文件保存为文本文件格式，如图 4-56 所示。

图 4-56　标题栏的模板文件

（2）单击【工艺】下拉菜单中的【引用标题栏信息】命令，弹出【引用标题栏信息】对话框，单击【图形文件名称】后的【浏览】按钮找到要引用标题栏的图形文件。

（3）单击【模板文件名称】后的【浏览】按钮，找到已经设置好的模板文件（∗.txt），如图 4-57 所示。

（4）单击【确定】按钮，选择的图形文件的标题栏中图纸名称、图纸编号和材料

图 4-57　引用的标题栏信息

名称等信息就会自动地填写到卡片中。

7. 文字显示方式的修改

文字显示方式包括对齐方式、字高、字体和字体颜色四种属性，利用【设置列格式】命令或者【格式】工具栏可对其作出修改：

1）设置列格式

（1）单击【编辑】菜单下的【列编辑】命令或者单击工具栏中的 ℰ 按钮。

（2）单击要编辑的单元格，单元格被高亮显示。如图 4-58 所示。

图 4-58　设置列格式

（3）单击鼠标右键菜单中的【设置列格式】命令，弹出【请编辑列属性】对话框，根据需要改变左右对齐方式、中文字体、文字高度即可，如图 4-59 所示。

2）格式工具栏

（1）单击工具栏上的 ℰ 按钮，然后单击要修改的单元格，单元格被高亮显示。

（2）修改【格式】工具栏中的选项，可以对列格式做出修改。

图 4-59　"请编辑列属性"对话框

4.3.3　行记录的操作

1. 行记录的概念

行记录是与工艺卡片表区的填写、操作有关的重要概念，与 Word 表格中的"行"

类似。下图是一个典型的 Word 表格，在其中的某个单元格中填写内容时，各行表格线会随着单元格内容的增减动态调整，当单元格内容增多时，行表格线会自动下移，反之则上移。

序　号	工序名称	工艺内容	车　间	设　备
1	焊	填焊底板，顶板的外坡口，等离子切割底板孔至 $\phi1020$，卸下焊接撑模，填焊底板、顶板的内坡口。焊接方法及工艺参数详见焊接工艺	1	ZX5-250
2	铣	倒装夹，参照上道工序标识的校正基准圆，用百分表找正底板及外圆，跳动偏差小于 0.50mm	1	C5231E
3	钳	倒放转组合，底板朝上，清洗已动平衡好的篮底及底板的配合止口；将篮底倒置装入简体底板止口，参照上道工序已加工的基准校正，偏差如工艺附图所示，用 $\phi17$ 钻头号定心孔穴（只作为钻 M16 螺纹底孔 $\phi14$ 孔标记用，不能钻深）	2	摇臂钻

类似地，工艺卡片表区中的一个行记录即相当于 Word 表格中的一行。如图 4-60 所示是一个填写完毕的表区，该表区中共有 5 个行记录。行记录由红线标识，每两条红线之间的区为一个行记录。行记录的高度，随着此行记录中各列高度的变化而变化。

图 4-60　表区中的行记录

单击【工艺】菜单下的【红线区分行记录】，可以选择打开或关闭红线。

按住 Ctrl 键，并单击行记录，可将行记录选定，连续单击行记录，可选中同一页中的多个行记录。此时行记录处于高亮显示状态，右击，弹出快捷菜单，如图 4-61 所示。利用快捷菜单中的命令，可以实现行记录的编辑操作，对于过程卡中的行记录，还可以生成、打开、删除工序卡片（此内容请参见 4.3.5 节），以下章节将对这些命令作详细说明。

图 4-61　行记录右键菜单

2. 添加行记录

（1）单击右键菜单中的【添加行记录】命令，则在被选中的行记录之前添加一个空行记录，被选中的行记录及后续行记录顺序下移。如图 4-62 所示。

图 4-62　添加行记录

（2）单击右键菜单中的【添加多行记录】命令，弹出【插入多个行记录】对话框，如图 4-63 所示，在文本框中输入数字，单击【确定】按钮，则在被选中的行记录之前添加指定数目的空行记录，被选中的行记录及后续行记录顺序下移。

（3）对于单行的空行记录（没有填写任何内容），用鼠标单击此行记录中的单元格，按【回车】键，则自动在此行记录前添加一个行记录。

3. 删除行记录

单击右键菜单中的【删除行记录】命令，可删除被选中的行记录，被选中的行记录及后续行记录顺序上移。如果同时选中多个行记录，那么可将其同时删除。如果被选中的行记录

图 4-63　插入多个行记录

为跨页行记录，那么删除此行记录时，系统会给出提示，如图 4-64 所示。

4. 合并行记录

选中多个行记录，右击，单击右键菜单中的【合并行记录】命令，可将连续的多个行记录合并为一个行记录。

图 4-64　提示对话框

在过程卡片、工序卡片等的表区中，合并多个行记录后，系统只保留被合并的第一个行记录的工序号，而将其余行记录的工序号删除。

关于行记录的合并，需遵循以下规则：

（1）必须选中多个行记录。

（2）选中的几个行记录必须是连续的。

（3）选中的第一个行记录不能为空行记录。

5. 拆分行记录

单击右键菜单中的【拆分行记录】命令，可将一个占用多行单元格的行记录拆分为几个单行的行记录，但条件是：被选中行记录中的各列均为自动压缩格式，否则使用【拆分行记录】命令时，系统弹出如图 4-65 所示的对话框。

图 4-65　提示对话框

6. 剪切、复制、粘贴行记录

（1）剪切行记录：单击右键菜单中的【剪切行记录】命令，可将被选中的行记录内容删除并保存到软件剪贴板中，并可使用【粘贴行记录】命令粘贴到另外的位置。

（2）复制行记录：单击右键菜单中的【复制行记录】命令，可将被选中的行记录内容保存到软件剪贴板中，并可使用【粘贴行记录】命令粘贴到另外的位置，一次可同时

复制多个行记录。

（3）粘贴行记录：单击右键菜单中的【粘贴行记录】命令，可以用剪切或复制的行记录将被选中的行记录替换掉。

4.3.4　自动生成工序号

用户在填写工艺过程卡片时，可直接填写工序名称、工序内容以及刀具、夹具、量

图 4-66　自动生成工序号

具等信息，不用填写工序号，在整个过程卡填写过程中，或填写完毕后，可以单击【工艺】下拉菜单中的【自动生成工序号】命令自动创建工序号。【自动生成工序号】对话框允许用户对工序号的生成方式进行设置，如图 4-66 所示。

用户使用该命令后，系统会自动填写工艺过程卡中的工序号和所有相关工序卡片中的工序号以及卡片树中工序卡片的名称。

注意：【自动生成工序号】命令只在过程卡中有效，该过程卡中应存在可以续页的表，并且该表中有一列单元格的名称定义为"工序号"，自动生成的工序号就显示在该列上。

4.3.5　卡片树操作

卡片树在屏幕的右侧，如图 4-67 所示，按 F2 键可以开关卡片树。

图 4-67　卡片树窗口

卡片树可用来实现卡片的导航：在卡片树中双击某一张卡片，主窗口即切换到这张卡片的填写界面；在卡片树中单击某一张卡片，按【回车】键也可切换到此卡片的填写界面。除此之外，按主工具栏中的 ← → 按钮，可以实现卡片的顺序切换。

右击卡片树中的卡片，弹出快捷菜单，如图 4-68 所示，具体的菜单命令如下所述。

1．生成工序卡片

（1）在过程卡的表区中，按【Ctrl＋左键】选择一个行记录（一般为一道工序），右击，弹出快捷菜单，如图 4-69 所示。

（2）单击【生成工序卡片】命令，弹出【选择工艺卡片模板】对话框，如图 4-70 所示。

图 4-68　卡片树右键菜单

图 4-69　生成工序卡片操作界面

图 4-70　"选择工艺卡片模板"对话框

（3）在列表中选择所需的工序卡片模板，单击【确定】，即为行记录创建了一张工序卡片，并自动切换到工序卡填写界面。

（4）此时，在卡片树中过程卡的下方出现【工序卡（）】，小括号中的数字为对应的过程卡行记录的工序号，两者是相关联的，当过程卡中行记录的工序号改变时，小括号中的数字会随之改变，如图 4-71 所示。

（5）新生成的工序卡片与原行记录保持一种关联关系，在系统默认设置下，过程卡内容与工序卡内容双向关联（卡片间关联填写设置请参见 4.3.6 节）。生成工序卡时，行记录与工序卡表区外的单元格相关联的内容能够自动填写到工序卡片中。

（6）在过程卡表区中，如果一个行记录已经生成了工序卡片，那么选中此行记录并右击后，弹出如图 4-72 所示的快捷菜单，此菜单和图 4-69 中的菜单有以下不同。

图 4-71　卡片树　　　　　　　　　　　图 4-72　右键菜单

① 原【生成工序卡片】命令变为【打开工序卡片】命令，单击此命令，则切换到对应工序卡片的填写界面。

② 不能使用【删除行记录】、【合并行记录】、【拆分行记录】、【剪切行记录】、【粘贴行记录】等命令，否则会破坏行记录与对应工序卡的关联性。只有在删除了对应工序卡后，这些命令才重新有效。

2. 打开、删除工艺卡片

（1）打开卡片：有三种方法可以打开卡片：

① 在卡片树中右击某一卡片，单击快捷菜单中的【打开】命令。

② 在卡片树中双击某一卡片。

③ 在卡片树中单击某一卡片，点击【回车】键。

（2）删除卡片：在卡片树中右击某一张卡片，单击快捷菜单中的【删除卡片】命令，即可将此卡片删除。

注意：以下卡片不允许删除，右键菜单中没有【删除卡片】命令项。

① 已生成工序卡的过程卡：过程卡生成工序卡后，不允许直接删除过程卡，只有先将所有工序卡均删除后，才能删除过程卡。

② 中间续页：如果一张卡片有多张续页卡片，那么只有最后一张续页可以删除，中间的续页不允许删除。

3. 更改卡片名称

在卡片树中，右击要更改名称的卡片，单击右键菜单中的【更改名称】命令，输入新的卡片名称，按【回车】键即可。

注意：续页不允许更改名称，右键菜单中没有【更改名称】命令项。

4. 上移或下移卡片

在卡片树中，右击要移动的卡片，单击右键菜单中的【上移卡片】或【下移卡片】命令，可以改变卡片在卡片树中的位置，卡片的页码会自动作出调整。

注 1：移动工序卡片时，其续页、子卡片将一起移动。

注 2：子卡片只能在其所在卡片组的范围内移动，单独不能移动。

5. 创建首页卡片与附页卡片

首页卡片一般为工艺规程的封面，附页卡片一般为附图卡片、检验卡片、统计卡片等。

单击【工艺】主菜单下的【创建首页卡片】与【创建附页卡片】，均会弹出如图 4-73 所示的【选择工艺卡片模板】对话框，选择需要的模板，确认后即可以为工艺规程添加首页和附页。

在卡片树中，首页卡片被添加到规程的最前面，而附页卡片被添加到规程的最后，如图 4-74 所示。

图 4-73　选择工艺卡片模板

图 4-74　首页卡片与附页卡片

6. 添加续页卡片

CAXA 工艺图表 2007 加强了续页机制，在添加续页时可添加不同模板类型的续页。

要为卡片添加续页，前提是卡片模板有支持续页的表区，有三种方法可以为卡片添加续页：

（1）填写表区中具有【自动换行】属性的列时，如果填写的内容超出了表区范围，系统会自动以当前卡片模板添加续页，如图 4-75 所示。

（2）单击【工艺】下拉菜单中的【添加卡片续页】命令，弹出【选择工艺卡片模板】对话框。选择所需的续页模板，单击【确定】按钮，即可生成续页。

注意：过程卡添加卡片续页，如果添加的续页模板与主页模板不同，那么两者需要有相同结构的表区才能添加成功（具体条件见 4.3.3 节），否则系统弹出提示对话框，如图 4-76 所示。

图 4-75　添加续页　　　　　　　　　　　图 4-76　提示对话框

（3）单击卡片树对应卡片，单击右键，通过右键菜单中的【添加当前续页】命令，选择所需要的续页模板，单击【确定】按钮，即可生成续页。

注意：通过【工艺】下拉菜单中的【添加卡片续页】命令，是将该续页卡片添加到该组最后位置。如图 4-77 所示。

图 4-77　添加卡片续页

通过卡片树上的【添加当前续页】命令，是指在与当前续页卡片表区结构相同的一组续页卡片之后添加一张新的卡片，如没有表区结构相同的卡片，则添加到所选节点之后。如图 4-78 所示。

7. 添加子卡片

在编写工艺规程时，希望在某一张工序卡片之后添加工序附图等卡片，对这一工序

图 4-78　添加当前续页

的内容作更详细的说明，并且希望能作为此工序所有卡片中的一张，与主页、续页卡片一起排序而且希望根据用户的操作习惯进行移动。这一类卡片，既不能使用【添加卡片续页】命令添加，也不能使用【创建附页卡片】命令添加只能添加到卡片树的最后，这就用到了【添加子卡片】功能。

添加子卡片的步骤如下：

（1）在卡片树中，右击要添加子卡片的卡片，弹出快捷菜单。

（2）单击【添加子卡片】命令，弹出【选择工艺模板】对话框。

（3）选择所需的卡片模板，单击【确定】，完成子卡片的添加。

如图 4-79 所示，为【机械加工工序卡片（3）】添加了一个子卡片【工艺附图卡片】，从卡片树中可以看到，【工艺附图卡片】与【续 1-机械加工工序卡片】是同级的。打开【工艺附图卡片】，从页码区中的【共 3 页第 3 页】可知，【工艺附图卡片】作为工序 3 中的一张卡片，与【机械加工工序卡片（3）】、【续 1-机械加工工序卡片】一同排序。

总 8 页	第 7 页
共 3 页	第 3 页

图 4-79　添加子卡片

4.3.6　卡片间关联填写设置

在过程卡片中，行记录各列的内容如【工序号】、【工序名称】、【设备名称】、【工时】等可以设置与工序卡片单元格中表区之外的内容相关联，两者通过单元格名称匹配。如图 4-80 所示，这是一张工序卡片表区外的单元格区域，其中的【车间】、【工序号】、【工序名称】等内容是与过程卡中对应的行记录相关联的。通过设置过程卡与工序卡的关联，可以保持工艺数据的一致性，并方便工艺人员的填写。

车间	工序号	工序名称	材料牌号	
冷工	1	组焊		
毛坯种类	毛坯外形尺寸		每台件数	
设备名称	设备型号	设备编号	同时加工件数	
夹具编号		夹具名称	切削液	
工位器具编号		工位器具名称	工序工时	
			准终	单件
			4	2

图 4-80　关联填写

图 4-81　卡片间关联填写设置

单击【工艺】主菜单下的【卡片间关联填写设置】命令，弹出【卡片间关联填写设置】对话框，如图 4-81 所示。具体选项的介绍如下。

（1）过程卡和工序卡内容不关联。两者内容不相关，可分别更改过程卡与工序卡，彼此不受影响。

（2）过程卡内容更新到工序卡。修改过程卡内容后，工序卡内容自动更新。

（3）工序卡内容更新到过程卡。修改工序卡内容后，过程卡内容自动更新。

（4）过程卡和工序卡内容双向关联。确保过程卡或工序卡关联内容的一致，修改过程卡时，工序卡内容自动更新，反之亦然。

4.3.7　与其他软件的交互使用

工艺卡片中的内容可以与 Word、Excel、Notes 等软件进行交互，外部软件中的表格内容可以插入到工艺卡片中，工艺卡片中的内容也可以输出到外部软件中。此节介绍与 Word 软件的交互操作，与 Excel、Notes 的交互操作与之类似。

1. 从 Word 中读入卡片内容

通过此功能可以将 Word 工艺表格的内容输入到工艺图表的工艺卡片中。具体方法如下：

（1）在 Word 中全选需要输出的数据内容（表头除外），单击右键菜单中的【复制】命令或使用快捷键【Ctrl＋C】复制表格内的数据内容。

工序号	工序名称	工序内容	车　间	工　段
10	车	车内孔	32	2
20	铣	铣端面	45	4
30	钻	钻内孔	47	9

图 4-82　复制 Word 表格内容

（2）在卡片填写状态下，单击对应的单元格，此时鼠标的十字光标将会变为工字形光标，提示软件进入文字输入状态。

（3）右击并单击快捷菜单中【粘贴】命令或使用快捷键【Ctrl＋V】，即可将 Word 表格数据内容粘贴到卡片中，如图 4-84 所示。

注意：

（1）Word 表格中的项目符号及某些 CAXA 工艺图表不支持的特殊字符（如上下标）等不会拷贝到卡片表格中。

（2）如果 Word 表格的某一单元格中含有回车符，那么这个单元格的内容被粘贴到工艺图表中后，会在回车符处被拆分成多个行记录，而不会显示在同一个行记录中。

图 4-83　粘贴 Word 表格内容到卡片中

图 4-84　读入 Word 表格内容

2. 将工艺卡片中的数据内容输出到 Word 表格中

通过此功能可将工艺表格中的数据内容输出到 Word 已有的表格中，或者直接将数据输出到 Word 中，然后根据数据内容制作表格。

（1）将工艺卡片数据输出到 Word 如图 4-85 所示已有表格中。

工序号	工序名称	工序内容	车　间	工　段

图 4-85　Word 表格

① 打开工艺卡片文件，单击【编辑】主菜单下的【块选择】命令或者单击主菜单下的 ▦ 按钮，将鼠标指针移动到卡片需要输出内容的开始部分，单击鼠标左键确认

（第一点）；再移动鼠标，会出现一个方框，方框的大小可随鼠标的移动而变化。用该方框选择需要输出的内容，单击鼠标左键确认（第二点），卡片中的相应内容会变为红色，右击并单击快捷菜单中的【复制】命令，如图 4-86 所示。

图 4-86　复制卡片中的内容

② 在 Word 中全选表格（表头除外），右击并单击快捷菜单中的【粘贴】命令，或者直接按【Ctrl＋V】快捷键，即可将卡片中的内容输出到 Word 表格中，如图 4-87 所示，可以对表格内的文字作进一步的编辑。

工序号	工序名称	工序内容	车　间	工　段
10	车	车外圆表面	12	1
20	粗车	粗车外圆表面	47	4
30	细车	细车外圆表面	21	3
40	铣	铣平面	23	8

图 4-87　输入到 Word 表格中

注意：在使用【块选择】命令框选择输出内容时，拾取框的第一点和第二点应该在工艺卡片内，如图 4-88 所示，如果第一点或第二点选择在卡片输出内容以外或者是卡片的表头位置，会造成块选择的失败（选取的内容不变为红色）。

图 4-88　块选择

（2）将工艺卡片数据直接输出到 Word 中，利用表格插入自动生成表格，然后在 Word 中通过编辑制成工艺表格。

① 使用【块选择】命令选定并复制工艺图表中需要输出的内容，进入 Word 页面，右击并单击快捷菜单中的【粘贴】命令，将数据内容输出到文档中，如图 4-89 所示。

② 用鼠标选取所有数据内容，单击"插入表格" 按钮，Word 会自动生成与输出内容相匹配的表格，如图 4-90 所示。

10	车	车外圆表面	12	1
20	粗车	粗车外圆表面	47	4
30	细车	细车外圆表面	21	3
40	铣	铣平面	23	8

图 4-89　复制卡片内容
并粘贴到 Word 中

10	车	车外圆表面	12	1
20	粗车	粗车外圆表面	47	4
30	细车	细车外圆表面	21	3
40	铣	铣平面	23	8

图 4-90　插入表格

③ 对表格的进一步编辑即可得到工艺表格（图 4-91）。

工序号	工序名称	工序内容	车　间	工　段
10	车	车外圆表面	12	1
20	粗车	粗车外圆表面	47	4
30	细车	精车外圆表面	21	3
40	铣	铣平面	23	8

图 4-91　编辑得到的工艺表格

注意：CAXA 工艺图表中的特殊字符，如上下标、粗糙度、焊接符号等不会粘贴到 Word 中。

4.3.8　取消重复 Undo/Redo

在目前版本中，Undo/Redo 只在以下两种情况下有效：

（1）对单元格内容的填写、删除、复制、粘贴、剪切操作有效。而对行记录操作、文字显示操作、卡片树操作、自动生成工序号等均无效。

（2）对与 CAXA 电子图板相关的绘图操作、插入图形文件等操作有效，此处与 CAXA 电子图板相同，可参考《CAXA 电子图板用户手册》。

实现 Undo/Redo 功能有如下三种方法：

（1）单击【编辑】主菜单下的【取消操作】与【重复操作】命令。

（2）按快捷键【Ctrl＋Z】与【Ctrl＋Y】。

（3）单击主工具栏上的 按钮。

4.4　工艺附图的绘制

4.4.1　利用电子图板绘图工具绘制工艺附图

CAXA 工艺图表集成了 CAXA 电子图板的所有功能，利用电子图板的绘图工具，可方便地绘制工艺附图。可使用如下两种方法中的一种：

① 在工艺环境下直接绘制工艺附图。

② 在图形环境下绘制工艺附图，然后复制粘贴到工艺环境下的卡片中。

以下各小节对这两种方法分别介绍：

1. 在工艺环境下直接绘制附图

在 CAXA 工艺图表的工艺环境下，利用集成的电子图板绘图工具，可直接在卡片中绘制工艺附图。

图 4-92 是典型的工艺环境界面，在此仅做简要介绍，详细的绘图操作请参考《CAXA 电子图板操作手册》：

图 4-92　工艺附图绘制界面

（1）利用绘图工具栏提供的绘制、编辑功能可以完成工艺附图中各种图样的绘制。

（2）利用标注工具栏，可完成工艺附图的标注。

（3）窗口底部的立即菜单提供当前命令的选项。

（4）窗口底部的命令提示给出当前命令的操作步骤提示。

（5）屏幕点设置可方便用户对屏幕点的捕捉。

（6）用户也可使用主菜单中的相应命令完成工艺附图的绘制。

2. 在图形环境下绘制附图，并复制粘贴到卡片中

（1）单击 □ 图标，或单击【文件】菜单下的【新文件】命令，或按快捷键 Ctrl＋N，弹出【新建文件类型】对话框（图 4-93），切换到【EB 图形文件】标签，如图 4-93 所示，列表框中显示了当前所有的 EB 图形文件模板。选择需要的模板，并单击【确定】，即进入图形环境，可像使用电子图板一样在绘图区绘制工艺附图。

图 4-93　"新建文件类型"对话框

（2）工艺附图绘制完成后，单击【编辑】主菜单下的【图形拷贝】命令或按【Ctrl＋C】快捷键，然后用鼠标左键框选工艺附图，工艺附图被高亮显示，如图 4-94 所示。

图 4-94　框选工艺附图

（3）右击，窗口底部命令行提示【请给定图形基点】，单击某一点，系统自动将选中的图形信息复制到剪贴板上。

（4）按 Ctrl＋TAB 键或单击【工艺】菜单下的【图形/工艺间切换】命令，切换到工艺，打开要添加工艺附图的卡片，按【编辑】主菜单下的【粘贴】命令或按【Ctrl＋V】快捷键，可以看到被粘贴的附图随鼠标浮动，如图 4-95 所示。

（5）在窗口底部的立即菜单中显示了可用的选项：

①【定点】方式。窗口底部命令行提示【请输入定位点】，单击卡片上某一点或直接输入定位点坐标并回车，图形即粘贴到卡片上。

图 4-95　粘贴图形文件

②【定区域】方式。窗口底部命令行提示【请拾取需要粘贴图形的区域】，在要粘贴图形的单元格内部单击，图形即被粘贴到单元格内，并按单元格大小自动缩放。

③【拷贝为块】选项。被粘贴的图形自动生成为块，块中单个图形元素不能直接编辑。

④【保持原态】选项。图形被粘贴后，保持复制前的状态。

图 4-96 是使用【定区域】方式粘贴的工艺附图。

图 4-96　粘贴后的工艺附图

4.4.2　向卡片中添加已有的图形文件

1. 插入 CAXA 电子图板文件

使用【插入图形文件命令】可将 CAXA 电子图板文件（＊.exb）自动插入到工艺

卡片中任意封闭的区域内，并且按区域大小自动缩放，在插入 CAXA 电子图板文件之前，需做如下设置：

单击【幅向】→【图幅设置】命令，弹出如图 4-97 所示的对话框：

图 4-97 图幅设置

将【标注字高相对幅面固定】前的单选框标记去掉，如图 4-97 所示，单击【确定】完成设置。进行此设置后，插入的图形的标注文字也将按比例缩放，否则将保持不变，造成显示上的混乱。

完成设置后即可开始插入图形文件的操作：

（1）单击【工艺】主菜单下的【插入图形文件】命令。

（2）窗口底部命令行提示【请拾取需要插入图形的区域】。

（3）单击卡片中要插入图形的区域（必须为封闭区域），弹出【请选择需要插入的图形】对话框，选择要插入的图形文件。

（4）单击【打开】按钮，图形被自动插入并按区域大小自动缩放，以适应封闭区域。

注意：如果编辑其中的标注，那么被编辑的标注又会恢复缩放前的原始高度，所以建议用户修改原图的标注，然后重新执行【插入图形命令】，如图 4-98 所示：

2. 添加 DWG、DXF 文件

（1）选择【Ctrl＋TAB】快捷键，或单击【工艺】菜单下的【图形/工艺间切换】命令，切换到绘图环境。

（2）单击【文件】菜单中的【打开文件】命令或单击 ☞ 图标或按快捷键【Ctrl＋O】，弹出【打开文件】对话框。

（3）在【文件类型】下拉列表中选择【DWG/DXF 文件（＊.dwg；＊.dxf）】，选择要打开的文件并按【打开】按钮，图形文件被打开并显示在绘图区中。

（4）按 4.4.1 节中步骤（2）～（5）的方法，将图形文件复制粘贴到工艺卡片中。

图 4-98　插入图形文件

3. 插入 OLE 对象

关于插入 OLE 对象的说明：

① 工艺卡片中可以嵌入 OLE 对象，不同卡片可以嵌入不同的 OLE 对象。

② 卡片模板也可以嵌入 OLE 对象，按该模板创建的卡片会自动继承该 OLE 对象（模板可以保留 OLE 对象，例如：图片等）。

③【借用卡片内容】操作不会把卡片中的 OLE 对象借用到当前卡片中来。

④ 卡片中的 OLE 对象操作特性是一致的，不管是在卡片中插入的还是由卡片模板继承的。

插入 OLE 对象的方法如下：

（1）单击【编辑】主菜单下的【插入对象】命令，弹出【插入对象】对话框，如图 4-99 所示。

图 4-99　【插入对象】对话框

（2）在图 4-99 中选择所需要插入的对象。以插入【画笔图片】为例，选择【新建】方式，并在【对象类型】列表中选择【画笔图片】，单击【确定】按钮后弹出【位图图像】窗口。

（3）绘制图像。如图 4-100 所示。

图 4-100　绘制位图

（4）完毕后单击【文件】菜单下的【退出并返回…．】命令，可以看到绘制的图像已经被插入到当前工艺卡片中。

（5）在步骤（2）中，选择【由文件创建】选项，可将已创建的 OLE 对象（例如位图文件）插入到当前工艺卡片中，如图 4-101 所示。

图 4-101　插入绘制的位图图像

（6）单击插入的 OLE 对象，可对其进行缩放、移动等操作；右击，利用快捷菜单中的命令，可对其进行复制、粘贴、剪切、删除、编辑等操作。编辑完成的工艺附图，如图 4-102 所示。

图 4-102　编辑完成的工艺附图

4. 插入 JPG 等图片文件

CAXA 工艺图表的背景设置，包括插入图片、编辑图片、删除图片、图片管理器等四项内容，下面依次介绍。

1）插入图片

单击【工艺】→【插入图片】命令，弹出【选择插入的图片】对话框（图 4-103），选择图片的路径。在插入背景图片时，用户可根据自己的需求来选择背景图片的链接方式：绝对路径链接、相对路径链接或嵌入图片到文件中。

图 4-103　选择插入的图片

① 绝对路径链接

每次插入图片时，默认的链接方式为绝对路径链接，即不选中【图片使用相对路径】和【嵌入图片到文件中】两项。

② 相对路径链接

插入背景图片时，当选择【图片使用相对路径】选项后，图片以相对路径的链接方式与文件链接。

　　注意：当文件为无名文件或背景图片文件与当前文件不在同一磁盘驱动器下时，无法使用相对路径链接。

　　③ 嵌入图片到文件中

　　插入背景图片时，当选择【图片嵌入到文件中】选项后，图片嵌入到文件中，而不需要外部链接。

　　2）编辑图片

　　为对插入的背景图片进行有效的控制，电子图板提供了编辑背景图片功能。单击【工艺】菜单，选择【编辑图片】，它包括平移和调整大小两种操作，使用 Alt＋L 组合键可在两者间选择。

　　① 平移

　　用指定两点作为平移的位置依据。可以在任意位置输入两点，系统将两点间距离作为偏移量，然后，再进行图片平移操作。

　　② 调整大小

　　对所选择的背景图片，用光标在屏幕上直接拖动进行缩放，系统会动态显示被缩放的图片的边框，当用户认为满意时，按鼠标左键确认即可。

　　3）删除图片

　　单击【工艺】菜单，选择【删除图片】，则背景图片被删除。

　　4）图片管理器

　　单击【工艺】菜单，选择【图片管理器】，对已插入的图片进行编辑，可更改图片的链接路径。如图 4-104 所示。

图 4-104　图片管理器

4.5　高级应用功能

4.5.1　卡片借用

　　使用卡片借用功能，可以将 CAXA 工艺图表旧版本的工艺卡片文件或者其他工艺规程中的卡片，借用到当前工艺规程中来，这样就减少了重新创建并输入卡片的工作量。

1. 卡片借用的规则

（1）卡片借用方式：只能【主页＋续页】整体借用，借用后，主页、续页以及子卡片被整体替换为新的卡片，而不能只借用其中的一张（例如续页）卡片。表现在卡片树的操作上时，只有在右击主页卡片（包括过程卡片主页、工序卡片主页、附页卡片主页）时，弹出的右键菜单中才有【借用卡片内容】命令。

（2）过程卡的借用：如果过程卡已经生成了工序卡，为了保持两者的关联，系统不允许对过程卡进行【卡片借用】操作。虽然可以按本节介绍的步骤操作，但最后借用时会弹出对话框提示，如图 4-105 所示。

（3）模板：被借用卡片的模板必须在当前规程中存在，否则不能成功借用。但借用的卡片和当前卡片的模板可以不一致，如图 4-106 所示。

图 4-105　系统提示 1　　　　　　　　　　图 4-106　系统提示 2

2. 卡片借用的操作方法

（1）在卡片树窗口中，右击卡片，弹出右键菜单，单击【借用卡片内容】命令，弹出工艺卡片文件对话框，如图 4-107 所示。

（2）在图 4-107 所示的【工艺卡片文件对话框】右侧的文本中可以看到借用卡片的规则：

图 4-107　"工艺卡片文件"对话框

①【借用方式】为【主页＋续页整体借用】，不能实现【只借用主页】或【只借用续页】的功能，借用卡片后，工序卡或过程卡的主页、续页、子卡片被整体替换。

②【注意】对话框提示【请确认选择的卡片对应的模板存在于当前的规程】，否则将不能借用。

（3）单击【浏览】按钮，弹出【打开】对话框，选择要借用的工艺文件，单击【打开】按钮，如图 4-108 所示。

图 4-108　选择借用卡片

（4）选择的工艺文件被打开并显示在浏览器窗口中，使用工具栏 $\circleddash$ $\otimes$ $\textcircled{Q}$ $\textcircled{Q}$ 可以浏览卡片内容，如图 4-109 所示。

图 4-109　浏览器窗口

（5）在卡片树中双击需要借用的卡片，打开此卡片，然后单击【确认】按钮即可。在原规程的卡片树中，步骤（1）中的原卡片已经被借用的卡片代替。

4.5.2　规程模板管理与更新

在工艺图表的应用中，用户有时需要为工艺规程模板添加或者删除一个卡片模板，或者需要对某张卡片模板作出修改（例如增加、删除单元格，为表区增加、删除一列，更改单元格字体、排版模式，指定新的知识库等）。使用规程模板管理与更新功能，用户可以方便地管理模板，根据修改后的模板，对当前已有的工艺文件进行更新，而不必重新建立、输入工艺文件，极大的方便了用户。

对规程模板的管理分为两类：系统规程模板的管理和工艺文件的模板管理与更新。

在工艺图表安装目录下的 Template 文件夹下，存储了系统现有的工艺规程模板，利用规程模板管理工具，可以对这些模板进行管理。

利用 Template 文件夹下的模板生成工艺文件并存储后（＊.cxp），模板信息即和卡片信息一同保存在文件中，此时修改 Template 文件夹下的模板，并不对工艺规程文件造成影响。利用规程模板管理工具，可以管理规程文件的模板，还可利用模板更新功能，对现有文件中的模板进行更新。

1. 系统规程模板的管理

（1）在图形环境下，单击【文件】下拉菜单中的【规程模板管理】命令，弹出【工艺规程管理】对话框，如图 4-110 所示，在【工艺规程模板名称】下拉列表下，显示了系统现有的所有工艺规程模板（保存在 Template 文件夹下）。单击选择要编辑的模板。

（2）单击【删除模板】可将【工艺规程模板名称】列表框中选中的规程模板删除，系统不给出提示。

（3）在【工艺规程模板名称】列表中选择要编辑的工艺规程模板，利用【增加】和【删除】按钮，可以为选择的工艺规程模板增加或删除卡片，如图 4-111 所示。

图 4-110　工艺规程模板名称列表

图 4-111　增加或删除卡片

（4）切换到【设置公共信息】标签，利用【增加】和【删除】按钮，可以增加和删除规程各卡片的公共信息，如图 4-112 所示。

（5）单击【确定】即可，完成修改。

2. 工艺文件的模板管理

（1）新建或打开一个工艺规程或工艺卡片，切换到【工艺环境】。

（2）单击【文件】主菜单下的【编辑规程模板】命令，弹出如图 4-113 所示的对话框。

（3）在【编辑工艺规程模板】标签下，利用【增加】、【删除】按钮，可以为当前工艺文件的模板增加、删除卡片，但要注意，正在使用的模板不允许删除。

（4）在【编辑公共信息】标签下，利用【增加】、【删除】按钮，可以增加或删除公共信息。

图 4-112　增加和删除公共信息　　　　　图 4-113　"编辑工艺规程"对话框

3. 工艺文件的模板更新

对于已经建立的工艺文件，如果需要修改模板，例如添加、删除单元格等，利用工艺图表的模板更新功能，可以方便实现已有工艺文件的模板更新，而不必按新模板重建并输入工艺文件。其具体的操作步骤如下：

（1）打开要修改的模板，按需要做出修改，保存为新模板，注意模板名称不要改变。

（2）打开用旧模板建立的工艺文件（ * . cxp）。

（3）单击【文件】主菜单下的【编辑规程模板】命令，弹出如图 4-113 所示的对话框。

（4）在右侧列表中，选择要更新的模板，单击【模板更新】命令，根据模板修改的情况，系统会给出相关的提示，确定后即可完成模板的更新。

注意：与主页续页相关的模板更新。

（1）如果更新主页或续页的表区，那么修改后，必须保证两者的表区满足添加续页的规则（见 4.2.3 节），否则不能更新模板。

（2）如果规程中存在主页与续页，那么不能修改主页模板或续页模板中表区的结构，包括增删列、更改列宽与行高、更改列名称。

（3）如果修改了主页或续页表区各列的字体、对齐方式、字体颜色等时，更新后，续页自动保持与主页一致。

4.5.3　统计功能及统计卡片的制作

1. 公式计算

可以将同一张卡片内任意单元格的内容（数字），通过在模板中添加【公式计算】域，自动求出计算结果。

图 4-114　需定义的单元格

（1）在模板定制界面，单击【工艺】下拉菜单中的【定义单元格】命令，用鼠标指针拾取需要定义的单元格并右击，如图 4-114 所示，系统会弹出【单元格属性】对话框。

（2）【单元格属性】对话框如图 4-115 所示，在【域名称】下拉列表中选择【公式计算】并在【域规则】文本框中输入计算公式。这里的"每台件数"是针对本张卡片内机床加工件数的数值计算，因此，在【域规则】栏内输入的公式为【毛坯数量＊每毛坯可制件数——材料消耗系数】。完成其他属性的定义，单击【确定】完成单元格定义，保存模板。

（3）填写卡片时，软件会按照计算公式，自动计算出结果。本例中结果为 14（8×2—2＝14）。如图 4-116 所示。

图 4-115　单元格属性

车　间	工序号	工序名称	材料消耗系数
车	20	粗车	2
毛坯数量	毛坯外形尺寸	每毛坯可制件数	每台件数
8	$\phi45\times12$	2	14
设备名称	设备型号	设备编号	同时加工件数
卧式车床	CA6140	[JC-266]	
夹具编号		夹具名称	切削液
顶尖类		固定顶尖 [711-033]	

图 4-116　公式计算结果

2. 工时汇总

通过在模板中添加【工时汇总】域，可以将卡片内任意一列单元格的内容（数字），自动汇总出结果。

（1）在模板定制界面，单击【工艺】菜单下的【定义单元格】命令，单击需要定义的单元格，然后右击，系统会弹出【单元格属性】对话框，如图 4-117 所示。

（2）在【域名称】下拉列表中选择【工时汇总】，并在【域规则】文本框中输入要汇总的列。例如要汇总本张卡片中的【单件工时】列的内容，则在【域规则】栏内输入【单件工

图 4-117　单元格属性

时】，完成其他属性的定义，单击【确定】按钮完成单元格定义，保存模板。

（3）填写卡片时，系统会自动将【单件工时】列的汇总结果填写到【合计工时】单元格中，如图 4-118 所示。

注意：

（1）【域规则】栏内输入的单元格名称必须与卡片中定义的单元格属性相对应，例如：【域规则】栏内输入的是【单件工时】，那么在模板中要汇总列的单元格属性也必须是【单件工时】，否则系统将不能正确实现内容汇总或计算。

（2）公式计算的内容必须是在同一张卡片内，否则软件将不能正确实现内容汇总或计算。

（3）在添加公式计算时，符号必须使用英文输入法的运算符号，否则软件将不能正确实现内容汇总或计算。

（4）汇总或计算单元格内容时，单元格内信息不能为空白。

		合计工时	19.5	
工　艺　装　备			工　　时	
			准终	单件
卧式车床CA6140[JC-266][车刀]			2.5	4
面铣刀镶齿套式面铣刀[221-002][单柱铣床]			2	4
卡盘多刀车床				0.5
单柱铣床				1
仿形车床				10

图 4-118　汇总结果

3. 汇总统计

CAXA 工艺图表提供了对工艺卡片中部分内容进行汇总统计的功能，利用这些功能可方便的定制统计卡片。

统计卡片的定制与一般模板的定制十分相似，用户可以根据需要定制统计卡片的模板。图 4-119 为一简单的统计卡片模板，目的是对过程卡中【工序名称】作出统计。

序　号	工序名称	数　量

图 4-119　统计卡片模板

（1）【序号】列的【单元格属性】对话框如图 4-120 所示，在【域名称】下拉列表中选择【序号】。

（2）【工序名称】列的【单元格属性】对话框如图 4-121 所示，在【域名称】下拉列表中选择【汇总单元】，并在【域规则】处填入要汇总的对象（此例应填入"工序名称"）。

（3）【数量】列的【单元格属性】对话框如图 4-122 所示，在【域名称】下拉列表中选择【汇总求和】，并在【域规则】处填入要汇总的对象（此例应填入"工序名称"）。

图 4-120 【序号】列的单元格属性　　　　图 4-121 【工序名称】列的单元格属性

（4）定义好各列的属性后，和一般模板的定制一样，要定义整张卡片的"表属性"，最后保存成模板，就可以在规程中调用了。

（5）新建工艺规程（注意规程模板中应包含以上建立的统计卡片模板），填写完过程卡片之后，单击【工艺】下拉菜单中的【添加附页卡片】，并选择汇总卡片模板，便可得到汇总的结果，此例结果如图 4-123 所示。

图 4-122 【数量】列的单元格属性

序　号	工序名称	数　量
1	粗车	2
2	精车	2
3	铣	3
4	粗磨	3
5	精磨	1

图 4-123 生成统计卡片

4.5.4 工艺规程检索

如果用户想根据产品型号、产品名称、零件图号、零件名称等信息，在某个文件夹及其子文件夹中快速查找到所需的某个工艺文件，可使用【工艺规程检索】命令。

单击【文件】下拉菜单中的【工艺规程检索】，系统弹出对话框，如图 4-124 所示。

① 用户可通过双击【匹配条件】中的各项进行条件设定，例如设置【零件名称】为"箱体"等。

② 单击【浏览】按钮，可设定搜索路径。

③【模糊查找】是查找包含条件字串的工艺文件，否则进行精确匹配。

④【包含子目录】可设定搜索目录及子目录中的所有符合条件的文件。

⑤ 单击按钮【开始搜索】后，系统会将搜索结果列出。通过双击列出的文件，可进一步查看文件的公共信息。

图 4-124　工艺规程检索对话框

4.5.5　基于网络的配置

如果在服务器上完全共享一个 CAXA 工艺图表的工艺知识库，就可以实现局域网中的每台计算机都能够使用该知识库。这样直接管理和维护服务器上的工艺知识库即可。

具体操作：

（1）在 Windows 中映射一个网络驱动器，目标盘定为有共享知识库的计算机。

（2）双击"我的电脑"→"控制面板"→"管理工具"→"数据源（ODBC）"，弹出如图 4-125 所示对话框。

（3）单击【添加】按钮，选择驱动程序中的【Microsoft Access Driver（＊.mdb）】，如图 4-126 所示。

图 4-125　数据源管理器

图 4-126　选择驱动程序

（4）单击【完成】按钮，弹出如图 4-127 所示的对话框，在【数据源名】中键入【CAXACAPP】。

（5）单击【选择】按钮，弹出如图 4-128 所示的对话框，选择已经映射的网络驱动器，然后再选择列表中的【工艺知识库.mdb】，单击【确定】。

图 4-127　输入数据源名　　　　　　图 4-128　选择数据库

4.6　打　　印

CAXA 工艺图表提供了 3 种打印工具，可根据需要选择使用：

（1）绘图输出：打印单个工艺文件中的卡片。

（2）批量打印：批量打印多个工艺文件中的卡片。

（3）打印排版：适用于在大幅面的图纸上打印工艺卡片。

4.6.1　绘图输出

单击【文件】主菜单下的【绘图输出】命令，或者在卡片树中右击某一张卡片，单击右键菜单中的【打印】命令，均可启动【打印】对话框，如图 4-129 所示，使用此对话框中的选项，可以对当前打开工艺文件中的卡片进行打印。

图 4-129　选择指定卡片打印

（1）打印机名称：下拉列表中显示的是系统已经安装的打印机，根据需要选择即可。

（2）纸张与方向：打印通用选项，可根据打印机的实际情况做出选择。

（3）映射关系：

① 选择【自动填满】选项时，卡片大小能够自动根据所选纸张的大小而缩放，一般选择此选项，以保证卡片内容能够全部输出。

② 选择【1∶1】选项时，卡片中的表格、文字等按实际大小打印。

（4）输出范围：

①【全部卡片】选项。打印当前文件中的全部卡片。

②【指定卡片】选项。单击此选项后，弹出如图 4-130 所示对话框，通过点击卡片名称前的复选框，可以指定要打印的卡片。注意对于续页、子卡片等，必须点击主页前的【＋】将卡片树展开，才能看到并设置是否打印。

（5）指定范围：点击此选项后，可在文本框中输入要打印的卡片页码或者页码范围。注意输入单个页码时，页码之间用逗号分隔；输入连续页码时，在起始页码和终止页码之间输入短划线【—】。例如输入【1，3，7，5—9，10—15】。

（6）打印到文件：如果选中此选项，则将卡片输出为打印机文件（＊.pm），而不是输出到打印纸上。选中此选项，并设置其他打印参数后，单击【确认】，系统弹出【印出到文件】对话框，如图 4-131 所示，选择合适的路径和名称，可将当前打印设置输出为打印机文件。

（7）黑白打印：如果选中此选项，那么无论卡片中的表格线、文字、图形等设置为何种颜色，打印后只显示为黑色。注意单元格底色打印时不输出。

（8）输出份数：在文本框中输入数字，可以打印多份。

图 4-130 指定需要打印的卡片

（9）设置线宽：单击此按钮后，弹出【设置线宽】对话框，如图 4-132 所示，可以设置打印输出的粗线和细线两种线型的线宽。

图 4-131 "印出到文件"对话框

图 4-132 "设置线宽"对话框

（10）预显：设置完成其余打印选项后，可以单击【预显】按钮对打印效果进行预览，如图 4-133 所示。

4.6.2 批量打印

（1）单击【文件】主菜单中的【批量打印】命令，启动【批量打印文件】对话框，如图 4-134 所示。

（2）单击【添加】按钮，弹出【打开】对话框，可同时选择多个工艺文件（＊.cxp），如图 4-135 所示。

（3）单击【打开】按钮后，被选择的工艺文件即显示在【批量打印文件】对话框的列表中，可以再次单击【添加】按钮添加更多的工艺文件，如图 4-136 所示。

（4）单击【确定】后，弹出【打印】对话框，此对话框与图 4-129 所示的【打印】对话框相比，缺少了【输出范围】选项，其他选项完全相同，按需要对其进行设置后，单击【确定】即可将多个工艺文件中的卡片输出，如图 4-137 所示。

图 4-133　打印预显

图 4-134　"批量打印文件"对话框

图 4-135　"打开"对话框

图 4-136　文件列表

图 4-137　"打印"对话框

4.6.3　打印排版

打印排版是 CAXA 工艺图表的外部工具，且与 CAXA 电子图板的打印排版工具完全相同。为了方便在绘图仪等大型输出设备上进行打印，在打印排版中增加了对工艺图表文件（∗.cxp）的排版和打印功能，以及与电子图板文件（∗.exb）的混排和打印功能。打印排版的具体操作请参见电子图板用户手册。

4.7　知识库管理

在第 4.2 节工艺模板定制与第 4.3 节工艺卡片填写中，均涉及了知识库的操作。本节介绍知识库的管理，包括各种知识库的建立、添加、修改等。

CAXA 工艺图表的知识库管理是作为外部工具提供的，单击【开始】菜单→【CAXA工艺图表】→【CAXA 工艺知识管理】命令，可启动知识库管理界面，如图 4-138 所示，左侧列表框中显示的是知识库的树结构，分为【系统知识库】与【用户自定义知识库】两类，单击知识库树节点，在右侧数据库中显示节点的记录内容，可在其中添加或删除记录。

图 4-138　知识库管理界面

4.7.1　数据库常用操作

（1）重新连接数据库：单击【文件】菜单下的【重新连接数据库】命令即可。

（2）添加记录：

在右侧列表中，双击最后的【双击添加新记录】行，可激活此单元格。

或者在右侧列表中，单击某一记录然后右击，单击右键菜单中的【添加记录】，也可激活右侧列表中的最后一行单元格。

或者单击【编辑】菜单下的【添加记录】命令，也可激活右侧列表中的最后一行单元格，在激活的单元格中输入要添加的记录名称即可。

（3）删除记录：

在右侧列表中，单击要删除的记录，然后右击，单击右键菜单中的【删除记录】命令，即可将此记录删除。

或者选中记录后，单击【编辑】菜单下的【删除】命令，也可将其删除。

（4）删除节点：单击要删除的节点，然后单击【编辑】菜单下的【删除】命令，弹出如图 4-139 所示的对话框。如果选中【保留数据表】选项，那么删除此节点后，节点内容仍会临时保留在系统数据库中，可将其重新添加到数据库中来。

（5）临时删除知识库查询：单击【编辑】菜单下的【临时删除知识库查询】命令，弹出如图 4-140 所示的对话框，列表框中显示的是虽然被删除但仍保留数据表的节点，这些节点仍然可以重新添加到数据库中去。选中其中某个知识库，单击【删除表】命令，可将其彻底删除。

图 4-139　"删除节点"对话框

图 4-140　临时删除知识库查询

4.7.2　系统知识库

【系统知识库】包含了【常用语】、【单元格名称】、【资源库】三个数据库。

1. 常用语知识库

此数据库可用来存放卡片填写时经常用到的特殊符号、工艺用语等内容，以减少工艺人员重复输入的工作量。

（1）新建分类：

安装 CAXA 工艺图表后，常用语知识库下只有【常用符号】一个分类，用户可以根据需要为常用语知识库添加更多的分类，也可为其子数据库，例如【常用符号】添加分类。

右击【常用语】或者其子数据库，单击右键菜单中的【新建分类】命令，弹出【常用语】对话框，如图 4-141 所示，在文本框中输入分类名称后单击【确定】即可。

（2）重命名分类：作为常用语知识库根节点的【常用语】是不允许重命名的，但可重命名其分类。右击某个分类，单击右键菜单中的【重命名分类】，弹出【常用语】对话框，在文本框中输入新的名称，单击【确定】即可。

（3）删除分类：作为常用语知识库根节点的【常用语】是不允许删除的，但可删除其分类。右击某个分类，单击右键菜单中的【删除分类】，弹出如图 4-142 所示的【删除节点】对话框。选择【保存数据表】选项，那么此分类被删除后，临时保存在系统数据库中，使用【添加已有分类】命令还可重新添加到数据库中。

图 4-141　"常用语"对话框

图 4-142　添加常用语分类

（4）添加已有分类：可以将曾经被删除但仍保留在系统数据库中的分类添加到当前节点中。右击某个分类，单击【添加已有分类】命令，弹出如图 4-142 所示的对话框，下拉列表中显示的即是临时被删除的数据库名称。选择其中的数据库，单击【确定】即可。

2. 单元格名称

单元格名称数据库下保存的是定制单元格时曾输入的单元格名称。可对其中的记录进行添加和删除。

3. 资源库

资源库主要是为了兼容旧版本的 CAXA 工艺图表模板而保留的，其中存储了刀具、夹具、机床、量具四个数据库，每个数据库均有三个等级。等级结构不允许用户修改，但可以对底层节点中的记录进行添加和删除。

在新版本的 CAXA 工艺图表中定义模板时，不建议用户使用此资源库，建议根据自身需要使用更加灵活的自定义知识库。

4.7.3　自定义知识库

使用自定义知识库，可以更加灵活的定义所需的各类知识库，右击自定义知识库中的某个节点，弹出右键菜单，如图 4-143 所示，利用快捷菜单中的命令，可以方便地完成自定义知识库结构的创建。

1. 新建知识库

单击右键菜单中的【新建知识库】命令，弹出

图 4-143　自定义知识库右键菜单

【知识库结构定义】对话框，如图 4-144 所示。

（1）在【新建知识库名称】后的文本框中输入知识库的名称。

（2）在右侧【字段属性】区中输入字段的相关属性，单击【插入】，字段即显示在左侧的【已有字段】列表中。

（3）在【已有字段】列表中选中某个字段，单击【删除字段】按钮，可将其删除。

（4）单击上下箭头，可以调整字段的顺序。

（5）单击【确定】按钮，即完成了知识库的添加。

（6）选中添加的数据库，可看到右侧列表框中显示的字段，用户可为其添加记录，如图 4-145 所示。

图 4-144　知识库结构定义

图 4-145　添加后的知识库

图 4-146　添加知识库

（7）使用同样的方法，可以添加多级的知识库。

2. 添加已有知识库

单击右键菜单中的【添加已有知识库】命令，弹出如图 4-146 所示的对话框，下拉列表中显示的是系统临时删除的知识库，选择要添加的知识库，单击【确定】即可。

3. 修改知识库

单击右键菜单中的【修改知识库】命令，弹出如图 4-147 所示的对话框，其选项与【知识库结构定义】对话框相同，可对当前知识库修改、添加、删除字段。

4. 重命名知识库

单击右键菜单中的【重命名知识库】命令，弹出【重命名知识库】对话框，如图 4-148 所示，在文本框中输入新的

图 4-147　"知识库结构修改"对话框

名称，单击【确定】即可。

5. 删除知识库

单击右键菜单中的【删除知识库】命令，弹出【删除节点】对话框，选择【保存数据表】选项，那么知识库虽然被删除，节点的数据表仍然保存在系统数据库中，使用【添加已有知识库】命令，可将其重新添加到数据库中来。

图 4-148　重命名知识库

4.8　实　　例

下面是针对具体的零件，通过工艺分析，填写的各加工零件工艺过程卡。

		机械加工工艺过程卡片			产品型号		零件图号		总 1 页	第 1 页
					产品名称	减速器	零件名称	主动轴	共 1 页	第 1 页
材料牌号	Q235	毛坯种类	圆钢	毛坯外形尺寸		每毛坯可制件数		每台件数	备注	
工序号	工序名称	工序内容			车间	工段	设备	工艺装备	准终	单件
5	数控车	车削外圆及外圆锥、卡圈槽；螺纹。								
10	划线	划键槽线								
15	数控铣	铣削键槽						分度头		
描图										
描校										
底图号										
装订号										
					设计（日期）	审核（日期）	标准化（日期）	会签（日期）		
	标记 处数 更改文件号 签字 日期			标记 处数 更改文件号 签字 日期						

机械加工工艺过程卡片			产品型号			零件图号		总1页	第1页
			产品名称	减速器		零件名称	从动轴	共1页	第1页

材料牌号	Q235	毛坯种类	圆钢	毛坯外形尺寸		每毛坯可制件数		每台件数		备注	

工序号	工序名称	工序内容	车间	工段	设备	工艺装备	工时 准终	工时 单件
5	数控车	车外圆，卡圈槽及外螺纹。						
10	划线	划键槽线						
15	数控铣	铣键槽						

描图

描校

底图号

装订号

			设计（日期）	审核（日期）	标准化（日期）	会签（日期）	
标记 处数 更改文件号 签字 日期	标记 处数 更改文件号 签字 日期						

机械加工工艺过程卡片			产品型号			零件图号		总1页	第1页
			产品名称	减速器		零件名称	箱体	共1页	第1页

材料牌号	ZAL12	毛坯种类		毛坯外形尺寸		每毛坯可制件数		每台件数	1	备注	

工序号	工序名称	工序内容	车间	工段	设备	工艺装备	工时 准终	工时 单件
1	数控铣	以 65mm 一侧面为定位基面，找直 94mm 端盖面，立铣 94mm 两面及 φ28 两凸台端面，注意留量；以已加工过的 65mm 侧面为精基准面，铣削 65mm 凸台到尺寸。	机加		XK713			
5	数控铣	以 94mm 端盖一面为定位基面，找正凸台端面，铣削 35×123 箱体内腔以及 36×124 端盖止口（上下两处）。钻 8-M5 螺纹底孔，深 20。	机加		XK713			
10	数控铣	以凸台端面定位，找直 94mm 端盖面，镗 $\phi20^{+0.036}_{0}$、$\phi15^{+0.025}_{0}$、$\phi12^{+0.018}_{0}$、$\phi10^{+0.018}_{0}$ 孔。	机加		XK713			
15	钳	攻 8-M5×15 螺纹，去刺。	机加					
20		检						

描图

描校

底图号

装订号

			设计（日期）	审核（日期）	标准化（日期）	会签（日期）	
标记 处数 更改文件号 签字 日期	标记 处数 更改文件号 签字 日期		2010.3.19				

机械加工工艺过程卡片				产品型号			零件图号				总1页		第1页
				产品名称	减速器		零件名称	上下盖			共1页		第1页
材料牌号		毛坯种类		毛坯外形尺寸			每毛坯可制件数		每台件数		备注		
工序号	工序名称	工序内容				车间	工段	设备		工艺装备		工时准终	工时单件
5	数控铣	铣削上下面到尺寸											
10	数控铣	铣削周边（包括圆弧）											
15	数控铣	铣削凸台止口，控制尺寸，钻削 4-ϕ6 螺钉孔。											
20	钳	去刺											
描图													
描校													
底图号													
装订号													
						设计（日期）	审核（日期）		标准化（日期）		会签（日期）		
标记	处数	更改文件号	签字	日期	标记	处数	更改文件号	签字	日期				

机械加工工艺过程卡片				产品型号			零件图号				总1页		第1页
				产品名称	减速器		零件名称	手轮1			共1页		第1页
材料牌号	Q235	毛坯种类	圆钢	毛坯外形尺寸	ϕ50×200		每毛坯可制件数	10	每台件数		备注		
工序号	工序名称	工序内容				车间	工段	设备		工艺装备		工时准终	工时单件
5	数控车	车削内外圆											
10	划线	键槽线											
15	线切割	线切割键槽											
20	数控铣	铣削 4-R24 圆弧							夹具				
描图													
描校													
底图号													
装订号													
						设计（日期）	审核（日期）		标准化（日期）		会签（日期）		
标记	处数	更改文件号	签字	日期	标记	处数	更改文件号	签字	日期				

机械加工工艺过程卡片				产品型号			零件图号		总1页	第1页
				产品名称	减速器		零件名称	大齿轮	共1页	第1页

材料牌号	Q235	毛坯种类	圆钢	毛坯外形尺寸	φ65×250	每毛坯可制件数	10	每台件数		备注	

工序号	工序名称	工序内容	车间	工段	设备	工艺装备	工时	
							准终	单件
5	刨	刨一直角边						
10	磨	磨上下面						
15	钳	钻穿丝孔 2-φ3						
20	线切割	线切割（包括内孔、键槽及渐开线齿形）						
25	钳	尖角倒钝						

描图

描校

底图号

装订号

				设计（日期）	审核（日期）	标准化（日期）	会签（日期）	
标记	处数	更改文件号	签字	日期	标记 处数 更改文件号 签字 日期			

第 5 章　数控车削加工

随着制造设备的数控化率不断提高，数控加工技术在我国得到日益广泛的使用，尤其是在模具行业，掌握数控技术与否及加工过程中的数控化率的高低已成为企业是否具有竞争力的象征。数控车削加工是现代制造技术的典型代表，在制造业的各个领域如航空航天、汽车、模具、精密机械、家用电器等各个行业有着日益广泛的应用，已成为这些行业中不可缺少的加工手段。

5.1　数控车工艺分析

5.1.1　数控车削加工工件的装夹及对刀

1. 数控车削加工工件的装夹

1）工件采用通用夹具装夹

（1）工件定位要求。

由于数控车削编程和对刀的特点，工件径向定位后要保证工件坐标系各轴与机床主轴轴线同轴，同时要保证加工表面径向的工序基准（或设计基准）与机床主轴回转中心线的位置满足工序（或设计）要求。如工序要求加工表面轴线与工序基准表面轴线同轴，这时工件坐标系 Z 轴即为工序基准表面的轴线，可采用三爪自定心卡盘以工序基准为定位基准，自动定心装夹或采用两顶尖（工序基准为工件两中心孔）定位装夹；若工序要求加工表面轴线与工序基准表面轴线有偏心，则采用偏心卡盘、偏心顶尖或专用夹具装夹。偏心卡盘、偏心顶尖或专用夹具的中心（为定位基准）到主轴回转中心线的距离，要满足加工表面中心线与工序基准（与定位基准重合）的偏心距要求，这时工件坐标系 Z 轴只能为加工表面的轴线。

工件轴向定位后，要保证加工表面轴向的工序基准（或设计基准）与工件坐标系 X 轴的位置要求。批量加工时，若采用三爪自定心卡盘装夹，工件轴向定位基准可选工件的左端面或左侧其他台阶面；若采用两顶尖装夹，为保证定位准确，工件两中心孔倒角可加工成准确的圆弧形倒角，这时顶尖与中心孔圆弧形倒角接触为一条环线，轴向定位非常准确，适合数控加工精确性要求。

（2）定位基准（指精基准）选择的原则。

① 基准重合原则。为避免基准重合误差，方便编程，应选用工序基准（设计基准）作为定位基准，并使工序基准、定位基准、编程原点三者统一，这是最佳考虑的方案。因为当加工面的工序基准与定位基准不重合，且加工面与工序基准不在一次安装中同时加工出来的情况下，会产生基准重合误差。

② 基准统一原则。在多工序或多次安装中，选用相同的定位基准，这对数控加工

保证零件的位置精度非常重要。

③ 便于装夹原则。所选择的定位基准应能保证定位准确、可靠、夹紧机构简单、敞开性好、操作方便，能加工尽可能多的内容。

④ 便于对刀原则。批量加工时，在工件坐标系已经确定的情况下，采用不同的定位基准为对刀基准建立工件坐标系，会使对刀的方便性不同，有时甚至无法对刀。这时就要分析此种定位方案是否能满足对刀操作的要求，否则原设定工件坐标系须重新设定。

（3）常用装夹方式。

① 在三爪自定心卡盘上装夹。三爪自定心卡盘的三个卡爪是同步运动的，能自动定心，一般不需找正。三爪自定心卡盘装夹工件方便、省时，自动定心好，但夹紧力较小，所以适用于装夹外形规则的中、小型工件。三爪自定心卡盘可装成正爪或反爪两种形式。反爪用来装夹直径较大的工件。用三爪自定心卡盘装夹精加工过的表面时，被夹住的工件表面应该包一层铜皮，以免夹伤工件表面。

数控车床多采用三爪自定心卡盘夹持工件，轴类工件还可使用尾座顶尖支持工件。数控车床主轴转速较高，为确保工件夹紧，多采用液压高速动力卡盘。这种卡盘在生产厂已通过了严格平衡检验，具有高转速（极限转速可达 8000r/min 以上）、高夹紧力（最大推拉力为 2000～8000N）、高精度、调爪方便、通孔、使用寿命长等优点。通过高速液压缸的压力，可改变卡盘的夹紧力，以满足夹持各种薄壁和易变形工件的特殊需要。还可使用软爪夹持工件，软爪弧面由操作者随机配制，可获得理想的夹持精度。为减少细长轴加工时的受力变形，提高加工精度，以及在加工带孔轴类工件内孔时，可采用液压自动定心中心架，其定心精度可达 0.03mm。

② 在两顶尖之间装夹。对于长度尺寸较大或加工工序较多的轴类工件，为保证每次装夹时的装夹精度，可用两顶尖装夹。两顶尖装夹工件方便，不需找正，装夹精度高，但必须先在工件的两端面钻出中心孔。该装夹方式适用于多工序加工或精加工。

用两顶尖装夹工件时必须注意的事项如下：

a. 前后顶尖的连线应与车床主轴轴线同轴，否则车出的工件会产生锥度误差。

b. 尾座套筒在不影响车刀切削的前提下，应尽量伸出得短些，以增加刚性，减少振动。

c. 中心孔应形状正确，表面粗糙度值小。轴向精确定位时，中心孔倒角可加工成准确的圆弧形倒角，并以该圆弧形倒角与顶尖锥面的切线为轴向定位基准定位。

d. 两顶尖与中心孔的配合应松紧合适。

③ 用卡盘和顶尖装夹。用两顶尖装夹工件虽然精度高，但刚性较差。因此，车削质量较大工件时，要一端用卡盘夹住，另一端用后顶尖支撑。为了防止工件由于切削力的作用而产生轴向位移，必须在卡盘内装一限位支承，或利用工件的台阶面限位（图 5-1）。这种方法较安全，能承受较大的轴向切削力，安装刚性好，轴向定位准确，所以应用比较广泛。

④ 用双三爪自定心卡盘装夹。对于精度要求高、变形要求小的细长轴类零件，要采

图 5-1　用工件的台阶面限位

用双主轴驱动式数控车床加工。机床两主轴轴线同轴、转动同步，零件两端同时分别由三爪自定心卡盘装夹并带动旋转，这样可以减小切削加工时切削力矩引起的工件扭转变形。

2）工件采用找正方式装夹

（1）找正要求。

找正装夹时，必须将工件的加工表面回转轴线（同时也是工件坐标系 Z 轴）找正到与车床主轴回转中心重合。

（2）找正方法。

这种装夹方式是利用可调垫块、千斤顶、四爪单动卡盘等工具，先将工件夹持在车床上，将划针或百分表安置在机床的有关部件上，然后使机床做慢速运动。这时划针或百分表在工件上划过的轨迹即代表着刀具切削成形运动的位置。根据这个轨迹调整工件，使工件处于正确的位置。例如，在车床上加工一个与外圆表面具有很小偏心量 e 内孔，可采用四爪单动卡盘和百分表调整工件的位置，使其外圆表面轴线与主轴回转轴线恰好相距一个偏心量 e，然后再夹紧加工，见图 5-2 所示。

图 5-2　找正装夹方法

单件生产工件偏心安装时常采用找正装夹；用三爪自定心卡盘装夹较长的工件时，工件离卡盘夹持部分较远处的旋转中心不一定与车床主轴旋转中心重合，这时必须找正；当三爪自定心卡盘使用时间较长，已失去应有精度，而工件的加工精度要求又较高时，也需要找正。

（3）装夹方式。

一般采用四爪单动卡盘装夹。四爪单动卡盘的四个卡爪是各自独立运动的，可以调整工件夹持部位在主轴上的位置，使工件加工面的回转中心与车床主轴的回转中心重合，但四爪单动卡盘找正比较费时，只能用于单件小批生产。四爪单动卡盘夹紧力较大，所以适用于大型或形状不规则的工件。四爪单动卡盘也可装成正爪或反爪两种形式。

3）其他类型的数控车床夹具

为了充分发挥数控车床的高速度、高精度和自动化的效能，必须有相应的数控夹具与之配合。数控车床夹具除了使用通用三爪自定心卡盘、四爪单动卡盘、顶尖、大批量生产中使用的便于自动控制的液压、电动及气动卡盘、顶尖外，还有其他类型的夹具，它们主要分为两大类，即用于轴类工件的夹具和用于盘类工件的夹具。

（1）用于轴类工件的夹具。数控车床加工一些特殊形状的轴类工件（如异形杠杆）时，坯件可装卡在专用车床夹具上，夹具随同主轴一同旋转。用于轴类工件的夹具还有自动夹紧拨动卡盘、三爪拨动卡盘和快速可调万能卡盘等。图 5-3 所示为加工实心轴所用的鸡心夹头，其特点是在粗车时可以传递足够大的转矩，以适应主轴高速旋转车削要求。

图 5-3　实心轴加工用鸡心夹头

（2）用于盘类工件的夹具。这类夹具适用在无尾座的卡盘式数控车床上。用于盘类工件的夹具主要有可调卡爪式卡盘和快速可调卡盘。

2. 数控车削加工的对刀

对刀是数控加工时要解决的一个重要问题。数控编程时要正确选择对刀点，而在数控操作时，要根据编程时确定的对刀点，按一定的方法进行正确对刀。对刀是否正确，将直接影响被加工零件的精度。

1）数控加工对刀基本概念

（1）刀位点。

它代表刀具的基准点，也是对刀时的注视点，一般是刀具上的一点。尖形车刀刀位点为假想刀尖点；刀尖带圆弧时刀位点为圆弧中心；钻头刀位点为钻尖；平底立铣刀刀位点为端面中心；球头铣刀刀位点为球心。各类刀具刀位点如图 5-4 所示。数控系统控制刀具的运动轨迹，准确说是控制刀位点的运动轨迹。手工编程时，程序中所给出的各点（节点）的坐标值就是指刀位点的坐标值；自动编程时程序输出的坐标值就是刀位点在每一个有序位置的坐标数据，刀具轨迹就是由一系列有序的刀位点的位置点和连接这些位置点的直线（直线插补）或圆弧（圆弧插补）组成的。

图 5-4　各类刀具的刀位点

（2）起刀点。

它是刀具相对零件运动的起点，即零件加工程序开始时刀位点的起始位置，而且往往还是程序运行的终点。有时也指一段循环程序的起点。

（3）对刀点与对刀。

对刀就是将刀具的刀位点置于对刀点上，以便建立工件坐标系。对刀点是用来确定刀具与工件的相对位置关系的点，是确定工件坐标系与机床坐标系的点。当采用 G92 指令建立坐标系时，对刀点就是程序开始时刀位点在工件坐标系内的起点（此时对刀点与起刀点重合），其对刀过程就是程序开始前，将刀位点置于 G92 指令要求的工件坐标系内的 X，Z 坐标位置上，也就是说，工件坐标系原点是根据起刀点的位置来确定的，由刀具的当前位置来决定。当采用 G54～G59 指令建立工件坐标系时，对刀点就是工件坐标系原点，其对刀过程就是确定出刀位点与工件坐标系原点重合时机床坐标系的坐标值，并将此值输入到 CNC 系统的零点偏置寄存器对应位置中，从而确定工件坐标系在机床坐标系内的位置。以此方式建立工件坐标系与刀具当前位置无关。若采用绝对坐标编程，程序开始运行时，刀具的起始位置不一定非得在某一固定位置，工件坐标系原点并不是根据起刀点来确定的，此时对刀点与起刀点可不重合，因此，对刀点与起刀点是两个不同的概念，尽管在编程中它们常常选在同一点，但有时对刀点是不能作为起刀点的。

（4）对刀基准（点）。

它是对刀时为确定对刀点的位置所依据的基准，该基准可以是点、线或面，可设在工件上（如定位基准或测量基准）、夹具上（如夹具定位元件的起始基准）或机床上。图 5-5 表示了工件坐标系原点、刀位点、起刀点、对刀点、对刀基准点和对刀参考点之间的关系与区别。工件采用 G92 X50 Z150（直径编程）建立工件坐标系，通过试切工件右端面、外圆确定对刀点位置。试切时一方面保证 OO_1 间 Z 向距离为 100，同时测量外圆直径；另一方

图 5-5　有关对刀点的关系

面，根据测出的外圆直径，以此为基准将刀尖沿 Z 正方向移 50，X 正方向半径移 50，使刀位点与对刀点重合并位于起刀点上。所以，O_1 为对刀基准点；O 为工件坐标系原点；A 为对刀点，也是起刀点和此时的刀位点。工件采用夹具定位装夹时一般以定位元件的起始基准为基准对刀，因此定位元件的起始基准为对刀基准。也可以将工件坐标系原点（如 G54～G59 指令时）直接设为对刀基准（点）。

（5）对刀参考点。

代表刀架、刀台或刀盘在机床坐标系内的位置的参考点，即 CRT 上显示的机床坐标系下的坐标值表示的点，也称刀架中心或刀具参考点，见图 5-5 中的 B 点。可利用此坐标值进行对刀操作。数控车床回参考点时应使刀架中心与机床参考点重合。

（6）换刀点。

它是数控程序中指定用于换刀的位置点。在数控车床上加工零件时，需要经常换刀，在程序编制时，就要设置换刀点。换刀点的位置应避免与工件、夹具和机床干涉。普通数控机床的换刀点是由编程员指定，通常将其与对刀点重合。车削中心、加工中心的换刀点一般为固定点。不能将换刀点与对刀点混为一谈。

2）对刀的基本原理

数控加工是通过数控加工程序自动控制刀具相对工件的运动轨迹或位置来实现的。数控编程时要建立工件坐标系，刀具的运动是在工件坐标系中进行的；而在机床上加工工件时，刀具是在机床坐标系中运动的。如何将两个坐标系联系起来，使刀具按工件坐标系的运动轨迹运动，其方法就是通过对刀来实现，即确定刀具刀位点在工件坐标系中的起始位置。

对刀点可选在工件上，也可选在工件外面，但必须与工件坐标系的原点有一定的尺寸关系。为了提高加工精度，对刀点应尽量选在零件的设计基准或工艺基准上，如以孔定位的工件，可选孔的中心作为对刀点。工厂常用的找正方法是将千分表装在机床主轴

上，然后转动机床主轴，以找正刀具的对刀点位置。

选择原则如下：

（1）对刀点的位置容易确定。

（2）能够方便换刀，以便与换刀点重合。

（3）采用 G54～G59 建立工件坐标系时，对刀点就与工件坐标系原点重合。

（4）批量加工时，应用调整法获得尺寸，即一次对刀可加工一批工件，对刀点（或对刀基准）应选在夹具定位元件的起始基准上，并将编程原点与定位基准重合，以便直接按定位基准对刀，或将对刀点选在夹具中专设的对刀元件上，以方便对刀。

图 5-6　试切对刀

O. 机床原点；O_P. 工件原点

3）对刀方法

（1）一般对刀。

① 试切对刀。实际应用最多的一种对刀方法。下面以采用 FANUC 0iTA 数控系统的 CK6136i 车床为例，介绍其具体操作方法。如图 5-6 所示，设刀具起点在工件坐标系中的坐标值为 (a, b)。工件右端面中心为工件原点 O_P，卡爪前端面中心为机床原点 O。

对刀步骤如下：

a. 机床回参考点操作。

b. 工件和刀具装夹完毕，驱动主轴旋转，移动刀架至工件，切工件端面一刀，沿 X 轴退出，在控制面板上按"主轴停"键使主轴停转。测量工件端面与某一基准面之间的距离，记为 L_1，并记下此时屏幕上显示的 Z 值，记为 Z_1。

c. 驱动主轴旋转，移动刀架至工件，切工件外圆一刀，沿 Z 轴退出，在控制面板上按"主轴停"使主轴停转。测量被车削表面的外径，记为 D_1，并记下此时屏幕上显示的 X 值，记为 X_1。

d. 选择所需刀号，在控制面板上按"刀架开/停"键，进行刀架换刀操作；重复步骤 a.、b.，得到 L_2、Z_2、D_2、X_2。重复上述动作，得到 L_3、Z_3、D_3、X_3……。

e. 手动操作移动刀架，直到屏幕上显示的坐标值为 $X=a$，$Z=b+Z_1$，此时刀位点即位于对刀点上。

f. 计算刀偏量：假设 1 号刀为基准刀，则 2 号刀的刀偏量为

$$\Delta X_2 = X_2 - X_1 - (D_2 - D_1)$$

$$\Delta Z_2 = Z_2 - Z_1 - (L_2 - L_1)$$

用同样的方法可计算出其他刀的刀偏量。将计算得到的刀偏量数值输入到相应的刀具参数中，按"循环启动"键即可进行加工。

采用试切法对刀时一般不使用标准刀，在加工之前需要将所用的刀具全部都调整好。

② 改变参考点位置对刀。通过数控系统设定功能或调整数控机床各坐标轴的机械挡块位置，将参考点设置在与起刀点相对应的对刀参考点上，这样在进行"回参考点"

操作时，即能使刀尖到达起刀点位置。

③ 多刀加工时的对刀——利用刀具长度补偿功能对刀

此种对刀的目的是使所换刀具的刀位点位于对刀点上，不是建立工件坐标系。刀具补偿功能由程序中指定的 T 代码来实现。T 代码是由字母 T 后面跟 4 位数码组成 T□□□□（如 T0101），其中前两位为刀具号，后两位为刀具补偿号，就是刀具补偿寄存器的地址号，该寄存器中存放有刀具的 X 轴偏置量和 Z 轴偏置量。系统对刀具补偿或取消都是通过滑板的移动来实现的。

④ 车刀刀尖有圆弧半径时的对刀。数控程序是针对刀具上的某一点（刀位点）进行编制的，车刀的刀位点为理想尖锐状态下的刀尖点。但实际加工中的车刀，由于工艺或其他要求，刀尖往往不是一理想尖锐点，而是一段圆弧线。当加工轨迹与机床轴线平行时，实际切削点与理想尖锐点之间没有加工轴方向上的偏移，故不影响其尺寸、形状；当加工轨迹与机床轴线不平行时（斜线或圆弧），则实际切削点与理想尖锐点之间有加工轴方向上的偏移，故造成过切或少切，此时可用刀尖半径补偿功能来消除误差。对刀时应按刀尖圆弧中心（刀位点）建立工件坐标系。

一般对刀是基本对刀方法，但它还是没跳出传统车床的"试切－测量－调整"的对刀模式，占用较多的在机床上的时间。此方法较为落后。

（2）机外对刀仪对刀。

把刀预先在机床外面校对好，使之装上机床就能使用，可节省对刀时间。机外对刀须用机外对刀仪。图 5-7 是车床用机外对刀仪示意图。它由导轨、刻度尺、光源、投影放大镜、微型读数器、刀具台安装座和底座组成。这种对刀仪可通用于各种数控车床。

（3）ATC 对刀。

它是机床上利用对刀显微镜自动计算出车刀长度的一种对刀方法。

（4）自动对刀。

图 5-7 机外对刀仪

利用 CNC 装置自动、精确地测出刀具两个坐标方向的长度，自动修正刀具补偿值，并且不用停顿就接着开始加工工件，这就是刀具检测功能，也叫自动对刀。

采用对刀仪对刀、ATC 对刀和自动对刀，都是确定刀具相对基准刀的刀补值，建立工件坐标系还需要利用基准刀根据编程原点安装后的位置采用其他方法对刀确定。

5.1.2 数控车削加工工艺制定

工艺分析是数控车削加工的前期工艺准备工作。工艺制定得合理与否，对程序编制、机床的加工效率和零件的加工精度都有重要影响。因此，应遵循一般的工艺原则并结合数控车床的特点，认真而详细地制定好零件的数控车削加工工艺。其主要内容有：分析零件图纸、确定工件在车床上的装夹方式、各表面的加工顺序和刀具的进给路线以及刀具、夹具和切削用时的选择等。

1. 选择并确定数控车削加工的主要内容

① 选择适合在数控车床上加工的零件，确定工序内容。

② 分析被加工零件的图样，明确加工内容及技术要求。

③ 确定零件的加工方案，制定数控加工工艺路线。如划分工序，安排加工顺序，处理与非数控加工工序的衔接等。

④ 加工工序的设计。如选取零件的定位基准、夹具方案的确定、工步划分、刀具选择和确定切削用量等。

⑤ 数控加工程序的编制。如选取对刀点和换刀点、确定刀具补偿及确定加工路线等。

2. 数控车削加工零件的工艺性分析

在选择并决定数控加工零件及其加工内容后，应对零件的数控加工工艺性进行全面、认真、仔细的分析，主要包括零件图样分析与零件结构工艺性分析两部分。

（1）零件图样分析。

首先应熟悉零件在产品中的作用、位置、装配关系和工作条件，搞清楚各项技术要求对零件装配质量和使用性能的影响，找出主要的、关键的技术要求，然后对零件图样进行分析。

① 尺寸标注方法分析。对于数控加工来说，零件图上应以同一基准引注尺寸或直接给出坐标尺寸，这就是坐标标注法。这种尺寸标注法既便于编程，也便于尺寸之间的相互协调，同时又利于设计基准、工艺基准、测量基准与编程原点设置的统一。零件设计人员在标注尺寸时，一般总是较多地考虑装配等使用特性方面的要求，因而常采用局部分散的标注方法，这样会给工序安排与数控加工带来诸多不便。实际上，由于数控加工精度及重复定位精度都很高，不会因产生较大的积累误差而破坏使用特性，因此可将局部的尺寸分散标注法改为坐标式标注法。

图 5-8 所示为将零件设计时采用的局部分散标注（图上部的轴向尺寸）换算为以编程原点为基准的坐标标注尺寸（图下部的尺寸）示例。

图 5-8　局部分散标注与坐标式标注

②零件轮廓的几何要素分析。在手工编程时要计算构成零件轮廓的每一个节点坐标，在自动编程时要对构成零件轮廓的所有几何元素进行定义，因此在分析零件图时，要分析几何元素的给定条件是否充分、正确。由于设计等多方面的原因，可能在图样上出现构成加工轮廓的条件不充分、尺寸模糊不清及多余等缺陷，有时所给条件又过于"苛刻"或自相矛盾，增加了编程工作的难度，有的甚至无法编程。因此，当审查与分析图样时，一定要仔细认真，发现问题应及时与零件设计者协商解决。

如图 5-9 所示的圆弧与斜线的关系要求为相切，但经计算后却为相交关系，而非相切。又如图 5-10 所示，图样上给定几何条件自相矛盾，其给出的各段长度之和不等于其总长。

图 5-9　几何要素缺陷一

图 5-10　几何要素缺陷二

③精度及技术要求分析。对被加工零件的精度及技术要求进行分析，是零件工艺性分析的重要内容，只有在分析零件精度和表面粗糙度的基础上，才能对加工方法、装夹方法、进给路线、刀具及切削用量等进行正确而合理地选择。

精度及技术要求分析的主要内容如下：

①分析精度及各项技术要求是否齐全，是否合理。对采用数控加工的表面，其精度要求应尽量一致，以便最后能一刀连续加工。

②分析本工序的数控车削加工精度能否达到图纸要求，若达不到，需采用其他措施（如磨削）弥补时，注意给后续工序留有余量。

③找出图样上有位置精度要求的表面，这些表面应在一次安装下完成。

④对粗糙度要求较高的表面，应确定用恒线速切削。

⑤材料与热处理要求，零件图样上给定的材料与热处理要求，是选择刀具、数控车床型号和确定切削用量的依据。

（2）结构工艺性分析。

零件的结构工艺性是指零件对加工方法的适应性，即所设计的零件结构应便于加工成形并且成本低、效率高。对零件进行结构工艺性分析时要充分反映数控加工的特色，过去用普通设备加工工艺性很差的结构改用数控设备加工则其结构工艺性可能不再成为问题，比如国外产品零件中大量使用的圆弧结构、微小结构等。如图 5-11（a）

(a) 锥形销头　(b) 球形销头

图 5-11　定位销

所示的定位销，销头部分为锥形的结构，而国外大多采用图 5-11（b）所示的球头结构。

从使用效果来说，球形销头对工件的划伤要比锥形的小得多，但加工时，球形的销必须用数控车削加工。在数控车床上加工零件时，应根据数控车削的特点，认真审视零件结构的合理性。例如图 5-12（a）所示零件，需要用三把不同宽度的切槽刀切槽，如无特殊需要，显然是不合理的。若改成图 5-12（b）所示结构，只需一把刀即可切出三个槽，既减少了刀具数量和刀架刀位占用，又节省了换刀时间。在结构分析时，若发现问题应向设计人员或有关部门提出修改意见。

(a)　　　　　　　　　　　　　　(b)

图 5-12　结构工艺性示例

（3）零件安装方式的选择。

数控车床上零件的安装方式与卧式车床一样，要合理选择定位基准和夹紧方案，主要注意以下两点：

① 力求设计、工艺与编程计算的基准统一，这样有利于提高编程时数值计算的简便性和精确性。

② 尽量减少装夹次数，尽可能在一次装夹后，加工出全部待加工面。

5.1.3　零件图形的数学处理及编程尺寸设定值的确定

数控加工是一种基于数字的加工，分析数控加工工艺过程不可避免地要进行数字分析和计算，对零件图形的数学处理是数控加工这一特点的突出体现。

数控工艺员在拿到零件图后，必须要对它作数学处理，最终确定编程尺寸设定值。

1. 编程原点的选择

加工程序中的字大部分是尺寸字，这些尺寸字中的数据是程序的主要内容。同一个零件，同样的加工，由于编程原点选择不同，尺寸字中的数据就不一样，所以编程之前要选定编程原点。从理论上说，编程原点选在任何位置都是可以的。但实际上，为了换算尽可能简便以及尺寸较为直观（至少让部分点的指令值与零件图上的尺寸值相同），应尽可能把编程原点的位置选得合理些；另外，当编程原点选在不同位置时，对刀的方便性和准确性也不同；还有就是编程原点位置不同时，确定其在毛坯上位置的难易程度和加工余量的均匀性也不一样。车削件的程序原点方向均应取在零件加工表面的回转中心，即装夹后与车床主轴的轴心线同轴，所以编程原点位置只在 Z 向作选择。如图 5-13 所示的 Z 向不对称零件，编程原点 Z 向位置一般在左端面、右端面两者中作选择。如果是左右对称零件，Z 向编程原点应选在对称平面内。一般来说，编程原点的确定原则如下：

图 5-13　圆锥滚子轴承内圈零件简图

（1）将编程原点选在设计基准上并以设计基准为定位基准，这样可避免基准不重合而产生的误差及不必要的尺寸换算。图 5-13 所示零件若批量生产，编程原点选在左端面上。

（2）容易找正对刀，对刀误差小。图 5-13 所示零件若单件生产，G92 建立工件坐标系，选零件的右端面为编程原点，可通过试切直接确定编程原点在 Z 向的位置，不用测量，找正对刀比较容易，对刀误差小。

（3）编程方便。如图 5-15 所示，选零件球面的中心（图中 O 点）为编程原点，各节点的编程尺寸计算比较方便。

（4）在毛坯上的位置能够容易、准确地确定，并且各面的加工余量均匀。

（5）对称零件的编程原点应选在对称中心。一方面可以保证加工余量均匀，另一方面可采用镜像编程，编一个程序加工两个工序，零件的形廓精度高。例如，对于轮廓含椭圆之类曲线的零件 Z 向编程原点取在椭圆的对称中心为好。

具体应用哪条原则，要视具体情况，在保证质量的前提下，按操作方便和效率高来选择。

2. 编程尺寸设定值的确定

编程尺寸设定值理论上应为该尺寸误差分散中心，但由于事先无法知道分散中心的确切位置，可先由平均尺寸代替，最后根据试加工结果进行修正，以消除常值系统性误差的影响。

1）编程尺寸设定值确定的步骤

（1）精度高的尺寸的处理：将基本尺寸换算成平均尺寸。

（2）几何关系的处理：保持原重要的几何关系，如角度、相切等不变。

（3）精度低的尺寸的调整：通过修改一般尺寸以保持零件原有几何关系，使之协调。

（4）节点坐标尺寸的计算：按调整后的尺寸计算有关未知节点的坐标尺寸。

（5）编程尺寸的修正：按调整后的尺寸编程并加工一组工件，测量关键尺寸的实际分散中心并求出常值系统性误差，再按此误差对程序尺寸进行调整并修改程序。

2）应用实例

【例 5-1】　图 5-14 所示典型轴类零件的数控车削编程尺寸的确定。

该零件中的 $\phi 56_{-0.03}^{0}$、$\phi 34_{-0.025}^{0}$、$\phi 30_{-0.033}^{0}$、$\phi 36_{-0.025}^{0}$ 四个直径基本尺寸都为最大尺寸，若按此基本尺寸编程，考虑到车削外尺寸时刀具的磨损及让刀变形，实际加工尺寸肯定偏大，难以满足加工要求，所以必须按平均尺寸确定编程尺寸。但这些尺寸一改，若其他尺寸保持不变，则左边 $R15$ 圆弧与 $S\phi 50\pm 0.05$ 球面、$S\phi 50\pm 0.05$ 与 $R25$ 圆弧和 $R25$ 圆弧与右边 $R15$ 圆弧相切的几何关系就不能保持，所以必须按前述步骤对有关尺寸进行修正，以确定编程尺寸值。

图 5-14　典型轴类零件

① 将精度高的基本尺寸换算成平均尺寸。

$\phi 56_{-0.03}^{0}$ 改成 $\phi 55.985\pm 0.015$；$\phi 34_{-0.025}^{0}$ 改成 $\phi 33.9875\pm 0.0125$；$\phi 30_{-0.033}^{0}$ 改成 $\phi 29.9835\pm 0.0165$；$\phi 36_{-0.025}^{0}$ 改成 $\phi 35.9875\pm 0.0125$。

② 保持原有关圆弧间相切的几何关系，修改其他精度低的尺寸使之协调（图 5-15）。

图 5-15　零件编程尺寸

设工件坐标系原点为图示 O 点，工件轴线为 Z 轴，径向为 X 轴。A 点为左边 $R15$ 圆弧圆心；B 点为左边 $R15$ 圆弧与 $R25$ 球面圆弧切点；C 点为 $R25$ 球面圆弧与右边 $R25$ 圆弧切点；D 点为 $R25$ 圆弧与右边 $R15$ 圆弧切点；E 点为 $R25$ 圆弧圆心。要保证 E 点到轴线距离为 40，由于 D 点到轴线距离为 14.099175（编程尺寸决定），所以该处圆弧半径调整为 $R25.00825$，保持 OE 间距离 50 不变，则球面圆弧半径调整为 $R24.99175$，球面圆弧相切，则左边 $R15$ 圆弧中心按此要求计算确定。

③ 按调整后的尺寸计算有关未知节点尺寸。经计算，各有关主要节点的坐标值（保留小数点后 3 位）如下。

A 点：$Z=-23.995$，$X=31.994$

B 点：$Z=-14.995$，$X=19.994$

C 点：$Z=14.995$，$X=19.994$

D 点：$Z=30.000$，$X=14.992$

E 点：$Z=30.000$，$X=40.000$

需要说明的是，球面圆弧调整后的直径并不是其平均尺寸，但在其尺寸公差范围内。

5.1.4　数控车削加工工艺路线的拟定

理想的加工程序不仅应保证加工出符合图样的合格工件，同时应能使数控机床的功能得到合理的应用和充分的发挥。数控机床是一种高效率的自动化设备，它的效率高于普通机床的 2～3 倍，所以，要充分发挥数控机床的这一特点，必须熟练掌握其性能、特点和使用操作方法，同时还必须在编程之前正确地确定加工方案。

由于生产规模的差异，对于同一零件的车削工艺方案有所不同，应根据具体条件，选择经济、合理的车削工艺方案。

1. 加工方案的确定

在数控车床上，能够完成内外回转体表面的车削、钻孔、镗孔、铰孔和攻螺纹等加工操作，具体选择时应根据零件的加工精度、表面粗糙度、材料、结构形状、尺寸及生产类型等因素，选用相应的加工方法和加工方案。

1）数控车削外回转表面及端面的加工方案的确定

（1）加工精度为 IT8～IT7 级、$R_a0.8～1.6\mu m$ 的除淬火钢以外的常用金属，可采用普通型数控车床，按粗车、半精车、精车的方案加工。

（2）加工精度为 IT6～IT5 级、$R_a0.2～0.63\mu m$ 的除淬火钢以外的常用金属，可采用精密型数控车床，按粗车、半精车、精车、精密车的方案加工。

（3）加工精度高于 IT5 级、$R_a<0.08\mu m$ 的除淬火钢以外的常用金属，可采用高档精密型数控车床，按粗车、半精车、精车、精密车的方案加工。

（4）对淬火钢等难车削材料，其淬火前可采用粗车、半精车的方法，淬火后安排磨削加工。

2）数控车削内回转表面的加工方案的确定

（1）加工精度为 IT9～IT8 级、$R_a1.6～3.2\mu m$ 的除淬火钢以外的常用金属，可采用普通型数控车床，按粗车、半精车、精车的方案加工。

（2）加工精度为 IT7～IT6 级、$R_a 0.2～0.63\mu m$ 的除淬火钢以外的常用金属，可采用精密型数控车床，按粗车、半精车、精车、精密车的方案加工。

（3）加工精度高于 IT5 级、$R_a < 0.08\mu m$ 的除淬火钢以外的常用金属，可采用高档精密型数控车床，按粗车、半精车、精车、精密车的方案加工。

（4）对淬火钢等难车削材料，同样其淬火前可采用粗车、半精车的方法，淬火后安排磨削加工。

2..加工工序划分

对于需要多台不同的数控机床、多道工序才能完成加工的零件，工序划分自然以机床为单位来进行；而对于需要很少的数控机床就能加工完零件全部内容的情况，数控加工工序的划分一般可按下列方法进行：

1）以一次安装所进行的加工作为一道工序

将位置精度要求较高的表面安排在一次安装下完成，以免多次安装所产生的安装误差影响位置精度。例如，以图 5-13 所示的轴承内圈为例，轴承内圈有一项形位公差要求：壁厚差，是指滚道与内径在一个圆周上的最大壁厚差别。此零件的精车，原采用三台液压半自动车床和一台液压仿形车床加工，需 4 次装夹，滚道与内径分在两道工序车削（无法在一台液压仿形车床上将两面一次安装同时加工出来），因而造成较大的壁厚差，达不到图样要求。后改用数控车床加工，两次装夹完成全部精车加工。

第一道工序采用图 5-16（a）所示的以大端面和大外径定位装夹的方案，滚道和内孔的车削及除大外径、大端面及相邻两个倒角外的所有表面均在这次装夹内完成。由于滚道和内孔的车削同在此工序车削，壁厚差大为减小，且加工质量稳定。此外，该轴承内圈小端面与内径的垂直度、滚道的角度也有较高要求，因此也在此工序内同时完成。若在数控车床上加工后经实测发现小端面与内径的垂直度误差较大，可以用修改程序内数据的方法来进行校正。第二道工序采用图 5-16（b）所示的以内孔和小端面定位装夹方案，车削大外圆和大端面及倒角。

(a)　　　　　　　　　　(b)

图 5-16　轴承内圈加工方案

2）以一个完整数控程序连续加工的内容为一道工序

有些零件虽然能在一次安装中加工出很多待加工面，但考虑到程序太长，会受到某些限制，如控制系统的限制（主要是内存容量），机床连续工作时间的限制（如一道工序在一个工作班内不能结束）等，此外，程序太长会增加出错率，查错与检索困难，因此程序不能太长。这时可以以一个独立、完整的数控程序连续加工的内容为一道工序。在本工序内用多少把刀具，加工多少内容，主要根据控制系统的限制，机床连续工作时间的限制等因素考虑。

3）以工件上的结构内容组合用一把刀具加工为一道工序

有些零件结构较复杂，既有回转表面也有非回转表面，既有外圆、平面也有内腔、曲面。对于加工内容较多的零件，按零件结构特点将加工内容组合分成若干部分，每一部分用一把典型刀具加工。这时可以将组合在一起的所有部位作为一道工序。然后再将另外组合在一起的部位换另外一把刀具加工，作为一道新的工序。这样可以减少换刀次数，减少空程时间。

4）以粗、精加工划分工序

对于容易发生加工变形的零件，通常粗加工后需要进行矫形，这时粗加工和精加工作为两道工序，可以采用不同的刀具或不同的数控车床加工。对毛坯余量较大和加工精度要求较高的零件，应将粗车和精车分开，划分成两道或更多的工序。将粗车安排在精度较低、功率较大的数控车床上，将精车安排在精度较高的数控车床上。

3．加工路线的确定

在数控加工中，刀具（严格说是刀位点）相对于工件的运动轨迹和方向称为加工路线，即刀具从对刀点开始运动起，直到加工结束所经过的路径，包括切削加工的路径及刀具引入、返回等非切削空行程。加工路线的确定首先必须保持被加工零件的尺寸精度和表面质量，其次考虑数值计算简单、走刀路线尽量短、效率较高等。

因精加工的进给路线基本上都是沿其零件轮廓顺序进行的，因此确定进给路线的工作重点是确定粗加工及空行程的进给路线。实现最短的进给路线，除了依靠大量的实践经验外，还应善于分析，必要时可辅以一些简单的计算。

1）最短的空行程路线

（1）巧用起刀点。图 5-17（a）为采用矩形循环方式进行粗车的一般情况示例。其对刀点 A 的设定是考虑到精车等加工过程中需方便地换刀，故设置在离坯件较远的位置处，同时将起刀点与对刀点重合在一起，按三刀粗车的进给路线安排如下：

第一刀为 $A \rightarrow B \rightarrow C \rightarrow D \rightarrow A$；

(a) 起刀点与对刀点重合　　　　　　　　(b) 起刀点与对刀点分离

图 5-17　巧用起刀点

第二刀为 $A \rightarrow E \rightarrow F \rightarrow G \rightarrow A$；

第三刀为 $A \rightarrow H \rightarrow I \rightarrow J \rightarrow A$。

图 5-17（b）则是巧将起刀点与对刀点分离，并设于图示 B 点处，仍按相同的切削量进行三刀粗车，其进给路线安排如下：

起刀点与对刀点分离的空行程为 $A \rightarrow B$；

第一刀为 $B \rightarrow C \rightarrow D \rightarrow E \rightarrow B$；

第二刀为 $B \rightarrow F \rightarrow G \rightarrow H \rightarrow B$；

第三刀为 $B \rightarrow I \rightarrow J \rightarrow K \rightarrow B$。

显然，图 5-17（b）所示的进给路线短。该方法也可用在其他循环（如螺纹车削）切削加工中。

（2）巧设换（转）刀点。为了考虑换（转）刀的方便和安全，有时将换（转）刀点也设置在离坯件较远的位置处（如图 5-17（a）中的 A 点），那么，当换第二把刀后，进行精车时的空行程路线必然也较长；如果将第二把刀的换刀点也设置在图 5-17（b）中的 B 点位置上（因工件已去掉一定的余量），则可缩短空行程距离，但换刀过程中一定不能发生碰撞。

（3）合理安排"回零"路线。在手工编制较为复杂轮廓的加工程序时，为使其计算过程尽量简化，既不出错，又便于校核，编程者有时将每一刀加工完成后的刀具终点通过执行"回零"（即返回对刀点）指令，使其全都返回到对刀点位置，然后再执行后续程序。但这样会增加进给路线的距离，从而降低生产效率。因此，在合理安排"回零"路线时，应使其前一刀终点与后一刀起点间的距离尽量减短或者为零，这样即可满足进给路线为最短的要求。另外，选择返回对刀点指令时，在不发生加工干涉现象的前提下，宜尽量采用 X、Z 坐标轴双向同时"回零"指令，该指令功能的"回零"路线是最短的。

2）粗加工（或半精加工）进给路线

（1）常用的粗加工进给路线。常用的粗加工循环进给路线如图 5-18 所示。

(a) 利用数控系统具有的矩形　　(b) 利用数控系统具有的三　　(c) 利用数控系统具有的封
　　循环功能而安排的"矩形"　　　　角形循环功能而安排的　　　　闭式复合循环功能控制
　　循环进给路线　　　　　　　　　"三角形"循环进给路线　　　　车刀沿工件轮廓等距线
　　　　　　　　　　　　　　　　　　　　　　　　　　　　　　　循环的进给路线

图 5-18　常用的粗加工循环进给路线

对于图 5-18 所示的三种切削进给路线，经分析和判断后可知矩形循环进给路线的进给长度总和最短。因此，在同等条件下，其切削所需时间（不含空行程）最短，刀具的损耗最少。但粗车后的精车余量不够均匀，一般需安排半精车加工。

（2）大余量毛坯的阶梯切削进给路线。图 5-19 所示为切削大余量毛坯的两种加工路线，图 5-19（a）是错误的阶梯切削路线，图 5-19（b）按 1～5 的顺序切削，每次切削所留余量相等，是正确的阶梯切削路线。因为在同样背吃刀量的条件下，按图 5-19（a）的方式加工所剩的余量过多。

（a）错误的阶梯切削路线 （b）正确的阶梯切削路线

图 5-19 大余量工件毛坯的阶梯切削进给路线

（3）双向切削进给路线利用数控车床加工的特点，还可以放弃常用的阶梯车削法，改用轴向和径向联动双向进刀，顺工件毛坯轮廓进给的路线，如图 5-20 所示。

图 5-20 顺工件毛坯轮廓双向进给的路线

3）精加工进给路线

（1）完工轮廓的连续切削进给路线。在安排一刀或多刀进行的精加工进给路线时，其零件的完工轮廓应由最后一刀连续加工而成，并且加工刀具的进、退刀位置要考虑妥当，尽量不要在连续的轮廓中安排切入和切出或换刀及停顿，以免因切削力突然变化而造成工艺系统平衡状态的破坏，致使光滑连接轮廓上产生表面划伤、形状突变或滞留刀痕等缺陷。

（2）各部位精度要求不一致的精加工进给路线。若各部位精度相差不是很大时，应以最严格的精度为准，连续走刀加工所有部位；若各部位精度相差很大，则精度接近的表面安排在同一把刀的走刀路线内加工，并先加工精度较低的部位，最后再单独安排精度高的部位的走刀路线。

4）特殊的进给路线

在数控车削加工中，一般情况下，Z 坐标轴方向的进给路线都是沿着坐标的负方向进给的，但有时按这种常规方式安排进给路线并不合理，甚至可能车坏工件。

例如，图 5-21 所示的用尖形车刀加工大圆弧内表面的两种不同的进给路线。对于图 5-21（a）所示的第一种进给路线（刀具沿 $-Z$ 方向进给），因切削时尖形车刀的主偏角为 $100°～105°$，这时切削力在 X 向的分力 F_p 将沿着图 5-22 所示的 $+X$ 方向作用，当刀尖运动到圆弧的换象限处，即由 $-Z$、$-X$ 向 $-Z$、$+X$ 变换时，吃刀抗力 F_p 马上与传动拖板的传动力方向相同，若螺旋副间有机械传动间隙，就可能使刀尖嵌入零件表面

（即扎刀），其嵌入量在理论上等于其机械传动间隙量 e（图 5-22）。即使该间隙量很小，由于刀尖在 X 方向换向时，横向拖板进给过程的位移量变化也很小，加上处于动摩擦与静摩擦之间呈过渡状态的拖板惯性的影响，仍会导致横向拖板产生严重的爬行现象，从而大大降低零件的表面质量。

图 5-21　两种不同的进给路线

对于图 5-21（b）所示的第二种进给路线（刀具沿＋Z 方向进给），因为刀尖运动到圆弧的换象限处，即由＋Z、－X 向＋Z、＋X 方向变换时，吃刀抗力 F_p 与丝杠传动横向拖板的传动力方向相反（图 5-23），不会受螺旋副机械传动间隙的影响而产生嵌刀现象，所以图 5-21（b）所示进给路线是较合理的。

图 5-22　嵌刀现象　　　　　　　　　　图 5-23　合理的进给方案

4. 车削加工顺序的安排

在数控机床加工过程中，由于加工对象复杂多样，特别是轮廓曲线的形状及位置千变万化，加上材料不同、批量不同等多方面因素的影响，在对具体零件制定加工顺序时，应该进行具体分析和区别对待，灵活处理。只有这样，才能使所制定的加工顺序合理，从而达到质量优、效率高和成本低的目的。制定零件车削加工顺序一般遵循下列原则。

1）先粗后精

按照粗车—半精车—精车的顺序依次进行，逐步提高加工精度。粗车将在较短的时间内将工件表面上的大部分加工余量（如图 5-24 中的双点划线内所示部分）切掉，一方面提高金属切除率，另一方面满足精车的余量均匀性要求。若粗车后所留余量的均匀性满足不了精加工的要求，则要安排半精车，以此

图 5-24　先粗后精

为精车做准备。精车要保证加工精度，按图样尺寸一刀切出零件轮廓。

2）先近后远

在一般情况下，离对刀点近的部位先加工，离对刀点远的部位后加工，以便缩短刀具移动距离，减少空行程时间。对于车削而言，先近后远还有利于保持坯件或半成品的刚性，改善其切削条件。例如加工图 5-25 所示零件时，若第一刀吃刀量未超限，则应该按 $\phi34-\phi36-\phi38$ 的次序先近后远地安排车削顺序。

图 5-25 先近后远

3）内外交叉

对既有内表面（内型腔），又有外表面需加工的零件，安排加工顺序时，应先进行内外表面粗加工，后进行内外表面精加工。切不可将零件上一部分表面（外表面或内表面）加工完毕后，再加工其他表面（内表面或外表面）。

4）基面先行原则

用作精基准的表面应优先加工，因为定位基准的表面越精确，装夹误差就越小。例如轴类零件加工时，总是先加工中心孔，再以中心孔为精基准加工外圆表面和端面。

5.1.5 数控车削加工工序的设计

1. 刀具的选择

1）常用车刀种类及其选择

数控车削常用车刀一般分为尖形车刀、圆弧形车刀和成形车刀三类。

（1）尖形车刀。其是以直线形切削刃为特征的车刀。这类车刀的刀尖（同时也为其刀位点）由直线形的主、副切削刃构成，如 90°内外圆车刀、左右端面车刀、切断（车槽）车刀以及刀尖倒棱很小的各种外圆和内孔车刀。

用这类车刀加工零件时，其零件的轮廓形状主要由一个独立的刀尖或一条直线形主切削刃位移后得到，它与另两类车刀加工时所得到零件轮廓形状的原理是截然不同的。

尖形车刀几何参数（主要是几何角度）的选择方法与普通车削时基本相同，但应适合数控加工的特点（如加工路线、加工干涉等）进行全面的考虑，并应兼顾刀尖本身的强度。

（2）圆弧形车刀。其是以一圆度误差或线轮廓误差很小的圆弧形切削刃为特征的车刀（图 5-26）。该车刀圆弧刃上每一点都是圆弧形车刀的刀尖，因此，刀位点不在圆弧上，而在该圆弧的圆心上。当某些尖形车刀或成形车刀（如螺纹车刀）的刀尖具有一定的圆弧形状时，也可作为这类车刀使用。

圆弧形车刀可用于车削内外表面，特别适合于车削各种光滑连圆弧形切削刃为特征的车刀（图 5-26）。

圆弧形车刀可用于车削内外表面，特别适合于车削各种光滑连接（凹形）的成形面。选择车刀圆弧半径时应考虑两点：一是车刀切削刃的圆弧半径应小于或等于零件凹

图 5-26　圆弧形车刀

形轮廓上的最小曲率半径，以免发生加工干涉；二是该半径不宜选择太小，否则不但制造困难，而且还会因刀具强度太弱或刀体散热能力差而导致车刀损坏。

（3）成形车刀。俗称样板车刀。其加工零件的轮廓形状完全由车刀刀刃的形状和尺寸决定。数控车削加工中，常见的成形车刀有小半径圆弧车刀、非矩形槽车刀和螺纹车刀等。在数控加工中，应尽量少用或不用成形车刀，当确有必要选用时，则应在工艺准备文件或加工程序单上进行详细说明。

2）机夹可转位车刀的选用

目前，数控机床上大多使用系列化、标准化刀具，对可转位机夹外圆车刀、端面车刀等的刀柄和刀头都有国家标准及系列化型号。

数控车床所采用的可转位车刀，与通用车床相比一般无本质区别，其基本结构、功能特点是相同的。但数控车床的加工工序是自动完成的，因此对可转位车刀的要求又有别于通用车床所使用的刀具，具体要求和特点如表 5-1 所示。

表 5-1　可转位车刀的要求和特点

要　求	特　点	目　的
精度高	采用 M 级或更高精度等级的刀片；多采用精密级的刀杆；用带微调装置的刀杆在机外预调好	保证刀片重复定位精度，方便坐标设定，保证刀尖位置精度
可靠性高	采用断屑可靠性高的断屑槽型或有断屑台和断屑器的车刀；采用结构可靠的车刀，采用复合式夹紧结构和夹紧可靠的其他结构	断屑稳定，不能有紊乱和带状切屑；适应刀架快速移动和换位以及整个自动切削过程中夹紧不得有松动的要求
换刀迅速	采用车削工具系统；采用快速小刀夹	迅速更换不同形式的切削部件，完成多种切削加工，提高生产效率
刀片材料	刀片较多采用涂层刀片	满足生产节拍要求，提高加工效率
刀杆截形	刀杆较多采用正方形刀杆，但因刀架系统结构差异大，有的需采用专用刀杆	刀杆与刀架系统匹配

3）夹具的选择

车床主要用于加工工件的内圆柱面、圆锥面、回转成形面和螺纹及端平面等。上述各表面都是绕机床主轴的旋转轴心而形成的，根据这一加工特点和夹具在车床上安装的位置，将车床夹具分为两种基本类型：一类是安装在车床主轴上的夹具，这类夹具和车床主轴相连接并带动工件一起随主轴旋转，除了各种卡盘（三爪、四爪）、顶尖等通用夹具或其他机床附件外，往往根据加工的需要设计出各种心轴或其他专用夹具；另一类是安装在滑板或床身上的夹具，对于某些形状不规则和尺寸较大的工件，常常把夹具安装在车床滑板上，刀具则安装在车床主轴上做旋转运动，夹具做进给运动。

4）切削用量的确定

数控编程时，编程人员必须确定每道工序的切削用量，并以指令的形式写入程序中。切削用量包括主轴转速 n（切削速度 v_c）、背吃刀量 a_p 和进给量 f，如图 5-27 所示。

对于不同的加工方法，需要选用不同的切削用量。切削用量的选择原则是：保证零件加工精度和表面粗糙度，充分发挥机床的性能，最大限度提高生产率，降低成本。

（1）切削速度 v_c 的确定。车削加工速度应根据主轴转速 n 和工件直径 d 来选择，按下式计算。

$$v_c = \frac{\pi d n}{1000}\ (\text{m/min})$$

图 5-27　切削用量的确定

式中：d——工件切削部分的最大直径，mm；

　　　　n——主轴转速，r/min。

表 5-2 为硬质合金外圆车刀切削速度的参考数值，选用时可参考选择。

表 5-2　硬质合金外圆车刀切削速度的参考数值

工件材料	热处理状态	$a_p=0.3\sim2$mm $f=0.08\sim0.3$mm/r	$a_p=2\sim6$mm $f=0.3\sim0.6$mm/r	$a_p=6\sim10$mm $f=0.6\sim1$mm/r
		v_c/m · min^{-1}		
低碳钢	热轧	140~180	100~120	70~90
中碳钢	热轧	130~160	90~110	60~80
	调质	100~130	70~90	50~70
合金结构钢	热轧	100~130	70~90	50~70
	调质	80~110	50~70	40~60
工具钢	退火	90~120	60~80	50~70
灰铸铁	<190HBS	90~120	60~80	50~70
	190~225HBS		50~70	40~60
铜及铜合金		200~250	120~180	90~120
铝及铝合金		300~600	200~400	150~200
铸铝合金		100~180	80~150	60~100

注：切削钢及灰铸铁时刀具耐用度约为 60min。

数控车床加工螺纹时，因其传动链的改变，原则上其转速只要能保证主轴每转一周时，刀具沿主进给轴（多为 Z 轴）方向位移一个螺距即可，不应受到限制。但数控车螺纹时，会受到以下几方面的影响：

① 螺纹加工程序段中指令的螺距值，相当于以进给量 f（mm/r）表示的进给速度，如果将机床的主轴转速选择过高，其换算后的进给速度（mm/min）则必定大大超过正常值。

② 刀具在其位移过程的始/终都将受到伺服驱动系统升/降频率和数控装置插补运算速度的约束，由于升/降频特性满足不了加工需要等原因，则可能因主进给运动产生出的超前和滞后而导致部分螺纹的螺距不符合要求。

③ 车削螺纹必须通过主轴的同步运行功能而实现，即车削螺纹需要有主轴脉冲发生器（编码器）。当其主轴转速选择过高时，通过编码器发出的定位脉冲（即主轴每转

一周时所发出的一个基准脉冲信号）将可能因"过冲"（特别是当编码器的质量不稳定时）而导致工件螺纹产生乱纹（俗称"烂牙"）。

④ 鉴于上述原因，不同的数控系统车螺纹时推荐使用不同的主轴转速范围，大多数经济型数控车床的数控系统推荐车螺纹时主轴转速 n 为

$$n \leqslant \frac{1200}{P} - k$$

式中：P——被加工螺纹螺距，mm；

　　　k——保险系数，一般为 80。

（2）进给速度 v_f 的确定。进给速度 v_f 是数控机床切削用量中的重要参数，其大小直接影响表面粗糙度值和车削效率。主要根据零件的加工精度和表面粗糙度要求以及刀具、工件的材料性质选取。最大进给速度受机床刚度和进给系统的性能限制。确定进给速度的原则如下：

① 当工件的质量要求能够得到保证时，为提高生产效率，可选择较高的进给速度，一般在 100～200mm/min 范围内选取。

② 在切断、加工深孔或用高速钢刀具加工时，宜选择较低的进给速度，一般在 20～50mm/min 范围内选取。

③ 当加工精度、表面粗糙度要求较高时，进给速度应选小些，一般在 20～50mm/min 范围内选取。

④ 刀具空行程时，特别是远距离"回零"时，可以选择该机床数控系统设定的最高进给速度。

进给速度包括纵向进给速度和横向进给速度，可查阅切削用量手册选取每转进给量 f，然后按手册所给公式进行计算。

5.2　数控车削的自动编程

CAXA 数控车是在全新的数控加工平台上开发的数控车床加工编程和二维图形设计软件，不仅具有 CAD 软件的强大绘图功能和完善的外部数据接口，可以绘制任意复杂的图形，可通过 DXF、IGES 等数据接口与其他系统交换数据，还具有轨迹生成及通用后置处理功能，可按加工要求生成各种复杂图形的加工轨迹，通过后置处理模块，可输出满足各种机床的 G 代码，并对生成的代码进行校验及加工仿真。

5.2.1　CAXA 数控车用户界面及功能

1. 用户界面

CAXA 数控车 2008 系统界面如图 5-28 所示，与其他 Windows 风格的软件一样，各种应用功能通过菜单条和工具条驱动；状态栏指导用户进行操作并提示当前状态和所处位置；绘图区显示各种绘图操作的结果。同时，绘图区和参数栏为用户实现各种功能提供数据的交互，基本绘图操作与 AutoCAD 软件有些相似。

图 5-28　CAXA 数控车 2008 系统界面

2. 主要功能

1）图形编辑功能

CAXA 数控车中具有优秀的图形编辑功能，其操作速度是手工编程无可比拟的，包括曲线分成点、直线、圆弧、样条曲线、组合曲线等类型。提供拉伸、删除、裁剪、曲线过渡、曲线打断、曲线组合等操作。提供多种变换方式：平移、旋转、镜像、阵列、缩放等功能。工作坐标系可任意定义，并在多坐标系间随意切换。图层、颜色、拾取过滤工具应有尽有，系统完善。

2）通用后置

开放的后置设置功能，用户可根据企业的机床自定义后置，允许根据特种机床自定义代码，自动生成符合特种机床的代码文件，用于加工。支持小内存机床系统加工大程序，自动将大程序分段输出功能。根据数控系统的要求是否输出行号，行号是否自动填满。编程方式可以选择增量或绝对方式编程。坐标输出格式可以定义到小数及整数位数。圆弧输出方式是用 I，J，K 或者是 R 方式，根据各自的含义设定。

3）基本加工功能

轮廓粗车：用于实现对工件外轮廓表面、内轮廓表面和端面的粗车加工，用来快速清除毛坯的多余部分；

轮廓精车：实现对工件外轮廓表面、内轮廓表面和端面的精车加工；

切槽：该功能用于在工件外轮廓表面、内轮廓表面和端面切槽；

钻中心孔：该功能用于在工件的旋转中心钻中心孔。

4）高级加工功能

内外轮廓及端面的粗、精车削；样条曲线的车削；自定义公式曲线车削；加工轨迹自动干涉排除功能，避免人为因素的判断失误。支持不具有循环指令的老机床编程，解决这类机床手工编程的繁琐工作。

5）车螺纹

该功能为非固定循环方式时对螺纹的加工，可针对螺纹加工中的各种工艺条件和加工方式进行灵活地控制；螺纹的起始点坐标和终止点坐标通过用户的拾取自动计入加工参数中，不需要重新输入，减少出错环节。螺纹节距可以选择恒定节距或者变节距。螺纹加工方式可以选择粗加工、粗＋精一起加工两种方式。

5.2.2　CAXA 数控车界面说明

1. 绘图区

绘图区是用户进行绘图设计的工作区域，如图 5-28 所示的空白区域。它位于屏幕的中心，并占据了屏幕的大部分面积。在绘图区的中央设置了一个二维直角坐标系，该坐标系称为世界坐标系。它的坐标原点为 (0.0000，0.0000)。CAXA 数控车以当前用户坐标系的原点为基准，水平方向为 x 方向，并且向右为正，向左为负。垂直方向为 y 方向，向上为正，向下为负。在绘图区用鼠标拾取的点或由键盘输入的点，均为以当前用户坐标系为基准。

2. 菜单系统

CAXA 数控车的菜单系统包括主菜单、立即菜单、工具菜单和弹出菜单四个部分。

(1) 主菜单区。主菜单位于屏幕的顶部。它由一行菜单条及其子菜单组成，菜单条包括文件、编辑、视图、格式、绘制、标注、修改、工具、数控车、通信和帮助等。每个部分都含有若干个下拉菜单。

(2) 立即菜单区。立即菜单描述了该项命令执行的各种情况和使用条件。用户根据当前的作图要求，正确地选择某一选项，即可得到准确的响应。

(3) 工具菜单。包括工具点菜单、拾取元素菜单。

(4) 弹出菜单。CAXA 数控车弹出菜单是用来命令当前状态下的子命令，通过空格键弹出，不同的命令执行状态下可能有不同的子命令组主要分为点工具组、矢量工具组、选择集拾取工具组、轮廓拾取工具组和岛拾取工具组。如果子命令是用来设置某种子状态，CAXA 数控车在状态条中显示提示用户。

3. 状态栏

CAXA 数控车提供了多种显示当前状态的功能，它包括屏幕状态显示，操作信息提示，当前工具点设置及拾取状态显示等等。

(1) 当前点坐标显示区。当前点的坐标显示区位于屏幕底部状态栏的中部。当前点的坐标值随鼠标光标的移动作动态变化。

(2) 操作信息提示区。操作信息提示区位于屏幕底部状态栏的左侧，用于提示当前命令执行情况或提醒用户输入。

(3) 工具菜单状态提示。当前工具点设置及拾取状态提示位于状态栏的右侧，自动提示当前点的性质以及拾取方式。例如，点可能为屏幕点、切点、端点等等，拾取方式为添加状态、移出状态等。

(4) 点捕捉状态设置区。点捕捉状态设置区位于状态栏的最右侧，在此区域内设置点的捕捉状态，分别为自由、智能、导航和栅格。

（5）命令与数据输入区。命令与数据输入区位于状态栏左侧，用于由键盘输入命令或数据。

（6）命令提示区。命令提示区位于命令与数据输入区和操作信息提示区之间，显示目前被执行功能的键盘输入命令的提示，便于用户快速掌握数控车的键盘命令。

4. 工具条

在工具条中，可以通过鼠标左键单击相应的功能按钮进行操作，系统默认工具条包括【标准】工具条、【属性】工具条、【图幅操作】工具条、【设置工具】工具条、【常用】工具条、【绘图工具】工具条、【绘图工具 II】工具条、【编辑工具】工具条、【标注工具】工具条、【数控车工具】等工具条，如图 5-29 所示。

图 5-29　工具条

5.2.3　CAXA 数控车基本操作

1. 命令的执行

CAXA 数控车在执行命令的操作方法上，为用户设置了鼠标选择和键盘输入两种输入方式，两种输入方式的并行存在，为不同程度的用户提供了操作上的方便。

鼠标选择方式主要适合于初学者或是已经习惯于使用鼠标的用户。所谓鼠标选择就是根据屏幕显示出来的状态或提示，用鼠标光标去单击所需的菜单或者工具栏按钮。菜单或者工具栏按钮的名称与其功能相一致。选中了菜单或者工具栏按钮就意味着执行了与其对应的键盘命令。由于菜单或者工具栏选择直观、方便，减少了背记命令的时间。

键盘输入方式是由键盘直接键入命令或数据。它适合于习惯键盘操作的用户。键盘输入要求操作者熟悉了解软件的各条命令以及它们相应的功能，否则将给输入带来困难，实践证明，键盘输入方式比菜单选择输入效率更高。

在操作提示为【命令】时，使用鼠标右键和键盘回车键可以重复执行上一条命令，命令结束后会自动退出该命令。

2. 点的输入

点是最基本的图形元素，点的输入是各种绘图操作的基础，力求简单、迅速、准确。因此，各种绘图软件都非常重视点的输入方式的设计。

CAXA 数控车也不例外，除了提供常用的键盘输入和鼠标单击输入方式外，还设置了若干种捕捉方式。例如：智能点的捕捉、工具点的捕捉等。

1）由键盘输入点的坐标

点在屏幕上的坐标有绝对坐标和相对坐标两种。它们在输入方法上是完全不同的，初学者必须正确地掌握它们。

绝对坐标的输入方法很简单，可直接通过键盘输入 x，y 坐标，但 x，y 坐标值之间必须用逗号隔开。例如：30，40。

相对坐标是指相对系统当前点的坐标，与坐标系原点无关。输入时，为了区分不同性质的坐标，CAXA 数控车对相对坐标的输入作了如下规定：输入相对坐标时必须在第一个数值前面加上一个符号 @，以表示相对。例如：输入 @60，84，它表示相对参考点来说，输入了一个 x 坐标为 60，y 坐标为 84 的点。另外，相对坐标也可以用极坐标的方式表示。例：@60<84 表示输入了一个相对当前点的极坐标。相对当前点的极坐标半径为 60，半径与 x 轴的逆时针夹角为 84°。

参考点的解释：参考点是系统自动设定的相对坐标的参考基准。它通常是用户最后一次操作点的位置。在当前命令的交互过程中，用户可以按 F4 键，专门确定希望的参考点。

2）鼠标输入点的坐标

鼠标输入点的坐标就是通过移动十字光标选择需要输入的点的位置。选中后按下鼠标左键，该点的坐标即被输入。鼠标输入的都是绝对坐标。用鼠标输入点时，应一边移动十字光标，一边观察屏幕底部的坐标显示数字的变化，以便尽快较准确地确定待输入点的位置。

鼠标输入方式与工具点捕捉配合使用可以准确地定位特征点。如端点、切点、垂足点等等。用功能键 F6 可以进行捕捉方式的切换。

3）工具点的捕捉

工具点就是在作图过程中具有几何特征的点，如圆心点、切点和端点等。所谓工具点捕捉就是使用鼠标捕捉工具点菜单中的某个特征点。进入作图命令，需要输入特征点时，只要按下空格键，即在屏幕上弹出下列工具点菜单：

屏幕点（S）：屏幕上的任意位置点；

端点（E）：曲线的端点；

中心（M）：曲线的中点；

圆心（C）：圆或圆弧的圆心；

交点（I）：两曲线的交点；

切点（T）：曲线的切点；

垂足点（P）：曲线的垂足点；

最近点（N）：曲线上距离捕捉光标最近的点；

孤立点（L）：屏幕上已存在的点；

象限点（Q）：圆或圆弧的象限点；

控制点（K）：样条曲线的型值点、直线的端点和中点、圆弧的起点或终点以及象限点；

刀位点（O）：刀具轨迹上的点；

存在点（G）：已生成的点。

工具点的默认状态为屏幕点，在作图时拾取了其他点的状态，即在提示区右下角工具点状态栏中显示出当前工具点捕获的状态。但这种点的捕获一次有效，用完后立即自动回到【屏幕点】状态。工具点的捕获状态的改变，也可以不用工具点菜单的弹出与拾取，用户在输入点状态的提示下，可以直接按相应的键盘字符（如"E"代表端点、"C"代表圆心等等）进行切换。

在使用工具点捕获时，捕捉框的大小可用主菜单【设置】中菜单项【拾取设置】（命令名 objectset），在弹出对话框【拾取设置】中预先设定。当使用工具点捕获时，其他设定的捕获方式暂时被取消，这就是工具点捕获优先原则。

3. 选择（拾取）实体

绘图时所用的直线、圆弧、块或图符等，在交互软件中称为实体。每个实体都有其相对应的绘图命令。CAXA 数控车中的实体有下面一些类型：直线、圆或圆弧、点、椭圆、块、剖面线和尺寸等。拾取实体，其目的就是根据作图的需要在已经画出的图形中，选取作图所需的某个或某几个实体。拾取实体的操作是经常要用到的操作，应当熟练地掌握它。已选中的实体集合，称为选择集。当交互操作处于拾取状态（工具菜单提示出现【添加状态】或【移出状态】）时用户可通过操作拾取工具菜单来改变拾取的特征。

（1）拾取所有。拾取所有就是拾取画面上所有的实体。但系统规定，在所有被拾取的实体中不应含有拾取设置中被过滤掉的实体或被关闭图层中的实体。

（2）拾取添加。指定系统为拾取添加状态，此后拾取到的实体，将放到选择集中（拾取操作有两种状态：【添加状态】和【移出状态】）。

（3）取消所有。所谓取消所有，就是取消所有被拾取到的实体。

（4）拾取取消。拾取取消的操作就是从拾取到的实体中取消某些实体。

（5）取消尾项。执行本项操作可以取消最后拾取到的实体。

（6）重复拾取。拾取上一次选择的实体。

上述几种拾取实体的操作，都是通过鼠标来完成的。也就是说，通过移动鼠标的十字光标，将其交叉点或靶区方框对准待选择的某个实体，然后按下鼠标左键，即可完成拾取的操作。被拾取的实体呈拾取加亮颜色的显示状态（默认为红色），以示与其他实体的区别。

4. 鼠标键操作

1）鼠标左键

左键可以用来激活菜单、确定位置点和拾取元素等。

例如，要运行画直线功能，先把鼠标光标移动到"直线"图标上，然后单击，激活画直线功能，这时，在命令提示区出现下一步操作的提示"输入起点："，把鼠标光标移动到绘图区内并单击，输入一个位置点，再根据提示输入第二个位置点，就生成了一条直线。

又如，在无命令执行状态下，用鼠标左键或窗口拾取实体，被选中的实体将变成拾取加亮颜色（默认为红色），此时可单击任一被选中的元素，然后按下鼠标左键移动鼠标来随意拖动该元素。对于圆、直线等基本曲线还可以单击其控制点（屏幕上的蓝色亮点）来进行拉伸操作。

2）鼠标右键

鼠标右键用来确认拾取、结束操作和终止命令。

例如，在删除几何元素时，当拾取完毕要删除的元素后，点击右键该元素就被删除掉了。

又如，在生成样条曲线的功能中，当顺序输入一系列点完毕后，右击就可以结束输入点的操作。因此，该样条曲线就生成了。

图 5-30　鼠标右键
　　　　菜单选项

被选中的图形元素，是以拾取加亮颜色显示。系统认为被选中的实体为操作的对象，此时按下鼠标右键，则弹出相应的命令菜单，如图 5-30 所示，单击菜单项，则将对选中的实体进行操作。拾取不同的实体（或实体组），将会弹出不同的功能菜单。

3）回车键和数值键

在 CAXA 数控车 XP 中，在系统要求输入点时，回车键（Enter）和数值键可以激活一个坐标输入条，在输入条中可以输入坐标值。如果坐标值以@开始，表示一个相对于前一个输入点的相对坐标，在一些情况还可以输入字符串。

4）热键

对于一个熟练的 CAXA 数控车 XP 用户，热键的使用极大地提高了工作效率，用户还可以自定义想要的热键。

在 CAXA 数控车中设置了以下几种功能热键：

F5（F6、F7）键：将当前面切换至 XOY（YOZ、XOZ）面，同时将显示平面置为 XOY（YOZ、XOZ）面，将图形投影到 XOY（YOZ、XOZ）面进行显示。

F8 键：按轴侧图方式显示图形。

F9 键：切换当前面，将当前面在 XOY、YOZ、XOZ 之间进行切换，但不改变显示平面。

方向键（↑、↓、←、→）：显示旋转。

Ctrl＋方向键（↑、↓、←、→）：显示平移。

Shift＋↑（↓）：显示放大（缩小）。

5. 立即菜单的操作

在输入某些命令以后，在绘图区的底部会弹出一行立即菜单。例如，输入一条画直线的命令（从键盘输入【line】或用鼠标在【绘图】工具栏单击【直线】按钮），则系统立即弹出一行立即菜单及相应的操作提示，如图 5-31 所示：

图 5-31　立即菜单

　　此菜单表示当前待画的直线为两点线方式，非正交的连续直线。在显示立即菜单的同时，在其下面的状态栏内显示提示【第一点（切点，垂足点）:】，括号中的【切点，垂足点】表示此时可输入切点或垂足点。需要说明的是，在输入点时，如果没有提示（切点，垂足点），则表示不能输入工具点中的切点或垂足点。按要求输入第一点后，系统会提示【第二点（切点，垂足点）:】，再输入第二点，系统在屏幕上从第一点到第二点画出一条直线。

　　立即菜单的主要作用是可以选择某一命令的不同功能。可以通过鼠标单击立即菜单中的下拉箭头或用快捷键"Alt＋数字键"进行激活，如果下拉菜单中有很多可选项，我们使用快捷键"Alt＋连续数字键"进行选项的循环。如上例，如果想在两点间画一条正交直线，那么可以用鼠标单击立即菜单中的【3：非正交】或用快捷键"Alt＋3"激活它，则该菜单变为【3：正交】。如果要使用【平行线】命令，那么可以用鼠标单击立即菜单中的【1：平行线】或用快捷键【Alt＋1】激活它。

　　6. 其他常用的操作

　　本系统具有计算功能，它不仅能进行加、减、乘、除、平方、开方和三角函数等常用的数值计算，还能完成复杂表达式的计算。

　　例如：60/91＋(44.35)/23；

　　　　　Sqrt(23)；

　　　　　Sin(70 * 3.1415926/180) 等等。

5.3　CAXA 数控车加工主要内容

　　数控加工就是将加工数据和工艺参数输入到机床，机床的控制系统对输入信息进行运算与控制，并不断地向直接指挥机床运动的机电功能转换部件——机床的伺服机构发送脉冲信号，伺服机构对脉冲信号进行转换与放大处理，然后由传动机构驱动机床。从而加工零件。所以，数控加工的关键是加工数据和工艺参数的获取，即数控编程。数控加工一般包括以下几个内容：

　　(1) 对图纸进行分析，确定需要数控加工的部分。

　　(2) 利用图形软件对需要数控加工的部分造型。

　　(3) 根据加工条件，选择合适加工参数生成加工轨迹（包括粗加工、半精加工、精加工轨迹）。

　　(4) 轨迹的仿真检验。

　　(5) 传给机床加工。

5.3.1　常用术语

　　1. 两轴加工

　　在 CAXA 数控车中，机床坐标系的 Z 轴即是绝对坐标系的 X 轴，平面图形均指投影到绝对坐标系的 XOY 面的图形。

2. 轮廓

轮廓是一系列首尾相接曲线的集合，如图 5-32 轮廓示例。

(a) 外轮廓　　　　**(b) 内轮廓**　　　　**(c) 端面轮廓**

图 5-32　轮廓示意图

3. 毛坯轮廓

针对粗车，需要制定被加工体的毛坯。毛坯轮廓是一系列首尾相接曲线的集合，如图 5-33 所示毛坯轮廓。

(a) 外轮廓毛坯　　　**(b) 内轮廓毛坯**　　　**(c) 端面轮廓毛坯**

图 5-33　毛坯轮廓示意图

在进行数控加工时，交互指定待加工图形时，常常需要用户指定毛坯的轮廓，用来界定被加工的表面或被加工的毛坯本身。如果毛坯轮廓是用来界定被加工表面的，则要求指定的轮廓是闭合的；如果加工的是毛坯轮廓本身，则毛坯轮廓也可以不闭合。

4. 机床参数

数控车床的一些速度参数，包括主轴转速、接近速度、进给速度和退刀速度，如图 5-34 所示。

图 5-34　数控车中各种速度示意（L＝慢速下刀/快速退刀距离）

主轴转速是切削时机床主轴转动的角速度；进给速度是正常切削时刀具行进的线速度（mm/r）；接近速度为从进刀点到切入工件前刀具行进的线速度，又称进刀速度；退刀速度为刀具离开工件回到退刀位置时刀具行进的线速度。

这些速度参数的给定一般依赖于操作者的经验，原则上讲，它们与机床本身、工件的材料、刀具材料、工件的加工精度和表面粗糙度要求等相关。

5. 刀具轨迹和刀位点

刀具轨迹是系统按给定工艺要求生成的对给定加工图形进行切削时刀具行进的路线，如图 5-35 所示。

图 5-35　刀具轨迹和刀位点

系统以图形方式显示。刀具轨迹由一系列有序的刀位点和连接这些刀位点的直线（直线插补）或圆弧（圆弧插补）组成。CAXA 数控车系统的刀具轨迹是按刀尖位置来显示的。

6. 加工余量

车削加工是一个去余量的过程，即从毛坯开始逐步除去多余的材料，以得到需要的零件。这种过程往往由粗加工和精加工构成，必要时还需要进行半精加工，即需经过多道工序的加工。在前一道工序中，往往需给下一道工序留下一定的余量。

实际的加工模型是指定的加工模型按给定的加工余量进行等距的结果，如图 5-36 所示。

图 5-36　加工余量图

7. 加工误差

刀具轨迹和实际加工模型的偏差即加工误差，操作者可通过控制加工误差来控制加工的精度。操作者给出的加工误差是刀具轨迹同加工模型之间的最大允许偏差，系统保证刀具轨迹与实际加工模型之间的偏离不大于加工误差。

操作者应根据实际工艺要求给定加工误差，如在进行粗加工时，加工误差可以较大，否则加工效率会受到不必要的影响；而进行精加工时，需根据表面要求等给定加工误差。

在两轴加工中，对于直线和圆弧的加工不存在加工误差，加工误差指对样条曲线进行加工时用折线段逼近样条曲线时的误差。如图 5-37 所示。

图 5-37　加工误差与步长

8. 干涉

切削被加工表面时，如刀具切到了不应该切的部分，则称为出现干涉现象，或者叫做过切。

在 CAXA 数控车系统中，干涉分为以下两种情况：

（1）被加工表面中存在刀具切削不到的部分时存在的过切现象。

（2）切削时，刀具与未加工表面存在的过切现象。

5.3.2 刀具库管理

刀具库可定义和确定刀具的有关数据，以便于操作者从刀具库中获取刀具信息和对刀具库进行维护，包括轮廓车刀、切槽刀具、螺纹车刀和钻孔刀具四种刀具类型的管理。

1. 操作方法

在菜单区中选择【数控车】→【刀具管理】，系统弹出刀具库管理对话框，如图 5-38 所示，操作者可按自己的需要添加新的刀具，对已有刀具的参数进行修改，更换当前使用的刀具等。

图 5-38　刀具库管理对话框

当需要定义新的刀具时，按"增加刀具"按钮可弹出添加刀具对话框。

在刀具列表中选择要删除的刀具名，按"删除刀具"按钮可从刀具库中删除所选择的刀具（注意：不能删除当前刀具）。

在刀具列表中选择要使用的当前刀具名，按"置当前刀"可将选择的刀具设为当前刀具，也可在刀具列表中用鼠标双击所选的刀具。

改变参数后，按"修改刀具"按钮即可对刀具参数进行修改。

需要指出的是，刀具库中的各种刀具只是同一类刀具的抽象描述，并非符合国标或其他标准的详细刀具库。故只列出了对轨迹生成有影响的部分参数，其他与具体加工工艺相关的刀具参数并未列出。例如，将各种外轮廓、内轮廓、端面粗精车刀均归为轮廓车刀，对轨迹生成没有影响。其他补充信息可在"备注"栏中输入。

2. 刀具参数说明

1）轮廓车刀（图 5-38）

刀具名：刀具的名称，用于刀具标识和列表。刀具名是唯一的。

刀具号：刀具的系列号，用于后置处理的自动换刀指令。刀具号唯一，并对应机床的刀库。

刀具补偿号：刀具补偿值的序列号，其值对应于机床的数据库。

刀柄长度：刀具可夹持段的长度。

刀柄宽度：刀具可夹持段的宽度。

刀角长度：刀具可切削段的长度。

刀尖半径：刀尖部分用于切削的圆弧的半径。

刀具前角：刀具前刃与工件旋转轴的夹角。

当前轮廓车刀：显示当前使用刀具的刀具名。当前刀具就是在加工中要使用的刀具，在加工轨迹的生成中要使用当前刀具的刀具参数。

轮廓车刀列表：显示刀具库中所有同类型刀具的名称，可通过鼠标或键盘的上下键选择不同的刀具名，刀具参数表中将显示所选刀具的参数。用鼠标双击所选的刀具还能将其置为当前刀具。

2）切槽刀具（图 5-39）

刀具名：刀具的名称，用于刀具标识和列表。刀具名是唯一的。

刀具号：刀具的系列号，用于后置处理的自动换刀指令。刀具号唯一，对应机床的刀具库。

刀具补偿号：刀具补偿值的序列号，其值对应于机床的数据库。

刀具长度：刀具的总体长度。

刀柄宽度：刀具夹持段的宽度。

刀刃宽度：刀具切削刃的宽度。

刀尖半径：刀具切削刃两端圆弧的半径。

刀具引角：刀具切削段两侧边与垂直于切削方向的夹角。

刀具位置：

当前切槽刀具：显示当前使用刀具的刀

图 5-39　切槽刀具

具名。当前切削刀具就是在加工中要使用的刀具，在加工轨迹的生成中要使用当前刀具的刀具参数。

切槽刀具列表：显示刀具库中所有同类型刀具的名称，可通过鼠标或键盘的上下键选择不同的刀具名，刀具参数表中将显示所选刀具的参数。用鼠标双击所选的刀具还能将其置为当前刀具。

3）钻孔刀具（图 5-40）

刀具名：刀具的名称，用于刀具标识和列表。刀具名是唯一的。

刀具号：刀具的系列号，用于后置处理的自动换刀指令。刀具号唯一，对应机床的刀具库。

刀具补偿号：刀具补偿值的序列号，其值对应机床的数据库。

刀具半径：刀具的半径。

刀尖角度：钻头前段尖部的角度。

刀刃长度：刀具的刀杆可用于切削部分的长度。

刀杆长度：刀尖到刀柄之间的距离。刀杆长度应大于刀刃有效长度。

当前钻孔刀具：显示当前使用刀具的刀具名。当前刀具就是在加工中要使用的刀具，在加工轨迹的生成中要使用当前刀具的刀具参数。

钻孔刀具列表：显示刀具库中所有同类型刀具的名称，可通过鼠标或键盘的上下键选择不同的刀具名，刀具参数表中将显示所选刀具的参数。用鼠标双击所选的刀具还能将其置为当前刀具。

4）螺纹车刀（图 5-41）

图 5-40　钻孔刀具

图 5-41　螺纹车刀

刀具名：刀具的名称，用于刀具标识和列表。刀具名是唯一的。

刀具号：刀具的系列号，用于后置处理的自动换刀指令。刀具号唯一，对应机床的刀具库。

刀具补偿号：刀具补偿值的序列号，其值对应机床的数据库。

刀柄长度：刀具可夹持段的长度。

刀柄宽度：刀具夹持段的宽度。

刀刃长度：刀具切削刃顶部的宽度。对于三角螺纹车刀，刀刃宽度等于 0。

刀具角度：刀具切削段两侧边与垂直于切削方向的夹角，该角度决定了车削出的螺纹的螺纹角。

刀尖宽度：螺纹齿底宽度。

当前螺纹车刀：显示当前使用刀具的刀具名。当前刀具就是在加工中要使用的刀具，在加工轨迹的生成中要使用当前刀具的刀具参数。

螺纹车刀列表：显示刀具库中所有同类型刀具的名称，可通过鼠标或键盘的上下键选择不同的刀具名，刀具参数表中将显示所选刀具的参数。用鼠标双击所选的刀具还能将其置为当前刀具。

5.3.3　主要加工方法

CAXA 数控车提供了多种数控车加工功能，如轮廓粗车、轮廓精车、切槽加工、钻孔加工、螺纹加工和查看代码、参数修改、轨迹仿真、代码反读、机床设置、后置设置等。

1. 轮廓粗车

该功能用于实现对工件外轮廓表面、内轮廓表面和端面的粗车加工，用来快速清除毛坯的多余部分。做轮廓粗车时要确定被加工轮廓和毛坯轮廓，被加工轮廓就是加工结束后的工件表面轮廓，毛坯轮廓就是加工前毛坯的表面轮廓。被加工轮廓和毛坯轮廓两端点相连，两轮廓共同构成一个封闭的加工区域，在此区域的材料将被加工去除。被加工轮廓和毛坯轮廓不能单独闭合或自相交。

（1）在菜单区中的【数控车】→【轮廓粗车】菜单项，或单击▤图标，系统弹出轮廓粗车加工参数表，如图 5-42 所示。

在参数表中首先要确定被加工的是外轮廓表面还是内轮廓表面或端面，接着按加工要求确定其他各加工参数。

（2）确定参数后拾取被加工的轮廓和毛坯轮廓，此时可使用系统提供的轮廓拾取工具，对于多段曲线组成的轮廓使用"限制链拾取"将极大地方便拾取。采用"链拾取"和"限制链拾取"时的拾取箭头方向与实际的加工方向无关。

（3）确定进退刀点。指定一点为刀具加工前和加工后所在的位置。按鼠标右键可忽略该点的输入。完成上述步骤后即可生成加工轨迹。在"数控车"菜单区中选取"生成代码"功能项，拾取刚生成的刀具轨迹，即可生成加工指令。

图 5-42　轮廓粗车加工参数表

（4）轮廓粗车参数说明。

① 加工参数。点击对话框中的"加工参数"标签即进入加工参数表。加工参数表主要用于对粗车加工中的各种工艺条件和加工方式进行限定。各加工参数含义说明如下：

加工表面类型：

外轮廓：采用外轮廓车刀加工外轮廓，此时缺省加工方向角度为 180°。

内轮廓：采用内轮廓车刀加工内轮廓，此时缺省加工方向角度为 180°。

车端面：此时缺省加工方向应垂直于系统 X 轴，即加工角度为 -90° 或 270°。

加工参数：

干涉后角：做底切干涉检查时，确定干涉检查的角度，

干涉前角：做前角干涉检查时，确定干涉检查的角度。

加工角度：刀具切削方向与机床 Z 轴（软件系统 X 正方向）正方向的夹角。

切削行距：行间切入深度，两相邻切削行之间的距离。

加工余量：加工结束后，被加工表面没有加工的部分的剩余量（与最终加工结果比较）。

加工精度：

操作者可按需要来控制加工的精度。对轮廓中的直线和圆弧，机床可以精确地加工；对由样条曲线组成的轮廓，系统将按给定的精度把样条曲线转化成直线段来满足用户所需的加工精度。

拐角过渡方式：

圆弧：在切削过程遇到拐角时刀具从轮廓的一边到另一边的过程中，以圆弧的方式过渡。

尖角：在切削过程遇到拐角时刀具从轮廓的一边到另一边的过程中，以尖角的方式过渡。

反向走刀：

否：刀具按缺省方向走刀，即刀具从机床 Z 轴正向向 Z 轴负向移动。

是：刀具按与缺省方向相反的方向走刀。

详细干涉检查：

否：假定刀具前后干涉角均 0°，对凹槽部分不做加工，以保证切削轨迹无前角及底切干涉。

是：加工凹槽时，用定义的干涉角度检查加工中是否有刀具前角及底切干涉，并按定义的干涉角度生成无干涉的切削轨迹。

退刀时沿轮廓走刀：

否：刀位行首末直接进退刀，不加工行与行之间的轮廓。

是：两刀位行之间如果有一段轮廓，在后一刀位行之前、之后增加对行间轮廓的加工。

刀尖半径补偿：

编程时考虑半径补偿：在生成加工轨迹时，系统根据当前所用刀具的刀尖半径进行补偿计算（按假想刀尖点编程）。所生成代码即为已考虑半径补偿的代码，无需机床再进行刀尖半径补偿。

由机床进行半径补偿：在生成加工轨迹时，假设刀尖半径为 0，按轮廓编程，不进行刀尖半径补偿计算。所生成代码在用于实际加工时应根据实际刀尖半径由机床指定补偿值。

② 进退刀方式。点击对话框中的"进退刀方式"标签即进入进退刀方式参数表。该参数表用于对加工中的进退刀方式进行设定，点击"进退刀方式"标签可进入进退刀方式参数设置页，如图 5-43 所示。

进刀方式：

相对毛坯进刀方式用于指定对毛坯部分进行切削时的进刀方式，相对加工表面进刀方式用于指定对加工表面部分进行切削时的进刀方式。

与加工表面成定角：指在每一切削行前加入一段与轨迹切削方向夹角成一定角度的进刀段，刀具垂直进刀到该进刀段的起点，再沿该进刀段进刀至切削行。角度定义该进刀段与与轨迹切削方向的夹角，长度定义该进刀段的长度。

垂直进刀：指刀具直接进刀到每一切削行的起始点。

矢量进刀：指在每一切削行前加入一段与系统 X 轴（机床 Z 轴）正方向成一定夹角

图 5-43　进退刀方式参数设置页

的进刀段，刀具进刀到该进刀段的起点，再沿该进刀段进刀至切削行。角度定义矢量（进刀段）与系统 X 轴正方向的夹角，长度定义矢量（进刀段）的长度。

退刀方式：

相对毛坯退刀方式用于指定对毛坯部分进行切削时的退刀方式，相对加工表面退刀方式用于指定对加工表面部分进行切削时的退刀方式。

与加工表面成定角：指在每一切削行后加入一段与轨迹切削方向夹角成一定角度的退刀段，刀具先沿该退刀段退刀，再从该退刀段的末点开始垂直退刀。角度定义该退刀段与轨迹切削方向的夹角，长度定义该退刀段的长度。

轮廓垂直退刀：指刀具直接进刀到每一切削行的起始点。

轮廓矢量退刀：指在每一切削行后加入一段与系统 X 轴（机床 Z 轴）正方向成一定夹角的退刀段，刀具先沿该退刀段退刀，再从该退刀段的末点开始垂直退刀。角度定义矢量（退刀段）与系统 X 轴正方向的夹角，长度定义矢量（退刀段）的长度快速退刀距离：以给定的退刀速度回退的距离（相对值），在此距离上以机床允许的最大进给速度 G0 退刀。

③ 切削用量。在每种刀具轨迹生成时，都需要设置一些与切削用量及机床加工相关的参数。点击"切削用量"标签可进入切削用量参数设置页，如图 5-44 所示。

图 5-44　切削用量参数设置页

速度设定：

接近速度：刀具接近工件时的进给速度。

退刀速度：刀具离开工件时的速度。

进刀量：进给量。

主轴转速选项：

主轴转速：机床主轴旋转的速度。计量单位是机床缺省的单位。

恒转速：切削过程中按指定的主轴转速保持主轴转速恒定，直到下一指令改变该转速。

恒线速度：切削过程中按指定的线速度值保持线速度恒定。

样条拟合方式：

直线：对加工轮廓中的样条线根据给定的加工精度用直线段进行拟合。

圆弧：对加工轮廓中的样条线根据给定的加工精度用圆弧段进行拟合。

④ 轮廓车刀

点击"轮廓车刀"标签可进入轮廓车刀参数设置页。该页用于对加工中所用的刀具参数进行设置。具体参数说明请参考"刀具管理"中的说明。

(5) 轮廓粗车实例。

① 如图 5-45 所示，曲线轮廓内部部分为要加工出的外轮廓，方框部分为毛坯轮廓，如图 5-45 所示。

② 生成轨迹时，只需画出由要加工出的外轮廓和毛坯轮廓的上半部分组成的封闭区域（需切除部分）即可，其余线条不用画出，如图 5-46 所示。

图 5-45　待加工零件及毛坯外轮廓

图 5-46　待加工外轮廓和毛坯轮廓的
上半部分组成的封闭区域

③ 填写参数表：在图 5-42 所示对话框中填写参数表，填写完参数后，拾取对话框"确定"按钮。

④ 拾取轮廓，系统提示用户选择轮廓线拾取轮廓线可以利用曲线拾取工具菜单，在立即菜单中选取，如图 5-47 所示。工具菜单提供三种拾取方式：单个拾取、链拾取和限制链拾取。

当拾取第一条轮廓线后，此轮廓线变为红色的虚线。系统给出提示：选择方向。要求操作者选择一个方向，此方向只表示拾取轮廓线的方向，与刀具的加工方向无关。如图 5-48 所示。

图 5-47　轮廓的三种拾取方式　　　　　　　　图 5-48　轮廓拾取方向示意图

选择方向后，如果采用的是链拾取方式，则系统自动拾取首尾连接的轮廓线，如果采用单个拾取，则系统提示继续拾取轮廓线。如果采用限制链拾取则系统自动拾取该曲线与限制曲线之间连接的曲线。若加工轮廓与毛坯轮廓首尾相连，采用链拾取会将加工轮廓与毛坯轮廓混在一起，采用限制链拾取或单个拾取则可以将加工轮廓与毛坯轮廓区分开。

⑤ 拾取毛坯轮廓，拾取方法与上类似。

⑥ 确定进退刀点。指定一点为刀具加工前和加工后所在的位置。按鼠标右键也可忽略该点的输入。

⑦ 生成刀具轨迹。确定进退刀点之后，系统生成绿色的刀具轨迹，如图 5-49 所示。

⑧ 在【数控车】菜单区中选取【生成代码】功能项，拾取刚生成的刀具轨迹，即可生成加工指令，如图 5-50 所示。

图 5-49　生成的粗车加工轨迹

图 5-50　代码生成对话框

图 5-51　由相交的待加工外轮廓和毛坯轮廓（上半部分）组成的封闭区域。

注意：

（1）加工轮廓与毛坯轮廓必须构成一个封闭区域，被加工轮廓和毛坯轮廓不能单独闭合或自相交。

（2）为便于采用链拾取方式，可以将加工轮廓与毛坯轮廓绘成相交，系统能自动求出其封闭区域。图 5-51 所示为由相交的待加工外轮廓和毛坯轮廓（上半部分）组成的封闭区域。

（3）软件绘图坐标系与机床坐标系的关系。在软件坐标系中 X 正方向代表机床的 Z 轴正方向，Y 正方向代表机床的 X 正方向。本软件用加工角度将软件的 XY 向转换成机床的 ZX 向，如切外轮廓，刀具由右到左运动，与机床的 Z 正向成 $180°$，加工角度取 $180°$。切端面，刀具从上到下运动，与机床的 Z 正向成 $-90°$ 或 $270°$，加工角度取 $-90°$ 或 $270°$。

2. 轮廓精车

轮廓精车实现对工件外轮廓表面、内轮廓表面和端面的精车加工。做轮廓精车时要确定被加工轮廓，被加工轮廓就是加工结束后的工件表面轮廓，被加工轮廓不能闭合或自相交。

（1）在菜单区中的"数控车"子菜单区中选取"轮廓精车"菜单项，或单击 图标系统弹出精车参数表，如图 5-52 所示。

在参数表中首先要确定被加工的是外轮廓表面，还是内轮廓表面或端面，按加工要求确定其他各加工参数。

（2）确定参数后拾取被加工轮廓，此时可使用系统提供的轮廓拾取工具。

（3）选择完轮廓后确定进退刀点，指定一点为刀具加工前和加工后所在的位置。按鼠标右键可忽略该点的输入。

完成上述步骤后即可生成精车加工轨迹。在"数控车"菜单区中选取"生成代码"功能项，拾取刚生成的刀具轨迹，即可生成加工指令。

图 5-52　精车参数表

（4）参数说明。轮廓精车说明请参考轮廓粗车中的说明。

（5）轮廓精车实例。

① 如图 5-53 所示，曲线内部部分为要加工出的外轮廓，阴影部分为须去除的材料。

② 生成轨迹时，也可只画出由要加工出的外轮廓的上半部分即可，其余线条不用画出，如图 5-54 所示。

图 5-53　要进行精车的零件轮廓

图 5-54　要加工出的外轮廓

③ 填写参数表：在精车参数表对话框中填写完参数后，拾取对话框"确定"按钮。

④ 拾取轮廓，在立即菜单中选择单个拾取，系统提示操作者选择轮廓线当拾取第一条轮廓线后，此轮廓线变为红色的虚线。系统给出提示：选择方向。要求用户选择一个方向，此方向只表示拾取轮廓线的方向，与刀具的加工方向无关。如图 5-55 所示。

⑤ 确定进退刀点。指定一点为刀具加工前和加工后所在的位置。按鼠标右键可忽略该点的输入。

⑥ 生成刀具轨迹。确定进退刀点之后，系统生成绿色的刀具轨迹，如图 5-56 所示。

图 5-55　轮廓拾取方向示意图

图 5-56　生成的精车加工轨迹

⑦ 在【数控车】菜单区中选取【生成代码】功能项，拾取刚生成的刀具轨迹，即可生成加工指令。

注意：被加工轮廓不能闭合或自相交。

3. 切槽加工

切槽用于在工件外轮廓表面、内轮廓表面和端面切槽。切槽时要确定被加工轮廓，被加工轮廓就是加工结束后的工件表面轮廓，被加工轮廓不能闭合或自相交。

（1）在菜单区中选取【数控车】→【切槽】菜单项，或单击 图标，系统弹出切槽参数表对话框，如图 5-57 所示。

在参数表中首先要确定被加工的是外轮廓表面，还是内轮廓表面或端面，接着

图 5-57　切槽参数表

按加工要求确定其他各加工参数。

（2）确定参数后拾取被加工轮廓，此时可使用系统提供的轮廓拾取工具。

（3）选择完轮廓后确定进退刀点。指定一点为刀具加工前和加工后所在的位置。按鼠标右键可忽略该点的输入。

完成上述步骤后即可生成切槽加工轨迹。在"数控车"菜单区中选取"生成代码"功能项，拾取刚生成的刀具轨迹，即可生成加工指令。

（4）参数说明。

① 加工参数。加工参数主要对切槽加工中各种工艺条件和加工方式进行限定。各加工参数含义说明如下：

加工轮廓类型：

外轮廓：外轮廓切槽，或用切槽刀加工外轮廓。

内轮廓：内轮廓切槽，或用切槽刀加工内轮廓。

端面：端面切槽，或用切槽刀加工端面。

加工工艺类型：

粗加工：对槽只进行粗加工。

精加工：对槽只进行精加工。

粗加工＋精加工：对槽进行粗加工之后接着做精加工。

拐角过渡方式：

圆角：在切削过程遇到拐角时刀具从轮廓的一边到另一边的过程中，以圆弧的方式过渡。

尖角：在切削过程遇到拐角时刀具从轮廓的一边到另一边的过程中，以尖角的方式过渡。

粗加工参数：

延迟时间：粗车槽时，刀具在槽的底部停留的时间。

切深平移量：粗车槽时，刀具每一次纵向切槽的切入量（机床 X 向）。

水平平移量：粗车槽时，刀具切到指定的切深平移量后进行下一次切削前的水平平移量（机床 Z 向）。

退刀距离：粗车槽中进行下一行切削前退刀到槽外的距离。

加工余量：粗加工时，被加工表面未加工部分的预留量。

精加工参数：

切削行距：精加工行与行之间的距离。

切削行数：精加工刀位轨迹的加工行数，不包括最后一行的重复次数。

退刀距离：精加工中切削完一行之后，进行下一行切削前退刀的距离。

加工余量：精加工时，被加工表面未加工部分的预留量。

末行加工次数：精车槽时，为提高加工的表面质量，最后一行常常在相同进给量的情况下进行多次车削，该处定义多次切削的次数。

② 切削用量。切削用量参数表的说明请参考轮廓粗车中的说明。

③ 切槽车刀。点击"切槽车刀"标签可进入切槽车刀参数设置页。该页用于对加

工中所用的切槽刀具参数进行设置。具体
参数说明请参考"刀具管理"中的说明。

图 5-58　待加工零件

（5）切槽实例。

① 如图 5-58 所示，螺纹退刀槽凹槽部
分为要加工出的轮廓。

② 填写参数表：在切槽参数表对话框中填写完参数后，拾取对话框"确定"按钮。

③ 拾取轮廓，提示用户选择轮廓线，在立即菜单中采用限制链拾取。当拾取第一
条轮廓线后，此轮廓线变为红色的虚线。系统给出提示：选择方向。要求操作者选择一
个方向，此方向只表示拾取轮廓线的方向，与刀具的加工方向无关，选择向下箭头。如
图 5-59 所示。

④ 选择方向后，系统继续提示选取限制线，选取终止线段即凹槽的左边部分，凹
槽部分变成红色虚线。如图 5-60 所示。

图 5-59　轮廓拾取方向示意图　　　　　　图 5-60　拾取凹槽左边部分

⑤ 确定进退刀点。指定一点为刀具加工
前和加工后所在的位置。按鼠标右键可忽略
该点的输入。

⑥ 生成刀具轨迹。确定进退刀点之后，
系统生成绿色的刀具轨迹，如图 5-61 所示。

⑦ 在【数控车】菜单区中选取【生成代
码】功能项，拾取刚生成的刀具轨迹，即可
生成加工指令。

图 5-61　生成的切槽加工轨迹

注意：

（1）被加工轮廓不能闭合或自相交。

（2）生成轨迹与切槽刀刀角半径、刀刃宽度等参数密切相关。

（3）可按实际需要只绘出退刀槽的上半部分。

4. 钻孔加工

该功能用于在工件的旋转中心钻中心孔。该功能提供了多种钻孔方式，包括高速啄
式深孔钻、左攻丝、精镗孔、钻孔、镗孔、反镗孔等。

因为车加工中的钻孔位置只能是工件的旋转中心，所以，最终所有的加工轨迹都在
工件的旋转轴上，也就是系统的 X 轴（机床的 Z 轴）上。

（1）在菜单区中选取【数控车】→【钻中心孔】菜单项，或单击▦图标，弹出钻孔
参数表，如图 5-62 所示。操作者可在该参数表对话框中确定各参数。

图 5-62　钻孔参数表

（2）确定各加工参数后，拾取钻孔的起始点，因为轨迹只能在系统的 X 轴上（机床的 Z 轴），所以把输入的点向系统的 X 轴投影，得到的投影点作为钻孔的起始点，然后生成钻孔加工轨迹。拾取完钻孔点之后即生成加工轨迹。

（3）参数说明。

① 加工参数。加工参数主要对加工中的各种工艺条件和加工方式进行限定，钻孔参数表如图 5-62 所示。各加工参数含义说明如下：

钻孔深度：要钻孔的深度。

暂停时间：钻孔时刀在工件底部的停留时间。

钻孔模式：钻孔的方式，钻孔模式不同，后置处理中用到机床的固定循环指令不同。

进刀增量：深孔钻时每次进刀量或镗孔时每次侧进量。

下刀余量：当钻下一个孔时，刀具从前一个孔顶端的抬起量。

接近速度：刀具接近工件时的进给速度。

钻孔速度：钻孔时的进给速度。

主轴转速：机床主轴旋转的速度。计量单位是机床缺省的单位。

退刀速度：刀具离开工件的速度。

② 钻孔刀具。点击"钻孔刀具"标签可进入钻孔车刀参数设置页。该页用于对加工中所用的刀具参数进行设置。具体参数说明请参考"刀具管理"中的说明。

5. 螺纹加工

该功能为非固定循环方式加工螺纹，可对螺纹加工中的各种工艺条件，加工方式进行更为灵活地控制，螺纹车削螺纹参数表如图 5-63 所示。

（1）在菜单区中选取【数控车】→【车螺纹】菜单项，或单击～图标。依次拾取螺纹起点，终点。

（2）拾取完毕，弹出加工参数表，前面拾取的点的坐标也将显示在参数表中。操作者可在该参数表对话框中确定各加工参数，

图 5-63　螺纹参数表

如图 5-63 所示。

（3）参数填写完毕，选择【确定】按钮，即生成螺纹车削刀具轨迹。

（4）在"数控车"菜单区中选取"生成代码"功能项，拾取刚生成的刀具轨迹，即可生成螺纹加工指令。

（5）参数说明。

①"螺纹参数"参数表主要包含了与螺纹性质相关的参数，如螺纹深度、节距、头数等。螺纹起点和终点坐标来自前一步的拾取结果，操作者对其也可以进行修改。

起点坐标：车螺纹的起始点坐标，单位为 mm。

终点坐标：车螺纹的终止点坐标，单位为 mm。

螺纹长度：螺纹起始点到终止点的距离。

螺纹牙高：螺纹牙的高度。

螺纹头数：螺纹起始点到终止点之间的牙数。

螺纹节距如下。

恒定节距：两个相邻螺纹轮廓上对应点之间的距离为恒定值。

节距：恒定节距值。

变节距：两个相邻螺纹轮廓上对应点之间的距离为变化的值。

始节距：起始端螺纹的节距。

末节距：终止端螺纹的节距。

②"螺纹加工参数"参数表则用于对螺纹加工中的工艺条件和加工方式进行设置。

加工工艺如下。

粗加工：指直接采用粗切方式加工螺纹。

粗加工＋精加工方式：指根据指定的粗加工深度进行粗切后，再采用精切方式（如采用更小的行距）切除剩余余量（精加工深度）。

精加工深度：螺纹精加工的切深量。

粗加工深度：螺纹粗加工的切深量。

每行切削用量如下。

固定行距：每一切削行的间距保持恒定。

恒定切削面积：为保证每次切削的切削面积恒定，各次切削深度将逐步减小，直至等于最小行距。操作者需指定第一刀行距及最小行距。吃刀深度规定：第 n 刀的吃刀深度为第一刀的吃刀深度的 $\sqrt{n}$ 倍。

末行走刀次数：为提高加工质量，最后一个切削行有时需要重复走刀多次，此时需要指定重复走刀次数。

每行切入方式：指刀具在螺纹始端切入时的切入方式。刀具在螺纹末端的退出方式与切入方式相同。

③点击"进退刀方式"标签即进入进退刀方式参数表，如图 5-64 所示。该参数表用于对加工中的进退刀方式进行设定。

进刀方式：

垂直：指刀具直接进刀到每一切削行的起始点。

图 5-64　进退刀方式参数表

矢量：指在每一切削行前加入一段与系统 X 轴（机床 Z 轴）正方向成一定夹角的进刀段，刀具进刀到该进刀段的起点，再沿该进刀段进刀至切削行。

长度：定义矢量（进刀段）的长度。

角度：定义矢量（进刀段）与系统 X 轴正方向的夹角。

退刀方式：

垂直：指刀具直接退刀到每一切削行的起始点。

矢量：指在每一切削行后加入一段与系统 X 轴（机床 Z 轴）正方向成一定夹角的退刀段，刀具先沿该退刀段退刀，再从该退刀段的末点开始垂直退刀。

长度：定义矢量（退刀段）的长度。

角度：定义矢量（退刀段）与系统 X 轴正方向的夹角。

快速退刀距离：以给定的退刀速度回退的距离（相对值），在此距离上以机床允许的最大进给速度 G0 退刀。

④ 在每种刀具轨迹生成时，都需要设置一些与切削用量及机床加工相关的参数。点击"切削用量"标签可进入切削用量参数设置页，如图 5-65 所示。

速度设定：

接近速度：刀具接近工件时的进给速度。

主轴转速：机床主轴旋转的速度。计量单位是机床缺省的单位。

退刀速度：刀具离开工件的速度。

主轴转速选项：

恒转速：切削过程中按指定的主轴转速保持主轴转速恒定，直到下一指令改变该转速。

恒线速度：切削过程中按指定的线速度值保持线速度恒定。

图 5-65　切削用量的参数说明

样条拟合方式：

直线：对加工轮廓中的样条曲线根据给定的加工精度用直线段进行拟合。

圆弧：对加工轮廓中的样条曲线根据给定的加工精度用圆弧段进行拟合。

⑤ 点击"螺纹车刀"标签可进入螺纹车刀参数设置页。该页用于对加工中所用的

螺纹车刀参数进行设置。具体参数说明请参考"刀具管理"中的说明。

（6）螺纹加工实例。

① 如图 5-66 所示，为要加工出的螺纹。

② 在菜单区中选取【数控车】→【车螺纹】菜单项，或单击 ﹏ 图标。

③ 按系统提示依次拾取螺纹起点（右边），终点（左边）。如图 5-67 所示。

图 5-66　待加工螺纹

图 5-67　螺纹起点、终点选择示意图

④ 填写参数表：选择完螺纹起点、终点后，系统弹出螺纹参数表。在螺纹参数表对话框中填写完参数后，拾取对话框"确定"按钮。

⑤ 确定进退刀点。指定一点为刀具加工前和加工后所在的位置。

⑥ 生成刀具轨迹。确定进退刀点之后，系统生成绿色的刀具轨迹，如图 5-68 所示。

⑦ 在【数控车】菜单区中选取【生成代码】功能项，拾取刚生成的刀具轨迹，即可生成加工指令。

图 5-68　生成的车螺纹加工轨迹

6. 查看代码

查看代码主要是查看、编辑生成的代码的内容。

在【数控车】菜单区中选取【查看代码】功能项，或单击 ✍ 图标，则弹出一个需要用户选取数控程序的对话框。选择一个程序后，系统即用 Windows 提供的"记事本"显示代码的内容，当代码文件较大时，则要用"写字板"打开，用户可在其中对代码进行修改。

7. 参数修改

如果对生成的轨迹不满意时可以用参数修改功能对轨迹的各种参数进行修改，以生成新的加工轨迹。

在【数控车】菜单区中选取【参数修改】功能项，或单击 ▥ 图标，则提示用户拾取要进行参数修改的加工轨迹。拾取轨迹后将弹出该轨迹的参数表供用户修改。参数修改完毕选取"确定"按钮，即依据新的参数重新生成该轨迹。

轮廓拾取工具：

由于在生成轨迹时经常需要拾取轮廓，在此对轮廓拾取方式作一专门介绍。

轮廓拾取工具提供三种拾取方式：单个拾取、链拾取和限制链拾取。其中：

"单个拾取"：需用户挨个拾取需批量处理的各条曲线。适合于曲线条数不多且不适合于"链拾取"的情形。

"链拾取"：需用户指定起始曲线及链搜索方向，系统按起始曲线及搜索方向自动寻找所有首尾搭接的曲线。适合于需批量处理的曲线数目较大且无两根以上曲线搭接在一起的情形。

"限制链拾取"：需用户指定起始曲线、搜索方向和限制曲线，系统按起始曲线及搜索方向自动寻找首尾搭接的曲线至指定的限制曲线。适用于避开有两根以上曲线搭接在一起的情形，以正确地拾取所需要的曲线。

8. 轨迹仿真

对已有的加工轨迹进行加工过程模拟，以检查加工轨迹的正确性。对系统生成的加工轨迹，仿真时用生成轨迹时的加工参数，即轨迹中记录的参数；对从外部反读进来的刀位轨迹，仿真时用系统当前的加工参数。

轨迹仿真分为动态仿真、静态仿真和二维仿真，仿真时可指定仿真的步长来控制仿真的速度，也可以通过调节速度条控制仿真速度。当步长设为 0 时，步长值在仿真中无效；当步长大于 0 时，仿真中每一个切削位置之间的间隔距离即为所设的步长。

动态仿真：仿真时模拟动态的切削过程，不保留刀具在每一个切削位置的图像。

静态仿真：仿真过程中保留刀具在每一个切削位置的图像，直至仿真结束。

二维仿真：仿真前先渲染实体区域，仿真时刀具不断抹去它切削掉部分的染色。

操作说明：

（1）在【数控车】菜单区中选取【轨迹仿真】功能项，或单击 图标，同时可指定仿真的类型和仿真的步长。

（2）拾取要仿真的加工轨迹，此时可使用系统提供的选择拾取工具。在结束拾取前仍可修改仿真的类型或仿真的步长。

（3）按鼠标右键结束拾取，系统弹出仿真控制条，按"▶"键开始仿真。仿真过程中可按"‖"键暂停、按"▶▶"键仿真下一步、按"◀◀"键仿真上一步、按"■"键终止仿真。

（4）仿真结束，可以按"▶"键重新仿真，或者按"■"键终止仿真。

9. 代码反读（校核 G 代码）

代码反读就是把生成的 G 代码文件反读进来，生成刀具轨迹，以检查生成的 G 代码的正确性。如果反读的刀位文件中包含圆弧插补，需用户指定相应的圆弧插补格式，否则可能得到错误的结果。若后置文件中的坐标输出格式为整数，且机床分辨率不为 1 时，反读的结果是不对的。亦即系统不能读取坐标格式为整数且分辨率为非 1 的情况。

操作说明：在【数控车】菜单区中选取【代码反读】功能项，或单击 图标，则弹出一个需要用户选取数控程序的对话框。系统要求操作者选取需要校对的 G 代码程序。拾取到要校对的数控程序后，系统根据程序 G 代码立即生成刀具轨迹。

注意：

① 刀位校核只用来进行对 G 代码的正确性进行检验，由于精度等方面的原因，用户应避免将反读出的刀位重新输出，因为系统无法保证其精度。

② 校对刀具轨迹时，如果存在圆弧插补，则系统要求选择圆心的坐标编程方式，如图 5-69 所示，其含义可参考后置设置中的说明。用户应正确选择对应的形式，否则会导致错误。

图 5-69　反读代码格式设置对话框

10. 机床设置

机床设置就是针对不同的机床和不同的数控系统，设置特定的数控代码、数控程序格式及参数，并生成配置文件。生成数控程序时，系统根据该配置文件的定义生成用户所需要的特定代码格式的加工指令。

机床配置给用户提供了一种灵活方便的设置系统配置的方法。对不同的机床进行适当的配置，具有重要的实际意义。通过设置系统配置参数，后置处理所生成的数控程序可以直接输入数控机床或加工中心进行加工，而无需进行修改。如果已有的机床类型中没有所需的机床，可增加新的机床类型以满足使用需求，并可对新增的机床进行设置。机床类型设置的各参数见图 5-70。

图 5-70　机床类型设置对话框

操作说明：

在【数控车】菜单区中选取【机床设置】功能项，或单击 ◄ 图标，系统弹出机床类型设置对话框，用户可按自己的需求增加新的机床或更改已有的机床设置。按"确定"按钮可将用户的更改保存，"取消"则放弃已做的更改。

机床参数配置包括主轴控制、数值插补方法、补偿方式、冷却控制、程序起停以及程序首尾控制符等。现以某系统参数配置为例，具体配置方法如下：

（1）机床参数设置。

机床类型设置对话框，在"机床名"一栏中用鼠标点取可选择一个已存在的机床并进行修改。按增加机床钮可增加系统没有的机床，按删除机床钮可删除当前的机床。可对机床的各种指令地址进行设置。可以对如下选项进行配置：

① 行号地址＜N×××××＞：一个完整的数控程序由许多的程序段组成，每一个程序段前有一个程序段号，即行号地址。系统可以根据行号识别程序段。如果程序过长，还可以利用调用行号很方便地把光标移到所需的 CAXA 程序段。行号可以从 1 开始，连续递增，如 N0001，N0002，N0003 等，也可以间隔递增，如 N0001，N0005，N0010 等。建议用户采用后一种方式。因为间隔行号比较灵活方便，可以随时插入程序段，对原程序进行修改。而无需改变后续行号。如果采用前一种连续递增的方式，每修改一次程序，插入一个程序段，都必须对后续的所有程序段的行号进行修改，很不方便。

② 行结束符＜；＞：在数控程序中，一行数控代码就是一个程序段。数控程序一般以特定的符号，而不是以回车键作为程序段结束标志，它是一段程序段不可缺少的组成部分。有些系统以分号符"；"作为程序段结束符，系统不同，程序段结束符一般不同，如有的系统结束符是"＊"，有的是"♯"等。一个完整的程序段应包括行号、数控代码和程序段结束符。

如：N10 G92 X10.000 Z5.000；

③ 插补方式控制：

一般地，插补就是把空间曲线分解为 XYZ 各个方向的很小的曲线段，然后以微元化的直线段去逼近空间曲线。数控系统都提供直线插补和圆弧插补，其中圆弧插补又可分为顺圆插补和逆圆插补。插补指令都是模代码，所谓模代码就是只要指定一次功能代码格式，以后就不用指定，系统会以前面最近的功能模式确认本程序段的功能。除非重新指定同类型功能代码，否则以后的程序段仍然可以默认该功能代码。

直线插补＜G01＞：系统以直线段的方式逼近该点。需给出终点坐标。

如：G01 X100.000 Z100.000 表示刀具将以直线的方式从当前点到达点（100，100）。

顺圆插补＜G02＞：系统以半径一定的圆弧的方式按顺时针的方向逼近该点。要求给出终点坐标、圆弧半径、以及圆心坐标。

如：G02 X100.000 Z100.000 R20.000 表示刀具将以半径为 $R20$ 圆弧的方式，按顺时针方向从当前点到达目的点（100，100）。

G02 X100.000 Z100.000 I50.000 K50.000 表示刀具将以当前点、终点（100，

100)、圆心（50，50）所确定的圆弧的方式，按顺时针方向从当前点到达目的点（100，100）。

逆圆插补＜G03＞：系统以半径一定的圆弧的方式按逆时针的方向逼近该点。要求给出终点坐标、圆弧半径、圆心坐标。

如：G03 X100.000 Z100.000 R20.000 表示刀具将以半径为 R20 圆弧的方式，按逆时针方向从当前点到达目的点（100，100）。

④ 主轴控制指令：

主轴转数：S；

主轴正转：M03；

主轴反转：M04；

主轴停：M05；

⑤ 冷却液开关控制指令：

冷却液开＜M07＞：M07 指令打开冷却液阀门开关，开始开放冷却液。

冷却液关＜M09＞：M09 指令关掉冷却液阀门开关，停止开放冷却液。

⑥ 坐标设定：

用户可以根据需要设置坐标系，系统根据用户设置的参照系确定坐标值是绝对的还是相对的。

坐标设定＜G54＞：G54 是程序坐标系设置指令。一般地，以零件原点作为程序的坐标原点。程序零点坐标存储在机床的控制参数区。程序中不设置此坐标系，而是通过 G54 指令调用。

绝对指令＜G90＞：把系统设置为绝对编程模式。以绝对模式编程的指令，坐标值都以 G54 所确定的工件零点为参考点。绝对指令 G90 也是模式代码，除非被同类型代码 G91 所代替，否则系统一直默认。

相对指令＜G91＞：把系统设置为相对编程模式。以相对模式编程的指令，坐标值都以该点的前一点为参考点，指令值以相对递增的方式编程。同样 G91 也是模态代码指令。

设置当前点坐标＜G92＞：把随后跟着的 X、Z 值作为当前点的坐标值。

⑦ 补偿：

补偿包括左补偿和右补偿及补偿关闭。有了补偿后，编程时可以直接根据曲线轮廓编程。

半径左补偿＜G41＞：指加工轨迹以进给的方向正方向，沿轮廓线左边让出一个刀具半径。

半径右补偿＜G42＞：指加工轨迹以进给的方向正方向，沿轮廓线右边让出一个刀具半径。

半径补偿关闭＜G40＞：补偿的关闭是通过代码 G40 来实现的。左右补偿指令代码都是模态代码，所以，也可以通过开启一个补偿指令代码来关闭另一个补偿指令代码。

⑧ 延时控制：

延时指令＜G04＞：程序执行延时指令时，刀具将在当前位置停留给定的延时时间。

延时表示＜X＞：其后跟随的数值表示延时的时间。

⑨ 程序止＜M02＞：

程序结束指令 M02 将结束整个程序的运行，所有的功能 G 代码和与程序有关的一些机床运行开关，如冷却液开关等都将关闭处于原始禁止状态。机床处于当前位置，如果要使机床停在机床零点位置，则必须用机床回零指令使之回零。

⑩ 恒线速度＜G96＞：切削过程中按指定的线速度值保持线速度恒定。

⑪ 恒角速度＜G97＞：切削过程中按指定的主轴转速保持主轴转速恒定，直到下一指令改变该指令为止。

⑫ 最高转速＜G50＞：限制机床主轴的最高转速，常与恒线速度＜G96＞通用匹配。

（2）程序格式设置。

程序格式设置就是对 G 代码各程序段格式进行设置。"程序段"含义见 G 代码程序示例。用户可以对以下程序段进行格式设置：

程序起始符号、程序结束符号、程序说明、程序头、程序尾换刀段。

① 设置方式：字符串或宏指令@字符串或宏指令。

其中宏指令为：＄＋宏指令串，系统提供的宏指令串有：

当前后置文件名 POST _ NAME

当前日期 POST _ DATE

当前时间 POST _ TIME

当前程序号 POST _ CODE

以下宏指令内容与图 5-70 中的设置内容一致：

行号指令 LINE _ NO _ ADD

行结束符 BLOCK _ END

直线插补 G01

顺圆插补 G02

逆圆插补 G03

绝对指令 G90

相对指令 G91

指定当前点坐标 G92

冷却液开 COOL _ ON

冷却液关 COOL _ OFF

程序止 PRO _ STOP

左补偿 DCMP _ LFT

右补偿 DCMP _ RGH

补偿关闭 DCMP _ OFF

@ 号为换行标志，若是字符串则输出它本身。

＄ 号输出空格。

② 程序说明：说明部分是对程序的名称，与此程序对应的零件名称编号，编制日期和时间等有关信息的记录。程序说明部分是为了管理的需要而设置的。有了这个功能项目，操作者可以很方便地进行管理。比如要加工某个零件时，只需要从管理程序中找到对应的程序编号即可，而不需要从复杂的程序中一个一个地寻找需要的程序。

（N126−60231，＄POST_NAME，＄POST_DATE，＄POST_TIME），在生成的后置程序中的程序说明部分输出如下说明：

（N126−60231，O1261，1996，9，2，15：30：30）

③ 程序头：针对特定的数控机床来说，其数控程序开头部分都是相对固定的，包括一些机床信息，如机床回零、工件零点设置、开始走丝、以及冷却液开启等。

例如：直线插补指令内容为 G01，那么，＄G1 的输出结果为 G01，同样 ＄COOL_ON 的输出结果为 M7，＄PRO_STOP 的输出结果为 M02. 依此类推。

例如：＄COOL_ON@＄SPN_CW@＄G90 ＄ ＄G0 ＄COORD_Y ＄COORD_X@G41 在后置文件中的输出内容为：

M07；

M03；

G90 G00X10.000Z20.0000；

G41；

11. 后置设置

后置设置就是针对特定的机床，结合已经设置好的机床配置，对后置输出的数控程序的格式，如程序段行号、程序大小、数据格式、编程方式、圆弧控制方式等进行设置。本功能可以设置缺省机床及 G 代码输出选项。机床名选择已存在的机床名作为缺省机床。

后置参数设置包括程序段行号、程序大小、数据格式、编程方式、圆弧控制方式等。

操作说明：

在【数控车】菜单区中选取【后置设置】功能项，或单击 🗎 图标，系统弹出后置处理设置参数表，如图 5-71 所示。

操作者可按自己的需要更改已有机床的后置设置。按"确定"按钮可将用户的更改保存，"取消"则放弃已做的更改。

（1）机床系统：数控程序必须针对特定的数控机床。特定的配置才具有加工的实际意义，所以后置设置必须先调用机床配置。在图 5-71中，用鼠标拾取机床名一栏就可以很方便地从配置文件中调出机床的相关配置。图中调用的为 HUAZHONG 数控系统的相关配置。

图 5-71　后置处理对话框

（2）输出文件最大长度：输出文件长度可以对数控程序的大小进行控制，文件大小控制以 K（字节）为单位。当输出的代码文件长度大于规定长度时系统自动分割文件。例如：当输出的 G 代码文件 post.ISO 超过规定的长度时，就会自动分割为 post0001.ISO，post0002.ISO，post0003.ISO，post0004.ISO 等。

（3）行号设置：程序段行号设置包括行号的位数、行号是否输出、行号是否填满、起始行以及行号递增数值等。是否输出行号：选中行号输出则在数控程序中的每一个程序段前面输出行号，反之亦然。行号是否填满是指行号不足规定的行号位数时是否用 0 填充。行号填满就是不足所要求的行号位数的前面补零，如 N0028；反之亦然。如 N28。行号递增数值就是程序段行号之间的间隔。如 N0020 与 N0025 之间的间隔为 5，建议用户选取比较适中的递增数值，这样有利于程序的管理。

（4）编程方式设置：有绝对编程 G90 和相对编程 G91 两种方式。

（5）坐标输出格式设置：决定数控程序中数值的格式是小数输出还是整数输出；机床分辨率就是机床的加工精度，如果机床精度为 0.001mm，则分辨率设置为 1000，以此类推；输出小数位数可以控制加工精度。但不能超过机床精度，否则是没有实际意义的。

"优化坐标值"指输出的 G 代码中，若坐标值的某分量与上一次相同，则此分量在 G 代码中不出现。

下一段是没有经过优化的 G 代码。

X0.0 Z0.0；

X100. Z0.0；

X100. Z100.；

X0.0 Z100.；

X0.0 Z0.0；

经过坐标优化，结果如下

X0.0 Z0.0；

X100.；

Z100.；

X0.0；

Z0.0；

（6）圆弧控制设置：主要设置控制圆弧的编程方式。即是采用圆心坐标编程方式还是采用半径编程方式。

① 当采用圆心坐标编程方式时，圆心坐标（I，J，K）有三种含义：

绝对坐标：采用绝对编程方式，圆心坐标（I，J，K）的坐标值为相对于工件零点绝对坐标系的绝对值。

相对起点：圆心坐标以圆弧起点为参考点取值。

起点相对圆心：圆弧起点坐标以圆心坐标为参考点取值。

按圆心坐标编程时，圆心坐标的各种含义是针对不同的数控机床而言。不同机床之间其圆心坐标编程的含义不同，但对于特定的机床其含义只有其中一种。

② 当采用半径编程时，采用半径正负区别的方法来控制圆弧是劣圆弧还是优圆弧。圆弧半径 R 的含义即表现为以下两种：

优圆弧：圆弧大于 $180°$，R 为负值。

劣圆弧：圆弧小于 $180°$，R 为正值。

（7）X 值表示直径：软件系统采用直径编程。

（8）X 值表示半径：软件系统采用半径编程。

（9）显示生成的代码：选中时系统调用 Windows 记事本显示生成的代码，如代码太长，则提示用写字板打开。

（10）扩展文件名控制和后置程序号：后置扩展名文件是控制所生成的数控程序文件名的扩展名。有些机床对数控程序要求有扩展名，有些机床没有这个要求，应视不同的机床而定。后置程序号是记录后置设置的程序号，不同的机床其后置设置不同，所以采用程序号来记录这些设置，以便于操作者日后使用。

第6章　数控铣削加工

数控铣床是一种加工功能很强的数控机床，在数控加工中占据了重要地位。世界上首台数控机床就是一部三坐标铣床，这主要因为铣床具有 X、Y、Z 三轴向可移动的特性，更加灵活，且可完成较多的加工工序。现在数控铣床已全面向多轴化发展。目前迅速发展的加工中心和柔性制造单元也是在数控铣床和数控镗床的基础上产生的。当前人们在研究和开发数控系统时，也一直把铣削加工作为重点。

6.1　数控铣床加工工艺基础

数控工艺的设计是进行数控加工的前期准备工作，是程序编制的依据。数控程序受控于程序指令，加工的全过程都是按程序指令自动进行的。数控铣削加工工艺制订的合理与否，直接影响到零件的加工质量、生产率和加工成本。设计数控工艺时，必须考虑周全，不仅要包括零件的工艺过程，而且还要包括切削用量，走刀路线、刀具尺寸以及铣床的运动过程。因此，要求编程人员对数控铣床的性能、特点、运动方式、刀具系统、切削规范以及工件的装夹方法都要非常熟悉。工艺方案的好坏不仅会影响铣床效率的发挥，而且将直接影响到零件的加工质量。

数控铣削加工工艺性分析是编程前的重要工艺准备工作之一，根据加工实践，数控铣削加工工艺分析所要解决的主要问题大致可归纳为以下几个方面：

1. 选择并确定数控铣削加工部位及工序内容

在选择数控铣削加工内容时，应充分发挥数控铣床的优势和关键作用。

1）易采用数控铣削加工的内容

（1）工件上的曲线轮廓，特别是由数学表达式给出的非圆曲线与列表曲线等曲线轮廓，如图 6-1 所示的正弦曲线；

（2）已给出数学模型的空间曲面，如图 6-2 所示的球面；

（3）形状复杂、尺寸繁多、画线与检测困难的部位；

（4）用通用铣床加工时难以观察、测量和控制进给的内外凹槽；

图 6-1　$Y=\sin X$ 曲线

图 6-2　球面

（5）以尺寸协调的高精度孔和面；

（6）能在一次安装中顺带铣出来的简单表面或形状；

（7）用数控铣削方式加工后，能成倍提高生产率，大大减轻劳动强度的一般加工内容。

2）不宜采用数控加工的内容

（1）需长时间占机和进行人工调整的粗加工表面，如：以毛坯粗基准定位划线找正加工精基准，加工表面之外的表面为不加工表面，不能用作定位基准等；

（2）必须用专用工装协调的加工内容；

（3）毛坯上余量不均匀或不太稳定的表面；

（4）简单的粗加工表面；

（5）必须用细长铣刀加工的部位。

此外，在选择和决定加工内容时，还要考虑生产批量、生产周期和工序间周转情况等。

2. 零件图样的工艺性分析

根据数控铣削加工的特点，对零件图样进行工艺性分析时，应主要分析与考虑以下一些问题。

1）零件图样尺寸的正确标注

由于加工程序是以准确的坐标点来编制的，故各图形几何元素间的相互关系（如相切、相交、垂直和平行等）应明确，各种几何元素的条件要充分，应无引起矛盾的多余尺寸或者影响工序安排的封闭尺寸等。例如，零件在用同一把铣刀、同一个刀具半径补偿值编程加工时，由于零件轮廓各处尺寸公差带不同，如在图 6-3 中，就很难同时保证各处尺寸在尺寸公差范围内。这时一般采取的方法是：兼顾各处尺寸公差，在编程计算时，改变轮廓尺寸并移动公差带，改为对称公差，采用同一把铣刀和同一个刀具半径补偿值加工，对图 6-3 中括号内的尺寸，其公差带均作了相应改变，计算与编程时用括号内尺寸来进行。

图 6-3　零件尺寸公差带的调整

2）统一内壁圆弧的尺寸

加工轮廓上内壁圆弧的尺寸往往限制刀具的尺寸。

（1）内壁转接圆弧半径 R。

如图 6-4 所示，当工件的被加工轮廓高度 H 较小，内壁转接圆弧半径 R 较大时，则可采用刀具切削刃长度 L 较小，直径 D 较大的铣刀加工。这样，底面 A 的走刀次数较少，表面质量较好，因此，工艺性较好。反之如图 6-5 所示，铣削工艺性则较差。

图 6-4　R 较大时

图 6-5　R 较小时

通常，当 $R<0.2H$ 时，则属工艺性较差。

（2）内壁与底面转接圆弧半径 r。

如图 6-6 所示，铣刀直径 D 一定时，工件的内壁与底面转接圆弧半径 r 越小，铣刀与铣削平面接触的最大直径 $d=D-2r$ 也越大，铣刀端刃铣削平面的面积越大，则加工平面的能力越强，因而，铣削工艺性越好。反之，工艺性越差，如图 6-7 所示。

图 6-6　r 较小

图 6-7　r 较大

　　当底面铣削面积大，转接圆弧半径 r 也较大时，只能先用一把 r 较小的铣刀加工，再用符合要求 r 的刀具加工，分两次完成切削。

　　总之，一个零件上内壁转接圆弧半径尺寸的大小和一致性，影响着加工能力、加工质量和换刀次数等。因此，转接圆弧半径尺寸大小要力求合理，半径尺寸尽可能一致，至少要力求半径尺寸分组靠拢，以改善铣削工艺性。

3. 保证基准统一的原则

　　有些工件需要在铣削完一面后，再重新安装铣削另一面，由于数控铣削时，不能使用通用铣床加工时常用的试切方法来接刀，往往会因为工件的重新安装而接不好刀（即与上道工序加工的面接不齐或造成本来要求一致的两对应面上的轮廓错位），此时最好采用统一基准定位，即力求设计基准、工艺基准和编程基准统一。这样做可以减少基准不重合产生的误差和数控编程中的计算量，并且能有效的减少装夹次数。

　　因此零件上最好有合适的孔作为定位基准孔。如果零件上没有基准孔，也可以专门设置工艺孔作为定位基准（如在毛坯上增加工艺凸耳或在后续工序要铣去的余量上设基准孔）。如实在无法制出基准孔，起码也要用经过精加工的面作为统一基准。如果连这也办不到，则最好只加工其中一个最复杂的面，另一面放弃数控铣削而改由通用铣床加工。

4. 分析零件的变形情况

　　要考虑零件的形状及原材料的热处理状态是否会在加工过程中变形，哪些部位最容易变形。因为铣削最忌讳工件在加工时的变形，这种变形不但无法保证加工的质量，而且经常造成加工不能继续进行下去，"中途而废"，影响加工质量。这时，可采用常规方法如粗、精加工分开及对称去余量法等，也可采用热处理的方法，如对钢件进行调质处理，对铸铝件进行退火处理等，对不能用热处理方法解决的，也可考虑粗、精加工及对称去余量等常规方法。加工薄板时，切削力及薄板的弹性退让极易产生切削面的振动，使薄板厚度尺寸公差和表面粗糙度难以保证，这时，应考虑合适的工件装夹方式。此外，还要分析加工后的变形问题，采取什么工艺措施来解决。

　　总之，加工工艺取决于产品零件的结构形状，尺寸和技术要求等。在表 6-1 中给出了改进零件结构提高工艺性的一些实例。

表 6-1　改进零件结构提高工艺性的实例

提高工艺性方法	结　构		结　果
	改进前	改进后	
	铣加工		
改进内壁形状	$R_2 < \left(\dfrac{1}{5} \cdots \dfrac{1}{6}H\right)$　R_1	$R_2 > \left(\dfrac{1}{5} \cdots \dfrac{1}{6}H\right)$　R_1	可采用较高刚性刀具

提高工艺性方法	结　构		结　果
	改进前	改进后	
	铣加工		
统一圆弧尺寸			减少刀具数和更换刀具次数，减少辅助时间
选择合适的圆弧半径 R 和 r			提高生产效率
用两面对称结构			减少编程时间，简化编程
合理改进凸台分布			减少加工劳动量
改进结构形状			减少加工劳动量
			减少加工劳动量

续表

提高工艺性方法	结构		结果
	改进前	改进后	
铣加工			
改进尺寸比例	$\dfrac{H}{b}>10$	$\dfrac{H}{b}\leqslant 10$	可用较高刚度刀具加工，提高生产率
在加工和不加工表面间加入过渡		0.5…1.5　　0.5…1.5	减少加工劳动量
改进零件几何形状			斜面筋代替阶梯筋，节约材料

5. 零件的加工路线

　　在数控加工中，刀具（严格说是刀位点）相对于工件的运动轨迹和方向称为加工路线。即刀具从对刀点开始运动起，直至结束加工所经过的路径，包括切削加工的路径及刀具引入、返回等非切削空行程。加工路线的确定首先必须保证被加工零件的尺寸精度和表面质量，其次考虑数值计算简单，走刀路线尽量短，效率较高等。

　　下面举例分析数控机床加工零件时常用的加工路线。

　　1）铣削轮廓表面

　　在图 6-8 铣削轮廓表面时一般采用立铣刀侧面刃口进行切削。对于二维轮廓加工通常采用的加工路线为

　　（1）从起刀点下刀到下刀点；

　　（2）沿切向切入工件；

　　（3）轮廓切削；

　　（4）刀具向上抬刀，退离工件；

　　（5）返回起刀点。

图 6-8　轮廓铣削

2）寻求最短走刀路线

走刀路线就是刀具在整个加工工序中的运动轨迹，它不但包括了工步的内容，也反映出工步顺序，走刀路线是编写程序的依据之一。

如加工图 6-9（a）所示的加工孔系。图 6-9（b）的走刀路线为先加工完外圈孔后，再加工内圈孔，若改用图 6-9（c）图的走刀路线，可减少空刀时间，则可节省定位时间近一倍，提高了加工效率。

（a）钻削示例件　　　　　　　（b）常规进给路线　　　　　　　（c）最短进给路线

图 6-9　最短走刀路线的设计

3）顺铣和逆铣对加工的影响

在铣削加工中，采用顺铣还是逆铣方式是影响加工表面粗糙度的重要因素之一。逆铣时切削力 F 的水平分力 F_x 的方向与进给运动 v_f 方向相反，顺铣时切削力 F 的水平分力 F_x 的方向与进给运动 v_f 的方向相同。铣削方式的选择应视零件图样的加工要求、工件材料的性质、特点以及机床、刀具等条件综合考虑。通常，由于数控机床传动采用滚珠丝杠结构，其进给传动间隙很小，顺铣的工艺性就优于逆铣。

如图 6-10（a）所示为采用顺铣切削方式精铣外轮廓，图 6-10（b）所示为采用逆铣切削方式精铣型腔轮廓，图 6-10（c）所示为顺、逆铣时的切削区域。

同时，为了降低表面粗糙度值，提高刀具耐用度，对于铝镁合金、钛合金和耐热合

图 6-10　顺铣和逆铣切削方式

金等材料，尽量采用顺铣加工。但如果零件毛坯为黑色金属锻件或铸件，表皮硬而且余量一般较大，这时采用逆铣较为合理。

6. 数控铣削加工顺序的安排

加工顺序通常包括切削加工工序、热处理工序和辅助工序等，工序安排的科学与否将直接影响到零件的加工质量、生产率和加工成本。

切削加工工序通常按以下原则安排：

（1）先粗后精。当加工零件精度要求较高时都要经过粗加工、半精加工、精加工阶段，如果精度要求更高，还包括光整加工等几个阶段。

（2）基准面先行原则。用作精基准的表面应先加工。任何零件的加工过程总是先对定位基准进行粗加工和精加工，例如轴类零件总是先加工中心孔，再以中心孔为精基准加工外圆和端面；箱体类零件总是先加工定位用的平面及两个定位孔，再以平面和定位孔为精基准加工孔系和其他平面。

（3）先面后孔。对于箱体、支架等零件，平面尺寸轮廓较大，用平面定位比较稳定，而且孔的深度尺寸又是以平面为基准的，故应先加工平面，然后加工孔。

（4）先主后次。即先加工主要表面，然后加工次要表面。

7. 常用铣削用量的选择

在数控机床上加工零件时，切削用量都预先编入程序中，在正常加工情况下，人工不予改变。只有在试加工或出现异常情况时，才通过速率调节旋钮或电子手轮调整切削用量。因此程序中选用的切削用量应是最佳的、合理的切削用量。只有这样才能提高数控机床的加工精度、刀具寿命和生产率，降低加工成本。

1）影响切削用量的因素有：

机床：切削用量的选择必须在机床主传动功率、进给传动功率以及主轴转速范围、进给速度范围之内。机床—刀具—工件系统的刚性是限制切削用量的重要因素。切削用量的选择应使机床—刀具—工件系统不发生较大的"振颤"。如果机床的热稳定性好，热变形小，可适当加大切削用量。

刀具：刀具材料是影响切削用量的重要因素。表 6-2 是常用刀具材料的性能比较。

表 6-2　常用刀具材料的性能比较

刀具材料	切削速度	耐磨性	硬度	硬度随温度变化
高速钢	最低	最差	最低	最大
硬质合金	低	差	低	大
陶瓷刀片	中	中	中	中
金刚石	高	好	高	小

数控机床所用的刀具多采用可转位刀片（机夹刀片）并具有一定的寿命。机夹刀片的材料和形状尺寸必须与程序中的切削速度和进给量相适应并存入刀具参数中去。标准刀片的参数请参阅有关手册及产品样本。

工件：不同的工件材料要采用与之适应的刀具材料、刀片类型，要注意到可切削性。可切削性良好的标志是在高速切削下有效地形成切屑，同时具有较小的刀具磨损和较好的表面加工质量。较高的切削速度、较小的背吃刀量和进给量，可以获得较好的表面粗糙度。合理的恒切削速度、较小的背吃刀量和进给量可以得到较高的加工精度。

冷却液：冷却液同时具有冷却和润滑作用。带走切削过程产生的切削热，降低工件、刀具、夹具和机床的温升，减少刀具与工件的摩擦和磨损，提高刀具寿命和工件表面加工质量。使用冷却液后，通常可以提高切削用量。冷却液必须定期更换，以防因其老化而腐蚀机床导轨或其他零件，特别是水溶性冷却液。

2）铣削加工的切削用量

铣削加工的切削用量包括：切削速度、进给速度、背吃刀量和侧吃刀量。从刀具耐用度出发，切削用量的选择方法是：先选择背吃刀量或侧吃刀量，其次选择进给速度，最后确定切削速度。

（1）背吃刀量 a_p 或侧吃刀量 a_e。

背吃刀量 a_p 为平行于铣刀轴线测量的切削层尺寸，单位为 mm。端铣时，a_p 为切削层深度；而圆周铣削时，为被加工表面的宽度。侧吃刀量 a_e 为垂直于铣刀轴线测量的切削层尺寸，单位为 mm。端铣时，a_e 为被加工表面宽度；而圆周铣削时，a_e 为切削层深度，如图 6-11 所示。

(a) 周铣　　　　　　(b) 端铣

图 6-11　铣削加工的切削用量

背吃刀量或侧吃刀量的选取主要由加工余量和对表面质量的要求决定：

① 当工件表面粗糙度值要求为 $R_a = 12.5 \sim 25\mu m$ 时，如果圆周铣削加工余量小于

5mm，端面铣削加工余量小于 6mm，粗铣一次进给就可以达到要求。但是在余量较大，工艺系统刚性较差或机床动力不足时，可分为两次进给完成。

② 当工件表面粗糙度值要求为 $R_a = 3.2 \sim 12.5 \mu m$ 时，应分为粗铣和半精铣两步进行。粗铣时背吃刀量或侧吃刀量选取同前。粗铣后留 0.5～1.0mm 余量，在半精铣时切除。

③ 当工件表面粗糙度值要求为 $R_a = 0.8 \sim 3.2 \mu m$ 时，应分为粗铣、半精铣、精铣三步进行。半精铣时背吃刀量或侧吃刀量取 1.5～2mm；精铣时，圆周铣侧吃刀量取 0.3～0.5mm，面铣刀背吃刀量取 0.5～1mm。

（2）进给量 f 与进给速度 v_f 的选择。

铣削加工的进给量 f(mm/r) 是指刀具转一周，工件与刀具沿进给运动方向的相对位移量；进给速度 v_f(mm/min) 是单位时间内工件与铣刀沿进给方向的相对位移量。进给速度与进给量的关系为 $v_f = nf$（n 为铣刀转速，单位 r/min）。进给量与进给速度是数控铣床加工切削用量中的重要参数，根据零件的表面粗糙度、加工精度要求、刀具及工件材料等因素，参考切削用量手册选取或通过选取每齿进给量 f_z，再根据公式 $f = z f_z$（z 为铣刀齿数）计算。

每齿进给量 f_z 的选取主要依据工件材料的力学性能、刀具材料、工件表面粗糙度等因素。工件材料强度和硬度越高，f_z 越小；反之则越大。硬质合金铣刀的每齿进给量高于同类高速钢铣刀。工件表面粗糙度要求越高，f_z 就越小。每齿进给量的确定可参考表 6-3 选取。工件刚性差或刀具强度低时，应取较小值。

表 6-3　铣刀每齿进给量参考值

工件材料	f_z/mm			
	粗铣		精铣	
	高速钢铣刀	硬质合金铣刀	高速钢铣刀	硬质合金铣刀
钢	0.10～0.15	0.10～0.25	0.02～0.05	0.10～0.15
铸铁	0.12～0.20	0.15～0.30		

（3）切削速度 v_c。

铣削的切削速度计算公式为

$$v_c = \frac{C_v d^q}{T^m f_z^{y_v} a_p^{x_v} a_e^{p_v} z^{x_v} \, 60^{1-m}} K_v$$

由上式可知铣削的切削速度与刀具耐用度 T、每齿进给量 f_z、背吃刀量 a_p、侧吃刀量 a_e 以及铣刀齿数 z 成反比，而与铣刀直径 d 成正比。其原因为 f_z、a_p、a_e 和 z 增大时，刀刃负荷增加，而且同时工作齿数也增多，使切削热增加，刀具磨损加快，从而限制了切削速度的提高。刀具耐用度的提高使允许使用的切削速度降低。但是加大铣刀直径则可改善散热条件，因而可提高切削速度。

铣削加工的切削速度 v_c 可参考表 6-4 选取，也可参考有关切削用量手册中的经验公式通过计算选取。

表 6-4　铣削加工的切削速度参考值

工件材料	硬度（HBS）	$v_c/\text{(m/min)}$	
		高速钢铣刀	硬质合金铣刀
钢	＜225	18～42	66～150
	225～325	12～36	54～120
	325～425	6～21	36～75
铸铁	＜190	21～36	66～150
	190～260	9～18	45～90
	260～320	4.5～10	21～30

8. 模具数控加工工艺分析举例

图 6-12 为盒型模具的凹模零件图，该盒型模具为单件生产，零件材料为 T8A，分析其数控加工工艺。

图 6-12　盒型模具

1）零件图工艺性分析

该盒型模具为单件生产，零件材料为 T8A，外形为一个六面体，内腔型面复杂。主要结构是由多个曲面组成的凹型腔，型腔四周的斜平面之间采用半径为 7.6mm 的圆弧面过渡，斜平面与底平面之间采用半径为 5mm 的圆弧面过渡，在模具的底平面上有一个四周也为斜平面的锥台。模具的外部结构较为简单，是一个标准的长方体。因此零件的加工以凹型型腔为重点。

2）选择设备

根据被加工零件的外形和材料等条件，选用×××立式镗铣床加工中心。

3）确定零件的定位基准和装夹方式

零件直接安装在机床工作台面上，用两块压板压紧。

4）确定加工顺序及进给路线

（1）粗加工整个型腔，去除大部分加工余量。

（2）半精加工和精加工上型腔。

（3）半精加工和精加工下型腔。

（4）对底平面上的锥台四周表面进行精加工。

5）刀具选择（表 6-5）

表 6-5　数控加工刀具卡片

产品名称或代号		×××	零件名称		盒　型	零件图号		×××
序号	刀具号	刀具规格名称/mm	数量		加工表面		刀长/mm	备注
1	T01	φ20 平底立铣刀	1		粗铣整个型腔		实测	
2	T02	φ12 球头铣刀	1		半精铣上、下型腔		实测	
3	T03	φ6 平底立铣刀	1		精铣上型腔、精铣底平面上锥台四周表面		实测	
4	T04	φ6 球头铣刀	1		精铣下型腔		实测	建议以球心对刀
编制		×××	审核	×××	批准	×××	共　页	第　页

6）确定切削用量（略）

7）数控加工工艺卡片拟订（表 6-6）

表 6-6　盒型零件数控加工工艺卡片

单位名称		×××	产品名称或代号		零件名称		零件图号	
			×××		盒　型		×××	
工序号	程序编号		夹具名称		使用设备		车间	
×××	×××		压板		×××立式镗铣床加工中心		数控中心	
工步号	工步内容	刀具号	刀具规格/mm		主轴转速 r/min	进给速度 /(mm/min)	背吃刀量 /mm	备注
1	粗铣整个型腔	T01	φ20 平底立铣刀		600	60		
2	半精铣上型腔	T02	φ12 球头铣刀		700	40		
3	精铣上型腔	T03	φ6 平底立铣刀		1000	30		
4	半精铣下型腔	T02	φ12 球头铣刀		700	40		
5	精铣下型腔	T04	φ6 球头铣刀		1000	30		
6	精铣底平面，上锥台四周表面	T03	φ6 平底立铣刀		1000	30		
编制		×××	审核	×××	批准	×××	年　月　日	共　页　第　页

6.2　CAXA 制造工程师简介及运行环境

CAXA 制造工程师（又称 CAXA ME）是由我国北京北航海尔软件有限公司研制开发、在 Windows 环境下运行的、面向数控铣床和加工中心的三维 CAD/CAM 一体化数控加工编程软件，即集三维设计、虚拟仿真加工、自动生成 G 代码等功能于一体，在我国各大、中型企业尤其是制造业得到了广泛应用，获得了广大用户的好评。

CAXA 制造工程师支持图标菜单、工具条、快捷键，用户还可以自由创建符合自己习惯的操作环境，它既具有线框造型、曲面造型和实体造型的设计功能，又具有生成二至五轴的加工代码的数控加工功能，可用于加工具有复杂三维曲面的零件，便于轻松地学习和操作，目前已在国内众多企业和研究院所得到应用。

1. CAXA 制造工程师窗口界面

当运行了桌面图标 CAXA 制造工程师 2008，将会看到主屏幕如图 6-13 所示，其窗口界面和其他 Windows 风格的软件一样，各种应用功能通过菜单和工具条驱动。绘图区用于绘图，特征管理树记录了历史操作和相互关系，状态栏指导用户进行操作并提示当前状态和所处位置等。

图 6-13　CAXA 制造工程师界面

1) 绘图区

绘图区是进行绘图设计的工作区域，如图 6-13 所示的空白区域，它们位于屏幕的中心，占据了屏幕的大部分面积。

在绘图区的中央系统设置了一个三维直角坐标系，该坐标系称为世界坐标系，它的坐标原点为（0.0000，0.0000，0.0000），在操作过程中的所有坐标均以此坐标系的原点为基准。

2) 主菜单

主菜单是界面最上方的菜单条，单击菜单条中的任意一个菜单项，都会弹出一个下拉式菜单，指向某一个菜单项则会弹出其子菜单。菜单条与子菜单构成了下拉主菜单，如图 6-14 所示。

主菜单包括文件、编辑、显示、造型、加工、工具、设置和帮助等功能，每个部分都含有若干个下拉菜单。

单击主菜单中的"造型"，指向下拉菜单中的"曲线生成"，然后单击其子菜单中的"直线"，界面左侧会弹出一个立即菜单，并在状态栏显示相应的操作提示和执行命令状态。

对于除立即菜单和工具点菜单以外的其他菜单来说，某些菜单选项要求以对话的形式予以回答。用鼠标单击这些菜单时，系统会弹出一个对话框，可根据当前操作作出响应。

图 6-14　下拉菜单

3）立即菜单

立即菜单描述了该项命令执行的各种情况和使用条件。根据当前的作图要求，正确地选择某一选项，即可得到准确的响应。在图 6-13 中显示的是画直线的立即菜单。

在立即菜单中，用鼠标选取其中的某一项（如"两点线"），便会在下方出现一个选项菜单并可改变该项的内容。

4）工具条

在工具条中，可以通过用鼠标左键单击相应的按钮进行操作。界面上的工具条包括标准工具、显示工具、状态工具、曲线工具、几何变换、线面编辑、曲面工具和特征工具等。除此之外，工具条也可以自定义。

（1）标准工具 ⬚⬚⬚⬚⬚⬚⬚⬚⬚⬚⬚⬚⬚⬚ 。

标准工具包含了标准的"打开文件"、"打印文件"等 Windows 按钮，也有"制造工程师"的"线面可见"、"层设置"、"拾取过滤设置"和"当前颜色"按钮。

（2）显示工具 ⬚⬚⬚⬚⬚⬚⬚⬚⬚⬚⬚⬚⬚⬚ 。

显示工具包含了"缩放"、"移动"、"视向定位"等选择显示方式的按钮。

（3）状态工具 ⬚⬚⬚⬚ 。

状态工具包含了"终止当前命令"、"草图状态开关"、"启动电子图板"和"数据接口"功能。

（4）曲线工具 ⬚⬚⬚⬚⬚⬚⬚⬚⬚⬚⬚⬚⬚⬚⬚⬚⬚ 。

曲线工具包含了"直线"、"圆弧"、"公式曲线"等丰富的曲线绘制工具。

（5）几何变换 ⬚⬚⬚⬚⬚⬚⬚⬚ 。

几何变换包含了"平移"、"镜像"、"旋转"、"阵列"等几何变换工具。

（6）线面编辑 ⬚⬚⬚⬚⬚⬚⬚⬚⬚⬚⬚⬚⬚⬚⬚⬚⬚ 。

线面编辑包含了曲线的裁剪、过渡、拉伸和曲面的裁剪、过渡、缝合等编辑工具。

（7）曲面工具 ⬚⬚⬚⬚⬚⬚⬚⬚⬚⬚ 。

曲面工具包含了"直纹面"、"旋转面"、"扫描面"等曲面生成工具。

（8）特征工具 ⬚⬚⬚⬚⬚⬚⬚⬚⬚⬚⬚⬚⬚⬚⬚⬚⬚⬚⬚⬚⬚⬚⬚⬚⬚⬚ 。

特征工具包含了"拉伸"、"导动"、"过渡"、"阵列"等工具。

（9）加工工具 ⬚⬚⬚⬚⬚⬚⬚⬚⬚⬚⬚⬚⬚⬚⬚⬚⬚⬚⬚⬚⬚⬚⬚⬚⬚⬚

加工工具包含了"粗加工"、"精加工"、"补加工"等30多种加工功能。

（10）坐标系工具条 ⬚⬚⬚⬚ 。

坐标系工具条中包含了"创建坐标系"、"激活坐标系"、"删除坐标系"、"隐藏坐标系"等功能。

（11）三维尺寸标注工具条 ⬚⬚⬚⬚⬚⬚ 。

尺寸标注工具条中包含了"尺寸标注"、"尺寸编辑"等功能。

（12）查询工具条 ⬚⬚⬚⬚⬚ 。

查询工具条中包含了"坐标查询"、"距离查询"、"角度查询"、"属性查询"等功能。

（13）树管理器。

① 零件特征树。零件特征树记录了零件生成的操作步骤，用户可以直接在特征树中对零件特征进行编辑，如图 6-15 所示。

② 加工管理树。加工管理树记录了生成的刀具轨迹的刀具、几何元素、加工参数等信息，用户可以在加工管理树中编辑上述信息，如图 6-16 所示。

③ 属性树。属性树记录元素属性查询的信息，支持曲线、曲面的最大和最小曲率半径、圆弧半径等，如图 6-17 所示。

图 6-15　零件特征树

图 6-16　加工管理树

图 6-17　属性树

当鼠标在树管理器中聚焦时，按 Tab 键可以在"零件树"、"加工管理树"、"属性树"之间切换。

2. 常用键含义

1）鼠标键

鼠标左键可以用来激活菜单、确定位置点、拾取元素等；鼠标右键用来确认拾取、结束操作和终止命令。

例如，要实现画直线功能，应先把光标移动到直线图标上，然后单击左键，激活画直线功能，这时，在命令提示区出现下一步操作的提示；把光标移动到绘图区内，单击左键，输入一个位置点，再根据提示输入第二个位置点，就生成了一条直线。

删除几何元素时，当拾取完毕要删除的元素后，单击右键就可以结束拾取，被拾取到的元素就被删除掉了。

文中"单（左）击"，一般指单击鼠标左键，右击为单击鼠标右键。

2）回车键和数值键

回车键和数值键在系统要求输入点时，可以激活一个坐标输入条，在输入条中可以输入坐标值。如果坐标值以@开始，表示是相对于前一个输入点的相对坐标；在某些情况下也可以输入字符串。

3）空格键

在下列情况下，需要按空格键。

（1）当系统要求输入点时，按空格键弹出"点工具"菜单，显示点的类型，如图 6-18（a）所示。

图 6-18 按空格键弹出的工具菜单

（2）有些操作（如作扫描面）中需要选择方向，这时按空格键，会弹出"矢量工具"菜单，如图 6-18（b）所示。

（3）在有些操作（如进行曲线组合等）中，要拾取元素时，按空格键，可以进行拾取方式的选择，如图 6-18（c）所示。

（4）在"删除"等操作需要拾取多个元素时，按空格键则弹出"选择集拾取工具"菜单，如图 6-18（d）所示。

默认状态是"拾取添加"，在这种状态下，可以单个拾取元素，也可以用窗口来拾取对象。

3. 文件的读入

CAXA 制造工程师是一个开放的设计和加工工具，它提供了丰富的数据接口，如图 6-19 所示，包括基于曲面的 DXF 和 IGES 标准图形接口，基于实体的 X_T、X_B，面向快速成型设备的 STL 以及面向 Internet 和虚拟现实的 VRML 等接口，这些接口保证了与世界流行的 CAD 软件进行双向数据交换，使企业与合作伙伴可以跨平台和跨地区进行协同工作，实现虚拟产品开发和生产。

文件的读入通过"文件"下拉菜单中的"打开"命令来实现，可以打开制造工程师存储的数据文件，并为其他数据文件格式提供相应接口，使在其他软件上生成的文件通

图 6-19　文件读入视窗

过此接口转换成制造工程师的文件格式，并进行处理。

在制造工程师中可以读入 ME 数据文件 mxe、零件设计数据文件 epb、ME1.0、ME2.0 数据文件 csn、Parasolid x_t 文件、Parasolid x_b 文件、DXF 文件、IGES 文件和 DAT 数据文件，如图 6-19 所示。

单击"文件"下拉菜单中"打开"命令，或者直接单击 ☞ 按钮，弹出打开文件对话框。选择相应的文件类型并选中要打开的文件名，单击"打开"按钮。

CAXA 制造工程师可以输出也就是将零件存储为多种格式的文件，方便在其他软件中打开。

（1）单击"文件"下拉菜单中的"保存"，或者直接单击 ▤ 按钮，如果当前没有文件名，则系统弹出一个存储文件对话框。

（2）在对话框的文件名输入框内输入一个文件名，单击"保存"，系统即按所给文件名存盘。文件类型可以选用 ME 数据文件 mex、EB3D 数据文件 epb、Parasolid x_t 文件、Parasolid x_b 文件、DXF 文件、IGES 文件、VRML 数据文件、STL 数据文件和 EB97 数据文件。

（3）如果当前文件名存在，则系统直接按当前文件名存盘。

4. 零件的显示

CAXA 制造工程师为用户提供了图形的显示命令，此命令只改变图形在屏幕上显示的位置、比例、范围等，并不改变原图形的实际尺寸。图形的显示控制对复杂零件和刀具轨迹观察和拾取具有重要作用。用鼠标单击"显示"下拉菜单中的"显示变换"，在该菜单中的右侧弹出菜单项，如图 6-20 所示。

显示全部：将当前绘制的所有图形全部显示在屏幕绘图区内。用户还可以通过 F3 键使图形显示全部。单击"显示"，指向"显示变换"，单击"显示全部"，或者直接单击 ◉ 按钮。

显示窗口：提示用户输入一个窗口的上角点和下角点，系统将两角点所包含的图形充满屏幕绘图区加以显示。

（1）单击"显示"，指向"显示变换"，单击"显示窗口"，或者直接单击 ◈ 按钮。

图 6-20　显示变换右侧菜单项

（2）按提示要求在所需位置输入显示窗口的第一个角点，输入后十字光标立即消失。此时再移动鼠标时，出现一个由方框表示的窗口，窗口大小可随鼠标的移动而改变。

（3）窗口所确定的区域就是即将被放大的部分。窗口的中心将成为新的屏幕显示中心。在该方式下，不需要给定缩放系数，制造工程师将把给定窗口范围按尽可能大的原则，将选中区域内的图形按充满屏幕的方式重新显示出来。

显示缩放：按照固定的比例将绘制的图形进行放大或缩小。用户也可以通过 Page-Up 或 PageDown 来对图形进行放大或缩小。也可使用 Shift 配合鼠标右键，执行该项功能。也可以使用 Ctrl 键配合方向键，执行该项功能。

（1）单击"显示"，指向"显示变换"，单击"显示缩放"，或者直接单击 按钮。

（2）按住鼠标右键向左上或者右上方拖动鼠标，图形将跟着鼠标的上下拖动而放大或者缩小。

（3）按住 Ctrl 键，同时按动左右方向键或上下方向键，图形将跟着按键的按动而放大或者缩小。

显示旋转：将拾取到的零部件进行旋转。用户还可以使用 Shift 键配合上、下、左、右方向键使屏幕中心进行显示的旋转。也可以使用 Shift 配合鼠标左键，执行该项功能。

（1）单击"显示"，指向"显示变换"，单击"显示旋转"，或者直接单击 按钮。

（2）在屏幕上选取一个显示中心点，拖动鼠标左键，系统立即将该点作为新的屏幕显示中心，将图形重新显示出来。

显示平移：根据用户输入的点作为屏幕显示的中心，将显示的图形移动到所需的位置。用户还可以使用上、下、左、右方向键使屏幕中心进行显示的平移。

（1）单击"显示"，指向"显示变换"，单击"显示平移"，或者直接单击 按钮。

（2）在屏幕上选取一个显示中心点，按下鼠标左键，系统立即将该点作为新的屏幕显示中心将图形重新显示出来。

5. 曲线的绘制

CAXA 制造工程师为曲线绘制提供了十六项功能：直线、圆弧、圆、矩形、椭圆、样条、点、公式曲线、多边形、二次曲线、等距线、曲线投影、相关线、样条、圆弧和文字等。用户可以利用这些功能，方便快捷地绘制出各种各样复杂的图形。

利用 CAXA 制造工程师编程加工时，主要应用曲线中的直线、矩形工具绘制零件的加工范围。

直线中的两点线就是在屏幕上按给定两点画一条直线段或按给定的连续条件画连续的直线段，如图 6-21 所示。

（1）单击直线 按钮，在立即菜单中选择两点线。

（2）按状态栏提示，给出第一点和第二点，两点线生成。

矩形是图形构成的基本要素，为了适应各种情况下矩形的绘制，CAXA 制造工程师提供了两点矩形和中心 _ 长 _ 宽等两种方式。

两点矩形就是给定对角线上两点绘制矩形，如图 6-22 所示。

图 6-21　直线的生成　　　　　　　　　　　图 6-22　矩形

（1）单击 ▭ 按钮，在立即菜单中选择两点矩形方式。

（2）给出起点和终点，矩形生成。

中心＿长＿宽就是给定长度和宽度尺寸值来绘制矩形。

（1）单击 ▭ 按钮，在立即菜单中选择中心＿长＿宽方式，输入长度和宽度值。

（2）给出矩形中心（0，0），矩形生成，如图 6-23 所示。

图 6-23　矩形生成

6. 曲线的编辑

曲线编辑包括曲线裁剪、曲线过渡、曲线打断、曲线组合和曲线拉伸五种功能。

曲线编辑安排在主菜单的下拉菜单和线面编辑工具条中。线面编辑工具条如图 6-24 所示。

图 6-24　线面编辑工具条

曲线裁剪中的快速裁剪是指系统对曲线修剪具有指哪裁哪的快速反应功能。

（1）单击 ▧ 按钮，在立即菜单中选择快速裁剪和正常裁剪（或投影裁剪）。

（2）拾取被裁剪线（选取被裁掉的段），快速裁剪完成，如图 6-25 所示。

曲线过渡就是对指定的两条曲线进行圆弧过渡、尖角过渡或对两条直线倒角。

曲线过渡共有三种方式：圆弧过渡、尖角过渡和倒角过渡。

圆弧过渡：

用于在两根曲线之间进行给定半径的圆弧光滑过渡。

图 6-25　曲线裁剪拾取

（1）单击 ⌐ 按钮，在立即菜单中选择"圆弧过渡"，输入半径，选择是否裁剪曲线 1 和曲线 2。

（2）拾取第一条曲线，第二条曲线，圆弧过渡完成，如图 6-26 所示。

图 6-26　圆弧过渡

尖角过渡

用于在给定的两根曲线之间进行过渡，过渡后在两曲线的交点处呈尖角。尖角过渡后，一根曲线被另一根曲线裁剪。

（1）单击 ⌐ 按钮，在立即菜单中选择"尖角裁剪"。

（2）拾取第一条曲线，第二条曲线，尖角过渡完成，如图 6-27 所示。

图 6-27　尖角过渡

倒角过渡

倒角过渡用于在给定的两直线之间进行过渡，过渡后在两直线之间有一条按给定角度和长度的直线。

倒角过渡后，两直线可以被倒角线裁剪，也可以不被裁剪。

（1）单击 ⌐ 按钮，在立即菜单中选择"倒角裁剪"，输入角度和距离值，选择是否裁剪曲线 1 和曲线 2。

（2）拾取第一条曲线，第二条曲线，倒角过渡完成，如图 6-28 所示。

(a) 有裁剪的倒角过渡　　　　　　　(b) 无裁剪的倒角过渡

图 6-28　倒角过渡

7. 几何变换—平移

几何变换对于编辑图形和曲面有着极为重要的作用，可以极大地方便用户。几何变换是指对线、面进行变换，对造型实体无效，而且几何变换前后线、面的颜色、图层等

图 6-29　几何变换工具条

属性不发生变换。几何变换共有七种功能：平移、平面旋转、旋转、平面镜像、镜像、阵列和缩放。几何变换工具条如图 6-29 所示。

平移就是对拾取到的曲线或曲面进行平移或拷贝。平移有两种方式：两点或偏移量。

偏移量方式就是给出在 XYZ 三轴上的偏移量，来实现曲线或曲面的平移或拷贝。

（1）直接单击 按钮，在立即菜单中选取偏移量方式，拷贝或平移，输入 XYZ 三轴上的偏移量值，如图 6-30 所示。

图 6-30　偏移量输入

（2）状态栏中提示"拾取元素"，选择曲线或曲面，按右键确认，平移完成，如图 6-31 所示。

两点方式就是给定平移元素的基点和目标点，来实现曲线或曲面的平移或拷贝。

（1）单击 按钮，在立即菜单中选取两点方式，拷贝或平移，正交或非正交，如图 6-32 所示。

图 6-31　平移完成

图 6-32　两点方式

（2）拾取曲线或曲面，按右键确认，输入基点，光标就可以拖动图形了，输入目标点，平移完成，如图 6-33 所示。

图 6-33　平移完成

6.3　CAXA 制造工程师 CAM 系统

为了使用户更方便更容易地使用和掌握利用 CAXA 制造工程师软件进行加工生产，同时也为了新的技术人员容易入门，不需要掌握多种加工功能的具体应用和参数设置，解决企业技术人员缺少的问题，CAXA 制造工程师专门提供了知识加工功能，针对复杂曲面的加工，为用户提供一种零件整体加工思路，用户只需观察出零件整体模型是平坦或者陡峭，运用老工程师的加工经验，就可以快速地完成加工过程。

6.3.1　CAXA 制造工程师 CAM 系统自动编程的基本步骤

CAXA 制造工程师 CAM 系统的自动编程基本步骤如下：

理解二维图纸或其他的模型数据、建立加工模型或通过数据接口读入、确定加工工艺（装卡、刀具等）、生成刀具轨迹、加工仿真、产生后置代码、输出加工代码。

1. 加工工艺的确定

加工工艺的确定目前主要依靠人工进行，其主要内容有：

核准加工零件的尺寸、公差和精度要求；

确定装卡位置；

选择刀具；

确定加工路线；

选定工艺参数。

2. 加工模型建立

利用 CAM 系统提供的图形生成和编辑功能绘制零件的被加工部位，作为计算机自动生成刀具轨迹的依据。

加工模型的建立是通过人机交互方式进行的。被加工零件一般用工程图的形式表达在图纸上，用户可根据图纸建立二维和三维加工模型。

被加工零件数据也可能由其他 CAD/CAM 系统传入，因此 CAM 系统针对此类需求应提供标准的数据接口，如 DXF、IGES、STEP 等。

被加工零件的外形不可能是由测量机测量得到，针对此类的需求，CAM 系统可提供读入测量数据的功能，按一定的格式给出的数据，系统自动生成零件的外形曲面。

3. 刀具轨迹生成

建立了加工模型后，即可利用 CAXA 制造工程师系统提供的多种形式的刀具轨迹生成功能进行数控编程。CAXA 制造工程师中提供了十余种加工轨迹生成的方法。用户可以根据所要加工工件的形状特点、不同的工艺要求和精度要求，灵活地选用系统中提供的各种加工方式和加工参数等，方便快速地生成所需要的刀具轨迹即刀具的切削路径。

为满足特殊的工艺需要，CAXA 制造工程师能够对已生成的刀具轨迹进行编辑。另外 CAXA 制造工程师还可通过模拟仿真检验生成的刀具轨迹的正确性和是否有过切产生，并可通过代码较核，用图形方法检验加工代码的正确性。

4. 后置代码生成

在屏幕上用图形形式显示的刀具轨迹要变成可以控制机床的代码，需进行所谓后置处理。后置处理的目的是形成数控指令文件，也就是我们经常说的 G 代码程序或 NC 程序。CAXA 制造工程师提供的后置处理可以通过用户自己修改某些设置而适用各自的机床要求，按机床规定的格式进行定制，即可方便地生成和特定机床相匹配的加工代码。

5. 加工代码输出

生成数控指令之后，可通过 CAXA 制造工程师可以提供的通信软件，完成通过计算机的串口或并口与机床连接，将数控加工代码传输到数控机床，控制机床各坐标的伺服系统，驱动机床。

6.3.2　CAXA 制造工程师 CAM 系统的相关操作及设定

CAXA 制造工程师 2008 提供其加工轨迹的生成方法分粗加工、精加工、补加工和槽加工 4 大类，其中粗加工有 7 种加工方法、精加工有 9 种加工方法、补加工有 3 种方法、槽加工有 2 种方法。本节主要介绍 CAXA 制造工程师 2008 的加工轨迹的主要生成方法。

图 6-34　零件模型

1. 特征树操作

1）模型

"模型"功能提供视图模型显示和模型参数显示功能，特征树中图标为 <img>模型，单击该图标在绘图区以红色线条显示零件模型，双击该图标显示零件模型参数，如图 6-34 所示。在该界面上显示模型预览和几何精度，用户可以对几何精度进行重新定义。

2）毛坯

（1）定义毛坯。

当进入加工时，首先要构建零件毛坯。单击【加工】→【定义毛坯】或双击特征树中图标 <img>毛坯，弹出"定义毛坯"对话框，如图 6-35 所示。

图 6-35　定义毛坯对话框

（2）毛坯参数。

系统提供了以下毛坯定义的方式。

① 两点方式：通过拾取毛坯的两个角点（与顺序，位置无关）来定义毛坯。

② 三点方式：通过拾取基准点，拾取定义毛坯大小的两个角点（与顺序，位置无关）来定义毛坯。

③ 参照模型：系统自动计算模型的包围盒，以此作为毛坯。

④ 基准点：毛坯在世界坐标系（.sys.）中的左下角点。

3）起始点

"起始点"功能是设定全局刀具起始点的位置，在特征树中双击图标 ⊕ 起始点 ，弹出"刀具起始点"对话框如图 6-36 所示。

图 6-36　"刀具起始点"对话框

4）刀具轨迹

显示加工的刀具轨迹及其所有信息，并可在特征树中对这些信息进行编辑。在特征树中的图标为，展开后可以看到所有信息。图 6-37 是一个加工实例的轨迹显示。

图 6-37　加工实例的轨迹显示

（1）轨迹数据。

单击 轨迹数据 后以红色显示该加工步骤刀具轨迹，在绘图区上右击，则可对刀具轨迹进行编辑，在右键菜单中共有八项参数，可以分别对刀具轨迹进行删除、平移、拷贝、粘贴、隐藏、编辑颜色、层设置和属性操作。

（2）加工参数。

双击 加工参数 ，系统弹出该加工参数对话框，可重新对加工参数、切入切出、加工边界、加工用量及刀具参数等进行设定。如果对其进行过改变，则单击确认后，系统将提示是否需要重新生成刀具轨迹，如图 6-38 所示。

图 6-38　系统提示对话框

的加工选项中的刀具参数是相同的。

（3）刀具。

图标 铣刀 D2 No:0 R:1.00 r:1.00 显示了刀具的简单信息。双击该项，则弹出"刀具参数"对话框，可对刀具参数进行编辑。该功能和所有

2．通用参数设置

1）切入切出（以区域式粗加工为例）

"切入切出"选项卡菜单在大部分加工方法中都存在，其作用是设定加工过程中刀具切入切出方式，图 6-39 为区域式粗加工对话框。

接近方式有以下两种情况。

（1）XY 向：Z 方向垂直切入。

接近方式为 XY 向时，有以下三种情况。

① 不设定：不设定水平接近。

② 圆弧：设定圆弧接近。所谓圆弧接近是指在轮廓加工和等高线加工等功能中，从形状的相切方向开始以圆弧的方式接近工件。刀路轨迹如图 6-40 所示。

图 6-39　区域式粗加工对话框

图 6-40　圆弧方式刀路轨迹

③ 半径：输入接近圆弧半径。输入 0 时，不添加圆弧。输入负值时，以刀具直径的倍数作为圆弧接近。

④ 角度：输入接近圆弧的角度。输入 0 时，不添加圆弧。

⑤ 直线：水平接近设定为直线。刀路轨迹如图 6-41 所示。

⑥ 长度：输入直线接近的长度。输入 0 时，不附加直线。

图 6-41　直线方式刀路轨迹

（2）螺旋：在 Z 方向以螺旋状切入。

接近方式为螺旋时刀路轨迹，如图 6-42 所示，参数设定如下。

① 半径：输入螺旋的半径。

② 螺距：用于螺旋 1 回时的切削量输入。

③ 第一层螺旋进刀高度：用于第 1 段领域加工时螺旋切入的开始高度的输入。

④ 第二层以后螺旋进刀高度：输入第二层以后领域的螺旋接近切入深度。切入深度由下一加工层开始的相对高度设定，需输入大于路径切削深度的值。（注意）螺旋接近不检查对模型的干涉，请输入不发生干涉的螺旋半径。

图 6-42　螺旋方式刀路轨迹

2）接近点和返回点

根据模型或者加工条件，从接近点开始移动或者移动到返回点的部分可能与领域发生干涉的情况。避免的方法有变更接近位置点或者返回位置点。

（1）设定接近点：设定下刀时接近点的 XY 坐标。拾取为直接从屏幕上拾取。刀路轨迹如图 6-43 所示。

图 6-43　下刀时刀路轨迹

（2）设定返回点：设定退刀时返回点的 XY 坐标。拾取为直接从屏幕上拾取。刀路轨迹如图 6-44 所示。

图 6-44　退刀时刀路轨迹

图 6-45　下刀方式选项卡

3）下刀方式

"下刀方式"选项卡菜单在所有加工方法中都存在，其作用是设定加工过程中刀具下刀方式，图6-45为区域式粗加工"下刀方式"选项卡。

（1）安全高度。

刀具快速移动而不会与毛坯或模型发生干涉的高度，有相对与绝对两种模式，单击相对或绝对按钮可以实现二者的互换。

① 相对：以切入或切出或切削开始或切削结束位置的刀位点为参考点。

② 绝对：以当前加工坐标系的 XOY 平面为参考平面。

③ 拾取：单击后可以从工作区选择安全高度的绝对位置高度点。

（2）慢速下刀距离。

在切入或切削开始前的一段刀位轨迹的位置长度，这段轨迹以慢速下刀速度垂直向下进给，如图 6-46 所示。有相对与绝对两种模式，单击相对或绝对按钮可以实现二者的互换。

① 相对：以切入或切削开始位置的刀位点为参考点。

② 绝对：以当前加工坐标系的 XOY 平面为参考平面。

③ 拾取：单击后可以从工作区选择慢速下刀距离的绝对位置高度点。

图 6-46　下刀轨迹

（3）退刀距离。

在切出或切削结束后的一段刀位轨迹的位置长度，这段轨迹以退刀速度垂直向上进给，如图 6-47 所示。有相对与绝对两种模式，单击相对或绝对按钮可以实现二者的互换。

① 相对：以切出或切削结束位置的刀位点为参考点。

② 绝对：以当前加工坐标系的 *XOY* 平面为参考平面。

δ:退刀距离

$\delta=0$　　$\delta>0$

图 6-47　退刀轨迹

③ 拾取：单击后可以从工作区选择退刀距离的绝对位置高度点。

（4）切入方式。

CAXA 制造工程师 2008 提供了三种通用的切入方式，如图 6-48 所示，几乎适用于所有的铣削加工策略。

H:距离

W:幅度

α:倾斜角度

(a) 垂直　　　　(b) Z 字形　　　　(c) 倾斜线

图 6-48　切入方式

① 垂直：刀具沿垂直方向切入。

② Z 字形：刀具以 Z 字形方式切入。

③ 倾斜线：刀具以与切削方向相反的倾斜线方向切入。

④ 距离：切入轨迹段的高度，有相对与绝对两种模式，单击相对或绝对按钮可以实现二者的互换，相对指以切削开始位置的刀位点为参考点，绝对指以 *XOY* 平面为参考平面。单击拾取后可以从工作区选择距离的绝对位置高度点。

⑤ 幅度：Z 字形切入时走刀的宽度。

⑥ 倾斜角度：Z 字形或倾斜线走刀方向与 *XOY* 平面的夹角。

4）切削用量

"切削用量"选项卡菜单在所有加工方法中都存在，其作用是设定加工过程中切削过程中所有速度值进行，图 6-49 为区域式粗加工"切削用量"选项卡。主要参数如下：

（1）主轴转速：设定主轴转速的大小，单位 r/min。

（2）慢速下刀速度（F0）：设定慢速下刀轨迹段的进给速度的大小，单位 mm/min。

（3）切入切出连接速度（F1）：设定切入轨迹段，切出轨迹段，连接轨迹段，接近轨迹段，返回轨迹段的进给速度的大小，单位 mm/min。

图 6-49　切削用量选项卡

图 6-50　加工边界选项卡

（4）切削速度（F2）：设定切削轨迹段的进给速度的大小，单位 mm/min。

（5）退刀速度（F3）：设定退刀轨迹段的进给速度的大小，单位 mm/min。

5）加工边界

"加工边界"选项卡菜单在大部分加工方法中都存在，且都相同，其作用是对加工边界进行设定，图 6-50 为区域式粗加工"加工边界"选项卡。

（1）Z 设定。

设定毛坯的有效的 Z 范围。

① 使用有效的 Z 范围：设定是否使用有效的 Z 范围，是指使用指定的最大最小 Z 值所限定的毛坯的范围进行计算，而不是指使用定义的毛坯的高度范围进行计算。

② 最大：指定 Z 范围最大的 Z 值，可以采用输入数值和拾取点两种方式。

③ 最小：指定 Z 范围最小的 Z 值，可以采用输入数值和拾取点两种方式。

④ 参照毛坯：通过毛坯的高度范围来定义 Z 范围最大的 Z 值和指定 Z 范围最小的 Z 值。

（2）相对于边界的刀具位置。

设定刀具相对于边界的位置。如图 6-51 所示。

（a）边界内侧　　　　（b）边界上　　　　（c）边界外侧

图 6-51　刀具相对于边界的位置

① 边界内侧：刀具位于边界的内侧。

② 边界上：刀具位于边界上。

③ 边界外侧：刀具位于边界的外侧。

6）加工参数

在各种加工方法中很多参数是一致的，可称之为通用参数，下面对通用参数进行介绍。

（1）加工方向。

"加工方向"在所有加工方法中都存在，在某些加工方法中只有顺铣和逆铣两项，如图 6-52 所示，其作用是对加工方向进行选择。

图 6-52　顺铣和逆铣

① 顺铣：生成顺铣的轨迹。

② 逆铣：生成逆铣的轨迹。

③ 往复：生成往复的轨迹。

（2）精度。

"精度"在所有加工方法中都存在，其对话框如图 6-53 所示。

图 6-53　精度对话框

加工精度是指输入模型的加工精度。计算模型的轨迹的误差小于此值。加工精度越大，模型形状的误差也增大，模型表面越粗糙。加工精度越小，模型形状的误差也减小，模型表面越光滑，但是，轨迹段的数目增多，轨迹数据量变大。

加工余量是指相对模型表面的残留高度，可以为负值，但不要超过刀角半径，如图 6-54 所示。

图 6-54　加工余量示意

（3）加工坐标系和起始点。

"加工坐标系"和"起始点"在所有加工方法中都存在，其对话框如图 6-55 所示。其作用是对加工坐标系和起始点进行设定。

① 加工坐标系：生成轨迹所在的局部坐标系，单击拾取加工坐标系按钮可以从工作区中拾取。

② 起始点：刀具的初始位置和沿某轨迹走刀结束后的停留位置，单击拾取起始点按钮可以从工作区中拾取。

（4）拐角半径。

"拐角半径"在大部分加工方法中都存在，其对话框如图 6-56 所示，其作用是对在拐角部位插补圆角，其轨迹如图 6-57 所示。

图 6-55　加工坐标系和起始点对话框　　　　图 6-56　拐角半径对话框

　　　　　　　　　　　　　　　　　　　■ 轨迹
　　　　　　　　　　　　　　　　　　　▨ 拐角圆弧

(a) 未添加拐角半径　　　　　　(b) 添加拐角半径

图 6-57　拐角半径示意

① 添加拐角半径：设定在拐角部位插补圆角 R。高速切削时减速转向，防止拐角处的过切。

② 刀具直径百分比：指定插补圆角 R 的圆弧半径相对于刀具直径的比率（％）。例如，刀具直径比为 20（％），刀具直径为 50 的话，插补的圆角半径为 10。

③ 半径：指定插补圆角的最大半径。

（5）执行轮廓加工。

"执行轮廓加工"在大部分加工方法中都存在，其对话框如图 6-56 所示，其作用是轨迹生成后，进行轮廓加工，其轨迹如图 6-58 所示。

(a) 不执行轮廓加工时的轨迹

(b) 执行轮廓加工时的轨迹

图 6-58　轨迹示意

（6）刀具参数。

"刀具参数"在所有的加工方法中都存在，其对话框如图 6-59 所示。

刀具库中能存放用户定义的不同的刀具，包括钻头，铣刀（球刀，牛鼻刀，端刀）等，使用中可以很方便地从刀具库中取出所需的刀具。

刀具库参数：

① 增加刀具：可以向刀具库中增加新定义的刀具。

② 编辑刀具：选中某把刀具后，可以对这把刀具的参数进行编辑。

③ 刀具类型：刀具名称、刀号、刀具半径 R、圆角半径 r/a 和切削刃长，刀具库中会显示这些刀具的主要参数的值。

刀具主要由刀刃、刀杆和刀柄三部分组成，如图 6-60 所示，刀具参数：

① 刀具类型：铣刀或钻头。

图 6-59　刀具参数对话框

图 6-60　刀具组成

② 刀具名：刀具的名称。

③ 刀具号：刀具在加工中心里的位置编号，便于加工过程中换刀。

④ 刀具补偿号：刀具半径补偿值对应的编号。

⑤ 刀具半径：刀刃部分最大截面圆的半径大小。

⑥ 刀角半径：刀刃部分球形轮廓区域半径的大小，只对铣刀有效。

⑦ 刀柄半径：刀柄部分截面圆半径的大小。

⑧ 刀尖角度：只对钻头有效，钻尖的圆锥角。

⑨ 刀刃长度：刀刃部分的长度。

非切削部

图 6-61　切削盲区示意

⑩ 刀柄长度：刀柄部分的长度。

⑪ 刀具全长：刀杆与刀柄长度的总和。

镶片刀的使用：

在使用镶片刀具时生成最优化路径，因为考虑到镶片刀具的底部存在不能切割的部分，选中本选项可以生成最合适的加工路径。在"CAXA 制造工程师"中"镶片刀的使用"仅对圆角刀有效，切削盲区的半径＝刀具半径－圆角半径，如图 6-61 所示。平底刀和球头刀不存在切削盲区。

（7）其他常用参数说明。

① XY 切入。

行距：XY 方向的相邻扫描行的距离。

残留高度如图 6-62 所示：由球刀铣削时，输入铣削通过时的残余量（残留高度）。当指定残留高度时，会提示 XY 切削量。

	陡峭面
	平坦面
d_{max}	最大层间距
d_{min}	最小层间距

图 6-62　残留高度示意

② Z 切入。

Z 向切削设定有以下两种定义方式。

层高：Z 向每加工层的切削深度。

残留高度：系统会根据输入的残留高度的大小计算 Z 向层高。

最大层间距：输入最大 Z 向切削深度。根据残留高度值在求得 Z 向的层高时，为防止在加工较陡斜面时可能层高过大，限制层高在最大层间距的设定值之下。

最小层间距：输入最小 Z 向切削深度。根据残留高度值在求得 Z 向的层高时，为防止在加工较平坦面时可能层高过小，限制层高在最小层间距的设定值之上。

③ 切削模式。

XY 切削模式设定有以下三种选择。

a. 环切：生成环切加工轨迹。

b. 平行（单向）：只生成单方向的加工的轨迹。快速进刀后，进行一次切削方向加工。

c. 平行（往复）：即使到达加工边界也不进行快速进刀，继续往复的加工。

④ 进行角度（图 6-63）。

输入 0°，生成与 X 轴平行的扫描线轨迹。

输入 90°，生成与 Y 轴平行的扫描线轨迹。

图 6-63　进行角度示意

输入值范围是 0°～360°。

⑤ 加工顺序（图 6-64）。

图 6-64　加工顺序示意

Z 优先：以被识别的山或谷为单位进行加工。自动区分出山和谷，逐个进行由高到低的加工（若加工开始结束是按 Z 向上的情况则是由低到高）。若断面为不封闭形状时，有时会变成 XY 方向优先。

XY 优先：按照 Z 进刀的高度顺序加工。即仅在 XY 方向上由系统自动区分的岛屿按顺序进行加工。

⑥ 行间连接方式。

行间连接方式有以下 3 种类型。如图 6-65 所示。

图 6-65　行间连接方式

a. 直线：行间连接的路径为直线形状。

b. 圆弧：行间连接的路径为半圆形状。

c. S 形：行间连接的路径为 S 字形状。

⑦ 平坦部识别。

自动识别模型的平坦区域，选择是否根据该区域所在高度生成轨迹。其对话框如图 6-66 所示。

再计算从平坦部分开始的等间距。设定是否根据平坦部区域所在高度重新度量 Z 向层高，生成轨迹。选择

图 6-66　平坦部识别选项对话框

不再计算时,在 Z 向层高的路径间,插入平坦部分的轨迹。如图 6-67 所示。

(a) 再计算从平坦部分开始的等间距　　(b) 不再计算从平坦部分开始的等间距

图 6-67　平坦部分计算示意

平坦部面积系数　根据输入的平坦部面积系数(刀具截面积系数),设定是否在平坦部生成轨迹。比较刀具的截面积和平坦部分的面积,满足下列条件时,生成平坦部轨迹。平坦部分面积>刀具截面积×平坦部面积系数(刀具截面积系数)。

同高度容许误差系数(Z 向层高系数)同一高度的容许误差量(高度量)=Z 向层高×同高度容许误差系数(Z 向层高系数)。

6.3.3　粗加工方法

1. 区域式粗加工

该加工方法属于两轴加工,其优点是不必有三维模型,只要给出零件的外轮廓和岛屿,就可以生成加工轨迹。如图 6-68 所示。

(a) 零件俯视图

(b) 区域式粗加工刀位轨迹

图 6-68　区域式粗加工轨迹示意

2. 等高线粗加工

该加工方式是较通用的粗加工方式，适用范围广；它可以高效地去除毛坯的大部余量，并可根据精加工要求留出余量，为精加工打下一个良好的基础；可指定加工区域，优化空切轨迹。图 6-69 是一等高线粗加工的例子。

等高线粗加工的加工参数如图 6-70 所示。

"选项"包括以下两种选择。

（1）删除面积系数。基于输入的删除面积系数，设定是否生成微小轨迹。刀具截面积和等高线截面面积若满足下面的条件时，删除该等高线截面的轨迹。等高线截面面积＜刀具截面积×删除面积系数（刀具截面积系数）。要删除微小轨迹时，该值比较大。相反，要生成微小轨迹时，需设定小一点的值。通常使用初始值。

图 6-69　等高线粗加工示意

图 6-70　等高线粗加工参数对话框

（2）删除长度系数。基于输入的删除长度系数，设定是否做成微小轨迹。刀具截面积和等高截面线长度若满足下面的条件时，删除该等高线截面的轨迹。等高截面线长度＜刀具直径×删除长度系数（刀具直径系数）。要删除微小轨迹时，该值比较大。相反，要生成微小轨迹时，需设定小一点的值。通常使用初始值。

稀疏化加工为粗加工后的残余部分，用相同的刀具从下往上生成加工路径，如图 6-71 所示。这是一种类似于半精加工的加工方法，特别对于切深在、轮廓斜度在的加工条件而言，这种方法对于提高加工效率、改善粗加工后轮廓精度很有好处。此外，这种方法对于避免或者减小精加工台阶轮廓很有好处。

间隔为3时的稀疏化轨迹

图 6-71　稀疏化加工轨迹示意

（1）稀疏化：确定是否稀疏化。

（2）间隔层数：从下向上，设定欲间隔的层数。

（3）步长：对于粗加工后阶梯形状的残余量，设定 X-Y 方向的切削量。

（4）残留高度：由球刀铣削时，输入铣削通过时残余量（残留高度）。指定残留高度时，XY 切入量被导向显示。

区域切削类型在加工边界上重复刀具路径的切削类型有以下 3 种选择。如图 6-72 所示。

(a) 抬刀切削混合　　　　(b) 抬刀　　　　　(c) 仅切削

图 6-72　区域切削类型

（5）抬刀切削混合：在加工对象范围中没有开放形状时，在加工边界上以切削移动进行加工。有开放形状时，回避全部的段。此时的延长量如下所示。

切入量＜刀具半径/2 时，延长量＝刀具半径＋行距；

切入量＞刀具半径/2 时，延长量＝刀具半径＋刀具半径/2。

（6）抬刀：刀具移动到加工边界上时，快速往上移动到安全高度，再快速移动到下一个未切削的部分（刀具往下移动位置为［延长量］远离的位置）。

（7）延长量：输入延长量，其定义如图 6-73 所示。

（8）仅切削：在加工边界上用切削速度进行加工。

图 6-73 延长量

注意：加工边界（没有时为工件形状）和凸模形状的距离在刀具半径之内时，会产生残余量。对此，加工边界和凸模形状的距离要设定比刀具半径大一点，这样可以设定【区域切削类型】为【抬刀切削混合】以外的设定。

3. 扫描线粗加工

该加工方式是适用于较平坦零件的粗加工方式，图 6-74 是一扫描线粗加工的例子。扫描线粗加工的加工参数如图 6-75 所示。

图 6-74 扫描线粗加工轨迹示意

图 6-75 扫描线粗加工参数对话框

扫描线粗加工的加工方法有三种：精加工、顶点路径和顶点继续路径。①精加工：生成沿着模型表面进给的精加工轨迹。②顶点路径：生成遇到第一个顶点则快速抬刀至安全高度的加工轨迹。③顶点继续路径：在已完成的加工轨迹中，生成含有最高顶点的加工轨迹，即达到顶点后继续走刀，直到上一加工层路径位置后快速抬刀至回避高度的加工轨迹。如图 6-76 所示。

图 6-76　扫描线粗加工方法

6.3.4　精加工方法

1. 参数线精加工

参数线精加工是生成单个或多个曲面的按曲面参数线行进的刀具轨迹，如图 6-77 所示。对于自由曲面一般采用参数曲面方式来表达，因此按参数分别变化来生成加工刀位轨迹便利合适。

图 6-77　参数线精加工示意

参数线精加工的加工参数如图 6-78 所示。

当刀具遇到干涉面时，可以选择"抬刀"，也可以选择"投影"来避让。

（1）抬刀：通过抬刀，快速移动，下刀完成相邻切削行间的连接。

（2）投影：在需要连接的相邻切削行间生成切削轨迹，通过切削移动来完成连接。

限制面有两种："第一系列限制面"和"第二系列限制面"。

第一系列限制面指刀具轨迹的每一行，在刀具恰好碰到限制面时（已考虑干涉余量）停止，即限制刀具轨迹每一行的尾，顾名思义，第一系列限制面可以由多个面组成。

第二系列限制面限制刀具轨迹每一行的头。

同时用第一系列限制面和第二系列限制面可以得到刀具轨迹每行的中间段。

CAM 系统对限制面与干涉面的处理不一样，碰到干涉面，刀具轨迹让刀；碰到限制面，刀具轨迹的该行就停止。在不同的场合，要灵活应用。

2. 等高线精加工

等高线精加工可以完成对曲面和实体的加工，轨迹类型为 2.5 轴，可以用加工范围和高度限定进行局部等高加工；可以通过输入角度控制对平坦区域的识别，并可以控制平坦区域的加工先后次序。

图 6-78 参数线精加工参数对话框

路径的生成方式有如下 4 种选择。

（1）不加工平坦部：仅仅生成等高线路径。

（2）交互：将等高线断面和平坦部分交互进行加工。这种加工方式可以减少对刀具的磨损，以及热膨胀引起的段差现象。

注 1：计算出作为轮廓的等高线断面和平坦部分，首先加工周围的等高线断面，然后再加工平坦部分。

注 2：等高线断面的加工顺序是基于基路径的顺序，从外观上来看，与减少段面差的意图不相称。

（3）等高线加工后加工平坦部：生成等高线路径和平坦部路径连接起来的加工路径。

（4）仅加工平坦部：仅仅生成平坦部分的路径。

平坦面是个相对概念，因此，应给定一角度值来区分平坦面或陡峭面，即给定平坦面的"最小倾斜角度"。在指定值以下的面被认为是平坦部，不生成等高线路径，而生成扫描线路径。

3. 扫描线精加工

扫描线精加工在加工表面比较平坦的零件能取得较好的加工效果。扫描线精加工的加工参数如图 6-79 所示。

加工方式规定有三种形式：通常、下坡式、上坡式，如图 6-80 所示。

对于界定坡度的大小，系统给定"坡容许角度"，即上坡式和下坡式的容许角度。例如，在上坡式中即使一部分轨迹向下走，但只要小于坡容许角度，仍被视为向上，生成上坡式轨迹。在下坡式中即使一部分轨迹向上走，但只要小于坡容许角度，仍被视为向下，生成下坡式轨迹。坡容许角度的含义如图 6-81 所示。

在行间连接方式上有"抬刀"和"投影"两种连接。"抬刀"是先快速抬刀，然后快速移动，最后下刀完成相邻切削行间的连接。而"投影"则是在需要连接的相邻行间生成切削轨迹，通过切削移动来完成连接。

图 6-79 扫描线精加工参数对话框

图 6-80 扫描线加工方式

图 6-81 坡容许角度含义

但是，"投影"选项受到"最大投影距离"的影响，当行间连接距离（XY 向）小于最大投影距离时，则采用投影方式连接，否则，采用抬刀方式连接。

当用本功能切削比较陡峭的零件时，在与行方向平行的陡坡上，在行间容易产生较大的残余量，从而达不到加工精度的要求，这些区域被视为未精加工区；当行间的空间距离较大时，也容易产生较大的残余量，这些区域也被视为未精加工区。所以，未精加工区是由行距及未精加工区判定角度联合决定的。未精加工区的轨迹方向与扫描线轨迹方向成 90°夹角，行距相同。

如何加工未精加工区有以下四种选择：

（1）不加工未精加工区：只生成扫描线轨迹。

（2）先加工未精加工区：生成未精加工区轨迹后再生成扫描线轨迹。

（3）后加工未精加工区：生成扫描线轨迹后再生成未精加工区轨迹。

（4）仅加工未精加工区：仅仅生成未精加工区轨迹。

关于未精加工区的加工有两个重要的参数。

未精加工区延伸系数：设定未精加工区轨迹的延长量，即 XY 向行距的倍数。

未精加工区判定角度：即未精加工区轨迹的倾斜程度判定角度，将这个范围视为未精加工区生成轨迹。如图 6-82 所示。

图 6-82　未精加工区判定角度

4. 浅平面精加工

浅平面精加工能自动识别零件模型中平坦的区域，针对这些区域生成精加工刀路轨迹，大大提高零件平坦部分的精加工效率，浅平面精加工的加工参数如图 6-83 所示。

图 6-83　浅平面精加工对话框

浅平面加工行间连接有如下方式。

（1）抬刀：通过抬刀，快速移动，下刀完成相邻切削行间的连接。

（2）投影：在需要连接的相邻切削行间生成切削轨迹，通过切削移动来完成连接。

（3）最大投影距离：投影连接的最大距离，当行间连接距离（XY向）≤最大投影距离时，采用投影方式连接，否则，采用抬刀方式连接。

"平坦部识别"（图6-84）有以下选项：

（1）最小角度：输入作为平坦部的最小角度。水平方向为0°，输入的数值范围在0°～90°。

（2）最大角度：输入作为平坦部的最大角度。水平方向为0°，输入的数值范围在0°～90°。

（3）延伸量：是指从设定的平坦区域向外的延伸量，如图6-85所示。

图 6-84　平坦部识别

图 6-85　平坦区域向外延伸量

图 6-86　导动线精加工参数对话框

5. 导动线精加工

导动加工就是平面轮廓法平面内的截面线沿平面轮廓线导动生成加工轨迹。也可以理解为平面轮廓的等截面导动加工。它的本质是把三维曲面加工中能用二维方法解决的部分，用二维方法来解决，可以说导动加工是三维曲面加工的一种特殊情况，而在用二维方法解决这个问题时，又充分利用了二维加工的优点。导动线精加工参数如图6-86所示。

导动加工的特点：

（1）做造型时，只作平面轮廓线和截面线，不用作曲面，简化了造型。

（2）作加工轨迹时，因为它的每层轨迹都是用二维的方法来处理的，所以拐角处如果是圆弧，那么它生成的G代码中就是G02或G03，充分利用了机床的圆弧插补功能。因此它生成的代码最短，但加工效果最好。比如加工一个半球，用导动加工生成的代码长度是用其他方式（如参数线）加工半球生成的代码长度的几十分之一到上百分之一。

（3）生成轨迹的速度非常快。

（4）能够自动消除加工中的刀具干涉现象。无论是自身干涉还是面干涉，都可以自动消除，因为它的每一层轨迹都是按二维平面轮廓加工来处理的。平面轮廓加工中，在内拐角为尖角或内拐角 R 半径小于刀具半径时，都不会产生过切，所以在导动加工中不会出现过切。

（5）加工效果最好。由于使用了圆弧插补，而且刀具轨迹沿截面线按等弧长均匀分布，所以可以达到很好的加工效果。

（6）适用于常用的三种刀具：端刀、R 刀和球刀。

（7）截面线由多段曲线组合，可以分段来加工。在有些零件的加工中，轮廓在局部会有所不同，而截面仍然是一样的。这样就可以充分利用这一特点，简化编程。

（8）沿截面线由下往上还是由上往下加工，可以根据需要任意选择。当截面的深度不是很深（不超过刀刃长度），可以采用由下往上走刀，避免了扎刀的麻烦。

导动加工的步骤：

（1）拾取轮廓线和链搜索方向，这也是刀具轮廓加工的方向。注意看系统提示栏的提示。轮廓封闭和不封闭的操作略有不同，不封闭时要点一下右键才能拾取截面线，如图 6-87 所示。

图 6-87　拾取轮廓线和链搜索方向

（2）拾取截面线和链搜索方向，这也是刀具沿截面线进给的方向，如图 6-88 所示。

图 6-88　拾取截面线和链搜索方向

（3）确定截面线链搜索方向并按右键结束拾取，这时又出现一个双向箭头。拾取箭头方向以确定加工内侧或外侧，如图 6-89 所示。

拾取方向，刀具轨迹将生成在截面线的内侧。

图 6-89　确定加工侧面

（4）生成刀具轨迹：系统立即生成如图 6-90 所示的刀具轨迹。由图中可以看到四个内拐角处是会产生刀具干涉的地方，而在这个生成的轨迹里我们是看不到干涉的，轨迹从上到下一气呵成。而这个例子如果用其他方法来做，那么第一要先作曲面，第二作刀具轨迹时如果用参数加工，那么轨迹不能整体作出，而且要检查干涉，代码长度要远远大于导动加工。

刀具轨迹　　　截面线　　　轮廓线

图 6-90　刀具轨迹生成

注意：

轮廓线必须在平行于 XY 平面的平面上。（必须为平面曲线）

截面线必须在轮廓线上某一点的法平面内且与轮廓线相交。截面线应该画在轮廓加工的起点上。

加工的起点应该在截面线所在的位置开始。

截面应该避免如下情况的出现：图 6-91 的截面线都是不正确的。如果把下面的三条曲线在标记点（曲线的最高点和最低点）处打断，那么它们就都是合格的截面线。因为系统在计算刀具轨迹时，这样的曲线它的不同部分刀具偏置的方向是不一样的，所以一定要打断以后分别做加工轨迹。

图 6-91　打断截面线

6. 轮廓线精加工

这种加工方式在毛坯和零件形状几乎一致时最能体现优势。当毛坯和零件形状不一致时，使用这种加工方法会出现很多空行程，反而影响加工效率，轮廓线精加工的加工参数如图 6-92 所示。

偏移类型有以下两种方式选择。根据偏移类型的选择、后面的参数可以在【偏移方向】或者【接近方法】间切换。

偏移：对于加工方向，生成加工边界右侧还是左侧的轨迹。偏移侧由【偏移方向】指定。

边界上：在加工边界上生成轨迹。【接近方法】中指定刀具接近侧。

【偏移类型】选择为【偏移】时，对于加工方向，相对加工范围偏移在哪一侧，有以下两种选择。如图 6-93 所示，不指定加工范围时，以毛坯形状的顺时针方向作为基准。

右：在右侧生成偏移轨迹。

左：在左侧生成偏移轨迹。

图 6-92　轮廓线精加工参数对话框

图 6-93　选择偏移侧

图 6-94　延长量

开始部分的延长量（图 6-94）即在设定领域是开放形状时，在切削截面的开始和结束位置，增加相切方向的接近部轨迹和返回部轨迹。由于没有考虑到对切削截面的干涉，故要求设定不发生干涉的值。

6.3.5　后置处理

后置处理就是结合特定的机床把系统生成的刀具轨迹转化成机床能够识别的 G 代码指令，生成的 G 指令可以直接输入数控机床用于加工。考虑到生成程序的通用性，CAXA 制造工程师软件针对不同的机床，可以设置不同的机床参数和特定的数控代码程序格式，同时还可以对生成的机床代码的正确性进行校验。最后，生成工艺清单。后置处理分成三部分，分别是后置设置、生成 G 代码和校核 G 代码。

1. 机床信息

机床信息提供了不同机床的参数设置和速度设置，针对不同的机床和不同的数控系统，设置特定的数控代码、数控程序格式及参数，并生成配置文件。生成数控程序时，系统根据该配置文件的定义生成用户所需要的特定代码格式的加工指令。机床配置给用户提供了一种灵活、方便的设置系统配置的方法。对不同的机床进行适当的配置，具有重要的实际意义、通过设置系统配置参数，后置处理所生成的数控程序可以直接输入数控机床或加工中心进行加工而无须进行修改。"机床信息"选项卡共分为四个部分，分别是机床选定、机床参数选择、程序格式设置和机床速度设置，机床后置对话框如图 6-95所示。

图 6-95　机床后置对话框

1）机床选定

选择合适的机床，并且对当前机床进行操作。

（1）当前机床：系统提供五种机床以供选择，分别是 802S、FANUC、DECKEL、SIMENS 和 test.

（2）增加机床：针对不同的机床，不同的数控系统，设置特定的数控代码、数控程序格式及参数，并生成配置文件。生成数控程序时，系统根据该配置文件的定义生成用户所需要的特定代码格式的加工指令。点击"增加机床"，可以输入新的机床名称，进行信息配置。

（3）删除当前机床：删除当前设置机床。

2）机床参数设置

在"机床名"一栏输入新的机床名或选择一个已存在的机床进行修改，从而对机床的各种指令进行设置。

（1）行号地址＜Nxxxx＞。

一个完整的数控程序由许多的程序段组成，每一个程序段前有一个程序段号，即行号地址。系统可以根据行号识别程序段。如果程序过长，还可以利用调用行号很方便地把光标移到所需的程序段。行号可以从 1 开始，连续递增，如 N0001、N0002、N0003等，也可以间隔递增，如 N0001、N0005、N0010 等。建议采用后一种方式。因为间隔行号比较灵活方便，可以随时插入程序段，对原程序进行修改，而无需改变后续行号。如果采用前一种连续递增的方式，每修改一次程序，插入一个程序段，都必须对后续的所有程序段的行号进行修改，很不方便。

（2）行结束符＜；＞。

在数控程序中，一行数控代码就是一个程序段，数控程序一般以特定的符号，而不是以回车键作为程序段结束标志，它是一段程序段不可缺少的组成部分。FANUC 系统以分号符"；"作为程序段结束符。一般数控系统不同，程序段结束符也不同，如有的系统结束符是"＊"，有的是"♯"等。一个完整的程序段应包括行号、数控代码和程序段结束符。如：N10　G90　G54　G00　Z30。

（3）速度指令＜Fxx＞。

F 指令表示速度进给。如 F100 表示进给速度为 100mm/min。在数控程序中，数值一般都直接放在控制代码后，数控系统根据控制代码就能识别其后的数值意义，而不是像数学中以等号"＝"的方式给控制代码赋值。控制代码之间可以用空格符把代码隔开，也可以不用。

（4）快速移动＜G00＞。

在数控中，G00 是快速移动指令，快速移动的速度由系统控制参数控制。用户不能通过给指令赋值改变移动速度，但可以用控制面板上的倍速/衰减控制开关控制快速移动速度，也可以直接修改系统参数。

（5）插补方式控制。

一般地，插补就是把空间曲线分解为 X、Y、Z 各个方向的很小的曲线段，然后以微元化的直线段去逼近空间曲线。数控系统都提供直线插补和圆弧插补，其中圆弧插补又可分为顺圆插补和逆圆插补。

插补指令都是模代码。所谓模代码就是只要指定一次功能代码格式，以后就不用指定，系统会以前面最近的功能模式确认本程序段的功能。除非重新指定同类型功能代码，否则，以后的程序段仍然可以默认该功能代码。

直线插补＜G01＞系统以直线段的方式逼近该点，只需给出终点坐标即可，如：G01 X100 Y100 表示刀具将以直线的方式从当前点到达点（100，100）。

顺圆插补＜G02＞系统以半径一定的圆弧的方式按顺时针的方向逼近该点。要求给出终点坐标、圆弧半径以及圆心坐标。

逆圆插补＜G03＞系统以半径一定的圆弧的方式按逆时针的方向逼近该点。要求给出终点坐标、圆弧半径以及圆心坐标。

（6）主轴控制指令。

主轴控制包括主轴的起停、主轴转向和主轴转速。

主轴转速＜S＞采用伺服系统无级控制的方式控制机床主轴转速是数控系统优越于普通机床的优点之一。S 指令表示主轴转速。如 S800 表示主轴的转速为 800r/min。

主轴正转＜M03＞主轴以顺时针方向启动。

主轴反转＜M04＞主轴以逆时针方向启动。

主轴停止＜M05＞系统接收到 M05 指令立即以最快的速度停止主轴转动。

（7）冷却液开关控制指令。

冷却液开＜M07＞指令打开冷却液阀门开关，开始开放冷却液。

冷却液关＜M09＞指令关掉冷却液阀门开关，停止开放冷却液。

（8）坐标设定。

用户可以根据需要设置坐标系，系统根据用户设置的坐标系确定坐标值是绝对的还是相对的。

坐标设定＜G54＞是程序坐标系设置指令。一般地，以零件原点作为程序的坐标原点。程序零点坐标存储在机床的控制参数区，程序中不设置此坐标系，而是通过 G54 指令调用。

绝对指令＜G90＞把系统设置为绝对编程模式。以绝对模式编程的指令，坐标值都以 G54 所确定的工件零点为参考点。绝对指令 G90 也是模态代码，除非被同类型代码 G91 所代替，否则系统一直默认。

相对指令＜G91＞把系统设置为相对编程模式。以相对模式编程的指令，坐标值都以该点的前一点为参考点，指令值以相对递增的方式编程。同样 G91 也是模态代码指令。

（9）刀具补偿。

刀具补偿包括刀具半径补偿和刀具长度补偿，其中半径补偿又分为左补偿和右补偿及补偿关闭。有了刀具半径补偿后，编程时可以不考虑刀具的半径，直接根据曲线轮廓编程。如果没有刀具半径补偿，编程时必须沿曲线轮廓让出一个刀具半径的刀位偏移量。

半径左补偿＜G41＞指刀具轨迹以刀具进给的方向正方向，沿轮廓线左边让出一个刀具半径的偏移量。

半径右补偿＜G42＞指刀具轨迹以刀具进给的方向正方向，沿轮廓线右边让出一个刀具半径的偏移量。

半径补偿关闭＜G40＞刀具半径补偿的关闭是通过代码 G40 来实现的。左右补偿指令代码都是模代码，所以也可以通过开启一个补偿指令代码来关闭另一个补偿指令代码。

长度补偿＜G43＞一般地，主轴方向的机床原点在主轴头底端，而加工中的主轴方向的零点在刀尖处，所以必须在主轴方向上给机床一个刀具长度的补偿。

（10）程序止＜M30＞。

程序结束指令 M30 结束整个程序的运行，所有的功能 G 代码和与程序有关的一些机床运行开关，如冷却液开关、主轴开关、机械手开关等都将关闭，处于原始禁止状态。机床处于当前位置，如果要使机床停在机床零点位置，则必须用机床回零指令 G28 使之回零。

3）程序格式设置

程序格式设置就是对 G 代码各程序段格式进行设置。"程序段"含义见 G 代码程序示例。可以对以下程序段进行格式设置。

程序起始符号、程序结束符号、程序说明、程序头和程序尾换刀段。

CAXA 制造工程师是通过宏指令的方式进行设置的。以下分别予以介绍。

（1）设置方式。

字符串或宏指令＠字符串或宏指令……

其中宏指令为＄＋宏指令串，系统提供的宏指令串如下。

当前后置文件名 POST _ NAME

当前日期 POST D _ DATE

当前时间 POST _ TIME

系统规定的刀具号 TOOL _ NO

主轴速度 SPN _ SPEED

当前 X 坐标值 COORD _ X

当前 Y 坐标值 COORD _ Y

当前 Z 坐标值 COORD _ Z

当前程序号 POST _ CODE

当前刀具信息 TOOL _ MSG

当前加工参数信息 PARA _ MSG

宏指令内容设置如下。

行号指令 LINE _ NO _ DD

行结束符 BLOC _ END

速度指令 FEED

快速移动 G00

直线插补 G01

顺圆插补 G02

逆圆插补 G03

XY 平面定义 G17

XZ 平面定义 G18

YZ 平面定义 G19

绝对指令 G90

相对指令 G91

刀具半径补偿取消 PCMP _ OFF

刀具半径左补偿 PCMP _ LFT

刀具半径右补偿 PCMP _ RGH

刀具长度补偿 PCMP _ LEN

坐标设置 WCOORD

主轴正转 SPN _ CW

主轴反转 SPN _ CCW

主轴 SPN _ DEF

主轴转速 SPN _ F

冷却液开 COOL _ ON

冷却液关 COOL _ OFF

程序止 PRO _ STOP

@号为换行标志。若是字符串则输出它本身。$号输出空格。

(2) 程序说明。

说明部分是对程序的名称、与此程序对应的零件名称编号、编制日期和时间等有关信息的记录。程序说明部分是为了管理的需要而设置的。有了这个功能项目，用户可以很方便地进行管理。比如，要加工某个零件时，只需要从管理程序中找到对应的程序编号即可，而不需要从复杂的程序中去一个一个地寻找需要的程序。

(N126—6023，$ POST _ NAME，$ POST _ DATE，$ POST _ TIME)，在生成的后置程序中的程序说明部分输出如下说明：

(N126—60231，O1261，1998，9，2，15：30：30.52)

(3) 程序头。

针对特定的数控机床来说，其数控程序开头部分都是相对固定的，包括一些机床信息，如机床回零、工件零点设置、主轴启动以及冷却液开启等。

例如，由于快速移动指令内容为 G00，那么 $ G 的输出结果为 G00，同样，$ COOL _ ON 的输出结果为 M07，$ PROSTOP 为 M30。依此类推。

又如，$ G90 $ $ WCOOD $ G0 $ COOD _ Z@G43H01@ $ SP _ F $ SPN _ SPEED $ SPN _ CW 在后置文件中的输出内容为

G90G54G00Z30

G43H0

S500M03

(4) 换刀。

换刀指令提示系统换刀，换刀指令可以由用户根据机床设定，换刀后系统要提取一些有关刀具的信息，以便于必要时进行刀具补偿。

G 代码程序示例

下面给出按照 FANUC 系统程序格式设置，后置处理所生成的数控程序。

%　　程序起始符号

(1ll. CUT1998.6.26，9：15：30.15) 程序说明

N10G90G54G00Z30.000；程序头

N11 T01；

N12 G43 H0；

N14 M03 S100；

N16 X－42.6 Y－1.100；程序

N18 Z20.00；

N20 G0 Z－2.00 F10；

N22 X－20.400 Y 14.500 F10；

N24 Z20.000 F10；

N26 G00 Z30.000；

N28 M05；

N30 T02；换刀

N3 G43 H0；

N32 M03 S100；

N33 G00 X－6.129 Y－3.27；程序

N44 G49 M05；程序尾

N46 G28 Z0.0；机床回零

N48 X0.0 Y0.0；

N46 M30

％　　程序结束符

2. 后置设置

　　后置设置就是针对特定的机床，结合已经设置好的机床配置，对后置输出的数控程序的格式，如程序段行号、程序大小、数据格式、编程方式和圆弧控制方式等。"后置设置"参数如图 6-96 所示。

　　1）机床名

　　数控程序必须针对特定的数控机床、特定的配置才具有加工的实际意义，所以后置设置必须先调用机床配置。

　　2）文件长度控制

　　输出文件长度可以对数控程序的大小进行控制，文件大小控制以 K 为单位。当输出的代码文件长度大于规定长度时系统自动分割文件。例如，当输出 G 代码文件长度超过规定的长度时，就会自动分割为 post000l.t、post0002.t、post0003.t、post0004.t 等。这主要是考虑到有些数控机床的内存容量较小而设置的。

图 6-96　后置设置参数对话框

3）行号设置

程序段行号设置包括行号的位数、行号是否输出、行号是否填满、起始行号以及行号递增数值等。

行号位数：指输出行号时按几位数输出。

是否输出行号：选中行号输出则在数控程序中的每一个程序段前面输出行号，反之则不输出。

行号是否填满：指行号不足规定的行号位数时是否用"0"填充。行号填满就是在不足所要求的行号位数的前面补零，如 N0028；反之则是 N28。

行号递增数值：程序段行号之间的间隔。如 N002 与 N0025 之间的间隔为 5，建议选取比较适中的递增数值，这样有利于程序的管理。

4）编程方式设置

编程方式有绝对编程 G90 和相对编程 G91 两种方式。

5）坐标输出格式设置

坐标输出：决定数控程序中数值的格式是小数还是整数。

机床分辨率：是机床的加工精度，如果机床精度为 0.001mm，则分辨率应设置为 1000，依此类推。

输出小数位数：同样可以控制加工精度。但不能超过机床精度，否则是没有实际意义的。

6）圆弧控制设置

主要设置控制圆弧的编程方式，即是采用圆心编程方式还是采用半径编程方式。

圆心坐标：按圆心坐标编程时，圆心坐标的各种含义是针对不同的数控机床而言的。不同机床之间其圆心坐标编程的含义不同，但对于特定的机床其含义只有其中一种。圆心坐标（I，J，K）有三种含义。

绝对坐标：采用绝对编程方式，圆心坐标（I，J，K）坐标值为相对于工件零点绝对坐标系的绝对值。

相对起点：圆心坐标以圆弧起点为参考点取值。

起点相对圆心：圆弧起点坐标以圆心坐标为参考点取值。

圆弧半径：当采用半径编程时，采用半径正负区别的方法来控制圆弧是劣圆弧还是优圆弧。圆弧半径 R 的含义即表现为以下两种：

优圆弧：圆弧大于"180°"，R 为负值。

劣圆弧：圆弧小于"180°"，R 为正值。

7）扩展名控制和后置设置编号

后置文件扩展名：控制所生成的数控程序磁盘文件名的扩展名。有些机床对数控程序要求有扩展名，有些机床没有这个要求，应视不同的机床而定。

后置程序号：是记录后置设置的程序号，不同的机床其后置设置不同，所以采用程序号来记录这些设置，以便于用户日后使用。

3. G 代码的生成

生成 G 代码就是按照当前机床类型的配置要求，把已经生成的刀具轨迹转化成 G 代码数据文件，即 CNC 数控程序，后置生成的数控程序是数控编程的最终结果，有了数控程序就可以直接输入机床进行数控加工。

在对机床进行了配置，并对后置格式进行了设置后，就很容易生成加工轨迹的后置 G 代码。操作步骤如下：

（1）选择"加工"→"后置处理"→"生成 G 代码"，弹出对话框如图 6-97 所示。

（2）选择要生成 G 代码刀具轨迹，可以连续选择多条刀具轨迹，单击"确定"按钮。

（3）系统给出 *.cut 格式的 G 代码文本文档，文件保存成功。

图 6-97　生成 G 代码对话框

6.4　CAXA 制造工程师编程实例

6.4.1　五角星的造型与加工

五角星造型及二维图如图 6-98 所示。

图 6-98　五角星造型及二维图

1. 五角星的造型

由图纸可知五角星的造型特点主要是有多个空间面组成的，因此在构造实体时首先应使用空间曲线构造实体的空间线架，然后利用直纹面生成曲面，可以逐个生成也可以将生成的一个角的曲面进行圆形均步阵列，最终生成所有的曲面。最后使用曲面裁剪实体的方法生成实体，完成造型。

（1）圆的绘制。单击曲线生成工具栏上的 ⊙ 按钮，进入空间曲线绘制状态，在特征树下方的立即菜单中选择作圆方式"圆心点 _ 半径"，然后按照提示用鼠标点取坐标系原点，也可以按回车"Enter"键，在弹出的对话框内输入圆心点的坐标（0，0，0），半径 $R=100$ 并确认，然后单击鼠标右键结束该圆的绘制。

（2）五边形的绘制。单击曲线生成工具栏上的 ⊙ 按钮，在特征树下方的立即菜单中选择"中心"定位，边数 5 条回车确认，内接。按照系统提示点取中心点，内接半径为 100（输入方法与圆的绘制相同），然后单击鼠标右键结束该五边形的绘制，这样我们就得到了五角星的五个角点，如图 6-99 所示。

图 6-99　五边形的绘制

（3）构造五角星的轮廓线。通过上述操作我们得到了五角星的五个角点，使用曲线生成工具栏上的直线 ／ 按钮，在特征树下方的立即菜单中选择"两点线"、"连续"、"非正交"（图 6-100），将五角星的各个角点连接。如图 6-100 所示。

图 6-100　五角星轮廓线绘制

使用"删除"工具将多余的线段删除，单击 ⊘ 按钮，用鼠标直接点取多余的线段，拾取的线段会变成红色，单击右键确认，如图 6-101 所示。

　　裁剪后图中还会剩余一些线段，单击界面编辑工具栏中"曲线裁剪"　按钮，在特征树下方的立即菜单中选择"快速裁剪"、"正常裁剪"方式，用鼠标点取剩余的线段就可以实现曲线裁剪。这样我们就得到了五角星的一个轮廓。如图 6-102 所示。

图 6-101　删除多余线段　　　　　　　　　　图 6-102　五角星轮廓

　　（4）构造五角星的空间线架。在构造空间线架时，我们还需要五角星的一个顶点，因此需要在五角星的高度方向上找到一点（0，0，20），以便通过两点连线实现五角星的空间线架构造。

　　使用曲线生成工具栏上的直线　按钮，在特征树下方的立即菜单中选择"两点线"、"连续"、"非正交"，用鼠标点取五角星的一个角点，然后单击回车，输入顶点坐标（0，0，20），同理，作五角星各个角点与顶点的连线，完成五角星的空间线架。如图 6-103 所示。

图 6-103　五角星三维体系

2. 五角星曲面生成

　　（1）通过直纹面生成曲面。选择五角星的一个角为例，用鼠标单击曲面工具栏中的直纹面　按钮，在特征树下方的立即菜单中选择"曲线＋曲线"的方式生成直纹面，然后用鼠标左键拾取该角相邻的两条直线完成曲面，如图 6-104 所示。

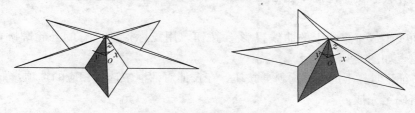

图 6-104　曲面生成

　　注意：在拾取相邻直线时，鼠标的拾取位置应该尽量保持一致（相对应的位置），这样才能保证得到正确的直纹面。

　　（2）生成其他各个角的曲面。在生成其他曲面时，可以利用直纹面逐个生成曲面，也可以使用阵列功能对已有一个角的曲面进行圆形阵列来实现五角星的曲面构成。单击几何变换工具栏中的 ⊞ 按钮，在特征树下方的立即菜单中选择"圆形"阵列方式，分布形式"均布"，份数"5"，用鼠标左键拾取一个角上的两个曲面，单击鼠标右键确认，然后根据提示输入中心点坐标（0，0，0），也可以直接用鼠标拾取坐标原点，系统会自动生成各角的曲面。如图 6-105 所示。

图 6-105　其他各角曲面生成

　　注意：在使用圆形阵列时，一定要注意阵列平面的选择，否则曲面会发生阵列错误。因此，在本例中使用阵列前最好按一下快捷键"F5"，用来确定阵列平面为 XOY 平面。

图 6-106　五角星加工轮廓平面初形

　　（3）生成五角星的加工轮廓平面。先以原点为圆心点作圆，半径为 110。如图 6-106 所示。

　　用鼠标单击曲面工具栏中的平面 ▱ 工具按钮，并在特征树下方的立即菜单中选择"裁剪平面" 裁剪平面 ▾ 。用鼠标拾取平面的外轮廓线，然后确定链搜索方向（用鼠标点取箭头），系统会提示拾取第一个内轮廓线（图 6-107（a）），用鼠标拾取五角星底边的一条线（图 6-107（b）），单击鼠标右键确定，完成加工轮廓平面。如图 6-107（c）所示。

3．生成加工实体

　　（1）生成基本体。选中特征树中的 xoy 平面，单击鼠标右键选择"创建草图"，如图 6-108 所示。或者直接单击创建草图 ↵ 按钮（或按快捷键 F2），进入草图绘制状态。

　　单击曲线生成工具栏上的曲线投影 ▨ 按钮，用鼠标拾取已有的外轮廓圆，将圆投影到草图上，如图 6-109 所示。

　　单击特征工具栏上的拉伸增料 ▨ 按钮，在拉伸对话框中选择相应的选项，如图 6-110 所示。单击确定完成。

图 6-107　五角星加工轮廓平面生成

图 6-108　创建草图对话框

图 6-109　外轮廓图投影

图 6-110　拉伸增料

（2）利用曲面裁剪除料生成实体。单击特征工具栏上的曲面裁剪除料 ⊗ 按钮，用鼠标拾取已有的各个曲面，并且选择除料方向，如图 6-111 所示，单击确定完成。

（3）利用"隐藏"功能将曲面隐藏。单击并选择【编辑】→【隐藏】，用鼠标从右

图 6-111 曲面裁剪除料

向左框选实体（用鼠标单个拾取曲面），单击右键确认，实体上的曲面就被隐藏了。如图 6-112 所示。

图 6-112 曲面隐藏

注意：由于在实体加工中，有些图线和曲面是需要保留的，因此不要随便删除。

4. 加工前的准备工作

1）设定加工刀具

（1）在【加工管理】特征树中，双击 刀具库：fanuc 图标，进入【刀具库管理】界面，弹出刀具库管理对话框，单击"增加铣刀"按钮，在对话框中输入铣刀名称，如图 6-113 所示。

（2）设定增加的铣刀的参数。在刀具库管理对话框中键入正确的数值，刀具定义即可完成。其中的刀刃长度和刃杆长度与仿真有关而与实际加工无关，在实际加工中要正确选择吃刀量和吃刀深度，以免刀具损坏。

2）后置设置

用户可以增加当前使用的机床，给出机床名，定义适合自己机床的后置格式。系统默认的格式为 FANUC 系统的格式。

（1）选择【加工】→【后置处理】→【后置设置】命令，弹出后置设置对话框。

（2）增加机床设置。选择当前机床类型，如图 6-114 所示。

（3）后置处理设置。选择"后置处理设置"标签，根据当前的机床，设置各参数，如图 6-115 所示。

图 6-113　刀具选择

图 6-114　机床信息选择

图 6-115　后置设置

3）设定毛坯

在【加工管理】特征树中，双击 毛坯图标，弹出定义毛坯对话框，选择【参照模型】，如图 6-116 细实线框即为毛坯。

图 6-116　毛坯设定

4）加工方法选择

五角星的整体形状较为平坦，因此整体加工时应该选择等高粗加工，精加工时应采用曲面区域精加工。

5. 等高粗加工刀具轨迹

（1）设置"粗加工参数"。单击【加工】→【粗加工】→【等高粗加工】，在弹出的"粗加工参数表"中设置"粗加工参数"，如图 6-117 左所示。设置粗加工"铣刀参数"，如图 6-117 右所示。

图 6-117　粗加工参数选择

（2）设置粗加王"切削用量"参数。如图 6-118 所示。

（3）确认"进退刀方式"、"下刀方式"系统默认值。按"确定"退出参数设置。

（4）按系统提示拾取加工轮廓。拾取设定加工范围的矩形后单击链搜索箭头；按系统提示"拾取加工曲面"，选中整个实体表面，系统将拾取到的所有曲面变红，然后按鼠标右键结束。如图 6-119 所示。

（5）生成粗加工刀路轨迹。系统提示："正在准备曲面请稍候"、"处理曲面"等，然后系统就会自动生成粗加工轨迹。结果如图 6-120 所示。

（6）隐藏生成的粗加工轨迹。拾取轨迹，单击鼠标右键在弹出菜单中选择【隐藏】命令，隐藏生成的粗加工轨迹，以便于下步操作。

图 6-118　切削用量选择

图 6-119　选中整个实体表面

图 6-120　粗加工轨迹生成

6．曲面区域加工

（1）设置曲面区域加工参数。单击【加工】→【精加工】→【曲面区域精加工】，在弹出的"曲面区域精加工参数表"中设置"曲面区域加工"精加工参数，并设置精加工"铣刀参数"。

（2）设置精加工"切削用量"参数。

（3）确认"进退刀方式"系统默认值。按"确定"完成并退出精加工参数设置。

（4）按系统提示拾取整个零件表面为加工曲面，按右键确定。系统提示"拾取干涉面"，如果零件不存在干涉面，按右键确定跳过。系统会继续提示"拾取轮廓"，用鼠标直接拾取零件外轮廓，单击右键确认，然后选择并确定链搜索方向，如图 6-120 所示。系统最后提示"拾取岛屿"，由于零件不存在岛屿，我们可以单击右键确定跳过。

图 6-121　精加工轨迹生成

（5）生成精加工轨迹，如图 6-121 所示。注意：精加工的加工余量＝0。

7. 加工仿真、刀路检验与修改

（1）在加工管理特征树中，按【Ctrl】键，选定、显示所有已生成的粗/精加工轨迹，如图 6-122 所示。

（2）在加工管理特征树中按鼠标右键，选择实体仿真，进入实体仿真界面。如图 6-123 所示。

图 6-122　粗/精加工轨迹显示

图 6-123　加工实体仿真

（3）在仿真过程中，系统显示走刀方式。

（4）观察仿真加工走刀路线，检验判断刀路是否正确、合理（有无过切等错误）。

（5）仿真检验无误后，可保存粗/精加工轨迹。

8. 生成 G 代码

（1）单击【加工】→【后置处理】→【生成 G 代码】，在弹出的"选择后置文件"对话框中给定要生成的 NC 代码文件名（五角星 .cut）及其存储路径，按"确定"退出，如图 6-124 所示。

（2）分别拾取粗加工轨迹与精加工轨迹，按右键确定，生成加工 G 代码，如图 6-125 所示。

图 6-124　NC 代码存储路径对话框

图 6-125　G 代码生成

9. 生成加工工艺单

生成加工工艺单的目的有三个：一是车间加工的需要，当加工程序较多时可以使加工有条理，不会产生混乱。二是方便编程者和机床操作者的交流。三是车间生产和技术管理上的需要，加工完的工件的图形档案、G 代码程序可以和加工工艺单一起保存，一年以后如需要再加工此工件，那么可以立即取出来就加工，一切都是很清楚的，不需要再做重复的劳动。

（1）选择【加工】→【工艺清单】命令，弹出工艺清单对话框，如图 6-126 所示，输入文件名。

（2）拾取加工轨迹，用鼠标选取或用窗口选取或按"W"键，选中全部刀具轨迹，点右

图 6-126　工艺清单对话框

键确认，生成加工工艺单。生成的结果如图 6-127（a）所示。

工艺清单输出结果

- general.html
- function.html
- tool.html
- path.html
- ncdata.html

天键字-明细表、机床、起始点、模型、毛坯

（a）

项目	关键字	结果	备注
零件名称	CAXAMEDETAILPARTNAME	五角星	
零件图图号	CAXAMEDETAILPARTID	001	
零件编号	CAXAMEDETAILDRAWINGID	11g001	
生成日期	CAXAMEDETAILDATE	2010. 6. 28	
设计人员	CAXAMEDETAILDESIGNER	XXX	
工艺人员	CAXAMEDETAILPROCESSMAN	XXX	
校核人员	CAXAMEDETAILCHECKMAN	XXX	
机床名称	CAXAMEMACHINENAME	fanuc	
全局刀具起始点 X	CAXAMEMACHHOMEPOSX	0.	
全局刀具起始点 Y	CAXAMEMACHHOMEPOSY	0.	
全局刀具起始点 Z	CAXAMEMACHHOMEPOSZ	70.	
全局刀具起始点	CAXAMEMACHHOMEPOS	(0., 0., 70.)	
模型示意图	CAXAMEMODELING		HTML 代码

（b）

图 6-127　加工工艺单结果

（3）加工工艺单可以用 IE 浏览器来看，也可以用 Word 来看并且可以用 Word 来进行修改和添加。

至此五角星的造型、生成加工轨迹、加工轨迹仿真检查、生成 G 代码程序，生成加工工艺单的工作已经全部做完，可以把加工工艺单和 G 代码程序通过工厂的局域网送到车间去了。车间在加工之前还可以通过《CAXA 制造工程师》中的校核 G 代码功能，再看一下加工代码的轨迹形状，做到加工之前胸中有数。把工件打表找正，按加工工艺单的要求找好工件零点，再按工序单中的要求装好刀具找好刀具的 Z 轴零点，就可以开始加工了。

6.4.2　鼠标的曲面造型与加工

鼠标造型及鼠标二维图如图 6-128 所示。

图 6-128　鼠标造型及鼠标二维图

造型思路：鼠标效果图如图 6-128 所示，它的造型特点主要是外围轮廓都存在一定的角度，因此在造型时首先想到的是实体的拔模斜度，如果使用扫描面生成鼠标外轮廓曲面时，就应该加入曲面扫描角度。在生成鼠标上表面时，我们可以使用两种方法：①如果用实体构造鼠标，我们应该利用曲面裁剪实体的方法来完成造型，也就是利用样条线生成的曲面，对实体进行裁剪；②如果使用曲面构造鼠标，我们就利用样条线生成的曲面对鼠标的轮廓进行曲面裁剪完成鼠标上曲面的造型。做完上述操作后我们就可以利用直纹面生成鼠标的底面曲面，最后通过曲面过渡完成鼠标的整体造型。鼠标样条线坐标点：（-60，0，15），（-40，0，25），（0，0，30），（20，0，25），（40，9，15）。

1. 生成扫描面

（1）按 F5 键，将绘图平面切换到在平面 XOY 上。

（2）单击矩形功能图标 □，在无模式菜单中选择"两点矩形"方式，输入第一点坐标（-60，30，0），第二点坐标（40，-30，0），矩形绘制完成，如图 6-129 所示。

图 6-129　矩形生成

（3）单击圆弧功能图标 ⊙，选择三点方式，按空格键，选择切点方式，作一圆弧，与长方形右侧三条边相切。然后单击删除功能图标 ⌀，拾取右侧的竖边，右键确定，删除完成，如图 6-130 所示。

图 6-130　完成删除

（4）单击裁剪功能图标 ⌀，拾取圆弧外的直线段，裁剪完成，结果如图 6-131 所示。

图 6-131　完成裁剪

（5）单击曲线组合按钮 ↵，在立即菜单中选择【删除原曲线】方式。状态栏提示"拾取曲线"，按空格键，弹出拾取快捷菜单，单击"单个拾取"方式，单击曲线 2，曲线 3 和曲线 4，按右键确认，如图 6-132 所示。

（6）按 F8，将图形旋转为轴侧图，如图 6-133 所示。

图 6-132　删除原曲线　　　　　　　　　　图 6-133　轴侧图转换

（7）单击扫描面按钮 ▣，在立即菜单中输入起始距离 0，扫描距离 40，扫描角度 2。然后按空格键，弹出矢量选择快捷菜单，单击"Z 轴正方向"，如图 6-134 所示。

（8）按状态栏提示拾取曲线，依次单击曲线 1 和组合后的曲线，生成两个曲面，如图 6-135 所示。

图 6-134　扫描面对话框

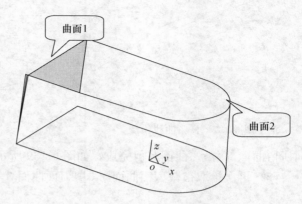

图 6-135　曲面生成

2. 曲面裁剪

（1）单击曲面裁剪按钮 ，在立即菜单中选择"面裁剪"、"裁剪"和"相互裁剪"。按状态栏提示拾取被裁剪的曲面 2，和剪刀面曲面 1，两曲面裁剪完成，如图 6-136所示。

图 6-136　曲面裁剪

（2）点击样条功能图标 ，按回车键，依次输入坐标点（−60，0，15），（−40，0，25），（0，0，30），（20，0，25），（40，9，15），右键确认，样条生成，结果如图 6-137 所示。

（3）点击扫描面功能图标 ，在立即菜单中，输入起始距离值−40，扫描距离值80，扫描角度 0，系统提示"输入扫描方向："，按空格键弹出方向工具菜单，选择其中的"Y轴正方向"，拾取样条线，扫描面生成，结果如图 6-138 所示。

（4）单击曲面裁剪按钮 ，在立即菜单中选择"面裁剪"、"裁剪"和"相互裁剪"。按提示拾取被裁剪曲面曲面 2（鼠标指向所留曲面部分），剪刀面曲面 3（鼠标指

图 6-137　样条曲线绘制　　　　　　　图 6-138　生成扫描面

向所留曲面部分），曲面裁剪完成，如图 6-139 所示。

（5）再次拾取被裁剪面曲面 1，剪刀面曲面 3，裁剪完成，如图 6-140 所示。

图 6-139　曲面裁剪　　　　　　　　　图 6-140　曲面再次裁剪

（6）单击主菜单"编辑"下拉菜单"隐藏"，按状态栏提示拾取所有曲线使其不可见，如图 6-141 所示。

3. 生成直纹面

（1）单击"线面可见"按钮 ☼，拾取底部的两条曲线，按右键确认其可见。

（2）单击"直纹面"按钮 ▱，拾取两条曲线生成直纹面，如图 6-142 所示。

图 6-141　隐藏所有曲线　　　　　　　图 6-142　生成直纹面

4. 曲面过渡

（1）单击曲面过渡，在立即菜单中选择三面过渡，内过渡，等半径，输入半径值 2，裁剪曲面，如图 6-143 所示。

（2）按状态栏提示拾取曲面 1、曲面 2 和曲面 3，选择向里的方向，曲面过渡完成，结果如图 6-144 所示。

5. 拉伸增料生成鼠标电极的托板

（1）按 F5 键切换绘图平面为 xoy 面，然后单击特征树中的"平面 XY"，将其作为绘制草图的基准面。

图 6-143　三面过渡对话框

图 6-144　曲面过渡完成

（2）单击"绘制草图"按钮，进入草图状态。

（3）单击曲线生成工具栏上的"矩形"按钮 □，绘制矩形，起点（−90，60，0），终点（70，−60，0），如图 6-145 所示。

（4）单击"绘制草图"按钮，退出草图状态。

（5）单击"拉伸增料"按钮 ，在对话框中输入深度 10，选中"反向拉伸"复选框，并确定。按 F8 其轴侧图如图 6-146 所示。

图 6-145　矩形绘制

图 6-146　矩形拉伸增料

6. 加工前的准备工作

1）设定加工刀具

2）后置设置

3）设定加工范围

单击曲线生成工具栏上的"矩形"按钮 □，拾取鼠标托板的两对角点，绘制如图 6-147 所示的矩形。在【加工管理】特征树中，双击 毛坯图标，弹出定义毛坯对话框，选择【三点方式】，选择矩形对角的两个端点，拟定高度为 40，如图 6-148 细实线框即为毛坯。

图 6-147　鼠标托板上的矩形绘制

图 6-148　毛坯设定

加工思路：等高粗加工、等高精加工。

鼠标电极的整体形状较为陡峭，整体加工选择等高粗加工，精加工采用等高精加工＋补加工。局部精加工还可以使用平面区域、平面轮廓（拔模斜度）以及参数线加工。

7. 等高粗加工

（1）设置"粗加工参数"。单击【应用】→【轨迹生成】→【等高粗加工】，在弹出的"粗加工参数表"中设置"粗加工参数"，设置粗加工"铣刀参数"。

（2）设置粗加工"切削用量"参数。

（3）确认"进退刀方式"、"下刀方式"等系统默认值。按"确定"退出参数设置。

（4）按系统提示拾取加工对象，按鼠标右键确认，再根据系统提示拾取加工边界。

（5）生成粗加工刀路轨迹。系统提示："正在准备曲面请稍候"、"处理曲面"等，然后系统就会自动生成粗加工轨迹。结果如图 6-149 所示。

（6）隐藏生成的粗加工轨迹。拾取轨迹，单击鼠标右键在弹出菜单中选择【隐藏】命令，隐藏生成的粗加工轨迹，以便于下步操作。

8. 等高精加工

（1）设置等高精加工参数。单击【加工】→【精加工】→【等高精加工】，在弹出的"等高精加工参数表"中设置"等高线加工"精加工参数，如图 6-150 所示。

图 6-149　粗加工轨迹

（2）切削用量、进退刀方式和铣刀参数按照粗加工的参数来设定。完成后单击"确定"。

（3）按系统提示拾取加工轮廓和加工边界，按右键确定。

（4）生成精加工轨迹。如图 6-151 所示。

注意：精加工的加工余量＝0。

图 6-150　等高线精加工参数对话框

图 6-151　精加工轨迹生成

9. 加工仿真

（1）在加工管理特征树中，按【Ctrl】键，选定、显示所有已生成的粗/精加工轨迹。

（2）在加工管理特征树中按鼠标右键，选择实体仿真，进入实体仿真界面，如

图 6-152 所示。在仿真过程中，系统显示走刀方式。

图 6-152　实体加工仿真

（3）观察仿真加工走刀路线，检验判断刀路是否正确、合理（有无过切等错误）。

（4）仿真检验无误后，可保存粗/精加工轨迹。

10. 生成 G 代码

（1）单击【加工】→【后置处理】→【生成 G 代码】，在弹出的"选择后置文件"对话框中给定要生成的 NC 代码文件名（鼠标粗加工 . cut）及其存储路径，单击"确定"。

（2）按提示分别拾取粗加工轨迹，按右键确定，生成粗加工 G 代码，结果如图 6-153 所示。

图 6-153　粗加工 G 代码生成

（3）同样方法生成精加工 G 代码，结果如图 6-154 所示。

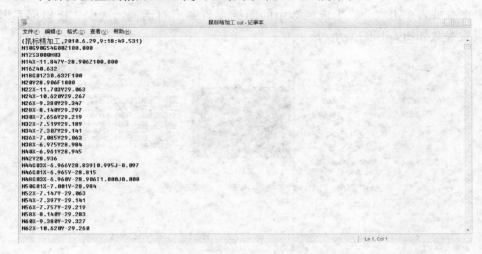

图 6-154　精加工 G 代码生成

11. 生成加工工艺单

（1）选择【加工】→【工艺清单】命令，弹出工艺清单对话框，输入文件名。

（2）拾取加工轨迹，用鼠标选取或用窗口选取或按"W"键，选中全部刀具轨迹，点右键确认，生成加工工艺单。

至此，鼠标的造型和加工的过程就结束了。

6.4.3　凸轮的造型与加工

凸轮的造型与二维图如图 6-155 所示。

造型思路：

根据上面给出的实体图形，我们能够看出凸轮的外轮廓边界线是一条凸轮曲线，我们可通过"公式曲线"功能绘制，中间是一个键槽。此造型整体是一个柱状体，所以我们通过拉伸功能可以造型。然后利用圆角过渡功能过渡相关边即可。

1. 绘制草图

（1）选择菜单【文件】→【新建】命令或者单击"标准工具栏"上的图标 □，新建一个文件。

凸轮造型

凸轮二维图

图 6-155　凸轮的造型和二维图

（2）按 F5 键，在 *XOY* 平面内绘图。选择菜单【造型】→【曲线生成】→【公式曲线】命令或者单击"曲线生成栏"中的图标 f_∞，弹出对话框，选中"极坐标系"选项，设置参数如图 6-156 所示。

图 6-156　公式曲线对话框

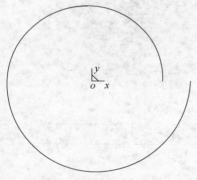

图 6-157　定位曲线到原点

（3）点击"确定"按钮，此时公式曲线图形跟随鼠标，定位曲线端点到原点，如图6-157 所示。

（4）点击"曲线生成栏"中的直线工具 ╱，在导航栏上选择"两点线"、"连续"、"非正交"，将公式曲线的两个端点链接，如图6-158 所示。

（5）选择"曲线生成栏"中的"整圆"工具 ⊙，然后在原点处点击鼠标左键，按"Enter"键，弹出输入半径文本框，如图 6-159 左所示设置半径为"30"，然后按"Enter"键。画圆如图 6-159 右所示。

图 6-158　连接曲线的两个端点

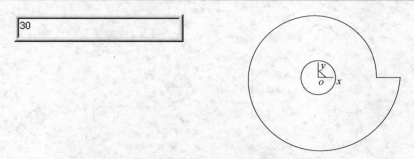

图 6-159 半径为 30 的圆绘制

（6）点击"曲线生成栏"中的直线工具 ，在导航栏上选择"两点线"、"连续"、"正交"、"长度方式"并输入长度为 12，如图 6-160 左所示，按回车键。

（7）选择原点，并在其右侧点击鼠标，长度为 12 的直线显示在工作环境中，如图 6-160 右所示。

（8）选择"几何变换栏"中的"平移"工具 ，设置平移参数如图 6-161 所示。选中上述直线，点击鼠标右键，选中的直线移动到指定的位置。

图 6-160 曲线生成栏对话框   图 6-161 偏移直线

（9）选择"曲线生成栏"中的直线工具 ，在导航栏上选择"两点线"、"连续"、"正交"、"点方式"，画出键槽，如图 6-162 所示。

（10）选择"曲线裁剪"工具 ，参数设置如图 6-163 左所示，修剪草图如图 6-163 右所示。

（11）选择"显示全部"工具 ，绘制的图形如图 6-164 所示。

（12）选择"曲线过渡"工具 ，参数设置如图 6-165 左所示，选择两条曲线过渡，如图 6-165 右所示。然后将圆弧过渡的半径值修改为 20，选择如图鼠标处两条曲线，过渡如图 6-166 所示。

图 6-162 键槽绘制

图 6-163 曲线裁剪

图 6-164　图形全部显示

图 6-165　内角圆弧过渡半径 20

图 6-166　圆弧过渡

2. 实体造型

（1）拉伸增料。选择"拉伸增料工具" ，在弹出的对话框中设置参数如图 6-167 所示。

（2）过渡。点击"特征生成栏"中的过渡图标 ，设置参数如图，选择键槽上的 2 条边，如图 6-168 所示，然后点击"确定"按钮。

图 6-167　凸轮实体生成

图 6-168　键槽棱边过渡

3. 凸轮曲面加工

加工思路：平面区域粗加工、轮廓线精加工

因为凸轮的整体形状就是一个轮廓，所以粗加工和精加工都采用平面轮廓方式。注意在加工之前应该将凸轮的公式曲线生成的样条轮廓转为圆弧，这样加工生成的代码可以走圆弧插补，从而生成的代码最短，加工的效果最好。

（1）修改草图 0，删除圆孔和键槽，然后重新生成实体。

（2）绘出粗加工轮廓线，由凸轮底部的外轮廓线由内向外等距扩 5mm 所得，如图 6-169所示。

（3）单击"相贯线"按钮 ，在立即菜单中选择特征树中的"实体边界"，拾取新造型上面的轮廓线，生成轮廓样条线如图 6-170所示。

图 6-169　凸轮粗加工轮廓线绘制

图 6-170　轮廓样条曲线生成

（4）单击"样条转圆弧" 按钮，拾取凸轮轮廓线上的样条曲线，转为圆弧，并删除原来的样条曲线，如图 6-171 所示。

图 6-171　样条曲线转圆弧

图 6-172　机床后置参数设置

4. 加工前的准备工作

1）设定加工刀具

2）后置设置

用户可以增加当前使用的机床，给出机床名，定义适合自己机床的后置格式。系统默认的格式为 FANUC 系统的格式。

（1）后置处理设置。选择"后置处理设置"标签，根据当前的机床，设置各参数，如图 6-172 所示。

（2）设定毛坯。

此例的加工范围直接拾取两点方式，其他参数如图 6-173 所示。

图 6-173　毛坯设定

5. 粗加工——平面区域粗加工

（1）在菜单上选择【造型】→【粗加工】→【平面轮廓加工】命令，弹出"平面区域粗加工"对话框，设置参数如图 6-174 所示。

（2）选择"切削用量"页面，设置参数如图 6-175 所示。

（3）进退刀方式和下刀方式设置为默认方式，如图 6-176 所示。

（4）选择"铣刀参数"页面，选择在刀具库中定义好的 D10 球头铣刀，单击"确定"按钮，如图 6-177 所示。

图 6-174 平面区域粗加工参数设定

图 6-175 切削用量参数设定

图 6-176 进退刀、下刀方式设置

（5）状态栏提示"拾取轮廓和加工方向"，用鼠标拾取等距所得的轮廓线，如图 6-178 所示。

（6）单击鼠标右键，状态栏提示"拾取箭头方向"，选择图中向外箭头。

（7）单击鼠标右键，在工作环境中即生成加工轨迹，如图 6-179 所示。

图 6-177　铣刀参数设定

图 6-178　拾取轮廓和加工方向

图 6-179　粗加工轨迹生成

6. 精加工——轮廓线精加工

（1）首先把粗加工的刀具轨迹隐藏掉。

（2）菜单上选择【加工】→【精加工】→【轮廓线精加工】命令，弹出"轮廓线精加工"对话框，参数设置如图 6-180 所示，然后点击"确定"。

（3）选择"铣刀参数"页面，选择在刀具库中定义好的 D20 平铣刀，单击"确定"按钮，如图 6-181 所示。

（4）其他参数同粗加工的设置一样，精加工轨迹如图 6-182 所示。

7. 加工仿真

（1）首先把隐藏掉的粗加工轨迹设为可见。

（2）在加工管理特征树中，按【Ctrl】键，选定、显示所有已生成的粗/精加工轨迹。

图 6-180　轮廓线精加工参数设置

图 6-181　铣刀参数设置

（3）在加工管理特征树中按鼠标右键，选择实体仿真，进入实体仿真界面，如图 6-183 所示。在仿真过程中，系统显示走刀方式。

（4）观察仿真加工走刀路线，检验判断刀路是否正确、合理（有无过切等错误）。

（5）仿真检验无误后，可保存粗/精加工轨迹。

图 6-182　精加工轨迹生成

图 6-183　实体加工仿真

8. 生成 G 代码

（1）单击【加工】→【后置处理】→【生成 G 代码】，在弹出的"选择后置文件"对话框中给定要生成的 NC 代码文件名（凸轮粗加工 .cut）及其存储路径，单击"确定"。

（2）按提示分别拾取粗加工轨迹，按右键确定，生成粗加工 G 代码，结果如图 6-184所示。

图 6-184　粗加工 G 代码

（3）同样方法生成精加工 G 代码，结果如图 6-185 所示。

图 6-185　精加工 G 代码

9. 生成加工工艺单

（1）选择【加工】→【工艺清单】命令，弹出工艺清单对话框，输入文件名。

（2）拾取加工轨迹，用鼠标选取或用窗口选取或按"W"键，选中全部刀具轨迹，点右键确认，生成加工工艺单。

至此，凸轮的造型和加工的过程就结束了。

6.5　CAXA 制造工程师加工方法总结

平面区域粗加工：不必有三维模型，只要给出零件外轮廓和岛屿，就可以生成加工轨迹。主要应用于铣平面和铣槽。可进行斜度的设定，自动标记钻孔点。

区域粗加工：不必有三维模型，只要给出零件的外轮廓和岛屿，就可以生成加工轨迹。并且可以在轨迹尖角处自动增加圆弧，保证轨迹光滑，以符合高速加工的要求。主要用于铣平面和铣槽。可选择多轮廓、多岛屿进行加工。

等高线粗加工：较普通的粗加工方式，适合范围广。可进行稀疏化加工、指定加工区域，优化空切轨迹。轨迹拐角可以设定圆弧或 S 形过渡，生成光滑轨迹，支持高速加工设备。

等高线粗加工 2：适合高速加工，生成轨迹时可以参考上道工序生成的轨迹留下的残留毛坯，支持二次开粗。支持抬刀自动优化。XY 向切入最小间距：不能大于刀具半径。

扫描线粗加工：用于平行层切的方法进行粗加工。保证在未切削区域不向下走刀。适合使用端铣刀进行成对凸模粗加工。

摆线式粗加工：使刀具在负荷一定情况下，进行区域加工的加工方式。可提高模具型腔部粗加工效率和延长刀具使用寿命。适合高速加工。

插铣式粗加工：适合于大中型模具的深腔加工。采用端铣刀的直捣式加工，可生成高效的粗加工路径。适合于深腔模具加工。

导动线粗加工：不需要三维造型，只要二维轮廓线和导动线就可以加工做出三维的加工轨迹。注意：单个拾取导动线不用做三维造型，只需做出二维造型，而且比加工三维造型的加工时间要短，精度更高。提高效率。

平面轮廓精加工：适合 2/2.5 轴精加工，不必有三维模型，只要给出零件的外轮廓和岛屿，就可以生成加工轨迹。支持具有一定拔模斜度的轮廓轨迹生成，可以为每次的轨迹定义不同的余量。生成轨迹速度较快。

参数线精加工：主要针对面（曲面、实体面）的一种加工方式，可以设定限制面，进行干涉检查等，也可以实现径向走刀方式。

等高线精加工：可以用加工范围和高度限定进行局部等高加工；可以自动在轨迹尖角拐角处增加圆弧过渡，保证轨迹的光滑，使生成的加工轨迹适合于高速加工；可以通过输入角度控制对平坦区域的识别，并可以控制平坦区域的加工先后次序。

等高线精加工 2：可以对层高进行调整，保证在加工小坡度的面时，层高、精度与竖直面一致。支持高速加工，支持抬刀自动优化。

扫描线精加工：增加了自动识别竖直面并进行加工的功能，提高了加工效果和效率。同时可以在轨迹尖角处增加圆弧过渡，保证生成的轨迹光滑，适用于高速加工机床。

曲面区域精加工：主要用于曲面的局部加工。大大提高了曲面局部加工精度。也可以用于曲面上的铣槽、文字等。

浅平面精加工：能自动识别零件模型中平坦的区域，针对这些区域生成精加工刀具的轨迹。大大提高了零件平坦部分的精加工精度和效率。

限制线精加工：可以通过设定两根限制线来控制零件加工的区域（仅加工限制线限定的区域）或提高一根限制线控制刀具走刀轨迹，以提高零件局部加工精度和符合工艺要求。

轮廓线精加工：主要用于加工内、外轮廓或加工槽类。不需要三维模型，只要根据给出的二维轮廓线即可对单个或多个轮廓进行加工；可进行轨迹偏移，进、退刀方式设定（圆弧、直线等）；自定进行半径补偿和生成补偿代码等。

导动线精加工：同样是不用三维造型，通过二维的导动线和截面线就能做出三维加工轨迹。

轮廓导动精加工：利用二维轮廓线和截面即可生成轨迹，生成轨迹方式简单快捷，加工代码较短，加工时间短、精度高，支持残留高度模式。可用于加工规则的圆弧、倒角或凹球类零件，生成速度快，代码短，加工时间短，精度较高。

三维偏置精加工：能够由里向外或由外向里生成三维等间距加工轨迹。可以保证加工效果有相同的残留高度，提高加工质量和效果。同时也使刀具在切削过程中保持恒定，特别适用于高速机床加工。

深腔侧壁精加工：不需要三维模型，只要给出二维轮廓线即可加工。可灵活设定加工深度。主要用于深腔模型侧壁的精加工。

第7章 数控线切割加工工艺及编程

7.1 数控线切割加工概述

电火花线切割加工（Wire Cut EDM，WEDM）是在电火花加工基础上发展起来的一种新的工艺形式，是用线状电极（铜丝或钼丝）靠火花放电对工件进行切割，故称为电火花线切割。电火花线切割加工机床的运动由数控装置控制时，称为数控线切割加工，线切割机床外观如图 7-1 所示。

7.1.1 数控线切割加工原理

图 7-1 线切割机床外观

数控线切割加工的基本原理是利用移动的细金属丝（铜丝或钼丝）作为工具电极（接高频脉冲电源的负极），对工件（接高频脉冲电源的正极）进行脉冲火花放电而切割成所需的工件形状与尺寸。

根据电极丝的运行速度，数控线切割机床通常分为两大类：一类是高速走丝数控线切割机床，这类机床的电极丝作高速往复运动，一般走丝速度为 8～12m/s，这是我国生产和使用的主要机种，也是我国独创的数控线切割加工模式；另一类是低速走丝数控线切割机床，这类机床的电极丝作低速单向运动，一般走丝速度为 0.2m/s，这是国外生产和使用的主要机种。

图 7-2 所示为高速走丝数控线切割加工原理。被切割的工件作为工件电极，钼丝作

图 7-2 高速走丝数控线切割加工原理

1. 数控装置；2. 信号；3. 贮丝筒；4. 导轮；5. 电极丝；6. 工件；7. 脉冲电源；
8. 下工作台；9. 上工作台；10. 垫铁；11. 步进电机；12. 丝杠

为工具电极。脉冲电源发出一连串的脉冲电压，加到工件电极和工具电极上，钼丝与工件之间施加足够的、具有一定绝缘性能的工作液（图中未画出）。当钼丝与工件的距离小到一定程度时，在脉冲电压的作用下，工作液被击穿，钼丝与工件之间形成瞬时放电通道，产生瞬时高温，使金属局部熔化甚至气化而被蚀除下来，若工作台按照规定的步序带动工件不断地进给，就能切割出所需要的形状。由于贮丝筒带动钼丝做正、反交替的高速移动，所以钼丝基本上不被蚀除，可使用较长时间。

7.1.2 数控线切割加工的特点

数控线切割加工具有电火花加工的共性，材料的硬度和韧性并不影响加工速度，常用来加工淬火钢和硬质合金；对于非金属材料的加工，正在研究中。当前绝大多数的线切割机，都采用数字程序控制，其工艺特点如下：

（1）加工用一般切削方法难以加工或无法加工的形状复杂的工件，如冲模、凸轮、样板及外形复杂的精密零件等，尺寸精度可达 0.01～0.02mm，表面粗糙度值 R_a 可达 1.6μm。

（2）不像电火花成形加工那样制造特定形状的工具电极，而是采用直径不等的细金属丝（铜丝或钼丝等）作为工具电极，因此切割用的刀具简单，大大降低生产准备工时。

（3）利用计算机辅助自动编程软件，可方便地加工复杂形状的直纹表面。

（4）电极丝直径较细（ϕ0.025～ϕ0.3mm），切缝很窄，这样不仅有利于材料的利用，而且适合加工细小零件。

（5）电极丝在加工中是移动的，不断更新（低速走丝）或往复使用（高速走丝），可以完全或短时间不考虑电极丝损耗对加工精度的影响。

（6）依靠计算机对电极丝轨迹的控制和偏移轨迹的计算，可方便地调整凹凸模具的配合间隙，依靠锥度切割功能，有可能实现凹凸模一次加工成型。

（7）对于粗、半精和精加工，只需调整电参数即可，操作方便、自动化程度高。

（8）加工对象主要是平面形状，台阶盲孔型零件还无法进行加工，但是当机床加上能使电极丝作相应倾斜运动的功能后，可实现锥面加工。

（9）当零件无法从周边切入时，工件上需钻穿丝孔。

（10）电极丝在加工中不接触工件，两者之间的作用力很小，因而不要求电极丝、工件及夹具有足够的刚度抵抗切削变形。

（11）电极丝材料不必比工件材料硬，可以加工用一般切削方法难以加工或无法加工的金属材料和半导体材料，如淬火钢、硬质合金等。

（12）与一般切削加工相比，线切割加工的效率低，加工成本高，不适合形状简单的大批零件的加工。

7.1.3 数控线切割加工的应用

数控线切割加工为新产品试制、精密零件及模具加工开辟了一条新的途径，主要应用于以下几个方面：

（1）加工模具。适用于各种形状的冲模，调整不同的间隙补偿量，只需一次编程就可以切割凸模、凸模固定板和凹模卸料板等，模具配合间隙、加工精度一般都能达到要求。此外，还可加工挤压模、粉末冶金模、弯曲模和塑压模等通常带锥度的模具。

（2）加工电火花成形加工用的电极。一般穿孔加工的电极以及带锥度型腔加工的电极，对于铜钨、银钨合金之类的材料，用线切割加工特别经济，同时也适用于加工微细复杂形状的电极。

（3）加工零件。在试制新产品时，用线切割在板料上直接割出零件，例如切割特殊微电机硅钢片定、转子铁心。由于不需另行制造模具，可大大缩短制造周期、降低成本。同时修改设计、变更加工程序比较方便，加工薄件时还可多片叠在一起加工。在零件制造方面，可用于加工品种多、数量少的零件，特殊难加工材料的零件，材料试验样件，各种型孔、凸轮、样板、成形刀具，同时还可以进行微细加工和异形槽加工等。

7.2　数控线切割加工的主要工艺指标及影响因素

7.2.1　数控线切割加工的主要工艺指标

1. 切割速度 v_{mi}

在保持一定表面粗糙度的切割过程中，单位时间内电极丝中心线在工件上切过的面积总和称为切割速度，单位为 mm^2/min。最高切割速度 $v_{mi_{max}}$ 是指在不计切割方向和表面粗糙度等条件下所能达到的切割速度。通常慢速走丝线切割速度为 $40\sim80mm^2/min$，快速走丝线切割速度可达 $350mm^2/min$。最高切割速度与加工电流大小有关，为比较不同输出电流脉冲电源的切割效果，将每安培电流的切割速度称为切割效率，一般切割效率为 $20mm^2/(min·A)$。

2. 表面粗糙度

高速走丝线切割的表面粗糙度 R_a 一般为 $1.25\sim2.5\mu m$，最佳也只有 $1.6\mu m$ 左右。低速走丝线切割 R_a 一般可达 $1.25\mu m$，最佳可达 $0.2\mu m$。

3. 电极丝损耗量

对高速走丝机床，用电极丝在切割 $10\,000mm^2$ 面积后电极丝直径的减少量来表示。一般每切割 $10\,000mm^2$ 后，钼丝直径减小不应大于 $0.01mm$。

4. 加工精度

加工精度是所加工工件的尺寸精度、形状精度（如直线度、平面度、圆度等）和位置精度（如平行度、垂直度、倾斜度等）的总称。快速走丝线切割的可控加工精度在 $0.01\sim0.02mm$，低速走丝线切割可达 $0.002\sim0.005mm$。

7.2.2　影响数控线切割加工工艺指标的主要因素

1. 电参数对线切割加工指标的影响

(1) 脉冲宽度 t_i。通常 t_i 加大时加工速度提高而表面粗糙度变差。一般 $t_i =$ $2 \sim 60 \mu s$，当 $t_i > 40 \mu s$ 后，加工速度提高不多，且电极丝损耗增大。在分组脉冲及光整加工时，t_i 可小至 $0.5 \mu s$ 以下，能改善表面粗糙度至 $R_a < 1.25 \mu m$。

(2) 脉冲间隔 t_o。t_o 减小时平均电流增大，切割速度正比加快，但 t_o 不能过小，以免引起电弧和断丝。一般取 $t_o = (4 \sim 8) t_i$。在刚切入或大厚度加工时，应取较大的 t_o 值。

(3) 开路电压 μ_i。该值会引起放电峰值电流和电加工间隙的改变。μ_i 提高，加工间隙增大，排屑容易，提高了切割速度和加工稳定性，但易造成电极丝振动，通常 μ_i 的提高还会使丝损加大，一般 $\mu_i = 60 \sim 150 V$。

(4) 放电峰值电流 i_e。这是决定单脉冲能量的主要因素之一。i_e 增大时，切割速度提高，表面粗糙度增大，电极丝损耗比加大到致电极丝变细甚至断丝。一般 i_e 小于 40A，平均电流小于 5A。低速走丝线切割加工时，因脉宽很窄，电极丝又较粗，故 i_e 有时大于 50A。

(5) 放电波形。在相同的工艺条件下，高频分组脉冲常常能获得较好的加工效果。电流波形的前沿上升比较缓慢时，电极丝损耗较少。不过当脉宽很窄时，必须有陡的前沿才能进行有效的加工。

(6) 极性。线切割加工因脉宽较窄，所以都用正极性加工，工件接电源的正极，否则切割速度变低且电极丝损耗增大。

(7) 变频、进给速度。预置进给速度的调节，对切割速度、加工精度和表面质量的影响很大。因此，调节预置进给速度应紧密跟踪工件蚀除速度，以保持加工间隙恒定在最佳值上。

2. 非电参数对线切割加工指标的影响

(1) 电极丝直径的影响。电极丝直径对加工精度的影响较大。若电极丝直径过小，则承受电流小，切缝也窄，不利于排屑和稳定加工，不可能获得理想的切割速度。因此在一定范围内，加大电极丝的直径对提高切割速度是有利的。但电极丝直径超过一定程度时，会造成切缝过大，加工量增大，反而又影响切割速度，因此电极丝直径不宜过大。此外，电极丝直径对切割速度的影响还受脉冲参数等综合因素的制约。常用电极丝直径一般为 0.12~0.18mm（快走丝）和 0.076~0.3mm（慢走丝）。

(2) 电极丝松紧程度的影响。在上丝、紧丝过程中，如果上丝过紧，电极丝超过弹性变形的限度，由于频繁地往复、弯曲、摩擦和放电时的急热、急冷变化的影响，容易造成疲劳断丝。

若上丝过松，在切割较厚工件时，由于电极丝的跨距较大，造成其振动幅度较大，同时在加工过程中受放电压力的作用而弯曲变形，导致电极丝切割轨迹落后并偏离工件轮廓，即出现加工滞后现象（图 7-3），从而造成形状与尺寸误差。例如切割较厚的圆柱体会出现腰鼓形状，严重时电极丝快速运转容易跳出导轮槽或限位槽而被卡断或拉断。所以电极丝张力的大小，对运行时电极丝的振幅和加工稳定性有很大影响，在上电极丝时应采取适当的张紧措施。为了不降低电火花线切割的工艺指标，张紧力在电极丝抗拉强度允许范围内应尽可能大一点，张紧力的大小应视电极丝的材料与直径的不同而异，一般高速走丝线切割机床钼丝张力应为 5~10N。

（3）电极丝垂直度的影响。电极丝运动的位置主要由导轮决定，如果导轮有径向圆跳动或轴向窜动，电极丝会发生振动，振幅大小取决于导轮的跳动或窜动值。假定下导轮是精确的，上导轮在水平方向上有径向跳动，如图 7-4 所示，这时切割出的圆柱体工件必然出现圆柱度偏差。

图 7-3　放电切割时电极丝弯曲滞后　　图 7-4　上导轮水平方向径向跳动

当导轮 V 形槽槽底圆角半径超过电极丝半径时，将不能保持电极丝的精确位置。两导轮的轴线不平行，或者两导轮轴线虽平行，但 V 形槽不在同一平面内，导轮的圆角半径会较快地磨损，使电极丝正反向运动时不是靠在同一侧面上，从而在加工表面产生正反向条纹，这就直接影响了加工精度和表面粗糙度。同时，由于电极丝抖动，使电极丝与工件间瞬时短路、开路次数增多，脉冲利用率降低，切缝变宽。对于同样长度的切缝，工件的电蚀量增大，使得切割效率降低。因此，应提高电极丝的位置精度，以利于提高各项加工工艺指标。

为了准确地切割出符合精度要求的工件，电极丝必须垂直于工件的装夹基面或工作台定位面。在具有锥度加工功能的机床上，加工起点的电极丝位置也应该是这种垂直状态。机床运行一定时间后，应更换导轮，或更换导轮轴承。在切割锥度工件之后和进行再次加工之前，应再进行电极丝的垂直度校正。

（4）电极丝走丝速度的影响。在一定范围内，随着走丝速度的提高，线切割速度也可以提高，提高走丝速度有利于电极丝把工作液带入较大厚度的工件放电间隙中，有利于电蚀产物的排除和放电加工的稳定。走丝速度也影响电极在加工区的逗留时间和放电次数，从而影响线电极的损耗。但走丝速度过高，将使电极丝的振动加大、精度降低、表面粗糙度变差，并且易造成断丝。所以，高速走丝线切割加工时的走丝速度一般以 10m/s 为宜。

（5）工件厚度及材料的影响。工件材料薄，工作液容易进入并充满放电间隙，对排屑和消电离有利，加工稳定性好。但工件太薄，金属丝易产生抖动，对加工精度和表面粗糙度不利。工件厚，工作液难于进入和充满放电间隙，加工稳定性差，但电极丝不易抖动，因此精度高、表面粗糙度值较小。

工件材料不同，其熔点、气化点、热导率等都不一样，因而加工效果也不同。

（6）工作液的影响。在数控线切割加工中，可使用的工作液种类很多，有煤油、乳化液、去离子水、蒸馏水、洗涤剂和酒精溶液等，它们对工艺指标的影响各不相同，特别是对加工速度的影响较大。工艺条件相同时，改变工作液的种类或浓度，就会对加工效果发生较大影响。

另外，工作液的脏污程度对工艺指标也有较大影响。工作液太脏，会降低加工的工艺指标，纯净的工作液也并非加工效果最好。

3. 其他因素对线切割加工的影响

机械部分的精度，例如导轨、轴承、导轮等的磨损和传动误差等都会对加工效果产生相当的影响。当导轮、轴承偏摆，工作液上下冲水不均匀时，会使加工表面产生上下凹凸相间的条纹，恶化工艺指标。

4. 诸因素对工艺指标的相互影响关系

前面分析了各主要因素对线切割加工工艺指标的影响。实际上，各因素对工艺指标的影响往往是相互依赖又相互制约的。

切割速度与脉冲电源的电参数有直接的关系，它将随单个脉冲能量的增加和脉冲频率的提高而提高，但有时也受到加工条件或其他因素的制约。因此，为了提高切割速度，除了合理选择脉冲电源的电参数外，还要注意其他因素的影响。如工作液种类、浓度、脏污程度的影响，线电极材料、直径、走丝速度和抖动的影响，工件材料和厚度的影响，切割加工进给速度、稳定性和机械传动精度的影响等。合理地选择搭配各因素指标，可使两极间维持最佳的放电条件，以提高切割速度。

表面粗糙度主要取决于单个脉冲放电能量的大小，但线电极的走丝速度和抖动状况等因素对表面粗糙度的影响也很大，而线电极的工作状况则与所选择的线电极材料、直径和张紧力大小有关。

加工精度主要受机械传动精度的影响，但线电极的直径、放电间隙大小、工作液喷流量大小和喷流角度等也影响加工精度。

因此，在线切割加工时，要综合考虑各因素对工艺指标的影响，善于取其利，去其弊，以充分发挥设备性能，达到最佳的切割加工效果。

7.3　数控线切割加工工艺分析

数控线切割加工时，为了使工件达到图样规定的尺寸、形状位置精度和表面粗糙度要求，必须合理制定数控线切割加工工艺。只有工艺合理，才能高效率地加工出质量好的工件。

7.3.1　零件图工艺分析

零件图分析对保证工件加工质量和工件的综合技术指标是有决定意义的第一步。主要分析零件的凹角和尖角是否符合线切割加工的工艺条件，零件的加工精度、表面粗糙度是否在线切割加工所能达到的经济精度范围内。

图 7-5　电极丝与工件放电位置的关系

1. 凹角和尖角的尺寸分析

线切割加工是用电极丝作为工具电极来加工的，因为电极丝有一定的直径 d，加工时又有放电间隙 δ，使电极丝中心运动轨迹与给定图线相差距离 l，如图 7-5 所示，即 $l = \dfrac{d}{2} + \delta$，这样，加工凸模类零件时，电极丝中心轨迹应放大；加工凹模类零件时，电极丝中心轨迹应缩小，如图 7-6 所示。

(a) 凸模加工　　　　　　　　　(b) 凹模加工

图 7-6　电极丝中心运动轨迹与给定图线的关系

一般数控装置都具有刀具补偿功能，不需要计算刀具中心运动轨迹，只需要按零件轮廓编程，使编程简单方便。但需要考虑电极丝直径及放电间隙，即要设置间隙补偿量 JB。

$$JB = \pm \left(\frac{d}{2} + \delta \right) \tag{7-1}$$

加工凸模时取"＋"值，加工凹模时取"－"值。

线切割加工时，在工件的凹角处不能得到"清角"，而是半径等于 l 的圆弧。对于形状复杂的精密冲模，在凸、凹模设计图纸上应注明拐角处的过渡圆弧半径 R。

加工凹角时

$$R_1 \geqslant l = \frac{d}{2} + \delta \tag{7-2}$$

加工尖角时

$$R_2 = R_1 - \Delta \tag{7-3}$$

式中：R_1——凹角圆弧半径；

　　　R_2——尖角圆弧半径；

　　　$\triangle$——凸、凹模配合间隙。

2. 表面粗糙度和加工精度分析

　　线切割加工表面是由无数的小坑和凸起组成的，粗细较均匀，特别有利于保存润滑油；而机械加工表面则存在切削或磨削刀痕并具有方向性。在表面粗糙度相同的情况下，其耐磨性比机械加工的表面好。因此，采用线切割加工时，工件表面粗糙度的要求可以较机械加工法减低半级到一级。此外，如果线切割加工的表面粗糙度等级提高一级，则切割速度将大幅度地下降。所以，图纸中要合理地给定表面粗糙度。线切割加工所能达到的最好粗糙度是有限的。若无特殊需要，对表面粗糙度的要求不能太高。同样，加工精度的给定也要合理，目前，绝大多数数控线切割机床的脉冲当量一般为每步0.001mm，由于受工作台传动精度所限，加上走丝系统和其他方面的影响，切割加工精度一般为6级左右，如果加工精度要求很高，是难于实现的。

7.3.2　工艺准备

　　工艺准备主要包括电极丝准备、工件准备和工作液配制与选择。

1. 电极丝准备

　　（1）电极丝材料选择。目前电极丝材料的种类很多，主要有纯铜丝、黄铜丝、专用黄铜丝、钼丝、钨丝、各种合金丝及镀层金属丝等。常用电极丝材料及其特点见表7-1。

表 7-1　常用电极丝材料及其特点

材　料	线径/mm	特　点
纯铜	0.1～0.25	适合于切割速度要求不高或精加工时用，丝不易卷曲，抗拉强度低，容易断丝
黄铜	0.1～0.30	适合于高速加工，加工面的蚀屑附着少，表面粗糙度和加工面的平直度也较好
专用黄铜		适合于高速、高精度和理想的表面粗糙度加工以及自动穿丝，但价格高
钼		因其抗拉强度高，一般用于快走丝。在进行微细、窄缝加工时，也可用于慢走丝
钨		抗拉强度高，可用于各种窄缝的微细加工，但价格昂贵

图 7-7　电极丝直径与拐角
半径的关系

　　一般情况下，快速走丝机床常用钼丝作电极丝，钨丝或其他昂贵金属丝因成本高而很少使用，其他丝材因抗拉强度低，在快速走丝机床上不能使用。慢速走丝机床上则可用各种铜丝、铁丝、专用合金丝以及镀层（如镀锌等）的电极丝。

　　（2）电极丝直径的选择。电极丝直径 d 应根据工件加工的切缝宽窄、工件厚度及拐角尺寸大小等来选择。由图7-7可知，电极丝直径 d 与拐角半径 R 的关系为 $d \leqslant 2(R-\delta)$。所以，在拐角要求小的微细线切割加工中，需要选用线径细的电极，但线径太细，能够加工的工件厚度也将会受到限制。线径与拐角极限和工件厚度的关系见表7-2。

表 7-2　线径与拐角极限和工件厚度的关系

线电极直径 d/mm	拐角极限 R_{min}/mm	切割工件厚度 /mm	线电极直径 d/mm	拐角极限 R_{min}/mm	切割工件厚度 /mm
钨 0.05	0.04～0.07	0～10	黄铜 0.15	0.10～0.16	0～50
钨 0.07	0.05～0.10	0～20	黄铜 0.20	0.12～0.20	0～100 以上
钨 0.10	0.07～0.12	0～30	黄铜 0.25	0.15～0.22	0～100 以上

2. 工件准备

（1）工件材料的选择和处理。工件材料的选择是由图样设计时确定的。作为模具加工，在加工前毛坯需经锻打和热处理。锻打后的材料在锻打方向与其垂直方向会有不同的残余应力；淬火后也会出现残余应力。加工过程中残余应力的释放会使工件变形，从而达不到加工尺寸精度要求，淬火不当的工件还会在加工过程中出现裂纹，因此，工件需经二次以上回火或高温回火。另外，加工前还要进行消磁处理及去除表面氧化皮和锈斑等。

例如，以线切割加工为主要工艺时，钢件的加工工艺路线一般为：下料→锻造→退火→机械粗加工→淬火与高温回火→磨加工→（退磁）→线切割加工→钳工修整。

这种工艺路线的特点之一是工件在加工的全过程中会出现两次较大的变形。经过机械粗加工的整块坯件先经过热处理，材料在该过程中会产生第一次较大变形，材料内部的残余应力显著地增加了。热处理后的坯件进行切割加工时，由于大面积去除金属和切断加工，会使材料内部残余应力的相对平衡状态受到破坏，材料又会产生第二次较大变形。

为了避免或减少上述情况，应选择锻造性能好、淬透性好和热处理变形小的材料，如以线切割为主要工艺的冷冲模具，尽量选用 CrWMn、Cr12Mo、GCr15 等合金工具钢，并要正确选择热加工方法和严格执行热处理规范。另一方面，也要合理安排线切割加工工艺。

（2）工件加工基准的选择。为了便于线切割加工，根据工件外形和加工要求，应准备相应的校正和加工基准，并且此基准应尽量与图样的设计基准一致，常见的有以下两种形式。

① 以外形为校正和加工基准。外形是矩形状的工件，一般需要有两个相互垂直的基准面，并垂直于工件的上、下平面（见图 7-8）。

② 以外形为校正基准，内孔为加工基准。无论是矩形、圆形还是其他异形工件，都应准备一个与工件的上、下平面

图 7-8　矩形工件的校正和加工基准

保持垂直的校正基准，此时其中一个内孔可作为加工基准，如图 7-9 所示。在大多数情况下，外形基面在线切割加工前的机械加工中就已准备好了。工件淬硬后，若基面变形很小，稍加打光便可用线切割加工；若变形较大，则应当重新修磨面。

图 7-9　加工基准的选择

（外形一侧边为校正基准，内孔为加工基准）

（3）穿丝孔的确定。

① 切割凸模类零件。为避免将坯件外形切断引起变形（工件内应力失去平衡造成）而影响加工精度，通常在坯件内部外形附近预制穿丝孔，见图 7-10（c）。

图 7-10　切割起点与切割路线的安排

② 切割凹模、孔类零件。此时可将穿丝孔位置选在待切割型腔（孔）内部。当穿丝孔位置选在待切割型腔（孔）的边角处时，切割过程中无用的轨迹最短；而穿丝孔位置选在已知坐标尺寸的交点处则有利于尺寸推算；切割孔类零件时，若将穿丝孔位置选在孔中心可使编程操作容易。因此，要根据具体情况来选择穿丝孔的位置。

③ 穿丝孔大小要适宜。一般不宜太小，如果穿丝孔径太小，不但钻孔难度增加，而且也不便于穿丝。但是，若穿丝孔径太大，则会增加钳工工艺上的难度。一般穿丝孔常用直径为 $\phi3\sim\phi10$mm。如果预制孔可用车削等方法加工，则穿丝孔径也可大些。

（4）切割路线的确定。线切割加工工艺中，切割起始点和切割路线的安排合理与否，将影响工件变形的大小，从而影响加工精度。起割点应取在图形的拐角处，或取在容易将凸尖修去的部位。切割路线主要以防止或减少模具变形为原则，一般应考虑使靠近装夹这一边的图形最后切割为宜。

图 7-10 所示的由外向内顺序的切割路线，通常在加工凸模零件时采用。其中，图 7-10（a）所示的切割路线是错误的，因为当切割完第一边，继续加工时，由于原来主要连接的部位被割离，余下材料与夹持部分的连接较少，工件的刚度大为降低，容易产生变形而影响加工精度。如按图 7-10（b）所示的切割路线加工，可减少由于材料割离后残余应力重新分布而引起的变形。所以，一般情况下，最好将工件与其夹持部分割的线段安排在切割路线的末端。对于精度要求较高的零件，最好采用图 7-10（c）所

示的方案，电极丝不是由坯件外部切入，而是将切割起始点取在坯件预制的穿丝孔中，这种方案可使工件的变形最小。

切割孔类零件时，为了减少变形，还可采用二次切割法，如图 7-11 所示。第一次粗加工型孔，各边留余量 0.1～0.5mm，以补偿材料被切割后由于内应力重新分布而产生的变形。第二次切割为精加工，这样可以达到比较满意的效果。

图 7-11　二次切割孔类零件

1. 第一次切割的理论图形；2. 第一次切割的实际图形；3. 第二次切割的图形

3. 工作液的配制与选择

数控线切割加工中，工作液是脉冲放电的介质，对加工工艺指标的影响很大，对切割速度、表面粗糙度和加工精度也有影响。应根据线切割机床的类型和加工对象选择工作液的种类、浓度及导电率等。对快速走丝线切割加工，一般常用浓度为 10% 左右的乳化液，此时可达到较高的切割速度。对于慢速走丝线切割加工，普遍使用去离子水或煤油。适当添加某些导电液有利于提高切割速度。一般使用电阻率为 $2 \times 10^4 \Omega \cdot cm$ 左右的工作液，可达到较高的切割速度。工作液的电阻率过高或过低均有降低线切割速度的倾向。

7.3.3　工件的装夹和位置校正

1. 对工件装夹的基本要求

（1）工件的装夹基准面应清洁无毛刺，经过热处理的工件，在穿丝孔或凹模类工件扩孔的台阶处，要清理热处理液的渣物及氧化膜表面。

（2）夹具精度要高。工件至少用两个侧面固定在夹具或工作台上，如图 7-12 所示。

图 7-12　两个侧面固定工件

（3）装夹工件的位置要有利于工件的找正，并能满足加工行程的需要，工作台移动时，不得与丝架相碰。

（4）装夹工件的作用力要均匀，不得使工件变形或翘起。

（5）批量加工时最好采用专用夹具，以提高效率。

（6）细小、精密、薄壁工件应固定在辅助工作台或不易变形的辅助夹具上，如图 7-13 所示。

(a) 辅助工作台　　　　　　　　　　　　　(b) 夹具

图 7-13　辅助工作台和夹具

2. 工件的装夹方式

（1）悬臂支撑方式。如图 7-14 所示，悬臂支撑通用性强，装夹方便。但由于工件单端压紧，另一端悬空，使得工件不易与工作台平行，所以易出现上仰或倾斜的情况，致使切割表面与工件上下平面不垂直或达不到预定的精度。因此，只有在工件的技术要求不高或悬臂部分较小的情况下才能采用。

（2）两端支撑方式。如图 7-15 所示，两端支撑是把工件两端都固定在夹具上，这种方法装夹支撑稳定，平面定位精度高，工件底面与切割面垂直度好，但对较小的零件不适用。

图 7-14　悬臂支撑夹具　　　　　　　　图 7-15　两端支撑夹具

（3）桥式支撑方式。如图 7-16 所示，桥式支撑是在双端夹具体下垫上两个支撑铁架。其特点是通用性强、装夹方便，对大、中、小工件装夹都比较方便。

（4）板式支撑方式。如图 7-17 所示，板式支撑夹具可以根据经常加工工件的尺寸而定，可呈矩形或圆形孔，并可增加 x 和 y 两方向的定位基准，装夹精度较高，适于常规生产和批量生产。

图 7-16　桥式支承夹具　　　　　　　　　　图 7-17　板式支承夹具

（5）复式支承方式。如图 7-18 所示，复式支承夹具是在桥式夹具上，再装上专用夹具组合而成的。它装夹方便，特别适用于成批零件加工，既可节省工件找正和调整电极丝相对位置等辅助工时，又保证了工件加工的一致性。

图 7-18　复式支承夹具

3. 常用夹具的名称、规格和用途

（1）压板夹具。压板夹具主要用于固定平板状的工件，对于稍大的工件要成对使用。夹具上如有定位基准面，则加工前应预先用划针或百分表将夹具定位基准面与工作台对应的导轨校正平行，这样在加工批量工件时较方便，因为切割型腔的划线一般是以模板的某一面为基准。夹具的基准面与夹具底面的距离是有要求的，夹具成对使用时两件基准面的高度一定要相等，否则切割出的型腔与工件端面不垂直，造成废品。在夹具上加工出 V 形的基准，则可用以夹持轴类工件。

（2）磁性夹具。采用磁性工作台或磁性表座夹持工件，不需要压板和螺钉，操作快速方便，定位后不会因压紧而变动。

（3）分度夹具。分度夹具如图 7-19 所示，是根据加工电机转子、定子等多型孔的旋转形工件设计的，可保证高的分度精度。近年来，因微机控制器及自动编程机对加工图形具有对称、旋转等功能，所以分度夹具用得较少。

图 7-19　分度夹具

1. 电极丝；2. 工件；3. 螺杆；4. 压板；5. 垫板；6. 轴承；

7. 定位板；8. 定位销；9. 底座；10. 工作台

4. 工件的找正

（1）拉表法。如图 7-20 所示，拉表法是利用磁力表架，将百分表固定在线架或其他"接地"位置上，百分表触头接触在工件基面上，然后旋转纵（或横）向丝杠手柄使拖板往复移动，根据百分表指示数值相应调整工件，校正应在三个坐标方向上进行。

（2）划线法。如图 7-21 所示，固定在线架上的一个带有顶丝的零件将划针固定，划针尖指向工件图形的基准线或基准面，移动纵（或横）向拖板，根据目测调整工件找正。

图 7-20　拉表法找正

图 7-21　划线法找正

① 线切割加工型腔的位置和其他已成型的型腔位置要求不严时，可靠紧基面后，按划线定位、穿丝。

② 同一工件上型孔之间的相互位置要求严，但与外形要求不严，又都是只用线切割一道工序加工时，也可按基面靠紧，按划线定位、穿丝，切割一个型孔后卸丝，走一

段规定的距离，再穿丝切第二个型孔，如此重复，直至加工完毕。

（3）固定基面靠定法。利用通用或专用夹具纵、横方向的基准面，经过一次校正后，保证基准面与相应坐标方向一致。于是具有相同加工基准面的工件可以直接靠定，这就保证了工件的正确加工位置（图 7-22）。

图 7-22 固定基面靠定法找正

5. 确定电极丝坐标位置的方法

在数控线切割中，需要确定电极丝相对于工件的基准面、基准线或基准孔的坐标位置，可按下列方法进行。

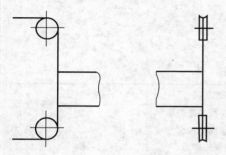

图 7-23 观察基准面确定电极丝位置

（1）目视法。对加工要求较低的工件，确定电极丝和工件有关基准线和基准面的相互位置时，可直接目视或借助于 2～8 倍的放大镜来进行观测。

① 观测基准面。工件装夹后，观测电极丝与工件基面初始接触位置，记下相应的纵、横坐标，如图 7-23 所示。但此时的坐标并不是电极丝中心和基面重合的位置，两者相差一个电极丝半径。

② 观测基准线。利用钳工或镗床等在工件的穿丝孔处划上纵、横方向的十字基准线，观测电极丝与十字基准线的相对位置，如图 7-24 所示。摇动纵或横向丝杠手柄，使电极丝中心分别与纵、横方向基准线重合，此时的坐标就是电极丝的中心位置。

（2）火花法是利用电极丝与工件在一定间隙下发生放电的火花来确定电极丝坐标位置的，如图 7-25 所示。摇动拖板的丝杠手柄，使电极丝逼近工件的基准面，待开始出现火花时，记下拖板的相应坐标。该方法简便、易行，但电极丝逐步逼近工件基准面时，开始产生脉冲放电的距离往往并非正常加工条件下电极丝与工件间的放电距离。

图 7-24 观测基准线确定电极丝位置　　　　图 7-25 火花法确定电极丝位置

图 7-26　找电极丝中心

（3）自动找中心法。目的是为了让电极丝在工件的孔中心定位。具体方法是：移动横向床鞍，使电极丝与孔壁相接触，记下坐标值 x_1，反向移动床鞍至另一导通点，记下相应坐标 x_2，将拖板移至 x_1 与 x_2 的绝对值之和的一半处。同理，移动纵向床鞍，记录下坐标值 y_1、y_2，将拖板移至 y_1 与 y_2 的绝对值之和的一半处，即可找到电极丝与基准孔中心相重合的坐标，如图 7-26 所示。

7.3.4　加工参数的选择

1. 脉冲电源参数的选择

（1）空载电压。可参考表 7-3 进行选择。

表 7-3　空载电压的选择

工艺状况	空载电压	工艺状况	空载电压
切割速度高	低	减少加工面的腰鼓形	低
线径细（0.1mm）	低	改善表面粗糙度	低
硬质合金加工	低	减少拐角塌角	低
切缝窄	低	纯铜线电极	低

（2）放电电容。使用纯铜丝电极时，为了得到理想的表面粗糙度，减小拐角的塌角，应选择较小的放电电容；使用黄铜丝电极时，进行高速切割，希望减小腰鼓量，要选用大的放电电容。

（3）脉冲宽度和脉冲间隔。对材料的电腐蚀过程影响极大。它们决定着放电痕（表面粗糙度）蚀除率、切缝宽度的大小和钼丝的损耗率，进而影响加工的工艺指标。

在一定工艺条件下，增加脉冲宽度，可使切割速度提高，但表面粗糙度增大。这是因为脉冲宽度增加，使单个脉冲放电能量增大，则放电痕也大。同时，随着脉冲宽度的增加，电极丝损耗变大。

数控线切割用于精加工时，单个脉冲放电能量应限制在一定范围内。当短路峰值电流选定后，脉冲宽度要结合具体的加工要求来选定。一般精加工时，脉冲宽度可在 $20\mu s$ 内选择，半精加工时，可在 $20\sim60\mu s$ 内选择。

减小脉冲间隔，切割速度提高，表面粗糙度 R_a 稍有增大。脉冲间隔对切割速度影响较大，对表面粗糙度影响较小。这是因为在单个脉冲放电能量确定的情况下，脉冲间隔较小，致使脉冲频率提高，即单位时间内放电加工的次数增多，平均加工电流增大，故切割速度提高。

实际上，脉冲间隔不能太小，它受间隙绝缘状态恢复速度的限制。如果脉冲间隔太小，放电产物来不及排除，放电间隙来不及充分消电离，这将使加工变得不稳定，易造成工件的烧伤或断丝。但是脉冲间隔也不能太大，因为这会使切割速度明显降低，严重时不能连续进给,使加工变得不够稳定。

一般脉冲间隔在 $10\sim250\mu s$ 范围内,基本上能适应各种加工条件,可进行稳定加工。选择脉冲间隔和脉冲宽度与工件厚度有很大关系。一般来说工件厚,脉冲间隔也要大,以保持加工的稳定性。

(4) 峰值电流 i_e。主要根据表面粗糙度和电极丝直径选择。要求 R_a 小于 $1.25\mu m$ 时,取 $i_e\leqslant4.8A$;要求 R_a 在 $1.25\sim2.5\mu m$ 之间时,取 $i_e=6\sim12A$;$R_a>2.5\mu m$ 时,i_e 可取更大一些。电极丝直径越粗,i_e 可取值越大。表 7-4 是不同直径钼丝可承受的峰值电流。

表 7-4 钼丝直径与可承受的峰值电流的关系

钼丝直径/mm	峰值电流 i_e/A	钼丝直径/mm	峰值电流 i_e/A
0.06	15	0.12	30
0.08	20	0.15	37
0.1	25	0.18	45

2. 速度参数的选择

(1) 进给速度。工作台进给速度太快,容易产生短路和断丝;工作台进给速度太慢,加工表面的腰鼓量就会加大,但表面粗糙度较小。正式加工时,一般将试切的进给速度下降 $10\%\sim20\%$,以防止短路和断丝。

(2) 走丝速度应尽量快一些。对快速走丝来说,这有利于减少因电极丝损耗对加工精度的影响。尤其是对厚工件的加工,由于电极丝的损耗,会使加工面产生锥度。一般走丝速度是根据工件厚度和切割速度来确定的。

3. 工作液参数的选择

(1) 工作液的电阻率。工作液的电阻率根据工件材料确定。对于表面在加工时容易形成绝缘膜的铝、钼、结合剂烧结的金刚石以及受电腐蚀易使表面氧化的硬质合金和表面容易产生气孔的工件材料,需提高工作液的电阻率(可参考表 7-5 进行选择)。

表 7-5 不同工件材料适用的工作液电阻率

工作材料	钢铁	铝、钼、结合剂烧结的金刚石	硬质合金
工作液电阻率/($10^4\Omega\cdot cm$)	2~5	5~20	20~40

(2) 工作液喷嘴的流量和压力。工作液的流量或压力大,冷却排屑的条件好,有利于提高切割速度和加工表面的垂直度。但是在精加工时,要减小工作液的流量或压力,以减少电极丝的振动。

4. 线径偏移量的确定

正式加工前,按照确定的加工条件,切一个与工件相同材料、相同厚度的正方形,测量尺寸，确定线径偏移量。这项工作对第一次加工者是必须要做的，但是当积累了很多的工艺数据或者生产厂家提供了有关工艺参数时，只要查数据即可。

进行多次切割时，要考虑工件的尺寸公差，估计尺寸变化，分配每次切割时的偏移量。偏移量的方向，按切割凸模或凹模以及切割路线的不同而定。

5. 多次切割加工参数的选择

多次切割加工也叫二次切割加工，它是在对工件进行第一次切割之后，利用适当的偏移量和更精确的加工规准，使电极丝沿原切割轨迹逆向或顺向再次对工件进行精修的切割加工。对快速走丝线切割机床来说，一定要求其数控装置具有以适当的偏移量沿原轨迹逆向加工的功能。对慢速走丝来说，由于穿丝方便，因而一般在完成第一次加工之后，可自动返回到加工的起始点，在重新设定适当的偏移量和精加工规准之后，就可沿原轨迹进行精修加工。

多次切割加工可提高线切割精度和表面质量，修整工件的变形和拐角塌角。一般情况下，采用多次切割能使加工精度达到 $\pm 0.005\mathrm{mm}$，圆角和不垂直度小于 $0.005\mathrm{mm}$，表面粗糙度 $R_a < 0.63\mu\mathrm{m}$。但如果粗加工后工件变形过大，应通过合理选择材料和热处理方法，正确选择切割路线来尽可能减小工件的变形，否则，多次切割的效果会不好，甚至反而差。

对凹模切割，第一次切除中间废芯后，一般工件留 $0.2\mathrm{mm}$ 左右的多次切割加工余量即可，大型工件应留 $1\mathrm{mm}$ 左右。

凸模加工时，若一次必须切下就不能进行多次切割。除此之外，第一次加工时，小工件要留 1～2 处 $0.5\mathrm{mm}$ 左右的固定留量，大工件要多留些。对固定留量部分切割下来后的精加工，一般用抛光等方法。

7.4　数控电火花线切割编程方法

数控电火花线切割机床编程格式通常有 B 代码格式和国际标准 G 代码格式。

7.4.1　3B 格式编程（无间隙补偿程序）

格式：Bx By BJ G Z

1. 符号意义

（1）B——分隔符，表示一条程序段开始，并将 x、y、J 等分隔开。

（2）x、y——坐标值，以 $\mu\mathrm{m}$ 为单位。

对于直线，x、y 为直线终点坐标。（注：坐标原点在直线起点，原点不固定。）如图 7-27（a）所示。

对于圆弧，x、y 是圆弧起点坐标，坐标原点在圆心。如图 7-27（b）所示。

（3）J——计数长度，加工线段在选定坐标轴的投影长度。

(a) 对于直线　　　　　　　　　　(b) 对于圆弧

图 7-27　x、y 坐标值的确定

对于直线，取最长的投影长度，如图 7-28（a），取 $J_X = \text{B10000}$。

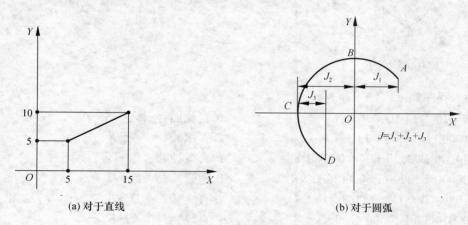

(a) 对于直线　　　　　　　　　　(b) 对于圆弧

图 7-28　计数长度的确定

对于圆弧，取各段投影长度的总和，如图 7-28（b），$J = J_1 + J_2 + J_3$。

（4）G——选定计数方向，有 G_x、G_y 两种，表示 J 是取 X 轴还是 Y 轴上的投影。

对于直线，取投影长度最大的坐标轴为计数方向。

对于圆弧，由圆弧终点落在的范围而定，终点落在阴影区取 G_x，否则取 G_y。如图 7-29 所示。

（5）Z——加工指令，分为 12 种，如图 7-30 所示。

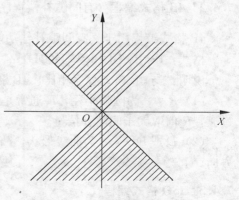

图 7-29　计数方向的选定

直线四种：L_1、L_2、L_3、L_4。其中，L_1 为向第一象限运动，其余以此类推。

顺圆四种：SR_1、SR_2、SR_3、SR_4。其中 SR_1 为第一象限顺圆，其余以此类推。

逆圆四种：NR_1、NR_2、NR_3、NR_4。其中 NR_1 为第一象限逆圆，其余以此类推。

（注意：对于过象限圆弧，以圆弧起点象限来定。）

2. 应用举例

如图 7-31 所示为一凸模零件，由三段直线与一段圆弧组成，S 点为穿丝孔。

图 7-30　加工指令

图 7-31　凸模

加工程序如下：

B0 B10000 B10000 Gy L2	；直线插补引入　$S{\rightarrow}A$
B40000 B0 B40000 Gx L1	；直线插补　$A{\rightarrow}B$
B10000 B90000 B90000 Gy L1	；直线插补　$B{\rightarrow}C$
B30000 B40000 B60000 Gx NR1	；逆圆插补　$C{\rightarrow}D$
B10000 B90000 B90000 Gy L4	；直线插补　$D{\rightarrow}A$
B0 B10000 B10000 Gy L4	；直线插补　$A{\rightarrow}S$

7.4.2　4B 格式编程（有间隙补偿程序）

4B 格式编程用于具有间隙补偿功能的数控线切割机床的程序编制。

格式：Bx By BJ BR G D(DD) Z

说明：与 3B 格式程序相比，4B 格式程序只多了两项。

（1）R——为圆弧半径，R 通常是图形已知尺寸，如果图形中出现尖角，则应圆弧过渡，R 值取大于间隙补偿量。

（2）D 或 DD——为曲线形状，凸圆弧用 D 表示，凹圆弧用 DD 表示，它决定补偿方向。

7.4.3　ISO 格式编程

ISO 格式编程是采用国际通用的程序格式，与数控铣床指令格式基本相同，比 3B 编程更为简单，目前已得到广泛的应用。

1. 常用指令

常用指令见表 7-6。

表 7-6　电火花线切割机床常用 ISO 代码

代　码	功　　能	代　码	功　　能
G00	快速定位	G55	加工坐标系 2
G01	直线插补	G56	加工坐标系 3
G02	顺圆插补	G57	加工坐标系 4
G03	逆圆插补	G58	加工坐标系 5
G05	X 轴镜像	G59	加工坐标系 6
G06	Y 轴镜像	G80	接触感知
G07	X、Y 轴交换	D82	半轴移动
G08	X 轴镜像、Y 轴镜像	G90	绝对坐标指令
G09	X 轴镜像、X、Y 轴交换	G91	增量坐标指令
G10	Y 轴镜像、X、Y 轴交换	G92	设定加工起点
G11	X 轴镜像、Y 轴镜像，X、Y 轴交换	M00	程序暂停
G12	消除镜像	M02	程序结束
G40	取消电极丝补偿	M05	接触感知解除
G41	电极丝左补偿	M98	调用子程序
G42	电极丝右补偿	M99	调用子程序结束
G50	取消锥度	T84	切削液开
G51	锥度左偏	T85	切削液关
G52	锥度右偏	T86	走丝机构开
G54	加工坐标系 1	T87	走丝机构关

数控线割 ISO 格式编程其准备功能中的 G00、G01、G02、G03 及一些辅助功能与数控铣床基本相同，在本章不再重复介绍。

2. 基本编程方法

(1) 设置加工起点指令：G92。

格式：G92 X＿ Y＿

说明：用于确定程序的加工起点。

X、Y 表示起点在编程坐标系中的坐标。

例如：G92 X8000 Y8000

表示起点在编程坐标系中为 X 方向 8mm，Y 方向 8mm。

注意：① 线切割加工编程中的坐标值采用整数，单位为 μm。

　　　② 加工整圆时，须分成两段以上圆弧进行编程才能加工，且要用 I、J 方式编程，不能用 R 方式编程。

(2) 电极丝半径补偿 G40、G41、G42。

格式：G40　取消电极丝补偿

　　　G41　D＿电极丝左补偿

　　　G42　D＿电极丝右补偿

说明：G40 为取消电极丝补偿，G41 为电极丝左补偿，G42 为电极丝右补偿。

　　　D＿为电极丝半径和放电间隙之和。

3. 应用举例

如图 7-32 所示零件，加工轨迹方向按图中箭头所

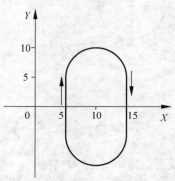

图 7-32　ISO 格式编程图例

示，电极丝直径 $\phi 0.15mm$，放电间隙 $0.01mm$，以绝对坐标编程方式进行编程。

程序如下：

N10 G92 X0 Y0	；设定加工起点
N20 G41 D85	；电极丝左补偿，补偿量 0.085mm
N30 G01 X5000 Y0	；进刀
N40 G01 X5000 Y5000	；开始加工轮廓
N50 G02 X15000 Y5000 I5000 J0	
N60 G01 X15000 Y-5000	
N70 G02 X5000 Y-5000 I-5000 J0	
N80 G01 X5000 Y0	
N90 G40	；取消补偿
N100 G01 X0 Y0	；退刀
N110 M02	；程序结束

7.5　线切割加工基本操作

线切割加工的操作和控制大多是在电源控制柜上进行的，下面以 HCKX 系列的数控电火花线切割机为例进行基本操作的说明。

1. 电源的接通与关闭

（1）打开电源柜上的电气控制开关，接通总电源。

（2）拔出红色急停按钮。

（3）按下绿色启动按钮，进入控制系统。

2. 上丝操作

上丝操作可以自动或手动进行。

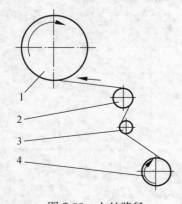

图 7-33　上丝路径
1. 储丝筒；2. 导轨；3. 上丝
介轮；4. 上丝电动机

3. 上丝路径

上丝路径见图 7-33。

（1）按下储丝筒停止按钮，断开断丝检测开关。

（2）将丝盘套在上丝电动机上，并用螺母锁紧。

（3）用摇把将储丝筒摇至极限位置或与极限位置保留一段距离。

（4）将丝盘上电极丝一端拉出绕过上丝介轮、导轮，并将丝头固定在储丝筒端部紧固螺钉上。

（5）剪掉多余丝头，顺时针转动储丝筒几圈后打开上丝电动机开关，拉紧电极丝。

（6）转动储丝筒，将丝缠绕至 10～15mm 宽度，取下

摇把，松开储丝筒停止按钮，将调速旋钮调至
"1"档。

（7）调整储丝筒左右行程档块，按下储丝开
启按钮开始绕丝。

（8）接近极限位置时，按下储丝筒停止按钮。

（9）拉紧电极丝，关掉上丝电动机，剪掉多
余电极丝并固定好丝头，自动上丝完成。

在手动上丝时，不需开启丝筒，用摇把匀速
转动丝筒即可将丝上满。

4. 穿丝操作

穿丝路径如图 7-34 所示。

图 7-34　穿丝路径
1. 储丝筒；2. 重锤；3. 固定插销；4. 张丝
滑块；5. 张紧轮；6. 导轨；7. 导电块；8. 导轨

（1）按下储丝筒停止按钮。

（2）将张丝支架拉至最右端并用插销定位。

（3）取下储丝筒一端丝头并拉紧，按穿丝路径依次绕过各导向轮，最后固定在丝筒
紧固螺钉处。

（4）剪掉多余丝头，用摇把转动储丝筒反绕几圈。

（5）拔下张丝滑块上的插销，手扶张丝滑块缓慢放松到滑块停止移动，穿丝结束。

5. 储丝筒行程调整

穿丝完毕后，根据储丝筒上电极丝的多少和位置来确定储丝筒的行程。为防止机械
性断丝，在行程档块确定的长度之外，储丝筒两端还应有一定的储丝量。具体调整方法
如下：

（1）用摇把将储丝筒摇至在轴向剩下 8mm 左右的位置停止。

（2）松开相应的限位块上的紧固螺钉，移动限位块至接近感应开关的中心位置后
固定。

（3）用同样方法调整另一端，两行程档块之间的距离即储丝筒的行程。

6. 建立机床坐标

系统启动后，首先应建立机床坐标。方法如下：

（1）在主菜单下移动光条选择"手动"中的"撞极限"功能。

（2）按 F2 功能键，移动机床到 X 轴负极限，机床自动建立 X 坐标。

（3）再用建立 X 坐标的方法建立另外几轴的坐标。

（4）选择"手动"中"设零点"功能将各个坐标系设零，机床坐标就建立起来了。

7. 工作台移动

移动工作台的方法一般有手动盒移动和键盘输入两种。

1）手动盒移动

（1）在主菜单下移动光条，选择"手动"中的"手动盒"功能。

（2）通过手动盒上的移动速度选择开关，选择移动速度。

（3）按要移动的轴所对应的键，就可以实现工作台移动。

2）键盘输入移动

（1）在主菜单下移动光条，选择"手动"中的"移动"功能。

（2）从"移动"子菜单中选择"快速定位"子功能。

（3）通过按键盘上的键输入数据。

（4）按 Enter 键，工作台开始移动。

8. 程序的编制与校验

（1）在主菜单下移动光条，选择"文件"中"编辑"功能。

（2）按 F3 功能键，编辑新文件，并输入文件名。

（3）用键盘输入源程序，选择"保存"功能将程序保存。

（4）在主菜单下移动光条，选择"文件"中"装入"功能，调入新文件。

（5）选择"校验画图"子功能，系统自动进行校验，并显示出图形。

（6）显示图形若正确，选择"运行"菜单的"模拟运行"子功能，机床将模拟加工，不放电空运行一次（工作台上不装夹工件）。

9. 电极丝找正

在切割加工之前，必须对电极丝进行找正操作。步骤如下：

（1）保证工作台面和找正器各面干净无损坏。

（2）移动 Z 轴至适当位置后锁紧，将找正器底面靠实工作台面，长度方向平行于 X 轴或 Y 轴。

（3）用手动盒移动 X 轴或 Y 轴坐标，至电极丝贴近找正器垂直面。

（4）选择"手动"菜单中的"接触感知"子功能。

（5）按 F7 键，进入控制电源微弱放电功能，丝筒启动、高频打开。

（6）在手动方式下，调整手控盒移动速度，移动电极丝接近找正器。当它们之间的间隙足够小时，会产生放电火花，从放电火花的均匀程度判断电极丝的偏斜方向。通过手动盒点动 U 轴或 V 轴坐标，直到放电火花上下一致。电极丝即找正。

10. 加工脉冲参数的选择

系统在放电切割加工状态下，可按 F1、F2 及 F3 键来调整加工脉冲宽度、脉冲间隙及高频功率管数。具体参数的选择要根据具体加工情况而定，操作者应在实际加工中多积累经验，以达到比较满意的效果。

第 8 章　数控车床操作实训

数控车床是数字程序控制车床的简称，与普通车床相类似，数控车床是数控机床中应用最广泛的一种。数控车床与普通车床相比，其结构仍然由床身、主轴箱、刀架、进给传动系统、液压、冷却和润滑系统等部分组成。但数控车床由于实现了计算机数字控制，其进给系统与普通车床的进给系统在结构上存在着本质的差别。在普通车床中，主运动和进给运动的动力都来源于同一台电机，它的运动是由电机经过主轴箱变速，传动至主轴，实现主轴的转动，同时经过交换齿轮架、进给箱、光杠或丝杠、溜板箱传到刀架，实现刀架的纵向进给移动和横向进给移动。主轴转动与刀架移动的同步关系依靠齿轮传动链来保证。

而数控车床则与之完全不同，其主运动和进给运动是由不同的电机来驱动的，即主运动（主轴回转）由主轴电机驱动，主轴采用变频无级调速的方式进行变速。驱动系统采用伺服电机（对于小功率的车床采用步进电机）驱动，经过滚珠丝杠传送到机床滑板和刀架，以连续控制的方式，实现刀具的纵向（Z 向）进给运动和横向（X 向）进给运动。这样，数控车床的机械传动结构大为简化，精度和自动化程度大大提高。数控车床主运动和进给运动的同步信号来自于安装在主轴上的脉冲编码器。当主轴旋转时，脉冲编码器便向数控系统发出检测脉冲信号。数控系统对脉冲编码器的检测信号进行处理后传给伺服系统中的伺服控制器，伺服控制器再去驱动伺服电机移动，从而使主运动与刀架的切削进给保持同步。

数控车床与普通车床一样，也是用来加工轴类或盘类的回转体零件。由于数控车床能自动完成内外圆柱面、圆锥面、圆弧面、端面和螺纹等工序的切削加工，并能进行切槽、钻孔、镗孔、扩孔和铰孔等加工，所以除此之外，数控车床还特别适合加工形状复杂、精度要求高的轴类或盘类零件。

数控车床具有加工灵活，通用性强，能适应产品的品种和规格频繁变化的特点，能够满足新产品的开发和多品种、小批量、生产自动化的要求，因此被广泛应用于机械制造业，例如汽车制造厂、发动机制造厂、机床制造业等。

8.1　数控车床简介

数控车床和普通车床一样，也是用来加工零件旋转表面的，一般能够自动完成外圆柱面、圆锥面、球面以及螺纹的加工，还能加工一些复杂的回转面，如双曲面等。

典型数控车床的机械结构系统组成包括主轴传动机构、进给传动机构、刀架、床身、辅助装置（刀具自动交换机构、润滑与切削液装置、排屑、过载限位）等部分。数控车床的进给系统与普通车床有本质的区别，传统普通车床有进给箱和交换齿轮架，而数控车床直接用伺服电机通过滚珠丝杠驱动溜板箱和刀架实现进给运动，因而进给系统的结构大为简化。数控车床结构如图 8-1 所示。

图 8-1　数控车床结构

1. 脚踏开关；2. 对刀仪；3. 主轴卡盘；4. 主轴箱；5. 机床防护门；6. 压力表；7. 对刀仪防护罩；
8. 导轨防护罩；9. 对刀仪转臂；10. 操作面板；11. 回转刀架；12. 尾架；13. 滑板；14. 床身

8.1.1　数控车床的分类

数控车床品种繁多，规格不一，可按如下方法进行分类。

1. 按车床主轴位置分类

立式数控车床：立式数控车床简称为数控立车，其车床主轴垂直于水平面，一个直径很大的圆形工作台，用来装夹工件。这类机床主要用于加工径向尺寸大、轴向尺寸相对较小的大型复杂零件。

卧式数控车床：卧式数控车床又分为数控水平导轨卧式车床和数控倾斜导轨卧式车床。其倾斜导轨结构可以使车床具有更大的刚性，并易于排除切屑。

2. 按加工零件的基本类型分类

卡盘式数控车床：这类车床没有尾座，适合切削盘类（含短轴类）零件。夹紧方式多为电动或液动控制，卡盘结构多具有可调卡爪或不淬火卡爪（即软卡爪）。

顶尖式数控车床：这类车床配有普通尾座或数控尾座，适合切削较长的零件及直径不太大的盘类零件。

3. 按刀架数量分类

单刀架数控车床：数控车床一般都配置有各种形式的单刀架，如四工位卧动转位刀架或多工位转塔式自动转位刀架。

双刀架数控车床：这类车床的双刀架配置平行分布，也可以是相互垂直分布。

4. 按功能分类

经济型数控车床：采用步进电动机和单片机对普通车床的进给系统改造后形成的简易型数控车床，成本较低，但自动化程度和功能都比较差，车削加工精度也不高，适用于要求不高的回转类零件的车削加工。

普通数控车床：根据车削加工要求在结构上进行专门设计并配备通用数控系统而形成的数控车床，数控系统功能强，自动化程度和加工精度也比较高，适用于一般回转类零件的车削加工。这种数控车床可同时控制两个坐标轴，即 X 轴和 Z 轴。

车削加工中心：在普通车床的基础上，增加了 C 轴和动力头，更高级的数控车床还带有刀库，可控制 X、Z 和 C 三个坐标轴，联动控制轴可以是（X、Z）、（X、C）或（Z、C）。由于增加了 C 轴和铣削动力头，这种数控车床的加工功能大大增强，除可以进行一般车削外，还可以径向和轴向铣削、曲面铣削、中心线不在零件回转中心的孔和径向孔的钻削等加工。

5. 其他分类方法

按数控系统的不同控制方式等指标，数控车床可以分很多种类，如直线控制数控车床，两主轴控制数控车床等；按特殊或专门工艺性能可分为螺纹数控车床、活塞数控车床、曲轴数控车床等很多种。

8.1.2　数控车床的布局

数控车床的主轴、尾座等部件相对床身的布局形式与普通车床基本一致，而床身结构和导轨的布局形式则发生了根本变化，这是因为其直接影响数控车床的使用性能及机床的结构和外观所致。

数控车床的床身结构和导轨有多种形式，主要有水平床身、倾斜床身、水平床身斜滑鞍及立床身等，它有 4 种布局形式：图 8-2（a）平床身，图 8-2（b）斜床身，图 8-2（c）平床身斜滑板，图 8-2（d）为立床身。

(a) 平床身　　　　(b) 斜床身　　　　(c) 平床身斜滑板　　　　(d) 立床身

图 8-2　数控车床的床身结构

　　水平床身的工艺性好，便于导轨面的加工。水平床身配上水平放置的刀架可提高刀架的运动精度，一般可用于大型数控车床或小型精密数控车床的布局。但是水平床身由于下部空间小，故排屑困难。从结构尺寸上看，刀架水平放置使得滑板横向尺寸较长，从而加大了机床宽度方向的结构尺寸。

　　水平床身配上倾斜放置的滑板，并配置倾斜式导轨防护罩，这种布局形式一方面有水平床身工艺性好的特点，另一方面机床宽度方向的尺寸较水平配置滑板的要小，且排屑方便。

　　水平床身配上倾斜放置的滑板和斜床身配置斜滑板布局形式被中小型数控车床所普遍采用。这是由于此两种布局形式排屑容易，热铁屑不会堆积在导轨上，也便于安装自动排屑器；操作方便，易于安装机械手，以实现单机自动化；机床占地面积小，外形简洁、美观，容易实现封闭式防护。

　　斜床身其导轨倾斜的角度分别为 30°、45°、60°、75° 和 90°（称为立式床身），若倾斜角度小，排屑不便；若倾斜角度大，导轨的导向性差，受力情况也差。导轨倾斜角度的大小还会直接影响机床外形尺寸高度与宽度的比例。综合考虑上面的因素，中小规格的数控车床其床身的倾斜度以 60° 为宜。

8.2　数控车床的主要加工对象

　　数控车削是数控加工中用得最多的加工方法之一。由于数控车床具有加工精度高、能作直线和圆弧插补（高档车床数控系统还有非圆曲线插补功能）以及在加工过程中能自动变速等特点，因此其工艺范围较普通车床宽得多。

　　1. 精度要求高的回转体零件

　　因数控车床刚性好，制造精度、对刀精度和重复定位精度高，具有刀具补偿功能，使其可加工尺寸精度要求高的零件。

　　数控车床的刀具运动通过高精度插补运算和伺服驱动来实现，可加工对母线直线度、圆度和圆柱度等形状精度要求高的零件。

　　车削零件位置精度的高低主要取决于零件的装夹次数和机床的制造精度。数控车床的制造精度高，工件装夹次数少，对提高零件的位置精度有利。数控车削对提高位置精度特别有效。在数控车床上加工，如果发现要求位置精度较高，可以用修改程序内数据的方法来校正，这样可以提高其位置精度。而在传统车床上加工是无法做这种校正的。

　　2. 表面粗糙度要求高的回转体

　　数控车床具有恒线速度切削功能，能加工出表面粗糙度值小而均匀的零件。因为在材质、精车余量和刀具已定的情况下，表面粗糙度取决于进给量和切削速度。切削速度变化，致使车削后的表面粗糙度不一致。使用数控车床的恒线速度切削功能，就可选用最佳线速度来切削锥面、球面和端面等，使车削后的表面粗糙度值小而均匀。

3. 轮廓形状复杂或难于控制尺寸的回转体零件

数控车床具有直线和圆弧插补功能，部分车床数控装置还有某些非圆曲线插补功能，可车削任意直线和曲线组成的形状复杂的回转体零件和难于控制尺寸的零件，如具有封闭内成形面的壳体零件。图 8-3 所示的壳体零件封闭内腔的成形面，"口小肚大"，在普通车床上是无法加工的，而在数控车床上则容易加工出来。

组成零件轮廓的曲线可以是数学方程式描述的曲线，也可以是列表曲线。对于由直线或圆弧组成的轮廓，直接利用机床

图 8-3　内腔零件图

的直线或圆弧插补功能。对于由非圆曲线组成的轮廓，可以用非圆曲线插补功能；若所选机床没有非圆曲线插补功能，则应先用直线或圆弧去逼近，然后再用直线或圆弧插补功能进行插补切削。

4. 带特殊类型螺纹的回转体零件

普通车床所能车削的螺纹相当有限，它只能车等导程的直、锥面米制或英制螺纹，而且一台车床只能限定加工若干种导程的螺纹。数控车床不但能车削任何等导程的直、锥和端面螺纹，而且能车增导程、减导程及要求等导程与变导程之间平滑过渡的螺纹（如非标丝杠），还具有高精密螺纹切削功能，再加上一般采用硬质合金成形刀具以及可以使用较高的转速，所以车削出来的螺纹精度高，表面粗糙度小。

8.3　数控车床的安全使用常识

8.3.1　数控车床安全操作规程

（1）操作车床前，必须紧束工作服，女生必须戴好工作帽，严禁戴手套操作数控车床。

（2）通电后，检查车床有无异常现象。

（3）刀具要垫好、放正、夹牢；安装的工件要校正、夹紧，安装完毕应取出卡盘扳手。

（4）换刀时，刀架应远离卡盘、工件和尾架；在手动移动拖板或对刀过程中，在刀尖接近工件时，进给速度要小，移位键不能按错，且一定注意按移位键时不要误按换刀键。

（5）自动加工之前，程序必须通过模拟或经过指导教师检查，正确的程序才能自动运行，加工工件。

（6）自动加工之前，确认起刀点的坐标无误；加工时要关闭车床的防护门，加工过程中不能随意打开。

（7）数控车床的加工虽属自动进行，但仍需要操作者监控，不允许随意离开岗位。

（8）若发生异常，应立即按下急停按钮，并及时报告以便分析原因。

（9）不得随意删除机内的程序，也不能随意调出机内程序进行自动加工。

（10）不能更改车床参数设置。

（11）不要用手清除切屑，可用钩子清理，发现铁屑缠绕工件时，应停车清理；在车床面上不准放东西。

（12）机床只能单人操作；加工时，绝不能把头伸向刀架附近观察，以防发生事故。

（13）工件转动时，严禁测量工件、清洗车床、用手去摸工件，更不能用手制动主轴头。

（14）关机之前，应将溜板停在 X 轴、Z 轴中央区域。

8.3.2　数控机床日常维护保养常识

1. 安全规定

（1）操作者必须仔细阅读和掌握车床上的危险、警告、注意等标识说明。

（2）车床防护罩、内锁或其他安全装置失效时，必须停止使用机床。

（3）操作者严禁修改机床参数。

（4）车床维护或其他操作过程中，严禁将身体探入工作台下。

（5）检查、保养、修理之前，必须先切断电源。

（6）严禁超负荷、超行程和违规操作车床。

（7）操作数控机床时思想必须高度集中，严禁戴手套、扎领带和人走机不停的现象发生。

（8）工作台上有工件、附件或障碍物时，车床各轴的快速移动倍率应小于50%。

2. 日常维护保养

设备整体外观检查，车床是否有异常情况，保证设备清洁、无锈蚀。检查液压系统、气压系统、冷却装置、电网电压是否正常。开机后需检查各系统是否正常，低速运行主轴5分钟，观察车床是否有异常。及时清洁主轴锥孔，做到工完场清。

3. 周末维护保养

全面清洁车床，对电缆、管路进行外观检查，清洁主轴锥孔，清洁主轴外表面、工作台、刀库表面等。检查液压、冷却装置是否正常，及时清洗主轴恒温装置过滤网。检查冷却液，不合格及时更换，清洁排屑装置。

8.4　CK630 系列数控车床简介

各种类型数控车床的操作方法基本相同。对于不同型号的数控车床，由于机床结构以及操作面板、数控系统的差别，操作方法也会有差别。下面以 CK630 系列数控车床为例介绍其基本操作。对于其他数控车床，应查看该车床的详细说明。

1. 车床参数

沈阳第一机床厂生产的 CK630 系列数控车床是由 FANUC 0i Mate-TC 系统控制的经济型卧式数控车床。该车床能对两坐标（横向 X、纵向 Z）进行连续伺服自动控制，实现直线和圆弧插补，对轴类、盘类等回转零件的内外圆柱面、端面、圆锥面、圆弧面和螺纹（公制螺纹和英制螺纹、锥螺纹和端面螺纹）等表面可自动进行加工。还可以进行钻孔、扩孔、铰孔和镗孔等加工。

主要规格及技术参数：

（1）床身上名义回转直径　　　　　ϕ360mm

（2）床身上最大工件回转直径　　　ϕ630mm

（3）最大工件长度　　　　　　　　1500mm

（4）刀架上最大工件回转直径　　　ϕ350mm

（5）主轴通孔直径　　　　　　　　ϕ104mm

（6）主轴内孔锥度　　　　　　　　1：20

（7）装刀基面距主轴中心距离　　　20mm

（8）车刀刀杆最大尺寸　　　　　　20×20mm

（9）尾座套筒锥度　　　　　　　　莫氏 5 号

（10）主轴转速范围　　　　　　　　16～820r/min

（11）主电机功率　　　　　　　　　变频 4kW

2. 数控车床的组成

数控车床由车床主体、伺服系统、数控系统三大部分组成。数控车床基本保持了普通车床的布局形式。主轴由伺服电机实现自动调整输出速度，进给运动由电机拖动滚珠丝杠来实现。配置了自动刀架，提高换刀的位置精度。

数控系统包括控制电源、轴伺服控制器、主机、轴编码器和显示器。

车床本体包括床身、主轴箱、回转刀架、进给传动系统、冷却系统、润滑系统和车床安全保护系统，如图 8-4 所示。

图 8-4　车床本体

3. 数控车床坐标系

该类型数控车床的刀架在工件与操作者之间，即刀架在内侧。按机床坐标系的定义方法，刀架在内侧的坐标如图8-5（a）所示。操作机床时应按8-5（a）所示坐标来确定移动的方向，但在编程时通常按8-5（b）所示的坐标进行，因为这样编程更加方便，且编写的程序是相同的。

图 8-5　数控车床坐标系

8.5　数控车床控制面板（FANUC 0i 系统）

FANUC 0i-Mate 系统控制面板由两部分组成：数控系统操作面板和机床操作面板，如图 8-6 所示。

(a) 数控系统操作面板

(b) 车床操作面板

图 8-6　FANUC 0i-Mate 系统数控系统控制面板

8.5.1　CK630 数控系统操作面板

FANUC 0i-Mate-TB 系统数控系统操作面板由 CRT 显示器和 MDI 键盘两部分组成。

1. CRT 显示器

CRT 显示器，如图 8-7 所示，用于显示车床的各种参数和状态，如显示车床参考点坐标、刀具位置坐标、输入数控系统的指令数据、刀具补偿值的数值、报警信号、自诊断内容、滑板移动速度以及间隙补偿值等。

图 8-7　CRT 显示器

显示器的下方有 7 个软键，也称章节选择键，按主功能键后出现的第一级菜单为章，各下级子菜单为节。软键的功能含义显示在当前屏幕中最下一行对应软键的位置，软键随功能键状态不同而具有若干个不同的子功能。

左端的软键，称菜单返回键。

右端的软键，称菜单继续键。用于显示当前（同级）章节操作功能画面未显示完的内容。

软键中［操作］软键可进入下一级子菜单操作，显示该章节功能被处理的数据。

2. 数据输入（MDI）键

数据输入（MDI）键，用于数控系统的数据输入，如图 8-8 所示，MDI 键说明见表 8-1。

图 8-8　数据输入（MDI）键

表 8-1　MDI 键说明

编 号	名　称		功能说明
1		复位键	按此键使 CNC 复位，解除报警。当车床自动运行时，按此键则车床的所有运动都停止
2		帮助键	显示如何操作机床，可在 CNC 发生报警时提供报警的详细信息
3		地址和数字键	按这些键可以输入字母、数字或者其他字符
4		EOB 键	EOB 用于程序段结束符"；"的输入
5		换挡键	在有些键上有两个字符。先按此键后，可输入键面右下角的小字符
6		输入键	将输入缓冲区的数据输入参数页面或者输入一个外部的数控程序。这个键与软键中的"输入"键是等效的
7		取消键	取消键，用于删除最后一个进入输入缓存区的字符或符号
8	、、	程序编辑键（当编辑程序时按这些键）	ALTER：替换键，用输入的数据替代光标所在的数据 INSRT：插入键，把缓冲区的数据插入到光标之后 DELET：删除键，用于程序字或程序内容的删除

编　号	名　称		功能说明
9		功能键	按这些键用于选择各种功能显示画面： POS（位置）键：显示当前刀具的位置 PROG（程序）键：用于显示程序。在不同工件方式下显示不同内容 OFFSET/SETTING（刀偏/设置）键：用于设置、显示刀具补偿值和其他数据 SYSTEM（系统）键：用于系统参数的设置及显示 MESSAGE（信息）键：用于显示各种信息 CUSTOM/GRAPH（用户宏/图形）键：用于用户宏画面或图形的显示
10		光标移动键	▶ 将光标向右移动 ◀ 将光标向左移动 ▼ 将光标向下移动 ▲ 将光标向上移动
11		翻页键	将屏幕显示的页面往前翻页 将屏幕显示的页面往后翻页

8.5.2　数控车床操作面板

1. 系统电源

（1）"系统上电"键：按此键接通数控系统的电源。

（2）"系统断电"键：按此键断开数控系统的电源。

2. "方式选择"旋钮

在对车床进行操作时必须先选择操作方式。

（1）程序编辑（EDIT）：可利用 MDI 面板将工件加工程序手动输入到存储器中，也可以对存储器内的加工程序内容进行修改、插入、删除等编辑。

（2）自动运行（MEM）：在此方式下，车床可按存储的程序进行加工。

（3）手动数据输入（MDI）：可以通过 MDI 键盘直接将程序段输入到存储器内，按"程序启动"按钮可执行所送入的程序段。

（4）程序远程输入（DNC）：对外部电脑或网络中的程序进行在线加工。

（5）手动进给（JOG）：可使滑板沿坐标轴方向连续移动。

（6）回参考点（REF）：按着"＋X"和"＋Z"键可分别使车床溜板返回参考点。当车床刀架回到零点时，对应的 X 轴或 Z 轴回零指示灯亮。

（7）手脉倍率（手轮 HND）×100，×10，×1：转动手轮一个刻度使刀架沿坐标轴方向移动"最小移动单位"的相应倍数。

3. "手动倍率/进给倍率/快速倍率"旋钮

在手动或自动运行期间用于进给速度的调整。可改变程序中 F 设定的进给速度，调整范围 0~150%。

4. 自动运行操作键

1）"程序启动"键

在自动或手动数据输入运行方式下按此键，按键灯亮，程序自动执行。

此键在下列情况下起作用：按了"程序暂停"键暂停后，再按此键可以使机床继续工作；按"单程序段"运行时，按此键执行下一段程序；程序中的 M01 指令，执行"任选停止"后按此键，车床继续按规定的程序执行。

2）"程序暂停"键

也称为循环保持或进给保持键。在自动或手动数据输入运行期间，按此键，该键灯亮，刀架停止移动，但 M、S、T 功能仍然有效。要使车床继续工作，按"程序启动"键，刀架继续移动。在循环保持状态，可以对车床进行任何的手动操作。

5. 主轴手动操作按钮

(1)"主轴正转"键。

在手动操作方式（包括手动进给和手轮）下按"主轴正转"键，该键灯亮，主轴正向旋转。

(2)"主轴停止"键。

(3)"主轴反转"键。

(4)"主轴点动"键。

按下此键，主轴正转，松开此键，主轴停止转动。

(5)"主轴升速"键。

按 1 次，主轴的实际转速比设置转速提高 10%。

(6)"主轴降速"键。

按 1 次，主轴的实际转速比设置转速降低 10%。

6. 手动进给操作按钮

(1) +X 键。

按着此键，刀架以"倍率旋钮"的进给速度移动，松开按钮，车床停止移动；若在按住此键期间，按了快速移动开关，则车床以快速移动速度运动。

(2) -X 键。

(3) +Z 键。

(4) -Z 键。

(5) X 轴回零指示灯。

X 轴方向回参考点结束此灯亮。

(6) Z 轴回零指示灯。

7. "手轮"

选择手轮每摇一格，刀架的移动量；选择移动轴；手轮顺时针转动，刀架正向移动，反之刀架则负向移动。

8. "手动刀架"

在手动方式下，进行四工位刀架的旋转换刀。

9. 操作选择

1）"冷却启动"键

灯亮时，开启冷却液。

2）"跳跃程序段"按钮

此键按下灯亮时，程序中带有"/"标记的程序段不执行。

3）"任选停止"键

当任选停止功能有效时，程序中的 M01 指令有效，即执行完成有 M01 的程序段后，自动程序暂停、车床主轴停转、冷却停止。要使机床继续按程序运行，须再按"程序启动"按钮。

4）"单程式段"键

"单程式段"指示灯亮时，按"程序启动"按钮，程序只运行一段即停止。

在按下"单程式段"按钮执行一个程序段后的停止期间，通过"方式选择"按钮可以转换到任何其他的操作方式下操作车床。

5）"车床锁住"键

车床锁住时，刀架不能移动，但其他（如 M、S、T）功能执行和显示都正常。在检验程序时使用。注：本车床此功能不用使用。

6）"空运行"按钮

启动此功能时，程序中设定的 F 功能无效，刀架已快速移动，不能用于加工，只能用于检验程序。

只是检验程序的一种方式，不能用于实际的零件切削。

10. "快速进给"键

在手动方式下，按下此键灯亮时刀架以快速方式移动。

11. "超程释放"键

当车床移动超过工作区间的极限时称为超程。

解除超程步骤：选择"手动进给"方式→按"超程释放"→同时按与超程方向相反的轴向键，使机床返回到工件区间→按"RESET"键，使机床解除报警状态。

12. "急停"按钮

在紧急状态下按此键，机床各部将全部停止运动，NC 控制系统清零。按急停按钮后，必须重新进行清零操作。

13. 程序保护锁

"程序保护锁"是一钥匙开关。当该开关在"1"（ON）位置时，内存程序受到保护，即不能对程序进行编辑。

14. 指示灯

"电源指示"、"加工结束"、"报警指示"和"润滑指示"。

数控车床操作面板各键图示及说明请参照表 8-2。

表 8-2　数控车床操作面板各键说明

编 号	符 号	名　　称	编 号	符 号	名　　称
1		编辑操作 EDIT	20		Z 轴负方向移动
2		手动数据输入方式 MDI	21		Z 轴正方向移动
3		自动状态 AUTO	22		手动快速
4		手动状态 JOG	23		超程释放
5		手摇脉冲方式 HNDL	24		选刀
6		回零状态 ZRN	25		手动冷却液开关
7		手摇脉冲最小单位 0.001mm，快速倍率 1%	26		手动润滑开关
8		手摇脉冲最小单位 0.01mm，快速倍率 25%	27		液压卡盘夹紧松开
9		手摇脉冲最小单位 0.1mm，快速倍率 50%	28		液压台尾进退
10		手摇脉冲最小单位 1mm，快速倍率 100%	29		液压起动停止
11		X 轴手摇脉冲进给选择	30		手动主轴正转
12		Z 轴手摇脉冲进给选择	31		手动主轴反转
13		机床锁住	32		手动主轴点动
14		空运行	33		手动主轴停止
15		程序段跳步	34		手动主轴升速
16		单段程序	35		手动主轴降速
17		进给保持	36		X 轴参考点指示
18		X 轴负方向移动	37		Z 轴参考点指示
19		X 轴正方向移动	38		（左）主轴档位转速显示 （右）当前刀位号显示

8.6　FANUC 0i 系统常用功能界面

1. "POS"（位置）功能界面

三种显示刀具当前位置的画面：

1）坐标显示

显示刀具当前在工件坐标系中的位置。

2）相对坐标显示

显示刀具当前在操作者设定的相对坐标系内的位置。

在此画面下可预设相对坐标值，按功能键"POS（位置）"→按软键【相对】→按软键【操作】→按键盘上一个轴地址键（如 U 或 W），此时画面中指定轴的地址闪烁→按软键【起源】，闪烁轴的相对坐标值复位至 0；若将坐标值设置成指定值（非零值），则输入指定值并按软键【预定】，闪烁轴的相对坐标被设定为指定值，也可以只按软键【起源】，再按软键【全轴】则所有轴的相对坐标值复位为 0，按软键【EXEC】确认此项并返回上一级菜单。

注：执行程序换刀时，相对坐标将发生变化。

图 8-9　综合位置显示

3）综合位置显示

综合位置显示如图 8-9 所示。

相对坐标，也可以按预设相对坐标值的方法预设各轴相对坐标值或将各轴相对坐标值清零。

绝对坐标，以机床坐标系为程序坐标系编程。

机械坐标，刀具当前在机床坐标系内的位置，可用此坐标值确定采用 G54～G59 指令建立工件坐标系时工件坐标系原点在机床坐标系内的值，将此值输入到工件坐标系偏置页面的对应位置即建立了工件坐标系。

剩余进给，表示当前程序段中的刀具尚需移动的距离。

2. "PROG"（程序）功能界面

CNC 机床按程序运行称为自动运行。自动运行有以下的几种类型：

①自动运行（MEM）：执行存储在 CNC 存储器中的程序运行方式。②手动数据输入（MDI）：从 MDI 面板输入程序的运行方式。③程序远程输入（DNC）：从外部设备上输入程序的运行方式。

1）"自动运行"下显示画面

"自动运行"下显示画面，如图 8-10 所示。

（1）在界面中按软键【BG-EDIT】进入后台编辑方式，左上角有"程序（BG-EDIT）"的标记，按软键【BG-END】则返回前台；

（2）输入程序号按软键【O 检索】可打开选定的程序，其作用与面板上的光标键相同；

（3）输入行号（N 序号）按软键【N 检索】光标移到选定的行号处；

（4）按软键【REWIND】将光标返回到程序头位置；

（5）按软键【F 检索】，从外部设备向 CNC 系统输入程序。

2）手动数据输入（MDI）方式下显示画面

如图 8-11 所示，利用 MDI 面板输入的程序，显示模态数据。

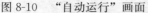

图 8-10　"自动运行"画面　　　　　　图 8-11　MDI 方式下显示画面

手动数据输入方式程序的编辑：选择"手动数据输入"→按"PROG"功能键→再按软键【MDI】，出现有预置 O0000 号的画面。

MDI 方式编辑程序最多 10 行。

3. "OFFSET/SETTING"（刀偏/设置）功能界面

显示和设定刀具补偿值、工件坐标系偏置量和宏程序的公共变量值等。

1）补正的界面

补正的界面如图 8-12 所示。

（1）用软键【输入】或【＋输入】修改刀具偏置量。

刀具偏置量的清除，在补偿值画面下，按菜单继续键，按软键【CLEAR】，可按【全部】，【磨耗】，【形状】，清除刀具偏置数据。

图 8-12　补正界面

步骤如下：

① 按功能键"OFFSET/SETTING"键。

② 按软键【补正】。按软键【磨损】后，出现刀具磨损补偿画面。号 W××；按软键【形状】出现刀具几何补偿画面，号 G××。

③ 用翻页键和光标键移动光标至所需设定或修改的补偿值处，或输入所需设定或修改补偿值的补偿号并按下软键【NO 检索】。

④ 输入一个设定的补偿值按软键【输入】。要改变补偿值，可输入一个值并按软键【＋输入】，于是输入值与原有值相加（也可设负值）。若按下软键【输入】则输入值替换原有值。

（2）对刀，用软键【测量】设定刀具长度补偿值。

分两种情况。一种是在刀具几何偏置界面中设定刀具几何长度补偿值，此时程序中不用 G50 或 G54～G59 指令建立工件坐标系，而是直接采用刀具补偿指令（如 T0101）建立工件坐标系，相当于用刀具长度补偿值代替工件坐标系偏置值；另一种是在刀具磨损补偿界面设定刀具磨损长度补偿值，通过随时修改该补偿值以方便加工。

用【测量】设定刀具长度补偿值的步骤：

对刀，用刀具几何长度补偿值进行工件坐标设定。

图 8-13　切削表面示意

Z 轴方向刀具几何长度补偿值的设定：

① 在手动方式下用刀具（如 1 号刀）切削表面 A，如图 8-13 所示；

② 保持 Z 轴方向位置不变，仅在 X 轴方向退刀，停止主轴；

③ 确定工件坐标系的零点至表面 A 的距离 L（通常工件右端面为坐标零点，即 $L=0$）；

④ 按功能键"OFFSET/SETTING"和【补正】软键，再按软键【形状】，出现刀具几何偏置界面；

⑤ 将光标移至与刀具号对应的偏置号（如番号 G01）处；

⑥ 键入 ZL 值；

⑦ 按【测量】软键。则当前机床坐标系下的 Z 坐标值减去 L 值得到的差值作为 Z 轴刀具长度补偿值被自动设置到指定的偏置号。

X 轴方向刀具几何长度补偿值的设定：

① 在手动方式下用同一把刀具切削表面 B，如图 8-13 所示；

② 保持 X 轴方向位置不变，仅在 Z 轴方向退刀，停止主轴；

③ 测量表面 B 的直径 D；

④ 后面的步骤与设定 Z 轴一样，只是输入 X 轴值。

刀具磨损长度补偿值的设定：

Z 轴方向刀具磨损长度补偿值的设定，与 Z 轴方向刀具几何长度补偿值的设定一样，只是在刀具磨损补偿界面中进行设定。

（3）对刀，用软键【C. 输入】设定刀具相对长度刀具与工件上选定的对刀基准面接触来设定相应刀具的长度补偿值，刀具长度补偿值为刀具相对基准刀具的"相对长度"。

用软键【C. 输入】设定刀具补偿值步骤如下：

① 手动（或手轮）将基准刀具（用来建立工件坐标系的刀具）移动至参考位置，使刀尖与对刀基准面接触。

② 将轴的相对坐标值归零（利用 MDI 换刀，相对坐标将发生变化，可采用"手动刀架"）。也可以根据建立的绝对坐标，用软键【测量】设定各刀具相对基准刀具的长度补偿值。

③ 将其他刀具移到参考位置，使刀尖与工件上对刀基准面接触。

④ 选择刀具几何补偿画面，将光标移到刀具号对应的位置。

⑤ 按地址键 X（或 Z）和软键【C 输入】，长度补偿值即被输入。

2）工件坐标系设定画面

工件坐标系设定画面如图 8-14 所示，用于设置 G54 的工件原点偏置量和附加工件原点偏置量（番号 00（EXT））。

图 8-14　工件坐标系设定画面

对刀，进行工件坐标系原点的设置步骤：

（1）在手动（或手轮）方式下用基准刀具（如 1 号刀）切削表面 A（对刀方法与前面相同）；

（2）保持 Z 轴方向位置不变，仅在 X 轴方向退刀，停止主轴；

（3）确定工件坐标系的零点至表面 A 的距离 L；

（4）按功能键"OFFSET/SETTING"和【坐标系】软键；

（5）将光标移至番号 01G54 中 Z 坐标位置上；

（6）键入 ZL 值；

（7）按【测量】软键；

（8）手动切削表面 B，保持 X 轴方向位置不变，仅在 Z 轴方向退刀，停止主轴；

（9）测量表面 B 的直径 D，将光标移至番号 01G54 中 X 坐标位置上，地址键 X，输入直径 D 值，按【测量】软键，即完成工件坐标系原点的设置。

3）设定工件坐标系偏置量

当用 G50 指令或利用刀具长度补偿功能自动建立的工件坐标系，设定的坐标系与编程时使用的坐标系不同时，所设定的坐标系可被偏置。

按"OFFSET/SETTING"键→按菜单继续键→按软键【工件移】，出现工件平移画面，输入工件移动量，如 Z 方向 -70.0。

8.7 FANUC 0i 系统加工程序的编辑

1. 创建新程序

手工输入一个新程序的方法：

（1）选择"程序编辑"方式；

（2）按面板上的"PROG"键，显示程序画面；

（3）用字母和数字键，输入程序号。例如，输入程序号"O0006"；

（4）按系统面板上的插入键；

（5）输入分号"；"；

（6）按系统面板上的插入键；

（7）这时程序屏幕上显示新建立的程序名，接下来可以输入程序内容。

在输入到一行程序的结尾时，按 EOB 键生成"；"，然后再按插入键。这样程序会自动换行，光标出现在下一行的开头。

2. 后台编辑

在执行一个程序期间编辑另一个程序称为后台编辑。编辑方法与普通编辑相同。后台编辑的程序完成操作后，将被存到前台程序存储器中。

操作方法如下：

（1）选择"自动运行"方式或"程序编辑"方式；

（2）按功能键"PROG"；

（3）按软键【操作】，再按软键【BG-EDT】，显示后台编辑画面；

（4）在后台编辑画面，用通常的程序编辑方法编辑程序；

（5）编辑完成之后，按软键【操作】，再按软键【BG-END】。编辑程序被存到前台程序存储器中。

3. 打开程序文件

打开存储器中程序的方法：

（1）选"程序编辑"或"自动运行"方式→按"PROG"键，显示程序画面→输入程序号→按光标键；

（2）按系统显示屏下方与 DIR 对应的软键，显示程序名列表；

（3）使用字母和数字键，输入程序名。在输入程序名的同时，系统显示屏下方出现【O 检索】软键；

（4）输完程序名后，按 O 检索软键；

（5）显示屏上显示这个程序的程序内容。

4. 编辑程序

下列各项操作均是在编辑状态下，程序被打开的情况下进行的。

1）字的检索

（1）按【操作】软键。

（2）按向右箭头（菜单扩展键），直到软键中出现【检索（SRH）↑】和【检索（SRH）↓】软键。

（3）输入需要检索的字。如要检索 M03。

（4）按【检索】键。带向下箭头的检索键为从光标所在位置开始向程序后面检索，带向上箭头的检索键为从光标所在位置开始向程序前面进行检索。可以根据需要选择一个检索键。

（5）光标找到目标字后，定位在该字上。

2）光标跳到程序头

当光标处于程序中间，而需要将其快速返回到程序头，可用下列三种方法。

方法一：在"程序编辑"方式，当处于程序画面时，按【RESET】键，光标即可返回到程序头。

方法二：在"自动运行"或"程序编辑"方式，当处于程序画面时，按地址 O→输入程序号→按软键【O 检索】。

方法三：在"自动运行"或"程序编辑"方式下→按【PROG】键→按【操作】键→按【REWIND】键。

3）字的插入

（1）使用光标移动键或检索，将光标移到插入位置前的字；

（2）键入要插入的字；

（3）按"INSERT"键。

4）字的替换

（1）使用光标移动键或检索，将光标移到替换的字；

（2）键入要替换的字；

（3）按"Alter"键。

5）字的删除

（1）使用光标移动键或检索，将光标移到替换的字；

（2）按删除键。

6）删除一个程序段

（1）使用光标移动键或检索，将光标移到要删除的程序段地址 N；

（2）键入";"；

（3）按"DELETE"键。

7）删除多个程序段

（1）使用光标移动键或检索，将光标移到要删除的第一个程序段的第一个字；

（2）键入地址 N；

（3）键入将要删除的最后一个段的顺序号；

（4）按"DELETE"键。

5. 删除程序

删除程序的步骤：

（1）在"程序编辑"方式下，按【PROG】键；

（2）按【DIR】软键；

（3）显示程序名列表；

（4）使用字母和数字键，输入欲删除的程序名；

（5）按面板上的"DELETE"键，该程序将从程序名列表中删除。

8.8 FANUC 0i 系统车床常用代码

表 8-3 FANUC 0i 系统车床常用 G 代码

G 代码	功　能	G 代码	功　能
* G00	定位（快速移动）	* G40	刀尖半径补偿取消
G01	直线切削	G41	刀尖半径左补偿
G02	圆弧插补（CW，顺时针）	G42	刀尖半径右补偿
G03	圆弧插补（CCW，逆时针）	G50	坐标系设定/恒线速最高转速设定
G04	暂停	* G54	选择工件坐标系 1
G18	ZX 平面选择	G55	选择工件坐标系 2
G20	英制输入	G56	选择工件坐标系 3
G21	公制输入	G57	选择工件坐标系 4
G27	参考点返回检查	G58	选择工件坐标系 5
G28	参考点返回	G59	选择工件坐标系 6
G30	回到第二参考点	G70	精加工循环
G32	螺纹切削	G71	内外圆粗车循环

G 代码	功　能	G 代码	功　能
G72	台阶粗车循环	G92	螺纹固定切削循环
G73	成形重复循环	G94	端面固定切削循环
G74	Z 向端面钻孔循环	G96	恒线速度控制
G75	X 向外圆/内孔切槽循环	* G97	恒线速度控制取消
G76	螺纹切削复合循环	G98	每分钟进给
G90	内外圆固定切削循环	* G99	每转进给

带 * 者表示是开机时会初始化的代码

表 8-4　FANUC 0i 系统车床常用 M 代码

M 代码	功　能	M 代码	功　能
M00	程序停止	M10	卡盘卡紧
M01	选择性程序停止	M11	卡盘松开
M02	程序结束	M40	主轴空挡
M30	程序结束复位	M41	主轴 1 挡
M03	主轴正转	M42	主轴 2 挡
M04	主轴反转	M43	主轴 3 挡
M05	主轴停	M44	主轴 4 挡
M08	切削液启动	M98	子程序调用
M09	切削液停	M99	子程序结束

8.9　FANUC 0i 系统设置工件零点的几种方法

1. 直接用刀具试切对刀（推荐）

（1）用外圆车刀先试切一外圆，测量外圆直径后，按【OFFSET/SETTING】→【补正】→【形状】输入"外圆直径值"，按【测量】键，刀具"X"补偿值即自动输入到几何形状里。

如：当前刀尖停在外圆位置，X 机械位置显示 356.735，外径是 50，按【测量】键后自动生成 X306.735，即刀具形状值＝356.735（机械值）－50（输入值）＝306.735。

（2）用外圆车刀再试切外圆端面，按【OFFSET/SETTING】→【补正】→【形状】输入"Z 0"，按【测量】键，刀具"Z"补偿值即自动输入到几何形状里。因输入的实测值为端面坐标值，即等效于将机械坐标系平移至零件端面。

（3）用同样方法可完成其他刀具的对刀。

① 通过对刀，将刀偏值写入参数，从而获得工件坐标系。

② 方法操作简单方便，可靠性好，每把刀独立坐标系，互不干扰。

③ 只要不断电、不改变刀偏值，工件坐标系就会存在且不会变，即使断电，机床重启后回零，工件坐标系还在原来的位置。

（如使用绝对值编码器，刀架在任何安全位置都可以启动加工程序。）

2. 用 G50 设置工件零点

（1）外圆车刀先试切一段外圆，选择按【SHIFT】→【U】，这时"U"坐标在闪烁，按【CAN】键置【MDI】模式，输入 G01 U×× （××为测量直径）F0.3，切端面到中心。

（2）选择【MDI】模式，输按循环启动【S】键，把当前点设为零点。

（3）选择【MDI】模式，输入 G0 X150 50，使刀具离开工件。

（4）这时程序开头：G50 X15。

（5）注意：用 G50 设置工件坐标系程序起点和终点必须一致即 X150 Z150，这样才能保证重复加工不乱刀。

（6）用 G50 设定坐标系，对刀后将刀移动到 G50 设定的位置才能加工。对刀时先对基准刀，其他刀的刀偏都是相对于基准刀的。

3. G54～G59 设置工件零点

（1）用外圆车刀先试切一外圆，按【OFFSET/SETTING】→【坐标系】，如选择 G55，输入 X0、Z0 按【测量】键，工件零点坐标即存入 G55 里，程序直接调用，如 G55 X60 Z50……。

（2）注意：可用 G53 指令清除 G54～G59 工件坐标系。

（3）这种方法适用于批量生产且工件在卡盘上有固定装夹位置的加工。

8.10　数控车床的操作

1. 数控车床的基本操作

车床的开机和关机：车床的开机按下列顺序操作，而关机则按相反顺序操作。

（1）打开机床侧面的总电源开关；

（2）按操作面板上的"系统上电"，至显示器出现 X、Z 坐标值；

（3）按顺时针方向转动急停按钮，将急停按钮复位。

2. 车床的手动操作

1）手动返回参考点操作

在下列几种情况必须回参考点：

（1）每次开机后；

（2）超程解除以后；

（3）按急停按钮后；

（4）机械锁定解除后。

注意：各轴要有足够的回零距离，为了安全，一般先回 X 轴，再回 Z 轴。

手动回参考点步骤：

（1）选择"回参考点"方式；

（2）选择较小的快速进给倍率（25%）；

（3）按下"+X"键，直至 X 轴指示灯闪烁，X 轴即返回了参考点；

（4）按下"+Z"键，直至 Z 轴指示灯闪烁，Z 轴即返回了参考点。

2）手动进给操作

（1）手动连续进给操作。

操作前检查各种旋钮所选择的位置是否正确，确定正确的坐标方向，然后再进行操作。

① 选择"手动进给"方式。

② 调整进给速度的倍率旋钮。

③ 按住要移动轴方向所对应的键，刀架沿所选择的轴向以进给倍率旋钮设定的速度连续移动。当放开对应键，车床刀架停止移动。

④ 在按下轴向键之前按下"快速进给"键，则刀具以快移速度移动。

（2）手轮进给操作。

① 选择"手脉倍率"方式，用手轮轴向选择开关选定手轮 X 轴进给或 Z 轴进给；

② 确定手轮移动倍率；

③ 转动手轮，刀架按所选轴方向移动。

3. 车床的急停操作

如遇到不正常情况需要车床紧急停止时，可通过下列操作方法之一来实现。

1）按"急停"按钮

按下"急停"按钮后，车床的动作及各种功能立即停止执行。同时闪烁报警信号。

2）按"RESET（复位）"键

在自动和手动数据输入运行方式下按"RESET"键，则车床全部运动均停止。

3）按"程序暂停"键

在自动和手动数据输入运行方式下，按"程序暂停"键，可暂停正在执行的程序或程序段，车床刀架停止运动，但车床的其他功能有效。当需要恢复车床运行时，按"程序启动"按钮，该键灯亮。此时程序暂停被解除，车床从当前位置开始继续执行下面的程序。

4. 程序的检查

对已输入到机床的程序进行检查，确定加工程序完全正确才能进行实际加工。

1）用机床锁定功能来检查

操作步骤：

（1）车床"回参考点"操作；

（2）选择"自动运行"方式；

（3）按【PROG】功能键，屏幕上显示被检查的程序；

（4）按下"车床锁定"键，按键灯亮；

（5）按"位置"键，显示机床坐标画面；

（6）按"程序启动"键，按键灯亮。

执行自动运行时刀架不移动，但位置坐标的显示和刀架运动时一样，并且 M、S、T 都执行。

注意：本机床不能使用此功能。

2）用单程序段运行来检查

操作步骤：

（1）选择自动方式。

（2）按【PROG】功能键，屏幕上显示被检查的程序。

（3）设置"进给倍率"旋钮的位置，一般选择 100% 的进给速度。

（4）按"单程序段"键，按键灯亮。

（5）按"POS"键，显示机床坐标画面。

（6）按"程序启动"键，按键灯亮。车床执行完第 1 段程序后停止运行。

（7）此后，每按一次"程序启动"键，程序就往下执行一段直到整个程序执行完毕。

3）作刀具路径图形

图形显示功能能够在屏幕上画出正在执行程序的刀具轨迹。通过观察屏幕上的轨迹，可以检查加工过程。

（1）设定图形"参数"。

图形中心：X= _ ，Z= _ 将工件坐标系上的坐标值设在绘图中心。

比例：设定绘图的放大率，值的范围是 0 到 10000（单位：0.01 倍）。

图形设定范围：此时值的单位是 0.001mm，系统会对图形比例，图形中心值进行自动设定。通常使用此项。如：材料长：55 000；材料径：35 000。

（2）图形模拟步骤：

① 输入程序，检查光标是否在程序起始位置；

② 按"CUSTOM/GRAPH"（用户宏/图形）键→按【参数】软键→对图形显示进行设置。

③ 当用 G50 指令或利用刀具长度补偿功能建立工件坐标系时，按"OFF/SET"键→按菜单继续键→按软键【工件移】，设置工件平移。如 Z 轴 -100.0；若使用 G54 指令定义工件坐标系，按"OFFSET/SETTING"键→按软键【坐标系】，在 00（EXT）处设置坐标偏移。

④ 选择"自动运行"。

⑤ 按"程序启动"键，可以按下"空运行"键，减少程序运行时间。

⑥ 在"CUSTOM/GRAPH"模式中，按【图形】软键，进入图形显示，检查刀具路径是否正确，否则对程序进行修改。当有语法和格式问题时，会出现报警（P/S ALARM）和一个报警号，查看光标停留位置，光标后面的两个程序段就是可能出错的程序段，根据不同的报警号查出产生的原因做相应的修改。

5. 车床自动运行操作

1）车床的存储器运行操作

自动加工操作：

（1）选择"自动运行"方式。

（2）按【PROG】键以显示程序屏幕→按地址键"O"→使用数字键输入程序号→按【O搜索】软键或光标键；检查光标是否在程序头。

（3）调整到显示"检视"的画面，将进给倍率调到较低位置。

（4）按"程序启动"键（指示灯亮），系统执行程序，进行自动加工。

（5）在刀具运行到接近工件表面时，必须在进给停止下，验证 Z 轴绝对坐标，Z 轴剩余坐标值及 X 坐标值与加工设置是否一致，没有错误的情况下将进给倍率调到100%。

2）车床的"手动数据输入"（MDI）运行操作

（1）选择"手动数据输入"方式。

（2）按【PROG】键。

（3）分别用键盘上的"地址/数字"键输入运行程序段的内容。

（4）将光标移到要执行程序前。

（5）按"程序启动"键，按键灯亮，车床开始自动运行这些程序段。

6. 建立工件坐标系

本机床有三种定义坐标的方法，选择与程序相适应的方法，每种方法都必须知道对刀后进行设置时刀位点在工作坐标系中的坐标值。

车床对刀点通常选择工件右端面边缘。利用右端面和外圆柱面分别对刀以定义 Z 和 X 坐标。

定义坐标的内容：对刀＋相应的设置或运行程序段。

1）采用 G50XmZn 指令建立工件坐标系

G50 指令规定了刀具起点（执行此指令时的刀位点）在工件坐标系中的坐标值（m，n），如程序中的指令 G50 X200.0 Z150.0，刀具起点在工件坐标系中的坐标值必须是（200，150）。

（1）主要内容：

① 程序中用 G50 定义工件坐标，查看起刀点的坐标值；

② 对刀；

③ 运行程序段定义工件坐标原点；

④ 把刀架移动到程序起点。

（2）操作步骤：

① 按手动（或手轮）方式→主轴正转→试切 A 表面（对刀方法与前面内容相同参见图 8-13）。

② 保持 Z 轴不动，沿 X 轴增大方向移出刀具，主轴停转。

③ 确定工件坐标系的零点至表面 A 的距离"L"，通常·L＝0。

④ 选"手动数据输入"方式→按"PROG"→【MDI】软键→输入 G50ZL→循环启动。把当前位置的 Z 轴绝对坐标设为"L"。

⑤ 按手动（或手轮）方式→主轴正转→沿工件外圆 B 表面试削。

⑥ 保持 X 轴不动，沿 Z 增大方向移出刀具，主轴停转。

⑦ 测量圆柱直径为 "D"。

⑧ 选 "手动数据输入" 方式→按 "PROG"→【MDI】软键→输入 G50XD→循环启动。把当前位置的 X 轴绝对坐标设为 D。

⑨ 选 "手动数据输入" 方式→按 "PROG"→【MDI】软键→输入 G00XmZn，把刀具移到起刀点。

2）采用 G54～G59 零点偏置指令建立工件坐标系

G54～G59 指令（通常用 G54）要求出当基准刀具的刀尖（刀位点）与工件坐标系原点重合时机床坐标系中的坐标值，把此值输入到 CNC 系统零点偏置寄存器中 G54 的位置（即把工件坐标原点与机械坐标原点之间的距离输入 G54）。在程序中执行 G54 时，即可读出此值。

（1）主要内容：

① 程序中用 G54 定义工件坐标。

② 对刀。

③ 在 G54 处进行设置。如 "Z0"→【测量】，对程序的起刀点没有要求。

（2）操作步骤：

①～③ 与前面操作相同；

④ 按 "OFFSET/SETTING" 键→按【工件系】软键→将光标移至 G54 处→输入 ZL→按【测量】；

⑤～⑦ 与前面操作相同；

⑧ 按 "OFFSET/SETTING" 键→按【工件系】软键→将光标移至 G54 处→输入 XD→按【测量】。

3）利用刀具长度补偿功能自动建立工件坐标系

采用该方式建立工件坐标系，程序中不写 G50 或 G54～G59 指令，而是写刀具偏置指令，并在刀具几何偏置中确定刀具长度补偿值。如用 1 号刀加工零件，程序中写 T0101。

（1）主要内容：

① 程序中用 T4 定义工件坐标。

② 对刀。

③ 在 G01 处进行设置。如 "Z0"→【测量】，对程序的起刀点没有要求。

（2）操作步骤：

①～③ 与前面操作相同；

④ 按功能键 "OFFSET/SETTING"→【补正】软键→按【形状】软键，出现刀具几何偏置数据输入界面→将光标移至与刀号对应的偏置号（如番号 G01）处→键入 ZL 值→按【测量】软键；

⑤～⑦ 与前面操作相同；

⑧ 按功能键 "OFFSET/SETTING"→【补正】软键→按【形状】软键，出现刀具几何偏置数据输入界面→将光标移至与刀号对应的偏置号（如番号 G01）处→键入

XD 值→按【测量】软键。

7. 刀具补偿值

刀具补偿值包括对刀后对刀具长度补偿的设置和刀具半径补偿值的输入。

1）刀具长度补偿值的设置

采用 G50XmZn 指令、G54～G59 零点偏置指令建立工件坐标系时，通过对刀，用软键【测量】或【C. 输入】设定非基准刀具的相对长度（操作步骤与方法参见前面的讲述）。

利用刀具长度补偿功能自动建立工件坐标系时，调用每把刀具，用上述定义工件坐标的方法确定各自的刀具相对长度补偿值，即可采用同一工件坐标系编程加工。

2）刀具半径补偿值的输入

按功能键"OFFSET/SETTING"→【补正】软键→按【形状】软键，出现刀具几何偏置界面→将光标移至与刀具号对应的偏置号（如番号 G01）处→在 R 处输入刀尖半径值，在 T 处输入刀尖位置代号（如 3）。

3）刀具补偿值的修改

在实际生产中，如果测得加工后的零件尺寸比图样要求的尺寸大或小，说明对刀有误差，应对原刀具补偿值进行修改，以便加工出合格的工件。例如：加工要求 ϕ25mm 外圆或内圆后，测量工件直径为 25.1mm，即实际尺寸比图纸要求尺寸大了 0.1mm，此时，在原刀具 X 轴方向补偿值的基础上，应再补偿－0.1mm。

假设原刀具 X 轴方向补偿值为 0.3mm，则刀具补偿值修改后应为 0.2mm。通常按功能键"OFFSET/SETTING"→【补正】软键→按【磨损】软键，出现刀具磨损偏置界面→将光标移至与刀具号对应的偏置号（如番号 W01）处修改。

第 9 章 数控铣床操作实训

数控铣床是一种功能很强的数控机床，它加工范围广、加工工艺复杂、涉及的技术问题多。目前迅速发展的加工中心、柔性制造系统等都是在数控铣床的基础上产生、发展起来的。

9.1 数控铣床简介

数控铣床多为三坐标、两轴联动的机床，也称两轴半控制，即在 X、Y、Z 三个坐标轴中，任意两轴都可以联动。一般的数控铣床是指规格较小的升降台式数控铣床，其工作台宽度多在 400mm 以下，规格较大的数控铣床（如工作台宽度在 500mm 以上的），其功能已向加工中心靠近，进而演变成柔性制造单元或柔性制造系统。

一般情况下，在数控铣床上只能用来加工平面曲线的轮廓。对于有特殊要求的数控铣床，还可以加进一个回转的 A 坐标或 C 坐标，即增加一个数控分度头或数控回转工作台，它可安装在机床工作台的不同位置，这时机床的数控系统为四坐标的数控系统，可用来加工螺旋槽、叶片等立体曲面零件。与普通铣床相比，数控铣床的加工精度高，精度稳定性好，适应性强，操作劳动强度低，特别适应于加工平面和曲面轮廓的零件，还可以加工复杂型面的零件，如凸轮、样板、模具、螺旋槽等。同时也可对零件进行钻、扩、铰、锪和镗孔加工，但因数控铣床不具备自动换刀功能，所以不能完成复杂的孔加工要求。

9.1.1 数控铣床的分类

数控铣床种类很多，从不同的角度看，分类就有所不同。按体积大小可以分为小型、中型和大型数控铣床。按其控制坐标的联动数可以分为两坐标联动、三坐标联动和多坐标联动数控铣床等。

1. 按其主轴位置的不同分类

（1）数控立式铣床。其主轴垂直于水平面。数控立式铣床是数控铣床数量最多的一种，应用范围也最为广泛。小型数控铣床一般都采用工作台移动、升降及主轴不动方式，与普通立式升降台铣床结构相似；中型数控铣床一般采用纵向和横向工作台移动方式，且主轴沿垂直溜板上下运动；大型数控铣床因要考虑到扩大行程，缩小占地面积及刚性等技术问题，往往采用龙门架移动方式，其主轴可以在龙门架的纵向与垂直溜板上运动，而龙门架则沿床身作纵向移动，这类结构又称为龙门数控铣床。数控立式铣床可以附加数控转盘，采用自动交换台。增加靠模装置等来扩大数控立式铣床的功能、加工范围和加工对象，进一步提高生产效率。

（2）卧式数控铣床。其主轴平行于水平面。为了扩大加工范围和扩充功能，卧式数控铣床通常采用增加数控转盘或万能数控转盘来实现四至五坐标加工。这样一来，不但工件侧面上的连续回转轮廓可以加工出来，而且可以实现在一次安装中，通过转盘改变工位，进行"四面加工"。尤其是万能数控转盘可以把工件上各种不同角度或空间角度的加工面摆成水平来加工，可以省去许多专用夹具或专用角度成形铣刀。对箱体类零件或需要在一次安装中改变工位的工件来说，选择带数控转盘的卧式数控铣床进行加工是非常合适的。

（3）立、卧两用数控铣床。这类铣床目前正在逐渐增多，它的主轴方向可以更换，能达到在一台机床上既可以进行立式加工，又可以进行卧式加工，其使用范围更广，功能更全，选择的加工对象和余地更大，给用户带来很多方便，特别是当生产批量小，品种较多，又需要立、卧两种方式加工时，用户只需要一台这样的机床就行了。立、卧两用数控铣床主轴方向的更换有手动与自动两种。采用数控万能主轴头的立、卧两用数控铣床，其主轴头可以任意转换方向，可以加工出与水平面呈各种不同角度的工件表面。当立、卧两用数控铣床增加数控转盘后，就可以实现对工件的"五面加工"，即除了工件与转盘贴面的定位面外，其他表面都可以在一次安装中进行加工。因此，其加工性能非常优越。

2. 按机床数控系统控制的坐标轴数量分类

（1）两轴半坐标联动数控铣床。机床只能进行 X、Y、Z 三个坐标轴中的任意两个联动加工。

（2）三坐标轴联动数控铣床。机床能进行 X、Y、Z 三个坐标轴联动加工。目前三坐标数控立式铣床仍占大多数。

（3）四坐标轴联动数控铣床。机床主轴可以绕 X、Y、Z 三个坐标轴和其中一个轴作数控摆角运动。

（4）五坐标轴联动数控铣床。机床主轴可以绕 X、Y、Z 三个坐标轴和其中两个轴作数控摆角运动。

一般来说，机床控制的坐标轴越多，特别是要求联动的坐标轴越多，机床的功能、加工范围及可选择的加工对象也越多。但随之而来的是机床的结构更复杂，对数控系统的要求更高，编程的难度更大，设备的价格也更高。

图 9-1 所示为各类数控铣床的示意图，其坐标系符合 ISO 标准的规定。

9.1.2　数控铣床的主要结构

数控铣床与普通铣床相比，具有自动化程度高、加工精度高和生产效率高等优点。为与之相适应，就要求数控铣床的结构具有高刚度、高灵敏度、高抗振性、热变形小、高精度保持性好和高可靠性等优点。

数控铣床的主要结构包括主传动系统、进给传动系统、主轴部件、床身和工作台等，如图 9-2 所示。

(a) 卧式升降台铣床　　　　　　　　　　(b) 立式升降台铣床

(c) 龙门铣床　　　　　　　　　　　　　(d) 卧式镗铣床

图 9-1　各类数控铣床

图 9-2　机床传动系统图

1. 主电机；2. Z 向进给电机；3. 齿轮；4. 齿轮；5. 联轴器；6. 齿轮；7. Z 向滚珠丝杠；
8. 齿轮；9. 齿轮；10. 齿轮；11. X 向滚珠丝杠；12. X 向进给电机；13. 联轴器；
14. Y 向进给电机；15. 联轴器；16. Y 向滚珠丝杠

1. 数控铣床的主传动系统

1) 数控铣床主传动系统的特点

数控铣床的主传动是指产生主切削力的传动运动，其主传动系统包括主传动装置和主轴部件。它与普通机床相比具有以下特点：

(1) 采用直流或交流调速电动机驱动，以满足主轴根据数控指令进行自动变速的需要。

(2) 转速高、调速范围广，使数控铣床获得最佳切削效率、加工精度和表面质量。

(3) 功率大，满足数控铣床切削强力的要求。

(4) 中间变速机构更加简单，简化了主传动系统机械结构，减小了主轴箱的体积。

(5) 主轴转速变换迅速平稳。

2) 数控铣床主传动系统变速方式

为了保证加工时选用合理的切削速度，获得最佳的生产效率、加工精度和表面质量，主传动必须具有很宽的变速范围。

目前，数控铣床的主传动变速方式主要有无级变速和分段无级变速两种。

(1) 无级变速。

无级变速是指主轴转速直接由主轴电动机的变速来实现，其配置方式通常有两种。

① 主轴电机通过带传动驱动主轴转动。这种传动方式在加工过程中，传动平稳，噪声小，但主轴输出转矩较小，因而主要用于小型数控铣床上。

② 主轴电机直接驱动主轴转动。这种传动方式大大简化了主轴箱与主轴的结构，有效地提高了主轴部件的刚度。这种传动方式同样存在主轴输出转矩小的缺点，且电动机的发热对主轴精度影响较大，所以主要用于小型数控铣床。

无级变速的主轴电动机一般采用直流主轴电机和交流主轴电机两种。直流主轴伺服电机的研制较早，驱动技术成熟，使用比较普及；但电刷结构容易烧毁，必须定期维修。近年来，随着新一代高功率交流电机的研制成功和交流变频技术的发展，加上交流主轴电机没有电刷结构，不产生火花，维护方便和使用寿命长等优点，其应用更加广泛，逐渐成为数控铣床主传动系统的主要驱动元件。

(2) 分段无级变速。

在大中型数控铣床和部分要求强切削力的小型数控铣床中，单纯的无级变速方式已不能满足转矩的要求，于是就在无级变速的基础上，再增加齿轮变速机构，使之成为分段无级变速。在分段无级变速主传动系统中，主轴的变速是由主轴电机的无级变速和齿轮机构的有级变速相配合实现的。

2. 数控铣床的进给传动系统

1) 数控铣床进给传动系统的性能要求

数控铣床进给传动系统是把进给伺服电动机的旋转运动转变为工作台或刀架的直线运动的机械结构。大部分数控铣床的进给传动系统都包括齿轮传动副、滚珠丝杆螺母副以及导轨等。这些机构的刚度、传动精度、灵敏度和稳定性等都直接影响工件的加工精度，因此对进给传动系统有着以下要求。

（1）高传动精度。缩短传动链，合理选择丝杠尺寸，对丝杆螺母副及支承部件进行适当预紧，可以提高系统传动精度。

（2）低摩擦。要使传动系统运动更加平稳、响应更快，必须尽可能降低传动部件及支承部件的摩擦力。

（3）小惯量。进给机构的转动惯量大，会导致系统的动态性能变差，故要求减小惯量。

（4）小间隙。间隙大会造成进给系统的反向死区，影响加工位移精度。

2）齿轮传动副

进给系统采用齿轮传动装置，主要是使高转速、低转矩的伺服电动机的输出变为低转速、大转矩，以适应驱动执行元件的需要；有时也只是为了考虑机械结构位置的布局。少数小型数控铣床进给机构采取电动机主轴与滚珠丝杆通过联轴器直接连接的方式，就没有了齿轮传动这一中间环节。

3）滚珠丝杠螺母副

滚珠丝杠螺母副是在丝杆螺母副的基础上发展起来的，是一种将回转运动转变为直线运动的新型理想传动装置。由于滚珠丝杆螺母副具有传动效率高、摩擦力小和使用寿命长等优点，因此数控铣床进给机构中普遍采用这种结构。

4）导轨

导轨主要是对运动部件起支承和导向作用。对于数控铣床来讲，加工精度越高，对导轨要求越严格。目前数控铣床采用的导轨主要有贴塑滑动导轨、滚动导轨和静压导轨三种类型，其中又以贴塑导轨居多。

3．工作台

工作台是数控铣床的重要部件，其形式尺寸往往体现了数控铣床的规格和性能。数控铣床一般采用上表面带有 T 形槽的矩形工作台。T 形槽主要用来协助装夹工件，不同工作台的 T 形槽的深度和宽度不一定相同。数控铣床工作台的四周往往带有凹槽，以便于冷却液的回流和金属屑的清除。

某些卧式数控铣床还附带有分度工作台或数控回转工作台，如图 9-1（d）所示。分度工作台一般都用 T 形螺钉紧固在铣床的工作台上，可使工件回转一定角度。数控回转工作台主要出现在多坐标控制卧式数控铣床中，其分度工作由数控指令完成，增加了铣床的自动化程度。

9.1.3 数控铣床的主要加工对象

数控铣削是机械加工中最常用和最主要的数控加工方法之一，它除了能铣削普通铣床所能铣削的各种零件外，还能铣削普通铣床不能铣削的需 2～5 坐标联动的各种平面轮廓和立体轮廓。根据数控铣床的特点，从铣削加工的角度来考虑，适合数控铣削的主要加工对象有以下几类：

1. 平面类零件

加工面平行或垂直于定位面，或加工面与水平面的夹角为定角的零件为平面类零件，如图 9-3 所示。目前在数控铣床上加工的大多数零件属于平面类零件，其特点是各个加工面是平面，或可以展开成平面。

图 9-3　平面类零件

平面类零件是数控铣削加工中最简单的一类零件，一般只需用三坐标轴数控铣床的两坐标轴联动（即两轴半坐标联动）就可以把它们加工出来。

2. 变斜角类零件

加工面与水平面的夹角呈连续变化的零件称为变斜角零件，如图 9-4 所示的飞机变斜角梁缘条。该零件的上表面在第 2～5 肋的斜角 α 从 $3°10'$，均匀变化为 $2°32'$，从第 5～9 肋再均匀变化为 $1°20'$，从第 9～12 肋又均匀变化为 $0°$。

图 9-4　变斜角类零件

变斜角类零件的变斜角加工面不能展开为平面，但在加工中，加工面与铣刀圆周的瞬时接触为一条线。最好采用四坐标、五坐标数控铣床摆角加工，若没有上述机床，也可采用三坐标数控铣床进行两轴半近似加工。此类零件一般需要用自动编程实现，在此不予探讨。

3. 曲面类零件

图 9-5　叶轮

加工面为空间曲面的零件称为曲面类零件，如模具、叶片和螺旋桨等。图 9-5 所示曲面类零件不能展开为平面。加工时，铣刀与加工面始终为点接触，一般采用球头刀在三轴数控铣床上加工。当曲面较复杂、通道较狭窄、会伤及相邻表面及需要刀具摆动时，要采用四坐标或五坐标铣床加工。

4. 孔

孔及孔系的加工可以在数控铣床上进行，如钻、扩、铰和镗等加工。由于孔加工多采用定尺寸刀具，需要频繁换刀，当加工孔的数量较多时，就不如用加工中心加工方便、快捷。

5. 螺纹

内、外螺纹、圆柱螺纹和圆锥螺纹等都可以在数控铣床上加工。

9.1.4 数控铣床的控制功能

各类数控铣床配置的数控系统不同，其功能也不尽相同，除各有其特点之外，常具有下列主要功能：

1. 点位控制功能

利用这一功能，数控铣床可以进行只需要作点位控制的钻孔、扩孔、锪孔、铰孔和镗孔等加工。

2. 连续轮廓控制功能

数控铣床通过直线与圆弧插补，可以实现对刀具运动轨迹的连续轮廓控制，加工出由直线和圆弧两种几何要素构成的平面轮廓工件。对非圆曲线（椭圆、抛物线、双曲线等二次曲线及对数螺旋线、阿基米德螺旋线和列表曲线等等）构成的平面轮廓，在经过直线或圆弧逼近后也可以加工。除此之外，还可以加工一些空间曲面。

3. 刀具半径自动补偿功能

使用这一功能，在编程时可以很方便地按工件实际轮廓形状和尺寸进行编程计算，而加工中可以使刀具中心自动偏离工件轮廓一个刀具半径，加工出符合要求的轮廓表面；也可以利用该功能，通过改变刀具半径补偿量的方法来弥补铣刀制造的尺寸精度误差，扩大刀具直径选用范围及刀具返修刃磨的允许误差；还可以利用改变刀具半径补偿值的方法，以同一加工程序实现分层铣削和粗、精加工或用于提高加工精度。此外，通过改变刀具半径补偿值的正负号，还可以用同一加工程序加工某些需要相互配合的工件（如相互配合的凹凸模等）。

4. 刀具长度补偿功能

利用该功能可以自动改变切削平面高度，同时可以降低在制造与返修时对刀具长度尺寸的精度要求，还可以弥补轴向对刀误差。

5. 镜像加工功能

镜像加工也称为轴对称加工。对于一个轴对称形状的工件来说，利用这一功能，只要编出一半形状的加工程序就可完成全部加工了。

6. 固定循环功能

利用数控铣床对孔进行钻、扩、铰、锪和镗加工时，加工的基本动作是：刀具无切削快速到达孔位——慢速切削进给——快速退回。对于这种典型化动作，可以专门设计一段程序（子程序），在需要的时候进行调用来实现上述加工循环。特别是在加工许多相同的孔时，应用固定循环功能可以大大简化程序。利用数控铣床的连续轮廓控制功能时，也常常遇到一些典型化的动作，如铣整圆、方槽等，也可以实现循环加工。对于大小不等的同类几何形状（圆、矩形、三角形、平行四边形等），也可以用参数方式编制出加工各种几何形状的子程序，在加工中按需要调用，并对子程序中设定的参数随时赋值，就可以加工出大小不同或形状不同的工件轮廓及孔径、孔深不同的孔。目前，已有不少数控铣床的数控系统附带有各种已编好的子程序库，并可以进行多重嵌套，用户可以直接加以调用，编程就更加方便。

7. 特殊功能

有些数控铣床在增加了计算机仿形加工装置后，可以在数控和靠模两种控制方式中任选一种来进行加工，从而扩大了机床使用范围。

具备自适应功能的数控铣床可以在加工过程中把感受到的切削状况（如切削力、温度等）的变化，通过适应性控制系统及时控制机床改变切削用量，使铣床及刀具始终保持最佳状态，从而可获得较高的切削效率和加工质量，延长刀具的使用寿命。

数控铣床在配置数据采集系统后，就具备了数据采集功能。数据采集系统可以通过传感器（通常为电磁感应式、红外线或激光扫描式）对工件或实物依据（样板、模型等）进行测量和采集所需要的数据。而且，目前已出现既能对实物扫描采集数据，又能对采集到的数据进行自动处理并生成数控加工程序的系统（简称录返系统）。这种功能为那些必须按实物依据生产的工件实现数控加工带来了很大的方便，大大减少了对实样的依赖，为仿制与逆向进行设计—制造一体化工作提供了有效手段。

9.2　数控铣床的基本操作

本节以青海一机数控机床有限责任公司的 XK714 型数控床身铣床为例，介绍数控铣床的基本操作，规格及技术参数见表 9-1。

表 9-1　XK714 型数控床身铣床的规格及技术参数

工作台面积（长×宽）	1200mm×400mm
T 形槽尺寸（槽数—槽间×间距）	3—18mm×125mm
工作台行程（X、Y、Z）	800mm×500mm×500mm
主轴端面至工作台面的距离	150～650mm
主轴中心线至立柱导轨面的距离	560mm
主轴锥孔序号（ISO）	ISO 7：24 No. 40

续表

主轴转速范围	50~6000r/min
切削进给速度（X、Y、Z 无级）	1~4000mm/min
快速移动速度（X、Y、Z）	8000mm/min
主电动机输出功率/转速	7.5kW/6000r/min
ACM 交流伺服电动机输出扭矩（X、Y、Z）	X、Z　7.5N·m　Y11 N·m
主轴箱齿轮润滑油泵电动机功率	0.04kW
冷却系统泵电动机功率	0.09kW
工作台承载工件最大重量	500kg
定位精度 X、Y、Z 坐标	0.025mm
重复定位精度 X、Y、Z 坐标	0.015mm
机床最大轮廓尺寸（长×宽×高）	1940mm×2770mm×2320mm
机床净重	5000kg

9.2.1　XK714 数控铣床介绍

XK714 型数控床身铣床主要由底座、立柱、工作台、滑鞍、主轴箱、冷却箱、全防护、电气箱和集中操作按钮站等部分组成。机床的外观图如图 9-6 所示，电气箱安放在机床背面；全防护接水盘直接坐到底座边缘上，通过安装在底座侧面的四个支架支撑及调整，便于整体运输；冷却箱安放在机床全防护的下面；集中操作按钮站固定在机床全防护的右侧板上，这样的总体布局结构紧凑、操作运输方便、占地面积小。

XK714 型数控床身铣床具有直线插补、圆弧插补、多组工件坐标系转换、快速定位、刀具偏置、进给保持、循环启动、固定循环、自诊断、误差补偿和程序存储等数控机床应具有的全部功能。机床刚性很高，加工精度好，可以自动连续完成对零件的铣、钻、镗、扩和铰等多种工序加工，适用于中等批量生产的各种平面、阶梯面、沟槽、圆弧面、螺旋槽、齿轮、齿条、花键和孔等各种形状零件。可广泛应用于机械行业及其他行业的机械加工、机修部门，尤其对于成批零件、模具和较精密零件加工具有很强的应用性。

机床的主传动，采用主轴变频专用电机配用变频器经过两挡齿轮机械变速以实现机床主轴的无级调速。变速操纵机构采用间歇齿轮齿条机构控制，通过高低挡转换手柄以实现手动挂挡变速。机床三个坐标的进给传动均采用伺服电动机通过联轴器与精密级滚珠丝杠副直联，丝杠轴承采用高精度、高刚性成组角接触球轴承，稳定性好、精度高。保证了机床的传动刚性、位置精度和高传动精度。

机床三个进给方向的基础导轨全部经过中频淬火，磨削加工，硬度可达到 HRC48以上，与其相配合的导轨面粘贴塑料导轨板，并采用润滑装置对导轨进行间歇润滑，因此导轨副摩擦小、精度保持性好。机床各向坐标运动的丝杠副全部消除间隙，提高了机床运动部件的运动刚性。主轴箱全部齿轮经淬火磨削，噪声小、刚性好、寿命长。

机床采用集中操作按钮站控制。操作面板按人机工程要求设计，其上装有机床的全部操作按钮和 LCD 液晶显示器及 MDI 手动输入装置。LCD 液晶显示器可以显示刀具在机床中的坐标位置，所执行程序段内的剩余移动量、程序号，正在执行或正在编辑中的程序、顺序号，输入的字与数值，报警号与简单报警内容。还可以对进行状态和模态指令值，设定的数据和参数，伺服状态予以显示。使用 MDI 手动输入装置可以方便地进行一个程序段的输入，编辑程序数据的输入，设定机床参数和数据的输入，操作简单、使用方便。

9.2.2　XK714 型数控铣床基本操作

XK714 型数控铣床控制系统是华中世纪星 HNC-21M 数控系统，以世纪星 HNC-21M 为例介绍数控铣床的基本操作步骤，其机床控制面板如图 9-6 所示。

图 9-6　XK714 型数控床身铣床外观图

1. 操作面板

华中世纪星 HNC-21M 数控系统操作面板用于直接控制机床的动作或加工过程，主要包括显示器、功能键、MDI 键盘、机床控制面板、"急停"按钮等，如图 9-7 所示。

1）显示器

操作台的左上部为 7.5 寸彩色液晶显示器，用于汉字菜单系统状态、故障报警的显示和加工轨迹的图形仿真。

2）键盘

键盘包括精简型 MDI 键盘和 F1～F10 十个功能键，标准化的字母数字式 MDI 键盘介于显示器和急停按钮之间，其中的大部分键具有上挡键功能，当 Upper 键有效时，指示灯亮，输入的是上挡键 F1～F10 十个功能键位于显示器的正下方。键盘用于零件程序的编制，参数输入 MDI 及系统管理操作等。

图 9-7 华中世纪星 HNC-21M 数控系统操作面板

3）急停

机床运行过程中，在危险或紧急情况下，按下"急停"按钮，CNC 即进入急停状态，伺服进给及主轴运转立即停止工作（控制柜内的进给驱动电源被切断），松开急停按钮，左旋此按钮，按钮将自动跳起，CNC 进入复位状态。

解除紧急停止前应先确认故障原因是否排除，且紧急停止解除后应重新执行回参考点操作，以确保坐标位置的正确性。

4）机床控制面板

机床控制面板包括方式选择、增量倍率等按钮，主要控制机床动作，如图 9-8 所示。

图 9-8 机床控制面板

方式选择——机床的工作方式由手摇脉冲发生器和控制面板上的方式选择类按键共同决定。包括自动（自动运行方式）、单段（单程序段执行方式）、手动（手动连续进给方式）、增量（增量/手摇脉冲发生器进给方式）和回零（返回机床参考点方式）。

轴手动按键——操作面板上的＋X、－X、＋Z、－Z、＋Y、－Y，按键用于在手动连续进给、增量进给和返回机床参考点方式下，选择进给坐标轴和进给方向。

速率修调——在自动方式或 MDI 运行方式下当主轴速率、F 代码编程的进给速度偏高或偏低时可用主轴、进给修调右侧的"100％"和"＋"、"－"按键修调程序中编制的主轴、进给速度。

回参考点——按一下"回零"按键，指示灯亮系统处于手动回参考点方式，可手动返回 X 轴、Z 轴、Y 轴方向的参考点。

手动进给——按一下手动按键（指示灯亮），系统处于手动运行方式，可手动移动机床坐标轴＋X、－X、＋Z、－Z、＋Y、－Y方向。

增量进给——当手持单元的坐标轴选择波段开关置于"Off"档时，按一下控制面板上的"增量"按键（指示灯亮），系统处于增量进给方式。增量进给的增量值由 1、10、100、1000 四个增量倍率按键控制。

手摇进给——当手持单元的坐标轴选择波段开关置于 X、Z、Y 档时按一下控制面板上的"增量"按键（指示灯亮），系统处于手摇进给方式，可手摇进给 X、Z、Y 坐标轴。

自动运行——按一下"自动"按键（指示灯亮），系统处于自动运行方式，机床坐标轴的控制由 CNC 自动完成。当系统需处于"循环启动"的自动方式时，在系统主菜单下按 F1 键进入自动加工子菜单，再按 F1 选择要运行的程序，然后按一下"循环启动"按键（指示灯亮），自动加工开始；当系统需处于自动运行暂停方式时，在自动运行过程中按一下"进给保持"按键（指示灯亮），程序执行暂停，机床运动轴减速停止，暂停期间，辅助功能 M、主轴功能 S、刀具功能 T 保持不变；在自动运行暂停状态下按一下"循环启动"按键系统将重新启动，从暂停前的状态继续运行；若在自动方式下，按一下"空运行"按键（指示灯亮），CNC 处于空运行状态，程序中编制的进给速率被忽略坐标轴以最大快移速度移动，空运行不做实际切削，目的在确认切削路径及程序。

单段运行——按一下"单段"按键，系统处于单段自动运行方式（指示灯亮），程序控制将逐段执行。按一下"循环启动"按键，运行一程序段。再按一下"循环启动"按键，又执行下一程序段执行完了后又再次停止；单程运行时，主轴不会停止，否则会出现加工误差。在单段运行方式下，适用于自动运行的按键依然有效。

超程解除——在伺服轴行程的两端各有一个极限开关作用是防止伺服机构碰撞而损坏，每当伺服机构碰到行程极限开关时，就会出现超程，当某轴出现超程，系统视其状况为紧急停止。

手动机床动作控制——在手动方式下，可进行主轴正转、主轴反转、主轴点位、冷却启动与停止、刀具转换的控制。

2. 机床手动操作

机床手动操作主要由手持单元和机床控制面板共同完成。

1）坐标轴移动

（1）点动操作。按下"手动"，在进给修调栏中选择进给修调"－100％＋"，再按下面板上的轴手动按键"±X"、"±Y"、"±Z"、"±4TH"进行相应的坐标轴正向或负向的手动连续进给。在点动进给时，若同时按压快进按键，则产生相应的坐标轴的正向或负向快速运动。

（2）增量进给。

按下增量，选择增量倍率"×1"、"×10"、"×100"、"×1000"之一后，再按下面板上的轴手动按键"±X"、"±Y"、"±Z"、"±4TH"进行增量进给。

（3）手摇进给。按下手轮上功能键，同时按下面板上的手摇，再选择手轮上坐标波段开关置于"X"、　　"Y"、　　"Z"、　　"4TH"档时，选择增量倍率"×1"、"×10"、"×100"，摇手轮即可手摇进给。手摇进给方式每次只能增量进给 1 个坐标轴。

2）手动数据输入操作

按下"自动"，再依次按"F4→MDI"、"F6→MDI"运行，输入程序段如 G91 G01 X40 Y-30 F500，再按 Enter，最后按"循环启动"，即完成 MDI 操作。

3）主轴控制

在手动方式下，当主轴制动无效时（指示灯灭），按下"主轴正转"，主电机正转；按下"主轴反转"，主电机反转；按下"主轴停止"，主电机停止转动。可以通过按压主轴修调按钮进行主轴转速的修调，按一下"＋"按键，主轴修调倍率递增 5％，按一下"－"按键，主轴修调倍率递减 5％。

4）刀具参数输入

（1）按下"手动"，再依次按"F4"、"F2"进入刀具参数设置。

（2）用↑、↓、←、→、PageUp、DownPage 键移动蓝色亮条，选择所需选项，按"Enter"确认。

（3）用←、→、Home、End、BackSpace 键进行编辑修改相应参数，按"Esc"键退出。

（4）修改完毕，按"Enter"。

3. 程序编辑

1）选择已编辑的程序

（1）在主菜单下，依次按"F2→程序编辑"、"F2→选择编辑程序"。

（2）按提示选择"F1→磁盘程序"、"F2→正在加工的程序"、"F3→串口程序"。

（3）用↑、↓键选择左边诸项，按"Enter"。

（4）用↑、↓键选择程序文件名，按"Enter"。

（5）将程序调入到编辑缓冲区（图形显示窗口），进行编辑。

2）编辑新程序

（1）在主菜单下，依次按"F2→程序编辑"、"F1→文件管理"。

（2）按提示选择 F1 新建文件。

（3）输入新文件名，如 O6666，按"Enter"。

（4）进入编辑缓冲区（图形显示窗口），进行新程序的编辑。

4. 程序存储与传递

1）保存程序

在主菜单下，依次按"F2→程序编辑"、"F2→选择编辑程序"；编辑、修改后；按"F4"保存文件。

2）文件另存

（1）在主菜单下，按"F2→程序编辑"，打开欲另存程序文件。

（2）按下"F5→文件另存为"。

（3）输入新文件名，如 O4321.001，按"Enter"。

5. 文件管理

1）更改文件名

（1）在主菜单下，按"F2→程序编辑"、"F1→文件管理"。

（2）按提示选择"F2→更改文件名"，按"Enter"。

（3）用↑、↓、←、→键选择要被更改的文件名，如 O4321，按"Enter"。

（4）输入更改后的文件名，如 O1234，按"Enter"。

2）拷贝文件

（1）在主菜单下，按"F2→程序编辑"、"F1→文件管理"。

（2）按提示选择"F3→拷贝文件"，按"Enter"。

（3）用↑、↓、←、→键选择要被拷贝的文件名，如 O1234，按"Enter"。

（4）输入更改后的文件名，如 O4444，按"Enter"。

3）删除文件

（1）在主菜单下，按"F2→程序编辑"、"F1→文件管理"。

（2）按提示选择"F4→删除文件"。

（3）用↑、↓、←、→键选择要被拷贝的文件名，如 O1234，按"Enter"。

6. 程序运行

1）程序校验

（1）按下"自动"，使其指示灯亮。

（2）按"F1→自动加工"。

（3）按"F1→选择加工程序"。

（4）按提示选择"F1→磁盘程序"、"F2→正在加工的程序"、"F3→串口程序"。

（5）若选择"F1→磁盘程序"，则用↑、↓、←、→键选加工程序名，按"Enter"。

（6）否则将程序调入到运行缓冲区（图形显示窗口），准备进行加工。

（7）按"F3→程序校验"。

（8）按"循环启动"。

2）程序单段运行

（1）按下"单段"，使其指示灯亮。

（2）重复程序校验中的（2）～（6）步骤。

（8）按"循环启动"，运行一个程序段；再按"循环启动"，再运行下一个程序段。

3）程序自动运行

（1）按下"自动"，使其指示灯亮。

（2）重复程序校验中的（2）～（6）步骤。

（3）按"循环启动"。

4）指定行运行

（1）按下"自动"，使其指示灯亮。

（2）按下"F1→自动加工"。

（3）按下"F1→选择加工程序"，将程序文件调入到运行缓冲区（图形显示窗口），准备进行加工。

（4）按"F8→指定行运"

（5）按提示选择"F1→从红色行开始运行"、"F2→从指定行开始运行"、"F3→从当前行开始运行"。

（6）若选择"F2→从指定行开始运行"，输入指定行号，如 30。

（7）按"Enter"。

（8）按"循环启动"。

5）保存加工断点

（1）在自动运行暂停状态下，且在程序运行子菜单下，按下"F7→停止运行"。

（2）按下"N"。

（3）按下"F5→保存断点"。

（4）输入断点文件名，如 O1234.BP1。

（5）按"Enter"。

注：使用该功能时必须回过参考点。

6）恢复断点

（1）开机，回参考点（如保存加工断点后关机），按程序校验中的（2）～（6）步骤选择已保存过断点文件的加工程序。

（2）按下"F1→自动加工"。

（3）按下"F6→恢复断点"。

（4）用↑、↓、←、→键选择断点文件名，按"Enter"。

（5）自动进入 MDI 方式，按"Y"，手动移动坐标轴到断点位置附近，避免碰撞。

（6）MDI 子菜单方式下，按下"F6→MDI 运行"，按下 F6 返回断点。

（7）按下"自动"，使其指示灯亮。

（8）按"循环启动"。

（9）按下"F10→返回"。

（10）按"循环启动"。

注：使用该功能时必须回过参考点。

7. 数据设置

1）坐标系

（1）在主菜单下，按"F4→MDI"。

（2）按下"F3→坐标系"。

（3）用翻页 PgDn、PgUp 键选择要输的数据类型：G54、G55、G56、G57、G58、G59 坐标系、当前工件坐标系的偏置值（坐标系零点相对于机床零点的值），或当前相对值零点。

（4）在命令行输入所需数据，如"X200 Y300"，按"Enter"。

2）刀库表

（1）在主菜单下，按"F4→MDI"。

（2）按下 F1 刀库表，进行刀库设置。

（3）用↑、↓、←、→、翻页 PgDn、PgUp 键移动蓝色亮条，选择要编辑项，按"Enter"。

（4）用←、→、BS、DEL 键进行编辑、修改，按"Enter"。

3）刀具表

（1）在主菜单下，按"F4→MDI"。

（2）按下"F2→刀具表"，进行刀具设置。

（3）用↑、↓、←、→、翻页 PgDn、PgUp 键选择要编辑项，按"Enter"。

（4）用←、→、BS、DEL 键进行编辑、修改，按"Enter"。

8. 参数设置

（1）在主菜单下，按"F3→参数"。

（2）按下"F3→输入权限"，以输入口令，按"Enter"。

（3）按"F1→参数索引"，用↑、↓、翻页 PgDn、PgUp 键将光标移到需设置的参数值上，按"Enter"进入输入状态。

（4）用←、→、BS、DEL 键进行编辑、修改，按"Enter"。

（5）按"Esc"退出编辑，根据提示是否存盘？ Y：存盘，N：不存盘。

（6）根据提示是否按缺省保存？ Y：是，N：取消。

（7）按"Esc"退到参数菜单。

（8）欲使设置立即生效，需退出系统并重新启动系统，即按"F10→返回主菜单"，再同时按下 Alt 和 X 键。

9. 显示

1）显示菜单及说明

（1）显示切换。按下 F9 显示，用↑、↓键选择 F6 显示模式、F7 显示值、F8 坐标系、F9 图形显示参数、F10 相对值零点。若选择 F6 显示模式：选正文 F3，则显示当前加工的 G 代码程序，选大字符 F4，则显示由"显示值"菜单所选显示值的大字符；选三维图形 F5，则显示刀具轨迹的三维图形；选 X-Y 平面图形 F6，则显示刀具轨迹在

X-Y 平面上的投影；选 Y-Z 平面图形 F7，则显示刀具轨迹在 Y-Z 平面上的投影；选 Z-X 平面图形 F8，则显示刀具轨迹在 Z-X 平面上的投影；选图形联合显示 F9，则显示刀具轨迹的所有三视图和正则视图；选坐标值联合显示 F10，则显示指令坐标、实际坐标和剩余进给值。

（2）显示参数的设置。若选择 F7 显示值：选指令位置 F5，则显示 CNC 输出的理论值 F6，选实际位置 F6，则显示反馈元件采样的位置；选剩余进给 F7，则显示当前程序段的终点与实际位置之差；选跟踪误差 F8，则显示指令位置与实际位置之差；选负载电流 F9，则显示负载电流（只对 II 型伺服有效）；选补偿值 F10，则显示系统参数对每个轴的机械补偿。

（3）坐标系显示。若选择 F8 坐标系，可分别选机床坐标系 F8、工件坐标系 F9、相对坐标系 F10。

2）运行状态显示

在自动运行过程中，可以查看刀具的有关参数或程序运行中变量的状态：

（1）在运行控制子菜单下，按 Alt＋F2 键，系统出现运行状态菜单。

（2）用 ↑、↓ 键选中其中某一项，如"系统全局和局部变量"，按"Enter"。

（3）选择要查看的项，按"Enter"。

（4）用 ↑、↓、翻页键 PgDn、PgUp 可以查看某一子项的值。

（5）按"Esc"键取消查看。

9.3　华中世纪星数控系统的主要指令代码

1. 准备功能 G 代码

准备功能 G 指令由 G 后一或二位数值组成，它用来规定刀具和工件的相对运动轨迹、机床坐标系、坐标平面、刀具补偿、坐标偏置等多种加工操作。

G 功能有非模态 G 功能和模态 G 功能之分：

（1）非模态 G 功能只在所规定的程序段中的有效程序段结束时被注销。

（2）模态 G 功能一旦被执行则一直有效，直到被同一组的 G 功能注销为止。

没有共同参数的不同组 G 代码可以放在同一程序段中，而且与顺序无关。例如 G90、G17 可与 G01 放在同一程序段，但 G24、G68、G51 等不能与 G01 放在同一程序段。

华中世纪星 HNC-21M 数控系统主要 G 代码及功能如表 9-2 所示。

表 9-2　华中世纪星 HNC-21M 数控系统主要 G 代码及功能

代　码	功　　　能	组　别	代　码	功　　　能	组　别
★G00	快速定位		G04	暂停	00
G01	直线插补	01	G09	准停校验	
G02	顺时针圆弧插补		G07	虚轴指定	16
G03	逆时针圆弧插补		★G17	X-Y 平面选择	12

续表

代 码	功　能	组 别	代 码	功　能	组 别
★G18	Z-X 平面选择	12	G60	单方向定位	00
G19	Y-Z 平面选择		★G61	精确停止校验方式	12
G20	英寸输入	08	G64	连续方式	
★G21	毫米输入		G65	子程序调用	00
G22	脉冲当量		★G68	旋转变换	05
G24	镜像开	03	G69	旋转取消	
★G25	镜像关		G73	深孔钻削循环	
G28	返回参考点	00	G74	逆攻丝循环	
G29	由参考点返回		G76	精镗循环	
G33	螺纹切削	01	★G80	固定循环取消	
★G40	刀具半径补偿取消	09	G81	定心钻循环	
G41	刀具半径左补偿		G82	钻孔循环	
G42	刀具半径右补偿		G83	深孔钻循环	06
G43	刀具长度正向补偿	10	G84	攻丝循环	
G44	刀具长度负向补偿		G85	镗孔循环	
★G49	取消刀具长度补偿		G86	镗孔循环	
★G50	缩放关	14	G87	反镗循环	
G51	缩放开		G88	镗孔循环	
G52	局部坐标系设定	00	G89	镗孔循环	
G53	直接机床坐标系编程		★G90	绝对值编程	13
★G54	选择第 1 工件坐标系	11	G91	增量值编程	
G55	选择第 2 工件坐标系		G92	工件坐标系设定	11
G56	选择第 3 工件坐标		★G94	每分钟进给量	14
G57	选择第 4 工件坐标	11	G95	每转进给量	
G58	选择第 5 工件坐标		G98	在固定循环中使 Z 轴返回起始点	15
G59	选择第 6 工件坐标		★G99	在固定循环中使 Z 轴返回参考点	

注：1. 标有★的 G 代码为上电缺省值。
2. "00"组的 G 代码为非模态指令，其余为模态指令。

2. 辅助功能 M 代码

辅助功能由地址字 M 和其后的一或两位数字组成，主要用于控制零件程序的走向以及机床各种辅助功能的开关动作。

M 功能有非模态 M 功能和模态 M 功能两种形式：

（1）非模态 M 功能（当段有效代码）只在书写了该代码的程序段中有效；

（2）模态 M 功能（续效代码）为同一组可相互注销的 M 功能，这些功能在被同一组的另一个功能注销前一直有效。

模态 M 功能组中包含一个缺省功能，见表 9-3，系统上电时将被初始化为该功能。

表 9-3　华中世纪星 HNC-21M 数控装置 M 代码及功能

代　码	模　态	功能说明	代　码	模　态	功能说明
M00	非模态	程序停止	M03	模态	主轴正转起动
M02	非模态	程序结束	M04	模态	主轴反转起动
M30	非模态	程序结束并返回程序起点	M05	模态	▲主轴停止转动
			M06	非模态	换刀
M98	非模态	调用子程序	M07	模态	切削液打开
M99	非模态	子程序结束	M09	模态	▲切削液停止

注:

1. M00 M02 M30 M98 M99 用于控制零件程序的走向, 是 CNC 内定的辅助功能, 不由机床制造商设计决定, 也就是说与 PLC 程序无关。

2. 其余 M 代码用于机床各种辅助功能的开关动作, 其功能不由 CNC 内定, 而是由 PLC 程序指定, 所以有可能因机床制造厂不同而有差异(表内为标准 PLC 指定的功能)请使用者参考机床说明书。

另外 M 功能还可分为前作用 M 功能和后作用 M 功能两类:

① 前作用 M 功能在程序段编制的轴运动之前执行;

② 后作用 M 功能在程序段编制的轴运动之后执行;

华中世纪星 HNC-21M 数控装置 M 代码及功能如表 9-3 所示, ▲标记者为缺省值。

第 10 章 实 训 项 目

10.1 实训目的和要求

数字化设计及制造实训是学生较为全面、系统掌握和深化数控技术、数控加工及编程等课程的基本原理和方法的重要实践环节，是使学生应用数控原理和知识对加工对象进行实际操作能力培养的一门课程。其目的和要求是：

（1）了解数控车床、数控铣床、线切割的基本结构组成及工作原理。

（2）熟练掌握待加工零件的装夹、定位、加工路线设计及加工参数调校等实际操作工艺。

（3）掌握阶梯轴、成型面、螺纹等车削零件和平面轮廓、槽形、钻和镗孔等类型铣削零件的手工及自动换刀的编程技术。能分析判断并解决加工程序中所出现的错误。

（4）较为熟练操作数控车床、数控铣床和线切割，并能加工出中等复杂程度的零件。

10.2 实训内容和步骤

针对不同专业的学生，所完成的实训内容有所不同。

10.2.1 机械类学生实训内容

1. 数控车床的操作与编程训练

（1）操作面板的熟悉和控制软件的基本使用。

（2）坐标系的建立，工件和刀具的装夹，基准刀具的对刀找正。

（3）基本编程指令的熟悉。手工编程与程序输入训练，空运行校验。

（4）固定循环指令的熟悉。编程与程序输入训练，空运行校验。

（5）螺纹零件的车削编程训练。学会排除程序及加工方面的简单故障。

（6）刀具补偿及编程训练。手工换刀与自动换刀的基本操作。

（7）多把刀具的对刀、刀库数据设置。

（8）实际车削训练，合理设置各工艺参数。

2. 数控铣床操作与编程训练

（1）操作面板的熟悉和控制软件的基本使用。

（2）坐标系的建立，工件和刀具的装夹，基准刀具的对刀找正。

（3）基本编程指令的熟悉。手工编程与程序输入训练，空运行校验模拟。

（4）轮廓铣削和槽形铣削编程训练与上机调试，掌握程序校验方法。

（5）刀长与刀径补偿及编程训练。手工换刀基本操作，多把刀具的对刀、铣床无刀库。

（6）子程序调用技术，程序调试技巧，钻孔加工的基本编程。

（7）实际铣削训练，合理设置、调校工艺参数，排除基本故障。

（8）了解润滑与冷却系统，机床的维护与保养。

3. 线切割操作与编程训练

（1）操作面板和控制软件的简单用法。

（2）线切割电火花加工基本知识及应用状况了解。

（3）线切割加工工艺特点。

（4）线切割编程的特点。空运行校验。

4. 数控加工工艺编制训练

（1）数控加工工艺规程的掌握。

（2）图纸分析，基本加工零件图形的绘制，复杂曲面类零件的绘制。

（3）轮廓车削、铣削、挖槽和钻孔等基本刀具加工路线的建立。

（4）工艺参数、刀具补偿等的设定，模拟加工校验。

（5）曲面铣削加工刀路的建立，粗、精加工的参数设定。

（6）刀具加工轨迹的设定。

10.2.2 近机类学生实训内容

1. 数控车床的操作与编程训练

（1）操作面板的熟悉和控制软件的基本使用。

（2）坐标系的建立，工件和刀具的装夹，基准刀具的对刀找正。

（3）基本编程指令的了解。手工编程与程序输入训练，空运行校验。

（4）螺纹零件的车削编程训练。学会排除程序及加工方面的简单故障。

（5）手工换刀与自动换刀的基本操作。

（6）实际车削训练。

2. 数控铣床操作与编程训练

（1）操作面板的熟悉和控制软件的基本使用。

（2）坐标系的建立，工件和刀具的装夹，基准刀具的对刀找正。

（3）基本编程指令的了解。手工编程与程序输入训练，空运行校验模拟。

（4）轮廓铣削和槽形铣削编程训练与上机调试，掌握程序校验方法。

（5）了解润滑与冷却系统，机床的维护与保养。

3. 线切割操作与编程训练

（1）操作面板和控制软件的简单用法。
（2）线切割电火花加工基本知识及应用状况了解。
（3）线切割加工工艺特点。
（4）线切割编程的特点。

4. 数控加工工艺编制训练

（1）数控加工工艺规程的掌握。
（2）轮廓车削、铣削、挖槽、钻孔等基本刀具加工路线的建立。
（3）工艺参数、刀具补偿等的设定，模拟加工校验。
（4）曲面铣削加工刀路的建立，粗、精加工的参数设定。

10.2.3　非机类学生实训内容

1. 数控车床的演示性操作

（1）了解数控车床的组成。
（2）观察数控加工的车削加工。
（3）了解基本的数控车削加工工艺。

2. 数控铣床的演示性操作

（1）了解数控铣床的组成。
（2）观察数控加工的铣削加工。
（3）了解基本的数控车削加工工艺。

3. 线切割的演示性操作

（1）了解数控线切割机床的组成。
（2）观察数控线切割加工。
（3）了解基本线切割加工工艺特点。

10.3　进度安排与成绩考核

不同专业的学生，所完成的内容不同，进度安排亦有所不同。

10.3.1　机械类

表 10-1　机械类实训内容与学时总体分配表

序　号	实训内容	实训时间
1	数控加工及编程训练	1.5 周
2	数控车床操作	1.0 周

续表

序　号	实训内容	实训时间
3	数控铣床操作	1.5 周
4	线切割机床操作	0.7 周
5	实训报告撰写	0.3 周
	合计实训周数	5.0 周

10.3.2　近机类

表 10-2　近机类实训内容与学时总体分配表

序　号	实训内容	实训时间
1	数控加工及编程训练	1.0 周
2	数控车床操作	1.0 周
3	数控铣床操作	1.0 周
4	线切割机床操作	0.7 周
5	实训报告撰写	0.3 周
	合计实训周数	4.0 周

10.3.3　非机类

表 10-3　非机类实训内容与学时总体分配表

序　号	实训内容	实训时间
1	数控机床的了解	0.5 周
2	数控车床演示性操作	0.5 周
3	数控铣床演示性操作	0.5 周
4	线切割机床演示性操作	0.3 周
5	实训报告撰写	0.2 周
	合计实训周数	2.0 周

10.4　实训过程中的注意事项

对于机械类、近机类学生，在进行机床操作前后及过程中，应注意以下的安全事项：

（1）进行实训的学生必须经过数控加工知识培训和操作安全教育，且需要在指导老师指导下进行操作；数控机床操作的人员必须熟悉所使用机床的操作、编程方法，同时应具备相应金属切削加工知识和机械加工工艺知识。

（2）开机前，检查各润滑点状况，待稳压器电压稳定后，打开主电源开关。

（3）检查电压、气压、油压是否正常。

（4）机床通电后，检查各开关、按键是否正常、灵活，机床有无异常现象。

（5）在确认主轴处于安全区域后，执行回零操作。各坐标轴手动回零时，如果回零前某轴已在零点或接近零点，必须先将该轴移动离零点一段距离后，再进行手动回零操作。

（6）手动进给和手动连续进给操作时，必须检查各种开关所选择的位置是否正确，认准操作正负方向，然后再进行操作。

（7）程序输入后，应认真核对，保证无误；其中包括对代码、指令、地址、数值、正负号、小数点及语法的检查。

（8）正确测量和计算工作坐标系，将工件坐标值输入到偏置页面，并对坐标轴、坐标值、正负号和小数点进行认真核对。

（9）刀具补偿值（刀长和刀具半径）输入偏置页面后要对刀补号、补偿值、正负号、小数点进行认真核对。

（10）实训学生自编程序应进行模拟调试；计算机编程应进行切削仿真，并掌握编程设置。在必要情况下，应进行空运行试切，密切关注刀具切入和切出过程，及时做出判断和调整。

（11）在不装工件的情况下，空运行一次程序，看程序能否顺利执行，刀具长度选取和夹具安装是否合理，有无超程现象。

（12）检查各刀杆前后部位的形状和尺寸是否符合加工工艺要求，是否碰撞工件和夹具。

（13）不管是首件试切，还是多工件重复加工，第一件都必须对照图纸、工艺和刀具参数，进行逐把刀具、逐段程序的试切。

（14）逐段试切时，快速倍率开关必须调到最低档，并密切注意移动量的坐标值是否与程序相符。

（15）试切进刀时，在刀具运行至工件表面 30～50mm 处，必须在进给保持下，验证 Z 轴剩余坐标值及 X、Y 轴坐标值与编程要求是否一致。

（16）机床运行过程中操作者须密切注意系统状况，不得擅自离开控制台。

（17）自动循环加工时，应关好防护拉门，在主轴旋转同时需要进行手动操作时，一定要使自己的身体和衣物远离旋转及运动部件，以免将衣物卷入造成事故。

（18）主轴或装刀操作一定要在机械运动停止状态下进行，并注意和协作人员间的配合，以免出现事故。在手动换刀或自动换刀时，要注意刀塔、刀库、机械手臂转动及刀具等的安装位置，身体和头部要远离刀具回转部位，以免碰伤。

（19）工件装夹时要夹牢，以免工件飞出造成事故，完成装夹后，要注意将卡盘扳手及其他调整工具放回原处，以免主轴旋转后甩出造成事故。

（20）关机前，移动机床各轴到中间位置或安全区域，按下急停按钮，关主电源开关，关稳压电源、气源等。

（21）在下课前应清理现场，擦净机床，关闭车间总电源。

（22）严禁带电插拔通讯接口，严禁擅自修改机床设置参数。

（23）发生不能自行处理的设备故障应及时报告主管领导或指导教师，故障处理应在确保设备安全的前提下进行。

（24）不得在实习现场嬉戏、打闹以及进行任何与实训无关的活动。

10.5　减速箱部件的数控加工实例

1. 实训目的

（1）掌握简单零部件的数控加工工艺；

（2）熟练掌握运用常用 G 指令编程的方法；

（3）掌握工件坐标系建立原则，确定刀具轨迹方法。

2. 实训设备

（1）数控车床、数控铣床；

（2）加工用的刀具、夹具、量具及其他辅助工具。

3. 实训内容

（1）编制各零件数控加工工艺过程卡；

（2）用手工编程编制各组成零件的数控加工程序；

（3）在各类数控机床上加工各组成零件；

（4）测量零件的各尺寸，并进行加工质量的分析。

4. 减速箱零件

减速箱零件如图 10-1～图 10-6 所示。

图 10-1　减速箱箱体零件图

图 10-2　减速箱箱盖

图 10-3　减速箱从动轴

图 10-4　减速箱主动轴

图 10-5　手轮 1 零件图

图 10-6 手轮 2 零件图

5. 加工工艺规程

根据零件的结构特点和精度要求，设计安排零件加工的定位基准，加工路径、加工余量、切削用量等工艺规程，将所确定的工艺参数输入 CAXA 工艺图表的工艺流程卡。如表 10-4～表 10-9 所示。

表 10-4 主动轴工艺过程卡

			机械加工工艺过程卡片		产品型号			零件图号			总1页	第1页
					产品名称	减速器		零件名称	主动轴		共1页	第1页
	材料牌号	Q235	毛坯种类	圆钢	毛坯外形尺寸			每毛坯可制件数		每台件数	备注	
工序号	工序名称		工序内容			车间	工段	设备		工艺装备		工时准终 / 单件
5	数控车	车削外圆及外圆锥、卡圈槽；螺纹。										
10	划线	划键槽线										
15	数控铣	铣削键槽								分度头		
描图												
描校												
底图号												
装订号												
						设计（日期）	审核（日期）	标准化（日期）	会签（日期）			
	标记 处数 更改文件号 签字 日期					标记 处数 更改文件号 签字 日期						

表 10-5　从动轴工艺过程卡

机械加工工艺过程卡片						产品型号		零件图号			总1页	第1页
						产品名称	减速器	零件名称	从动轴		共1页	第1页
材料牌号	Q235	毛坯种类	圆钢	毛坯外形尺寸			每毛坯可制件数		每台件数		备注	
工序号	工序名称	工序内容				车间	工段	设备	工艺装备		工时准终	工时单件
5	数控车	车外圆，卡圈槽及外螺纹。										
10	划线	划键槽线										
15	数控铣	铣键槽										
描图												
描校												
底图号												
装订号												
						设计（日期）		审核（日期）	标准化（日期）		会签（日期）	
	标记 处数 更改文件号 签字 日期 标记 处数 更改文件号 签字 日期											

表 10-6　箱体工艺过程卡

机械加工工艺过程卡片		产品型号		零件图号		总1页	第1页
		产品名称	减速器	零件名称	箱体	共1页	第1页
材料牌号	ZAL12	毛坯种类		毛坯外形尺寸	每毛坯可制件数	每台件数　1	备注

工序号	工序名称	工序内容	车间	工段	设备	工艺装备	工时准终	工时单件
1	数控铣	以 65mm 一侧面为定位基准，找直 94 端盖面，立铣 94mm 两面及 ϕ28 两凸台端面，注意留量：以已加工过的 65mm 侧面为精基准面，铣削 65mm 凸台到尺寸。	机加		XK713			
5	数控铣	以 94mm 端盖一面为定位基准面，找正凸台端面，铣削 35×123 箱体内腔以及 36×124 端盖止口（上下两处）。钻 8-M5 螺纹底孔，深 20。	机加		XK713			
10	数控铣	以凸台端面定位，找直 94mm 端盖面，镗 $\phi20^{+0.036}_{0}$、$\phi15^{+0.025}_{0}$、$\phi12^{+0.018}_{0}$、$\phi10^{+0.018}_{0}$ 孔。	机加		XK713			
15	钳	攻 8-M5×15 螺纹，去毛刺。	机加					
20		〈检〉						
描图								
描校								
底图号								
装订号								

			设计（日期）	审核（日期）	标准化（日期）	会签（日期）	
标记 处数 更改文件号 签字 日期 标记 处数 更改文件号 签字 日期			2010.3.19				

表 10-7　上下盖工艺过程卡

机械加工工艺过程卡片			产品型号			零件图号		总 1 页	第 1 页
			产品名称	减速器	零件名称	上下盖		共 1 页	第 1 页
材料牌号		毛坯种类		毛坯外形尺寸		每毛坯可制件数		每台件数	备注
工序号	工序名称	工序内容			车间	工段	设备	工艺装备	工时 准终 单件
5	数控铣	铣削上下面到尺寸							
10	数控铣	铣削周边（包括圆弧）							
15	数控铣	铣削凸台止口，控制尺寸，钻削 4-φ6 螺钉孔。							
20	钳	去刺							

描图									
描校									
底图号						设计（日期）	审核（日期）	标准化（日期）	会签（日期）
装订号		标记 处数 更改文件号 签字 日期	标记 处数 更改文件号 签字 日期						

表 10-8　手轮 1 工艺过程卡

机械加工工艺过程卡片			产品型号			零件图号		总 1 页	第 1 页
			产品名称	减速器	零件名称	手轮 1		共 1 页	第 1 页
材料牌号	Q235	毛坯种类	圆钢	毛坯外形尺寸	φ50×200	每毛坯可制件数	10	每台件数	备注
工序号	工序名称	工序内容			车间	工段	设备	工艺装备	工时 准终 单件
5	数控车	车削内外圆							
10	划线	键槽线							
15	线切割	线切割键槽							
20	数控铣	铣削 4-R24 圆弧						夹具	

描图									
描校									
底图号						设计（日期）	审核（日期）	标准化（日期）	会签（日期）
装订号		标记 处数 更改文件号 签字 日期	标记 处数 更改文件号 签字 日期						

表 10-9　大齿轮工艺过程卡

机械加工工艺过程卡片			产品型号		零件图号			总 1 页	第 1 页
			产品名称	减速器	零件名称	大齿轮		共 1 页	第 1 页
材料牌号	Q235	毛坯种类	圆钢	毛坯外形尺寸	φ65×250	每毛坯可制件数	10	每台件数	备注
工序号	工序名称	工序内容			车间	工段	设备	工艺装备	工时
									准终 单件
5	刨	刨一直角边							
10	磨	磨上下面							
15	钳	钻穿丝孔 2-φ3							
20	线切割	线切割（包括内孔、键槽及渐开线齿形）							
25	钳	尖角倒钝							

（表格下部为：描图、描校、底图号、装订号、设计（日期）、审核（日期）、标准化（日期）、会签（日期）、标记 处数 更改文件号 签字 日期 等栏目）

6. G 指令编程（略）

7. 误差分析

将加工结束后的零件进行检测，分析产生误差的原因。

同时填写完成附表《数控加工实训报告》中的相关内容。经指导教师签字确认后，方可结束全部实训任务，并取得相应学分。

10.6　二维文字的加工实训

1. 实训目的

（1）掌握二维文字加工工艺；

（2）熟练掌握运用 G00、G01、G02、G03 指令编程的方法；

（3）掌握工件坐标系建立原则，确定刀具轨迹方法。

2. 实训设备

(1) 数控立式铣床；

(2) 加工用的刀具、夹具、量具及其他辅助工具。

3. 实训内容

(1) 用手工编程编制下列零件的划线数控加工程序；

(2) 在数控机床上加工零件；

(3) 测量零件的各尺寸，并进行加工质量的分析；

(4) 编制零件数控加工工艺过程卡，完成附录表格的填写。

零件材料为 Q235 钢板，尺寸为 200mm×100mm×5mm，零件如图 10-7 所示。

图 10-7 零件图

4. 思考题

(1) G00、G01、G02、G03 指令的格式是什么？

(2) 铣床的坐标系是怎么规定的？机床回参考点时有那些注意事项？

(3) 如何正确建立工件坐标系？

10.7 二维外轮廓加工实训

1. 实训目的

(1) 掌握二维外轮廓类零件的加工工艺；

(2) 掌握工件装卡和对刀的方法；

(3) 熟练掌握 G00、G01、G02、G03、G92、S、F、M 编程指令；

(4) 掌握刀具直径和长度补偿 G41、G42、G43 指令及其应用；

（5）熟练掌握零件的测量技术。

2. 实训设备

（1）数控立式铣床；

（2）加工用的刀具、夹具、量具及其他辅助工具。

3. 实训内容

（1）用手工编程编制下列零件的数控粗精加工程序；

（2）在数控加工仿真软件上进行仿真加工；

（3）在数控机床上加工零件；

（4）测量零件的各尺寸，并进行加工质量的分析；

（5）编制零件数控加工工艺过程卡，完成附录表格的填写。

零件图如图 10-8 所示，零件材料为 Q235 钢，规格 100mm×100mm×34mm。

图 10-8　零件图

4. 思考题

（1）G00 与 G01 指令的区别是什么？

（2）刀具半径左补偿和右补偿及刀具长度补偿区别如何？

（3）建立工件坐标系的原则是什么？

10.8　二维内型腔加工

1. 实训目的

（1）掌握二维内型腔的加工工艺；

（2）掌握 G54 指令的用法；

（3）掌握内型腔的加工的进刀方法；

（4）掌握加工内轮廓时刀具选择的原则；

（5）熟练掌握刀具补偿功能。

2. 实训设备

（1）数控立式铣床；

（2）加工用的刀具、夹具、量具及其他辅助工具。

3. 实训内容

（1）用手工编程编制下列零件的数控加工程序；

（2）在数控加工仿真软件上进行仿真加工；

（3）在数控机床上加工零件；

（4）测量零件的各尺寸，并进行加工质量的分析；

（5）编制零件数控加工工艺过程卡，完成附录表格的填写。

零件图如图 10-9 所示，零件材料为 Q235 钢，规格 105mm×105mm×24mm。

图 10-9 零件图

4. 思考题

（1）G54 指令的格式是什么？与 G92 有什么不同？

（2）如何用 G54 在机床上建立工件坐标系？

（3）内型腔加工在工艺上有什么要求？

10.9　孔及外轮廓的加工实训

1. 实训目的

(1) 掌握孔（通孔及盲孔）的加工工艺；

(2) 掌握 G81、G73 孔加工指令的编程方法；

(3) 掌握 G98、G99 的使用场合。

2. 实训设备

(1) 数控立式铣床；

(2) 加工用的刀具、夹具、量具及其他辅助工具。

3. 实训内容

(1) 用手工编程编制下列零件的数控加工程序；

(2) 在数控加工仿真软件上进行仿真加工；

(3) 在数控机床上加工零件；

(4) 测量零件的各尺寸，并进行加工质量的分析；

(5) 编制零件数控加工工艺过程卡，完成附录表格的填写。

零件图如图 10-10 所示，零件材料为 Q235 钢，规格 105mm×105mm×24mm。

图 10-10　零件图

4. 思考题

(1) G81、G73 指令的格式是什么？分别适用在什么场合？

（2）G99、G99 指令区别在哪里？分别适用在什么场合？

（3）加工通孔时主要有哪些注意事项？

10.10 子程序的应用实训

1. 实训目的

（1）掌握复杂二维零件的加工工艺，合理选择刀具；

（2）熟练掌握 G90、G91、G92 指令的编程方法；

（3）掌握应用子程序的零件加工方法；

（4）掌握游标卡尺及 R 规的测量方法；

（5）通过加工深刻理解表面粗糙度值不同的表面。

2. 实训设备

（1）数控立式铣床；

（2）加工用的刀具、夹具、量具及其他辅助工具。

3. 实训内容

（1）用手工编程编制下列零件的数控加工程序；

（2）在数控加工仿真软件上进行仿真加工；

（3）在数控机床上加工零件；

（4）测量零件的各尺寸，并进行加工质量的分析；

（5）编制零件数控加工工艺过程卡，完成附录表格的填写。

零件图如图 10-11 所示，零件材料为 Q235 钢，规格 205mm×105mm×34mm。

图 10-11 零件图

4. 思考题

(1) 子程序指令的格式是什么？指令中各参数的含义是什么？

(2) G91、G92、G90 指令的区别在哪里？分别适用在什么场合？

(3) 子程序适合什么零件的加工？有什么优点？

10.11 数控铣削综合训练

1. 实训目的

(1) 掌握配合零件加工的工艺及程序的编制；

(2) 掌握刀具选择的方法；

(3) 掌握配合部位的加工要领；

(4) 掌握配合件的检测方法。

2. 实训设备

(1) 数控立式铣床；

(2) 加工用的刀具、夹具、量具及其他辅助工具。

3. 实训内容

(1) 用手工编程编制下列零件的数控加工程序；

(2) 在数控加工仿真软件上进行仿真加工；

(3) 在数控机床上加工零件；

(4) 测量零件的各尺寸，并进行加工质量的分析；

(5) 编制零件数控加工工艺过程卡，完成附录表格的填写。

零件材料均为 Q235 钢，规格 205mm×205mm×34mm，2 件。

4. 思考题

(1) 配合件如何检测？

(2) 加工配合件时需要注意哪些事项？

(3) 配合件数控加工坐标系建立有何特点？

(4) 如何确定配合件数控加工程序的刀具起始点位置？

技术要求

1. 曲线外圆过渡应光滑无节点。

2. 轮廓周边应保证粗糙度值 R_a 3.2。

3. 图 10-12 为 1 号零件，加工完成后需与 2 号零件图 10-14 相配合安装（图 10-13），相应部位应清根或倒角。

图 10-12　1 号零件图

图 10-13　1、2 号零件装配图

图 10-14　2 号零件图

参 考 文 献

陈志雄. 2007. 数控机床与数控编程技术. 北京：电子工业出版社

程叔重. 2003. 数控加工工艺. 浙江：浙江大学出版社

顾崇衔. 1999. 机械制造工艺学. 陕西：陕西科学技术出版社

李斌. 2001. 数控加工技术. 北京：高等教育出版社

刘颖. 2009. CAXA 制造工程师 2008 实例教程. 北京：清华大学出版社

王爱玲，李梦群，庞学慧等. 2008. 数控加工技术新. 北京：电子工业出版社

王凡，宋建新，王玲. 2008. 实用机械制造工艺设计手册. 北京：机械工业出版社

王先逵. 2008. 机械加工工艺规程制定. 北京：机械工业出版社

王志勇，翁迅. 2008. 数控机床与编程技术. 北京：北京大学出版社

徐宏海. 2008. 数控加工工艺. 北京：化学工业出版社

杨继宏，富恩强，郭传东. 2008. 数控加工工艺手册. 北京：化学工业出版社

郑红. 2005. 数控加工编程与操作. 北京：北京大学出版社

http://www.caxa.com. CAXA 工艺图表 2007 用户手册.

http://www.caxa.com. CAXA 数控车 2008 用户手册.

http://www.caxa.com. CAXA 制造工程师 2008 用户手册.

Micheal Fitzpatrick. 2009. CNC 技术. 唐庆菊等译. 北京：科学出版社

附录 数控加工实训报告

课题名称：

班级		学号		姓名	
指导教师签字		日期		成绩	

一、实训目的

二、实训设备

三、零件图

四、工艺分析	1. 零件图分析及加工路线的确定
	2. 装夹方案的确定及坐标系的建立
	3. 刀具的选择及切削用量的确定 刀具及切削用量见下表。

（续表）

五、节点坐标的计算	1. 刀具点位图

2. 节点坐标表

节点序号	节点坐标值			节点序号	节点坐标值		
	X	Y	Z		X	Y	Z
P1 点				P17 点			
P2 点				P18 点			
P3 点				P19 点			
P4 点				P20 点			
P5 点				P21 点			
P6 点				P22 点			
P7 点				P23 点			
P8 点				P24 点			
P9 点				P25 点			
P10 点				P26 点			
P11 点				P27 点			
P12 点				P28 点			
P13 点				P29 点			
P14 点				P30 点			
P15 点				P31 点			
P16 点				P32 点			

六、加工程序的编制	程序清单见下表。

（续表）

加工程序清单

程序号：

程序段号	程序内容	程序说明
N0005		
N0010		
N0015		
N0020		
N0025		
N0030		
N0035		
N0040		
N0045		
N0050		
N0055		
N0060		
N0065		
N0070		
N0075		
N0080		
N0085		
N0090		
N0095		
N0100		
N0105		
N0110		
N0115		
N0120		
N0125		
N0130		
N0135		
N0140		
N0145		
N0150		
N0155		
N0160		
N0170		
N0175		
N0180		
N0185		
N0190		
N0195		
N0200		
N0205		
N0210		
N0215		
N0220		
N0225		
N0230		
N0235		

七、零件的数控加工及测量	1. 加工步骤

2. 零件的测量

		序号	检测项目	配分	教师评分
基本检查	编程	1	切削加工工艺制定正确	2	
		2	切削用量选用合理	2	
		3	程序正确、简单、明确且规范	6	
	操作	4	设备的正确操作与维护保养	2	
		5	安全、文明生产	2	
基本检查结果总计				15	

序号	图样尺寸/mm	允差/mm	量具		配分	实际尺寸		分数
			名称	规格/mm		学生自测	教师检测	
1								
2								
3								
4								
5								
6								
7								
8								
9								
10								
11								
12								

尺寸检测（位于左侧纵向标注）

尺寸检测结果总计		85	
基本检查结果	尺寸检测结果		成绩

学生签字：　　　　　　　　　　实习指导教师签字：

（续表）

八、实训总结与思考	1. 思考题
	2. 实训体会